KB037716

세계
명작
단편
소설

세계 명작

World famous *short stories*

단편 소설
모음집

알퐁스 도데 외 지음
김이랑 옮김 ★ 최경락 그림

시간과공간사

CONTENTS

La Dernière Classe

Alphonse Daudet
1840~1897

1

마지막 수업

·

알퐁스 도데

그날 아침, 나는 학교 가는 것이 꽤 늦어졌다. 게다가 아멜 선생님이 분사법分詞法에 관해 질문하겠다고 하셨는데, 나는 그걸 전혀 알지 못해서 혼날까 봐 무척 겁이 났다. 차라리 학교에 안 가고 들판이나 뛰어다닐까 하는 생각을 했다.

날씨는 무척 화창했다. 숲속에서는 티티새 우는 소리가 들렸고, 제재소 뒤의 리페르 들판에서는 프러시아 군사들이 훈련하는 소리가 들려왔다. 분사법보다 훨씬 더 매혹적인 소리에 마음을 빼앗겼지만 나는 곧장 학교로 달려갔다.

면사무소 앞을 지날 때, 철책을 친 게시판 앞에 사람들이 모여 있었다. 2년 전부터 패전이나 징발 등 프러시아 사령부의 갖가지 기분 나쁜 뉴스는 모두 이곳에서 나왔다.

'또 무슨 일일까?'

나는 달리면서 생각했다. 그때 조수와 함께 게시판을 들여다보던 대장장이 와슈테르 할아버지가 소리쳤다.

"얘야, 그렇게 서두를 필요 없다. 지각은 하지 않을 테니까."

할아버지가 나를 놀린다고 생각하고 숨을 헐떡이며 학교의 작은 마당으로 뛰어 들어갔다.

언제나 수업이 시작될 때면 책상 뚜껑을 여닫는 소리, 잘 외우기 위해 귀를 막고 책 읽는 소리, "조용히 해." 하고 선생님이 작은 막대기로 책상을 두드리는 소리가 떠들썩하게 한길까지 들려왔다. 하지만 그날은 일요일 아침처럼 조용했다.

열린 창문으로 제자리에 얌전히 앉아 있는 친구들과 무서운 막대기를 겨드랑이에 끼고 서성대는 아멜 선생님이 보였다. 나는 문을 열고 쥐 죽은 듯 조용한 교실로 들어갈 수밖에 없었다. 누구든 내 얼굴이 붉어지고 가슴이 두근거렸을 거라고 짐작했을 것이다. 그런데 아멜 선생님은 조용히 나를 보시더니 부드러운 목소리로 말씀하셨다.

"프란츠, 어서 네 자리로 가서 앉아라. 너를 빼놓고 수업을 시작할 뻔했구나."

나는 친구들을 지나 얼른 내 자리로 가서 앉았다. 두려움이 사라지자 선생님이 장학관 시찰이나 시상식이 있을 때만 입는 푸른 프록코트에 주름 잡힌 가슴 장식을 달고, 수놓은 검은 비단 모자를 쓰고 있다는 것을 알았다. 더구나 교실 전체는 여느 때와 달리

엄숙한 분위기에 싸여 있었다. 더욱 놀란 것은 늘 비어 있던 교실 뒤쪽 의자에 마을 사람들이 조용히 앉아 있는 것이었다. 안경을 쓴 오제르 할아버지와 전 면장, 우체부, 그 밖에 많은 사람이 한결같이 슬픈 표정으로 앉아 있었다. 오제르 할아버지는 모서리가 다 해진 낡은 프랑스어 교과서를 무릎 위에 펴놓고 그 위에 커다란 두 손을 올려놓고 있었다.

이런 광경에 내가 어리둥절해 있을 때, 아멜 선생님이 교단으로 올라가서 나를 맞아줄 때처럼 부드럽고 엄숙한 목소리로 말씀하셨다.

"여러분, 이것이 내 마지막 수업입니다. 베를린에서 알자스와 로렌의 학교에서는 독일어만 가르치라는 지시가 내려왔습니다. 내일 새로운 선생님이 오실 겁니다. 프랑스어 공부는 오늘이 마지막입니다. 주의 깊게 들어주시기 바랍니다."

'나쁜 놈들 같으니.'

아멜 선생님 말씀에 나는 혼란스러워졌다. 게시판에 담긴 내용이 이것이었나 보다. 마지막 프랑스어 수업…. 그런데 나는 이제 겨우 글을 쓸 정도였다.

'이제 영영 못 배운단 말인가! 이대로 끝내야 하나!'

나는 그동안 헛되이 보낸 시간들, 새집이나 찾아다니고 사르강에 얼음이나 지치러 다니느라고 수업을 빼먹은 시간들이 후회스러웠다. 조금 전만 해도 그토록 지겹고 권태로웠던 문법책, 성경 등이 이제는 더없이 소중한 친구처럼 생각되었다. 아멜 선생님에게도 같은 마음이었다. 선생님과 다시는 만날 수 없다는 생각을 하니 회초리로 벌을 주시거나 야단을 치시던 기억들이 모두 사라졌다.

가엾은 선생님! 선생님께서 옷을 잘 차려입은 것은 마지막 수업 때문이었다. 그제야 마을 사람들이 교실에 왜 와 있는지를 알 수 있었다. 그들은 학교에 자주 와보지 못한 것을 후회하는 것 같기도 했다. 또 40년간 봉사하신 우리 선생님의 공로에 감사하고, 사라져 가는 조국에 대한 자신들의 의무를 다하려는 것 같기도 했다.

내가 이런 생각에 빠져 있을 때, 선생님께서 내 이름을 부르셨다. 내가 외울 차례였다. 분사법을 하나도 틀리지 않고 큰 소리로 줄줄 외웠다면 얼마나 좋았을까! 그러나 나는 첫마디부터 막혀서 책상 위에서 고개를 들지 못하고 몸만 부들부들 떨었다. 그때 아멜 선생님이 말씀하셨다.

"프란츠, 난 널 탓하지 않는다. 넌 충분히 반성할 테니까. 사람들은 언제나 이렇게 생각하지. '뭐 서두를 것 없어, 내일도 있으니까.' 하고 말이야. 그 결과가 너처럼 되는 거야. 아, 공부를 늘 다음 날로 미루는 것이 알자스의 가장 큰 불행이었어. 이제 저 프러시아인들은 '뭐라고? 너희는 프랑스인이라며 너희 말도 할 줄 모르고, 쓸 줄도 모르는군!' 우리에게 이렇게 말할 거야. 하지만 프란츠, 너만의 죄가 아니야. 우리 모두의 잘못이야. 너희 부모님은 교육에 별 관심이 없었어. 몇 푼을 더 벌려고 너희를 밭이나 공장으

로 보내기를 더 좋아했어. 나에게도 잘못은 없을까? 공부하는 시간에 정원에 물을 주라고 하지는 않았는지? 또 은어 낚시를 가면서 너희를 놀게 하기도 했지."

그러고 나서 아멜 선생님은 프랑스어를 설명하기 시작했다. 프랑스어는 세계에서 가장 아름답고 분명하며 확실한 말이라는 것,

우리가 잘 간직해야 한다는 것이었다. 한 나라가 다른 나라의 지배를 받게 될지라도 자기 말만 잘 간직하면, 그것은 자유의 열쇠를 가지고 있는 것과 같다고 말씀하셨다.

드디어 수업이 시작됐다. 선생님은 문법책을 읽어주셨다. 나는 그것이 평소와 다르게 너무 쉽게 이해되어서 놀랐다. 선생님 말씀 하나하나가 너무 쉽게 느껴졌다. 하긴 내가 이렇게 열심히 들은 적도 없었고, 또 선생님이 그처럼 열정적으로 설명해 주신 적도 없었다. 선생님은 떠나기 전에 당신이 아는 모든 것을 우리 머릿속에 넣어주시려는 것 같았다.

다음 시간에는 쓰기 연습을 했다. 아멜 선생님은 이날을 위해 새 쓰기 책을 준비했는데, 거기에는 동그스름한 글씨체로 '프랑스, 알자스, 프랑스, 알자스'라고 쓰여 있었다. 마치 우리 책상에 작은 깃발들이 꽂혀서 교실에서 펄럭이는 것처럼 보였다. 모두 열심히 쓰기를 했다. 얼마나 조용한지 종이 위에 펜이 스치는 소리밖에 들리지 않았다. 교실로 풍뎅이가 날아들었지만 아무도 눈길을 돌리지 않았다. 어른들은 물론 어린 꼬마들조차 쓰기에만 열중했다. 나는 학교 지붕 위에서 꾸르륵 울고 있는 비둘기 소리를 들으며 생각했다.

'저 비둘기들도 언젠가 독일어로 울게 되지 않을까?'

가끔 눈을 들어보면, 아멜 선생님은 교단 위에서 꼼짝도 하지 않고 마치 작은 학교를 눈 속에 담아가시려는 듯 주위의 물건들을 뚫어지게 바라보셨다. 생각해 보면, 선생님은 같은 교실에서 같은 곳을 마주 보며 40년을 지내오셨다. 의자와 책상은 오래 쓰는 동안 닳아서 반들반들해졌고, 마당에는 호두나무가 자라고, 손수 심으신 홉(뽕나뭇과 덩굴풀-옮긴이)은 지붕까지 뻗어 창문을 장식했다. 선생님은 이 모든 것과 헤어져야 하는 것이다. 2층에서는 선생님의 누님이 짐을 꾸리느라고 왔다 갔다 하는 발소리가 들렸다. 이 모든 것을 떠나야 하는 선생님은 얼마나 가슴이 아프실까! 내일이면 선생님과 그 누님은 영원히 떠나야 한다.

그러나 선생님은 침착하게 수업을 끝까지 이어가셨다. 쓰기가 끝나고 다음은 역사시간이었다. 다음에 우리 꼬마들은 '바, 브, 비, 보, 뷔'를 합창했다. 교실 안쪽에서는 오제르 할아버지가 교과서를 두 손으로 든 채 안경을 쓰고 아이들과 함께 한 자 한 자 따라 읽으셨다. 그의 목소리는 감동으로 떨렸다. 그의 책 읽는 소리가 너무 우스워 우리는 웃어야 할지 울어야 할지 알 수 없었다.

아, 나는 이 마지막 수업을 평생 못 잊을 것이다. 성당의 괘종시계가 12시를 치자 훈련을 끝내고 돌아오는 프러시아 병사들의 나팔소리가 들려 왔다.

아멜 선생님은 창백한 얼굴로 교단에서 일어나셨다. 선생님이 이렇게 커 보인 적은 없었다.

"여러분, 나는…."

선생님이 말씀하셨다.

그러나 선생님은 말을 다 끝맺지 못하셨다. 그 대신 선생님은 칠판을 향해 돌아서서 분필을 쥐고 있는 힘껏 이렇게 쓰셨다.

'프랑스, 만세!'

그리고 벽에 이마를 대고 한참 계시다 우리에게 말없이 손짓하셨다.

"끝났다…. 모두 돌아가거라!"

Les étoiles

Alphonse Daudet

1840~1897

2

별

·

알퐁스 도데

내가 뤼브롱산에서 양을 지킬 때 이야기입니다. 몇 주 동안 사람 그림자 하나 구경하지 못해 사냥개 라브리와 양들을 데리고 혼자 목장에서 지내야 했습니다.

가끔 몽드뤼르의 수도자들이 약초를 캐러 지나가기도 하고, 피에몽에서 온 숯 굽는 사람의 까만 얼굴이 눈에 띄기도 했습니다. 하지만 그들 역시 외로운 생활을 하는 사람들이라 마을 사람들과 이야기하기를 꺼리거나 산 아랫마을의 소식에 전혀 관심이 없었습니다.

그래서 2주일마다 보름치 식량을 실어다주는 우리 농장의 노새 방울소리가 들릴 때, 꼬마 미아로(농장 머슴)의 쾌활한 얼굴이나 늙은 노라드 아주머니의 다갈색 모자가 언덕 위로 보일 때면 나는 한없이 기뻤습니다. 그때마다 그들에게서 누가 영세를 받았는지, 어느 아가씨가 결혼했는지, 그동안 마을에서 일어난 일들을 들었습니다.

하지만 내가 무엇보다 듣고 싶은 소식은 주인집의 아름다운 딸 스테파네트 아가씨에 대한 것이었습니다. 나는 아가씨에게 별로 관심이 없는 체하면서 아가씨가 자주 파티에 참석하는지, 저녁 나들이를 하는지, 아직도 멋진 남자들이 아가씨의 환심을 사려고 오는지 등을 넌지시 물어보았습니다.

보잘것없는 양치기가 그런 건 알아서 무얼 하느냐고 묻는 사람이 있다면, 나는 이렇게 대답했을 것입니다. 그때 나는 스무 살이었고 스테파네트는 내가 지금까지 본 여자들 가운데 가장 아름답다고.

그러던 어느 일요일이었습니다. 그날따라 보름치 식량이 아주 늦게야 목장에 도착했습니다. 아침나절에는 특별 미사 때문일 거라고 생각했고, 점심때쯤에는 소나기가 내려 길이 나빠 노새를 몰고 올 수 없어서 늦게 오나보다고 생각하며 초조한 마음을 달랬습니다.

오후 3시쯤 되자 말끔히 갠 하늘 아래 비에 젖은 온 산이 햇빛을 받아 눈부시게 반짝였습니다. 나뭇잎에 물방울이 떨어지는 소리와 골짜기의 불어난 물소리에 섞여 어디선가 노새 방울소리가 들렸습니다. 그 소리는 부활절에 울려 퍼진 종소리처럼 맑고 경쾌했습니다.

그런데 노새를 몰고 나타난 사람은 꼬마 미아로도, 늙은 노라드 아주머니도 아니었습니다. 그 사람은… 누구였을까요? 바로 스테파네트 아가씨였습니다. 스테파네트 아가씨가 노새 등에 실린 식량 바구니 사이로 몸을 꼿꼿이 세우고 앉아 있었습니다. 비 내린 뒤의 청명한 바람을 맞은 아가씨의 얼굴은 온통 장밋빛으로 물들어 있었습니다.

노새에서 내린 아가씨가 꼬마는 아파서 누워 있고, 노라드 아주머니는 휴가를 얻어 아들 집에 갔다고 알려주었습니다. 그리고 자신은 이곳으로 오다가 길을 잃어 늦었다고 말했습니다. 하지만 꽃 리본과 화려한 레이스로 장식된 치마를 보면, 아가씨는 숲에서 길을 찾아 헤맸다기보다는 무도회에 갔다가 온 것같이 보였습니다.

오, 너무나 귀여운 모습! 아무리 보아도 싫증 나지 않았습니다. 지금까지 그렇게 가까이에서 아가씨를 바라본 적이 없었습니다.

겨울에 양 떼가 들판으로 내려가면 농장에서 저녁 식사를 했습니다. 그때 가끔 아름답게 차려입은 아가씨가 하인들은 돌아보지 않고 식당 앞을 지나친 적이 있는데 그런 아가씨가 지금 바로 내 앞에 와 있는 것입니다. 오로지 나만을 위해서. 그러니 내가 정신을 놓지 않을 수 있겠습니까?

스테파네트 아가씨는 바구니에서 식량을 꺼내고는 신기한 듯 주위를 둘러보았습니다. 아가씨는 치마를 살짝 걷어 올리더니 목장 안으로 들어갔습니다.

아가씨는 내가 잠을 자는 곳, 즉 위에 양가죽을 깐 짚으로 된 침대와 벽에 걸려 있는 모자 달린 외투, 채찍, 구식 엽총 따위를 보고 재미있어 했습니다. 그 모든 것이 아가씨에게는 신기하고 즐거웠던 것입니다.

"여기서 혼자 산단 말이지? 정말 가엾기도 해라. 밤낮 이렇게 외롭게 지내니 얼마나 지루할까? 하루 종일 무슨 생각을 하면서 시간을 보내?"

'아가씨, 당신만 생각합니다!'

이렇게 대답하고 싶었습니다. 사실, 그렇게 대답한다고 해도 거짓말은 아니었으니까요. 그러나 당황해서 한마디도 할 수 없었습니다. 어쩔 줄 몰라 하는 나를 보고 재미를 느낀 아가씨는 더욱 짓궂은 질문을 했습니다.

"예쁜 여자 친구가 가끔 찾아오니? 그 어여쁜 여자 친구는 황금양이나 산꼭대기를 뛰어다니는 에스테렐(숲의 요정)일 것만 같구나."

이렇게 말하며 머리를 뒤로 젖히고 귀엽게 웃는 스테파네트 아가씨 모습이야말로 진짜 에스테렐 요정과 같았습니다.

"잘 있어."

"안녕히 가세요, 아가씨."

아가씨는 빈 바구니를 신고 떠났습니다.

아가씨가 비탈진 산길을 돌아 사라진 뒤에도 돌멩이가 노새의 발굽에 채어 굴러떨어지는 소리가 들렸습니다. 그 돌멩이 하나하나가 그대로 내 심장 위에 떨어져 내리는 듯했습니다. 나는 돌이 떨어지는 소리에 언제까지나 귀를 기울였습니다. 해가 질 때까지 그 달콤한 꿈이 연기처럼 사라질까 봐 그대로 꼼짝도 하지 않고 있었습니다.

산골짜기들이 차츰 푸른빛으로 어두워지고 양 떼가 서로 몸을 비비며 우리로 돌아올 무렵이었습니다. 그때 언덕 아래에서 나를 부르는 소리가 들렸습니다. 그리고 아가씨가 나타났습니다. 하지만 아가씨는 밝게 웃는 모습이 아니라 물에 흠뻑 젖어 추위와 무서움에 떨고 있었습니다.

낮에 쏟아진 소나기에 소르그 강물이 불어났던 것입니다. 아가씨가 강을 건너려고 애쓰다가 그만 물에 빠진 모양이었습니다. 더욱 난처한 일은 이제 날이 저물어 마을로 돌아간다는 것은 엄두도 못 낼 일이라는 것이었습니다. 다른 길이 있긴 하지만 아가씨 혼자서는 도저히 찾아갈 수 없는 곳이었습니다. 그렇다고 양 떼를 두고 내가 아가씨와 함께 갈 수도 없었습니다.

산에서 밤을 보내야 하는 아가씨는 무엇보다 가족이 걱정할 것을 염려했습니다. 나는 아가씨를 안심시키려고 있는 힘을 다해 노력했습니다.

"여름밤은 아주 짧습니다. 조금만 참으시면 됩니다."

나는 서둘러 불을 피우고 젖은 옷을 말렸습니다. 그리고 아가씨에게 따뜻한 우유와 치즈를 가져다주었습니다. 그러나 가엾은 아가씨는 불을 쪼이려고도, 음식을 먹으려고도 하지 않았습니다.

아가씨의 두 눈에 눈물이 고인 것을 보자 그만 나까지 울고 싶어 졌습니다.

어느새 주위가 어두워졌습니다. 산등성이에는 부연 햇살과 한 줄기 석양빛이 남아 있을 뿐이었습니다.

나는 아가씨를 우리 안에 들어가서 쉬도록 했습니다. 새로 깐 짚 위에 깨끗한 새 모피를 깔고, 아가씨에게 잘 자라는 인사를 하고 밖으로 나와 문 앞에 앉았습니다.

보잘것없는 우리 안이지만 아가씨가 다른 어느 양보다 귀하고 순결한 한 마리 양처럼 내 보호를 받으며 고이 잔다는 생각에 가슴이 벅차올랐습니다. 지금까지 하늘이 그토록 높고 별이 눈부시게 아름다워 보인 적은 없습니다.

얼마쯤 지났을까? 갑자기 문이 열리며 아름다운 스테파네트 아가씨가 나타났습니다. 아가씨는 잠을 이룰 수 없었던 것입니다. 양들이 뒤척이며 짚을 버스럭거리고 '메' 하며 울어대는 소리가 잠결에 들렸기 때문입니다. 그래서 아가씨는 차라리 모닥불 옆에 있는 것이 낫겠다고 생각한 것입니다.

나는 염소 모피를 벗어 아가씨에게 덮어주고, 모닥불에 장작을 더 넣어 주위를 따뜻하게 했습니다. 그리고 아가씨 곁에 아무 말 없이 앉았습니다.

만일 당신이 밖에서 밤을 지내본 적이 있다면, 우리가 잠든 시간에 또 하나의 신비로운 세계가 고요 속에서 눈뜬다는 사실을 알고 있을 것입니다.

샘물은 더욱 맑은 소리로 노래 부르고 연못에서는 작은 불꽃들이 반짝거립니다. 그리고 모든 산의 요정이 노니는 소리, 나뭇가지나 풀잎들이 쑥쑥 자라는 소리 등 세상의 모든 소리가 들려옵니다. 낮이 살아 있는 것들의 세상이라면 밤은 죽은 것들의 세상입니다. 아마도 이런 밤의 세계에 익숙하지 않은 사람은 밤이 무서울 것입니다.

스테파네트 아가씨는 부스럭 소리만 나도 소스라치게 놀라 내게로 바싹 다가앉았습니다. 한 번은 구슬픈 소리가 아래쪽 연못에서 우리가 있는 산꼭대기까지 길고 은은하게 울려 퍼졌습니다. 그 순간, 아름다운 별똥별이 우리 머리 위로 미끄러지듯 스쳐 지나갔습니다. 은은하게 들려온 그 소리가 이 별똥별을 끌고 온 듯했습니다.

"저게 뭐지?"

스테파네트 아가씨가 나직하게 물었습니다.

"천국으로 들어가는 영혼입니다."

그리고 나는 가슴에 십자가를 그었습니다. 아가씨도 나를 따라 십자가를 긋고 하늘을 올려다보며 깊이 생각에 잠겼습니다. 그러다 나에게 다시 물었습니다.

"목동들은 다 마법사라는데 정말이니?"

"천만에요. 하지만 여기에 살고 있으면 별들과 더 가까이 있어서 들판에 사는 사람들보다는 별나라에서 일어나는 일을 훨씬 더 잘 알 수 있습니다."

아가씨는 여전히 하늘을 올려다보고 있었습니다. 손으로 턱을 괸 채 염소 모피를 두르고 있는 모습이 하늘에서 내려온 귀여운 목동 같았습니다.

"참 많기도 해라! 어쩌면 저렇게 아름다울까? 저렇게 많은 별은 난생처음 봐. 넌 저 별들의 이름을 모두 다 알고 있겠지?"

"그럼요, 아가씨. 우리 머리 위를 보셔요. 저게 '성 야곱의 길(은하수)'이랍니다. 프랑스에서 스페인으로 통하지요. 프랑스의 용감한 샤를마뉴 대왕이 사라센과 전쟁을 할 때 성 야곱이 길을 알려 주려고 그어 놓았다는 전설이 있습니다.

좀 더 멀리 있는 저 별이 '영혼들의 수레(대웅좌)'입니다. 번쩍이는 바퀴 네 개가 보이지요? 그 앞에 있는 별 세 개가 '세 마리 짐승'이고, 그 세 번째 별 바로 옆에 있는 아주 작은 별이 '마부'입니다. 그 주위에 흩어져 있는 별들이 보이지요? 그건 하나님이 성전에 두고 싶어 하지 않은 영혼들이랍니다.

저기, 좀 낮은 쪽에 있는 것이 '갈퀴' 또는 '삼왕성(오리온)'이라 불리는 것이랍니다. 우리 목동에게는 시계 역할을 해주는 별입니다. 그 별을 쳐다보기만 해도 지금 자정이 지났다는 걸 알 수 있지요.

여기서 남쪽으로 조금 더 아래로 내려가면 별들의 횃불인 '장 드밀랑(시리어스)'이 반짝이고 있습니다. 저 별에 관해서 목동들에게 전해지는 이야기가 있답니다.

어느 날, 장 드 밀랑은 삼왕성과 병아리 상자(북두칠성)와 함께 친구 별의 잔치에 초대를 받았습니다. 병아리 상자는 남들보다 서둘러 제일 먼저 길을 떠났죠. 그러자 삼왕성이 지름길을 가로질러 마침내 병아리 상자를 따라잡았습니다. 그러나 게으른 장 드 밀랑은 늦잠을 자다가 맨 꼴찌가 되었습니다. 화가 난 장 드 밀랑은 친구들을 멈추게 하려고 지팡이를 던져 버렸습니다. 그래서 삼왕성을 '장 드 밀랑의 지팡이'라고도 한답니다.

그렇지만 무엇보다 우리 목동들의 별이 모든 별 중 가장 아름다워요. 우리가 새벽에 양 떼를 몰고 나갈 때나 저녁에 돌아올 때, 언제나 우리를 비추어 주는 별이거든요. 우리는 그 별을 '마글론(직녀성)'이라고 합니다. '프로방스의 피에르(견우성)'의 뒤를 쫓아가서 칠 년 만에 한 번씩 결혼하는 예쁜 마글론 말입니다."

"어머! 별들도 결혼해?"

"그럼요."

내가 별들의 결혼을 설명하려고 할 때, 무엇인가 부드러운 것이 내 어깨 위에 사르르 닿았습니다. 그것은 잠들어 버린 아가씨의 머리였습니다.

아가씨는 먼동이 터오고 별들이 그 빛을 잃을 때까지 꼼짝 않고 그대로 있었습니다. 나는 그 잠든 얼굴을 지켜보며 밤을 꼬박 새웠습니다. 가슴을 설레며, 오직 아름다운 것만을 생각나게 해 주는 맑은 밤하늘의 보호를 받아 성스럽고 순결함을 잃지 않았습니다.

우리 머리 위에서는 별들이 양 떼처럼 고요히 밤하늘을 수놓으며 떠다니고 있었습니다.

　나는 생각했습니다. 저 많은 별 중 가장 아름답게 빛나는 별 하나가 길을 잃고 내 어깨에 내려앉아 고이 잠자는 것이라고….

Boule de suif

Guy de Maupassant
1850~1893

3

비곗덩어리

·

기 드 모파상

며칠 동안 패잔병 부대가 거리를 지나갔다. 군대라기보다는 유랑민 무리 같았다. 군복은 누더기처럼 해졌고 수염이 얼굴에 가득했다. 깃발도 대오도 없었다. 지친 다리를 힘없이 끌면서 그저 앞을 향해 걸어가기만 했다. 피로에 지친 탓인지 생각할 기력조차 없어 보였다. 습관처럼 발을 움직이는 것일 뿐 걸음을 멈추면 이내 쓰러질 것만 같았다.

　유난히 눈에 띄는 것은 나이든 응소병應召兵(신병)들이 힘겨워하는 모습이었다. 평화를 사랑하는 시민으로 연금을 받으며 편히 지내다 갑자기 무거운 총을 메게 됐으니 허리가 구부러지는 것도 무리가 아니다. 그리고 유격대에 배속된 젊은 청년들은 민첩하고 때로는 용기도 잘 내지만 유사시에는 오금이 떨려서 빠른 진

격만큼 후퇴도 그 못지않게 빠르다는 패거리다. 그들과 뒤섞여 빨간 바지도 간간이 보였다. 아마 어딘가에서 벌어진 대규모 전투에서 크게 깨진 사단 생존자일 것이다. 그처럼 잡다한 옷차림을 한 보병과 칙칙한 옷을 입은 포병이 함께 힘겹게 걸어갔다. 포병은 힘에 겨워 무거운 다리를 질질 끌고 절룩거리며 행군에 익숙한 보병 뒤를 이었다. 의용군 부대도 있었다. '구국의부대', '결사대', '혈맹단' 등 이름만 용감하지 실제로 보면 도적 떼와 다름없었다.

부대장이라는 작자도 얼마 전까지는 포목장수였거나 씨앗장수, 기름장수, 비누장수였던 자들로 호시절을 만나 군인이 되고 장교로 임명되었지만 그것은 오직 돈푼이 있거나 수염이 길어서였을 것이다.

그런 자가 군복을 입고 긴 칼을 옆에 차고 쩌렁대는 목소리로 지껄여 대거나 전략을 논하기도 했다. 그리고 자기들이야말로 패전한 프랑스의 운명을 짊어졌노라고 큰소리치기도 했다. 그들은 부하들을 겁냈는데, 부하들이 물불 가리지 않는 만용도 보이지만 하나같이 남의 물건을 약탈하는 일은 예사로 여기는 극악무도한 놈들이었기 때문이다.

드디어 루앙에도 프러시아군이 진격해 온다는 소문이 돌았다. 방위대는 2개월 전부터 근교의 숲에서 정찰하는 등 주위 움직임에 기민한 모습을 보였다. 때로는 아군 보초를 총으로 쏘는가 하면 잡목숲 속에서 토끼 새끼 한 마리가 부스럭대기만 해도 전투 준비를 취하곤 했다. 그러나 어느새 모두 자기 집으로 돌아가 버린 모양으로 얼마 전까지만 해도 근처를 위압하던 철모와 군복, 살육의 무기들이 홀연히 자취를 감추었다.

이로써 프랑스군은 한 명도 남김없이 다 센강을 건넜다. 그들은 생스베르와 부르아샤르를 거쳐 퐁토드메르로 갈 것이 틀림없다. 행렬의 가장 마지막에 장군이 따라가는데, 매우 절망스러운 표정이었다. 이처럼 지리멸렬된 군사로는 어찌할 방도가 없었을 것이다. 이제까지 승리밖에 모르던 군인이 그 전설적인 용맹은 어디로 갔는지 참담한 패배에 직면했으니, 장군이라도 넋을 잃을 수밖에. 그는 부관 두 명에게 부축받으며 힘없이 걸음을 옮겼다.

그들이 지나가자 거리는 쥐 죽은 듯 조용해졌다. 침묵 속에서 뭔가를 기다리는 공포 분위기가 거리 전체를 감돌았다. 장사로 부를 축적한 부자들은 적군의 진주를 불안해하면서도, 살이 쪄 공처럼 부른 배를 쓰다듬으며 그들을 기다렸다. 주방의 요리용 쇠꼬챙이나 날이 큰 부엌칼을 무기로 오해하지나 않을지 노심초사하면서.

거리는 정지된 채 활기가 없었다. 가게는 모두 문을 닫았고, 거리에는 아무도 지나다니지 않았다. 가끔 누군가 지나다가 이 깊은 정적에 움츠러들어 길가 담 밑으로 숨어들었다. 괴로움에 지쳐 시민들은 차라리 적군이 빨리 오기를 바라게 되었다.

프랑스군이 철수한 다음 날, 어디선가 프러시아군 창기병槍騎兵 몇몇이 나타났는가 싶더니 순식간에 거리를 지나가 버렸다. 그로부터 얼마 후 새까만 떼거리가 생트카트린 언덕을 내려오기 시작했다. 그것과는 별도로 두 갈래로 나뉜 침략군의 물결은 다르네 탈 거리와 부아기욤 거리를 메우며 밀려들었다. 이 세 군단의 전위부대는 시청 앞 광장에서 합류했다. 그리고 이어서 후속부대가 주위의 모든 길을 뚜벅거리는 무거운 군화 소리로 진동시키면서 줄줄이 도착했다.

무슨 뜻인지 알 수 없는 구령이 울려 퍼졌다. 그 소리는 적막한 집들을 쩌렁쩌렁 울렸다. 그러나 텅 빈 듯한 집의 닫힌 덧문 뒤에 서는 사람들이 승리자들을 엿보고 있었다. '전쟁의 법칙'에 따라 자기들의 도시와 생명, 재산을 장악한 자들이 도대체 어떤 인간들인지 궁금했던 것이다. 시민들은 각자 불 꺼진 방 안에서 당황하고 있었다. 천재지변을 만난 듯이 그저 놀라서 떨 뿐이었다.

이것도 무리는 아니었다. 인간이나 자연의 법칙에 따라 보호되던 것이 별안간 극악무도한 만행에 짓밟히고, 질서가 무너지고 치안이 마비된다면 루앙 시민이 아니더라도 똑같은 기분에 휩싸일 것은 정한 이치이기 때문이다. 예를 들어 지진이 일어나 수많은 시민이 집채에 깔려 죽고, 홍수가 나서 짐승이 죽고, 지붕에서 떨어진 들보와 함께 농부까지 물에 떠내려가고, 혹은 승리에 취한 군대가 거역하는 자는 죽이고 복종하는 자는 포로로 잡아가며, 총칼의 위력으로 약탈을 자행하고, 총 대신 대포를 쏘아 신에게 감사한다면 이제까지 믿어온 영원한 정의에 이상이 생길 것은 분명했기 때문이다. 그렇게 되면 이제까지 믿어온 신의 섭리나 인간의 이성은 모두 뒤틀리게 된다.

적병들은 대여섯 명씩 짝을 이뤄 집집이 돌아다니며 노크하는 가 싶더니 그대로 집 안으로 사라지고 말았다. 이것이 곧 침략에 잇따른 점령이었다. 싸움에서 패한 자가 승리자를 기분 좋게 맞아들여야 하는 의무가 마침내 시작된 것이다.

터무니없이 무서웠던 건 처음 얼마뿐이고 잠시 후 흥분이 가시자 평온이 찾아왔다. 그 무렵에는 이미 모든 집의 식탁에 프러시아 장교들이 앉아 있었다. 적이지만 개중에는 좋은 가문에서 자란 자도 있었다. 그들은 일단 예의상 프랑스에 동정을 표하고, 이번 전쟁에 참가한 것이 유쾌하지 않다는 표정을 약간 지어 보였다. 하지만 루앙 시민은 그런 말을 들어도 기분 나쁘지 않았다. 더구나 언제 무슨 일로 그들에게 도움을 청하게 될지 모르지 않는가. 그를 친절하게 대하면 집집마다 떠맡기는 병사의 수를 서너 명쯤 줄여 줄지도 몰랐다. 완전히 지배자가 된 프러시아군에 새삼스레 반항한들 무슨 소득이 있을까? 그런 짓은 용기라기보다는 만용이었다. 그런 용기도 이 무렵의 루앙 시민에게는 눈곱만큼도 남아 있지 않았다. 그것은 아득한 옛날에 '왕의 방어'로 이 도시가 일약 유명해졌던 영웅적인 시대 이야기였다.

마침내 그들은 프랑스인 특유의 아주 합리적인 구실을 찾아냈다. 아무리 적군이라도 다른 사람들이 보는 데서 다정하게 굴지 않는다면 집 안에서 환대하는 것쯤은 상관없지 않겠느냐는 생각이었다. 그래서 바깥에서는 모르는 체했지만 집에 돌아오면 먼저 나서서 말을 걸었다. 독일 군사들도 저녁마다 루앙 시민들과 난로 앞에 앉아 함께하는 시간이 점점 길어졌다.

루앙시도 점점 평상시 모습으로 돌아갔다. 프랑스인은 여전히 외출을 삼갔지만 거리는 프러시아 군인들로 넘쳤다. 하지만 그것이 혐오스럽게 느껴지진 않았다. 우선 푸른 옷을 입은 경기병輕騎兵 장교만 해도 무시무시한 전쟁 무기를 들고 거리를 지날 때는 무척 거만스러워 보였지만, 카페에 앉아 있으면 지난해 같은 자리에서 커피를 마시던 프랑스 엽기병獵騎兵 장교보다는 루앙 시민을 업신여기는 것 같지 않았기 때문이다. 그러면서도 주위에 뭔가 정체를 알 수 없는 야릇한 것이 감돌았다. 그것은 견딜 수 없이 이상한 분위기요, 그 일대에 퍼진 냄새 같은 것인데, 그것이 곧 침략의 냄새일지도 몰랐다. 그 냄새는 집 안과 거리에 넘쳐서 음식 맛까지 변하게 했고, 어딘가 머나먼 야만인의 고장에 여행 온 것 같은 인상마저 주었다.

정복자(프러시아군)는 돈을 요구했다. 그것도 소액이 아니라 큰 액수였다. 루앙 시민들은 모아둔 것이 많으므로 요구하는 대로 줄 수 있었지만, 노르망디의 장사꾼은 돈이 많으면 많을수록 내놓길 싫어했기 때문에 동전 하나라도 남의 수중에 건너가는 것을 보고만 있지 못했다.

그런데 도시에서 강을 따라 이삼십 리쯤 내려가면 크루아세, 디에프, 비에사르 근처에서 가끔 뱃사공이나 어부가 강바닥에서 독일군 시체를 건져내는 일이 있었다. 군복을 입은 채 부풀어 오른 시체로 칼에 찔렸거나 돌로 머리통을 맞았거나 다리 밑으로 떨어뜨려 죽인 것으로 보였다. 잔인하지만 이런 정당한 복수는 강물 밑 흙 속에 묻혀버렸다. 이것이야말로 대단히 영웅적인 행위지만, 한낮에 당당하게 겨루는 전투보다는 위험했다. 그럼에도 영광스러운 명예도 얻지 못하는 무언의 항쟁이었다. 왜냐하면 낯선 사람만 보면 이유 없이 화를 내고, 신념을 위해서 죽는 것이 남자의 본분이라 믿고 함부로 손에 무기를 드는 분별없는 용사가 있는 것은 어제오늘 일이 아니었기 때문이다.

어쨌든 진주군이 이 도시를 엄격한 규율 아래 통치하는 것은 확실하지만, 그들이 승리의 행동으로 마을과 거리에서 무자비한 짓을 저질렀다는 것은 소문일 뿐 그러한 기색이 전혀 없기 때문에 루앙 시민들도 조금씩 활동을 시작했고, 장사꾼들 가슴속에는 돈벌이를 하고 싶다는 욕구가 다시 싹트기 시작했다.

실제로 몇몇은 프랑스군이 점령하고 있는 르아브르에 막대한 자본을 투자해서 어떻게 해서든 르아브르로 가고 싶어 했다. 그들은 육로로 디에프까지 가서 거기에서 배를 타겠다는 계획을 세웠다. 마침내 장사꾼들은 안면이 있는 독일군 장교에게 부탁해 여행 허가증을 얻어 냈다. 네 마리 말이 끄는 마차가 준비되었으며, 차주에게 신청해 온 자는 모두 열 명이었다. 그들은 가능한 한 남의 눈을 피하려고 화요일 이른 새벽에 출발하기로 했다.

며칠 전부터 땅이 꽁꽁 얼어붙어 있었는데, 월요일 오후 3시가 되자 북녘에서 커다란 먹구름이 나타났는가 싶더니 마침내 눈이 내리기 시작했다. 눈은 밤새도록 내렸다.

화요일 새벽 4시 30분에 여행자들은 마차가 출발하기로 한 노르망디호텔 안뜰에 모였다. 아직도 잠에서 덜 깬 듯한 그들은 담요를 둘러쓰고도 추워서 덜덜 떨었다. 어두워서 누가 누군지 잘 보이지도 않았다. 게다가 두꺼운 겨울옷을 잔뜩 껴입은 터라 누구나 할 것 없이 긴 법의를 걸친 뚱뚱한 신부처럼 보였다. 이들 중 세 남자가 서로를 알아보고 대화를 나누었다.

"난 아내를 데리고 갑니다."

한 사람이 입을 열자 나머지 사람들이 대답했다.

"나도 그래요."

"실은 나도 그래요."

맨 먼저 말문을 연 사람이 덧붙였다.

"우린 루앙에 다시 돌아오지 않을 작정입니다. 만약 르아브르까지 프러시아군이 쳐들어온다면 영국으로 건너갈 예정입니다."

세 사람은 사정이 모두 비슷했으며 앞으로 계획도 같았다. 마차에 말을 맬 기색은 보이지 않았다. 마부가 들고 있는지 작은 등불이 어둠 속에서 이쪽저쪽 문 사이로 움직이곤 했다. 말 울음소리와 말발굽 소리가 퍼져나갔다. 그나마 마구간에 깔린 짚 때문에 그 울림은 크게 퍼져나가지 않았다. 이때 말을 달래거나 꾸짖는 목소리가 건물 안쪽에서 들려왔다. 마구를 다루고 있는지, 잠시 조용한 가운데 말방울 소리가 단 한 번 짤랑하고 들렸다. 그러나 잠시 후 그 소리는 경쾌한 소리로 이어졌고, 말의 움직임에 따라 리듬을 타고 그쳤는가 싶다가는 갑자기 심하게 짤랑거렸다. 그 소리와 더불어 편자 붙인 굽으로 바닥을 구르는 둔중한 말굽 소리도 들려오곤 했다.

그러다 현관문이 갑자기 닫히고 온갖 소리가 뚝 그쳤다. 사람들은 추워서 아무 말도 못 했다. 그들은 몸을 웅숭그린 채 꼼짝도 하지 않았다.

흰 눈은 솜으로 된 장막처럼 반짝이며 쉼 없이 땅 위에 떨어졌다. 눈으로 만들어진 장막은 사물의 모습을 지워 버리고 얼음 거품으로 온 세상을 덮었다. 흰 눈에 파묻힌 고요한 거리의 깊은 침묵 속에서 어떤 소리도 들리지 않았다. 오직 쉼 없이 내려앉는 눈발의 은밀하고도 가녀린, 어디선가 사뿐 들려오는 옷자락 스치는 소리 같은 것만이 울려올 뿐. 그것은 소리라기보다는 감촉에 가까웠고, 가벼운 원자가 뒤섞여 공간을 채우고 세계를 뒤덮는 것처럼 여겨졌다.

아까 등불을 들고 섰던 마부가 다시 나타났다. 그는 고삐에 매인 말을 당겼지만, 말은 버티고 선 채 좀처럼 움직이지 않았다. 마부는 꿈쩍도 하지 않는 말을 채에 붙이고 가죽으로 된 멍에를 매어 한 바퀴 삥 돌면서 마구를 조사했다. 한 손에 등불을 들고 있는 마부는 한 손밖에 쓸 수 없어서 시간이 꽤 걸렸다. 준비를 마친 마부는 두 번째 말을 데리러 가려다 말고 언뜻 모여든 사람들을 보았다. 그는 손님들이 눈을 하얗게 뒤집어쓰고도 잠자코 기다리는 것을 보고 그들에게 말했다.

"이제 모두 타시지요. 눈이라도 피할 수 있을 테니까."

그제야 손님들은 미처 생각을 못 했다는 듯이 마차에 올랐다. 조금 전의 그 세 남자도 자신들의 아내를 안쪽에 자리 잡아 앉히고 나서 마차에 올랐다. 그 뒤를 따라 윤곽이 흐릿하고 불분명한 또 다른 사람들이 말없이 빈자리에 걸터앉았다.

　사람들 발이 마차 바닥에 깔려 있는 따듯한 짚에 파묻혔다. 구석에 자리 잡은 여자들은 휴대용 난로와 숯을 가지고 와서 얼른 불을 붙였다. 그러고는 난로와 숯의 효능을 자랑하듯이 떠들어 댔다. 이미 예전부터 알았던 사실을 새삼 신기하다는 듯이 끊임없이 떠들었다. 잠시 마차 안에서는 말소리가 계속 들렸다.

　떠날 채비가 끝났다. 눈길이라 더 힘들 것을 고려해 원래 말 네 마리가 끄는 것을 여섯 마리로 늘리고 힘겹게 작업을 끝낸 마부가 밖에서 "다 타셨습니까?"라고 물었다.

　"다 탔소."

　안에서 대답하자 마치는 떠났다.

　마차는 천천히 앞으로 나아갔다. 마치 얼음 위를 조심조심 걷는 것처럼. 바퀴는 눈 속에 빠지고, 차체는 삐걱거리는 소리를 냈다. 말은 미끄러져서 숨을 헐떡이며 땀을 흘렸다. 큰 채찍이 쉴새 없이 윙윙거리며 말들에게 가해졌다. 채찍은 마치 뱀이 꿈틀거리는 것 같았다. 이따금 생각이 난 것처럼 둥근 엉덩이를 찰싹 갈기면, 필사적으로 힘을 내는 듯 말의 엉덩이가 갑자기 긴장했다.

　어느새 아침이 훤히 밝아왔다. 거리에 깔린 부드럽고 가벼운 눈을 손님 중 한 사람이 루앙 사람답게 '솜으로 된 비'라고 비유했

는데, 이제 눈은 더 내리지 않았다. 커다란 구름 사이로 옅은 햇살이 새어 나올 뿐 어둡고 칙칙한 구름이 무겁게 퍼져 있어 길가의 눈은 한층 빛나 보였다. 연도에는 한때 설화가 핀 커다란 나무들이 줄지어 섰는가 하면, 솜 모자를 쓴 농가 한 채가 언뜻 나타나기도 했다. 그제야 새벽녘의 푸르른 빛 속에서 마차 안의 사람들은 호기심 어린 눈으로 서로 얼굴을 살피곤 했다.

맨 안쪽 상등석에 마주 앉아 졸고 있는 사람은 그랑퐁가의 포도주 도매상인 루아조 부부였다. 루아조는 원래 점원이었는데 주인이 사업에 실패하자 그 집의 권리를 몽땅 사서 돈을 벌었다. 가난한 시골 상인들을 상대로 질 나쁜 포도주를 싼값에 파는 수법을 써서 동업자나 친구들 사이에서도 상술이 비상한 자로 알려져 있었다. 엉큼함과 경박스러운 유머를 겸비한 노르망디 토박이다웠다.

이 남자가 사기꾼이라는 것은 이미 모두 알고 있는 사실이었다. 언젠가 우화와 상송 작가이자 신랄한 독설가이기도 한 투르넬 씨가 지사 관저의 파티에서 부인들이 다소 지루해하는 기색을 살피고는 '루아조볼'이라고 말장난한 것만 봐도 알 수 있다. '새가 난다'는 말에 '루아조는 훔친다'는 뜻이 포함되어 있는 이 말은 날개 돋친 듯 순식간에 지사 관저의 살롱으로 전해졌고, 급기야 거리의 살롱에까지 알려져 한 달 내내 루앙의 남녀노소가 배꼽을 쥐게 했다.

물론 루아조도 우스갯소리로 사람들을 잘 웃기기로 유명했다.

농담이라면 나쁜 것이건 좋은 것이건 다 묘리를 터득하고 있었다. 그러므로 루아조 이야기만 나오면 그를 비웃다가도 나중에 '정말 그 루아조라는 남자는 새는 새라도 보통 새가 아니에요.'라고 말하게 된다.

벌건 얼굴에 콧수염을 기른 루아조는 키가 작달막하고 배는 볼록 나온 볼품없는 남자였다. 반면 그의 부인은 키가 크고 우람한 여장부로, 목소리가 굵고 만사를 척척 해결하는 결단력이 있었다. 천성적으로 명랑한 성격인 남편이 장사해나가는 옆에서 그녀는 주판을 한 손에 들고 가계를 꾸려나갔다.

이 부부 곁에서 한층 거만스레 앉아 있는 사람은 루아조보다 사회적 지위가 높은 카레라마동이었다. 그는 제사공장을 세 개나 갖고 있는 면직업계의 유력자요, 레지옹 도뇌르 훈장을 받은 자로 도의회 의원이기도 했다. 군주제 시절, 그는 추파를 잘 던지는 야당 수령으로 일관했는데, 그것도 따지고 보면 자기가 전향할 때 상대편에게 은혜를 입겠다는 속셈에서였다. 그 자신의 말을 빌린다면, 가짜 칼을 휘두른 데 지나지 않았다. 카레라마동 부인은 남편보다 나이가 엄청나게 적었다. 루앙의 병영兵營에 상류계급 출신 장교가 전임해 오면 부인은 언제나 그런 젊은이들에게 위안거리가 되곤 했다.

그녀는 작은 몸을 모피에 싼 채 남편 앞에 오도카니 앉아 있었다. 그 상그레한 모습은 너무나 귀엽고 예뻤지만, 상심한 표정으로 마차 안의 멋없는 풍경을 바라보았다.

그 곁에는 위베르 드 브레빌 백작 내외가 앉아 있었는데, 가문의 격식이나 유서가 모두 노르망디 굴지의 명문에 속했다. 백작은 풍채가 그럴듯한 노신사인데, 태어날 때부터 앙리 4세를 닮은 것을 의식하고 이제는 몸치장에까지 공을 들여 최대한 비슷해 보이려고 안간힘을 썼다. 그것도 그럴 수밖에 없는 것이, 백작 집안에 전해 내려오는 전설에 따르면 선조 중 앙리 4세의 아이를 낳은 여인이 있었으며, 그 일로 말미암아 그 여자의 남편은 백작으로 선임되고 주지사까지 됐다고 한다. 역시 도의회 의원인 카레라마동과는 동료로, 이 지방의 오를레앙당黨을 대표하는 인물이었다.

이러한 백작이 낭트의 보잘것없는 선주의 딸과 어떻게 결혼했는지는 아직도 수수께끼다. 그런데 이 백작부인이 대단한 마님이어서 손님 접대를 잘할뿐더러 루이 필립의 아들에게 사랑을 받은 적도 있다는 소문이 돌았다. 그래서인지 오늘날에는 귀족사회에 군림해 그녀의 살롱은 이 지방에서 첫째가는 사교장으로 인정되었다. 예스러운 우아한 범절이 남아 있는 점에서도, 드나들기가 좀처럼 힘들다는 점에서도 제일가는 살롱일 것이다. 부동산만 가지고 있는 브레빌가家의 재산은 연 수입이 50만 리브르(혁명 전 화폐 단위—옮긴이)에 달한다고 했다.

이 여섯 사람이 마차 안에서 상석을 차지했다. 말하자면 여섯 사람은 돈의 힘으로 평안한 생활을 누리는 온실 속 사람들을 대표하는 셈이었다.

우연하게도 여자들은 모두 같은 쪽 의자에 앉아 있었다. 특히 백작부인 옆에는 수녀 두 명이 앉아서 긴 묵주를 헤아리며 '주기도문'과 '아베마리아'를 중얼거렸다. 그중 나이든 수녀는 얼굴이 산탄총을 맞은 것처럼 곰보투성이였다. 다른 한 수녀는 아름답기는 했지만 가냘프고 병색이 깃들어 있었다. 고개를 숙이고 있는데 결핵에 걸렸을 뿐만 아니라 사람을 순교자나 몽상가로 만드는 열렬한 신앙에 빠져 있었다. 이 수녀들 맞은편에 남녀 한 쌍이 앉아서 모두의 시선을 받고 있었다.

남자는 너무도 유명한 민주주의자인 코르뉘데였다. 그는 20년 전부터 부지런히 민주주의적인 카페를 돌아다니며 불그스름한 수염을 맥주에 담듯이 내내 술로 세월을 보냈다. 과자 제조업을 하던 부친이 남겨준 상당한 유산도 동지나 친구들과 함께 술로 다 마셔 날려버리고, 그 후로는 오직 공화국이 실현되기만 기다렸다. 그날이 오면 자기가 혁명을 위해 뿌린 돈만큼 상당한 자리 하나 정도는 생길 거라고 여겼기 때문이다. 드디어 9월 4일(1870년 제3공화국이 설립된 날–옮긴이) 그날, 그는 자기가 지사로 임명되었다고 생각했다. 그러나 막상 현 청사에 갔을 때 관청의 실권을 차지한 관리들이 그를 지사로 인정하기를 거부해서 돌아 나와야 했다. 어쨌든 그는 악의가 없는 선량한 사람으로 다른 사람을 도와주는 일에 나서길 좋아하므로 이번 전쟁 때도 도시의 방위를 굳건히 하는 데 더없이 정열을 쏟았다. 들판에 참호를 파게 하고, 근처 숲의 어린나무는 모조리 베어 눕히고 모든 길에는 함정을 설치했다. 그런 후 적군이 다가오자 부하들에게 만족한 미소를 보이면서 재빨리 도시로 물러섰다. 그리고 지금에 와서는 르아브르로 가서 새로운 방어진지를 만드는 것이 자신의 중요한 임무라 생각했다.

그 옆에 있는 사람은 밤거리에서 잘 알려진 여자였다. 창녀인 그녀가 유명한 것은 나이에 맞지 않게 뚱뚱했기 때문이다. 그래서 '비곗덩어리'라는 별명이 있는 그녀는 땅딸막한 키에 온몸이 비곗살로 둥글둥글했다. 손가락도 통통하게 살이 쪄서 마디진 곳은 짧은 소시지가 줄줄이 엮인 것 같았다. 피부는 반들반들 윤이 났고, 젖가슴이 커서 옷이 찢어질 것 같았다. 그래도 남자들이 계속 치근거리는 것은 그 싱싱한 피부색이 보기에 쾌감을 주기 때문이리라. 얼굴은 빨간 사과나 방금 핀 모란꽃봉오리 같았다. 그 얼굴 위쪽에서는 초롱초롱한 검은 눈이 반짝이고, 짙고 긴 속눈썹이 눈동자에 그늘을 만들었다. 얼굴 아래쪽에는 키스하기에 알맞게 촉촉이 젖은 매혹적인 작은 입술이 있었는데, 희고 작은 이가 가지런히 숨어 있었다. 이 밖에 소문에는 이 여자에게 헤아릴 수 없을 만큼 매력이 많다고 했다.

그녀가 비곗덩어리라는 것이 드러나자 정숙한 부인들은 소곤대기 시작했다. '창녀'나 '수치'라는 단어가 다소 크게 들렸는지 여자가 고개를 번쩍 들었다. 그리고 대담한 눈초리로 주위 사람들을 쏘아보자 갑자기 분위기가 조용해지고 모두 눈을 내리깔았다. 루아조만 자못 재미있다는 듯이 그녀의 동정을 살폈다.

그러나 곧 세 부인이 말을 하기 시작했다. 창녀와 한 마차에 탔다는 사실이 갑자기 그녀들을 친구로, 친구 이상으로 친밀하게 만들었다. 자기들은 어엿한 유부녀들이니 이 파렴치한 창녀에 대항해서 굳게 결속하지 않으면 안 된다고 생각했던 모양이다. 어쨌든 부부간의 사랑은 같은 사랑일지라도 돈으로 팔고 사는 사랑을 경멸하기 때문이다.

세 사람의 남편들 역시 코르뉘데를 보고 자연히 보수주의자의 본능으로 서로 가까워져서 가난뱅이를 입신여기는 듯한 말투로 돈 이야기를 시작했다. 가축을 얼마나 도둑맞았다든가 추수할 곡식이 형편없이 되었다는 등 그 손실을 일일이 열거했는데, 결국 이와 같은 피해도 고작 1년쯤 참으면 회복된다는 만석꾼 영주다운 대범한 태도를 보였다.

카레라마동은 과연 제사업계에서 고생을 맛본 사람이라 벌써 영국에 60만 프랑을 송금해 두는 민첩함을 보였다. 급할 때 쓰려고. 얼마 안 되는 돈이지만 하는 식이었다. 루아조는 재고품인 싸구려 포도주를 한 병도 남김없이 프랑스군 병참부에 팔아넘긴 자신의 솜씨를 자랑했다. 그러므로 국가는 자신에게 엄청난 빚을 졌으며, 이번에 르아브르로 가면 그 돈을 받을 것이라고 말했다. 이리하여 세 사람은 재빠르게 친근감이 깃든 시선을 주고받았다. 그들은 비록 신분은 다르지만 돈으로 맺어진 형제처럼 보였다.

속도가 느린 마차는 오전 10시가 되었는데도 얼마 가지 못했다. 그동안 남자들은 세 번이나 마차에서 내렸다. 고개에 당도할 때마다 걸어서 넘어야 했기 때문이다. 토트에서 점심을 먹을 예정이었는데 은근히 걱정되었다. 이렇게 가다가는 날이 저물어도 도착할 것 같지 않았기 때문이다. 도중에 식당이 없는지 살피는데 설상가상 마차가 눈구덩이에 빠져 구덩이에서 빠져나오는 데만 두 시간이 걸렸다.

모두 배가 고파서 정신이 없었다. 그런데도 밥집이나 술집 같은 건 통 나타나질 않았다. 프러시아군이 점점 다가왔고, 아군 병사들이 배를 곯은 채 지나갔기 때문에 장사꾼들은 모두 겁을 먹고 가게 문을 닫은 듯했다.

남자들은 먹을 것을 찾아서 길가의 농가를 뒤졌으나 빵 한 조각도 얻지 못했다. 농부들도 군인들에게 약탈당할까 근심스러웠을 것이다. 군인들이 몹시 굶주렸기에 발견하는 즉시 강제로 빼앗아 갈 것이 분명했기 때문에 두려운 농부들이 식량을 감춰버린 것이다.

오후 1시경이 되자 루아조는 위 속에 큰 구멍이 난 것 같다고 말했다. 다른 이들도 배고픔에 힘들어했다. 점점 허기짐에 따라 먹고 싶은 욕구는 자꾸 커졌고 아무도 입을 열지 않았다.

가끔 한 사람이 하품하면 따라서 한 사람씩 하품을 하기도 했다. 그 방법도 성격, 경험, 신분 등 사람에 따라 달랐다. 노골적으로 소리를 내며 입을 벌리는 사람도 있고, 저도 모르게 입을 크게 벌렸다가는 황급히 손을 가져가는 사람도 있었다.

비곗덩어리는 무엇을 찾는 듯 몸을 굽혀서 치맛자락에 손을 가져갔다. 뭔가 망설이는 표정으로 잠시 주위 사람들을 바라보다가 조용히 몸을 일으키곤 했다. 사람들의 얼굴이 모두 핼쑥해지고 배고픔에 뒤틀려 있었다. 갑자기 루아조는 햄 한 조각에 1천 프랑이라도 내겠다고 단호하게 말했다. 그 말을 듣고 그의 아내가 펄쩍 뛰자 루아조도 곧 잠잠해졌다. 돈 한 푼이라도 허투루 쓰는 것을 질색하는 편이라서 부인 앞에서는 돈에 관해서는 농담조차도 할 수 없었다.

마침내 백작도 본심을 털어놓았다.

"나는 기분이 매우 안 좋소. 어째서 내가 먹을 것을 생각하지 못했는지 모르겠소."

그것은 백작뿐만 아니라 모두 동감하는 일이었다. 그러나 럼주를 수통에 담아 갖고 온 비곗덩어리가 사람들에게 럼주를 권했으나 모두 거절했다. 오직 루아조만 석 잔을 받아마셨는데, 수통을 돌려주면서 "역시 술이 좋군요. 몸이 따뜻해지고 허기가 감쪽같이 가라앉네요." 하고 해롱거렸다.

그는 취기가 돌아서 지껄이면서 끔찍한 제안을 했다. 옛 노래에 나오는 뱃놈같이, 손님 가운데서 제일 살찐 사람을 잡아먹자는 것이었다. 분명히 비곗덩어리를 간접적으로 암시하는 말이었다. 그의 말이 모든 사람의 이맛살을 찌푸리게 했다. 아무도 대답하지 않았다. 코르뉘데만 빙긋이 웃었다. 수녀들도 어느새 기도를 멈추고 넓은 옷소매 속에 두 손을 찌른 채 꼼짝도 하지 않고 고개를 숙이고 있었다. 배고픈 설움도 하늘이 내린 뜻이라면 참을 수밖에 없다고 생각하는 듯했다.

마침내 3시가 되었다. 사방을 둘러봐도 마을 하나 안 보이는 끝없는 벌판 한가운데에 이르렀을 때다. 비곗덩어리가 갑자기 허리를 구부리는가 싶더니 의자 밑에서 커다란 바구니를 꺼냈다. 바구니에는 흰 천이 덮여 있었다.

그녀는 바구니 안에서 먼저 작은 접시와 예쁜 은잔을 꺼냈다. 그리고 커다란 그릇을 꺼냈는데, 그 속에는 통째로 익힌 통닭 두 마리가 조린 국물에 잠겨 칼질이 된 채 들어 있었다. 바구니에는 파테, 과일, 설탕 묻힌 과자 등 맛있는 음식이 가득 들어 있었다. 사흘은 여인숙 음식에 손대지 않고 여행할 수 있는 양이었다. 덤으로 음식을 싼 종이 사이에서 너덧 개 술병의 머리가 삐죽이 보였다. 비곗덩어리는 닭의 날갯죽지 하나를 집어 들고 노르망디에서 '레장스'라고 하는 작은 빵과 함께 조용히 먹기 시작했다.

모든 시선이 그녀에게로 쏠렸다. 맛좋은 음식 냄새가 마차 안에 풍겼다. 사람들은 콧구멍을 벌름거리며 입안 가득 군침을 흘렸다. 창녀 따위에게 한 방 당하다니 하고 부인들은 화가 치밀어서 창녀를 죽여 버리고 싶은 심정이었다. 아니면 마차에서 눈밭 위로 내동댕이쳐 버리고 싶었다. 여자뿐만 아니라 은잔과 바구니는 물론 음식까지 몽땅 눈 속으로 처박아 버리고 싶었다. 그러나 루아조는 닭이 든 그릇에서 눈길을 떼지 않고 감탄하듯이 말했다.

"참 용의주도하군요. 감탄했습니다. 모든 일에 다 생각이 미치는 분도 계시는 법이지요."

그러자 그녀는 루아조를 보며 음식을 권했다.

"좀 드시겠어요, 선생님? 아침부터 아무것도 안 드셨으면 많이 힘드실 거예요."

루아조는 고마움의 표시로 가볍게 고개를 숙이고 나서 그녀에게 기다렸다는 듯이 말을 건넸다.

"그럼 하나 실례해도 되겠지요. 도저히 참을 수가 없군요. 전시에는 전시답게 굴어야죠. 안 그렇습니까?"

그러고는 일행을 둘러보고 나서 넛붙였다.

"이렇게 고마울 수가요."

그는 바지가 더럽혀지지 않도록 가져온 신문을 펼쳤다. 그리고 늘 호주머니에 넣고 다니는 나이프 끝으로 조림 국물에 배어든 닭다리를 꺼내 들고 우적우적 먹기 시작했다. 맛있게 먹는 모습에 여기저기서 안타까운 듯한 한숨이 크게 들렸다.

그러자 비곗덩어리는 겸손하고 부드러운 목소리로 수녀들에게도 음식을 권했다. 수녀들은 흔쾌히 받아들고 고개를 숙인 채 급히 먹기 시작했다. 코르뉘데도 비곗덩어리의 권유를 거절하지 않았다. 수녀들까지 합세해서 무릎 위에 펼쳐진 신문이 마치 식탁 같았다. 모두 쉴 새 없이 입을 움직이고, 쑤셔 넣고, 씹고 삼키는 데 온 힘을 다하는 것 같았다. 루아조는 혼자 한구석에서 돌아보지도 않고 먹었다. 이따금 작은 소리로 아내에게 먹으라고 권하기도 했다. 그의 아내는 꿈쩍할 기색이 없더니, 마침내 오장육부에 경련이 일어나자 굴복하고 말았다. 루아조는 친근한 말로 '아름다운 동행자'를 향해 가능하다면 자기 아내에게도 한 입 나눠줄 수 없겠느냐고 물었다.

"그럼요. 어서 드세요."

비곗덩어리는 방긋 애교스럽게 웃고 나서 그릇을 내밀었다. 그런데 보르도주酒의 마개를 뽑았을 때 난감한 일이 일어났다. 컵이 하나밖에 없었던 것이다. 그래서 할 수 없이 한 사람씩 컵을 쓰고 닦아서 돌리는 수밖에 없었다. 그러나 코르뉘데는 아무렇지 않은 듯 비곗덩어리가 입을 댄 후 아직 젖어 있는 자리에 자기 입술을 댔다. 브레빌 백작 부부와 카레라마동 부부는 사람들이 맛나게 먹는 모습과 풍겨 오는 음식 냄새에 목이 막히고 배고픈 괴로움에 빠져야 했다. 그 어떤 형벌보다 잔인하다는 생각이 들 정도였다. 갑자기 카레라마동의 젊은 아내의 신음이 들렸다. 눈보다 더 흰 그녀의 창백한 안색이 보였고 이내 그녀는 눈을 감고 쓰러졌다. 놀란 남편은 주위 사람들에게 도움을 청했고 모두 정신없이 그녀에게 다가갔다. 나이 든 수녀가 그녀를 부축하자 비곗덩어리가 포도주 몇 방울을 그녀의 입에 넣어주었다. 그녀는 기척이 있는 듯하다가 눈을 뜨고 환하게 웃으며 "이젠 괜찮아요."라고 가느다란 목소리로 말했다. 그러나 수녀는 다시 쓰러질 것을 염려해 컵에 포도주를 가득 따라 전부 마시게 하고 말했다.

"괜찮을 거예요. 배가 고파서 그런 거니까."

그러자 비곗덩어리는 음식을 먹지 않은 네 사람을 돌아보고 어색하게 얼굴을 붉히면서 말했다.

"어머, 이걸 어쩌죠. 선생님과 부인들에게 실례가 된 듯해서 말이에요…"

이렇게 말하고 비곗덩어리는 자기 말이 그들에게 모욕으로 들리지 않을까 하는 걱정에 입을 다물었다. 이때 루아조가 그 말을 받아서 말했다.

"저, 이런 때는 서로 돕는 것이 당연하지요. 자, 부인들께서도 사양하지 마시고 하나씩 드시는 게 어떨까요? 생각해 보세요. 오늘 밤 지붕 밑에서 자게 될지 누가 압니까. 어쩜 토트에 도착하려면 내일 오후가 지나야 할지도 모릅니다."

그러나 모두 망설이고만 있었다. 이때 백작이 어쩔 줄 몰라 하는 뚱뚱한 창녀에게 귀족다운 정중한 태도로 말했다.

"그렇다면 고맙게 받겠소이다."

첫발을 떼기가 어려울 뿐이다. 모두 루비콘강을 건너고 나자 마구 달려들었다. 순식간에 바구니는 바닥이 나버렸다. 그러나 닭은 없어졌지만 아직도 푸아그라 한 조각, 메추리 파테, 훈제한 소의 혓바닥, 배, 치즈, 빵, 과자가 남아 있고 식초에 절인 양파와 오이가 단지에 가득 들어 있었다. 여느 여자와 마찬가지로 비곗덩어리도 채소를 좋아하는 모양이었다.

아무리 비곗덩어리가 천한 창녀일지라도 배부르게 음식을 얻어먹으면서 말을 선네지 않을 수 없었다. 처음에는 적당히 말을 걸었지만 점점 대화가 활기를 띠었다. 브레빌 부인이나 카레라마동 부인은 처세에는 능한 여자들이라 지나침이 없도록 신경 쓰면서 상냥한 태도를 보였다. 특히 백작부인의 태도가 일품이었다.

고귀한 귀부인다운 태도로 서민적인 친근성을 마구 드러냈다. 그에 반해서 몸도 억세고 친근성도 없고 무뚝뚝한 루아조 부인은 여전히 얼굴을 찡그린 채 말도 하지 않고 먹기만 했다.

화제는 자연히 전쟁에 관한 것이 되었다. 프러시아군의 잔학한 행위와 프랑스군의 용감한 활약, 화제는 여전히 변함이 없지만 도망치는 패거리가 타인의 용기를 칭찬하는 것이었다. 그러는 사이에 개인 체험담으로 옮겨졌다. 비곗덩어리는 자기가 루앙을 탈출하게 된 경위를 털어놓았다.

"저도 처음에는 남아 있을 생각이었어요. 집에 저장해둔 식량도 꽤 있었기 때문에 낯선 곳으로 가는 것보다는 차라리 적병 너덧 놈을 먹여주는 편이 나을 거라고 생각했지요. 그런데 막상 그놈들을 보니 더는 참을 수 없었어요! 프러시아놈들을 보니까 분해서 피가 끓어오르는 것 같았고, 그놈들에게 먹을 것을 주는 일이 나라의 수치라고 생각하니 화가 치밀어 하루 종일 울었답니다. 정말 그래요. 제가 남자라면 가만두지 않았을 거예요. 창문으로 보였어요. 끝이 뾰족한 모자를 쓴 돼지새끼들, 살이 찐 돼지새끼들이요. 저는 놈들의 등을 향해 의자라도 집어던지고 싶었어요. 그런데 하녀가 제 손을 꽉 붙잡더군요. 프러시아놈들이 우리 집에 몰려와서 방을 빌려달라는 것이었어요. 제일 먼저 들어온 놈의 모가지를 겨누고 달려들었죠. 프러시아 군인이라고 해서 목 졸라 죽이는 데 특별히 어려울 건 없지 않겠어요? 물론 전 그놈을 해치울 생각이었죠. 그런데 누군가가 제 머리채를 휘어잡아 떼어 놓는 게 아니겠어요. 이 일 때문에 전 그놈들에게 들키면 곤란한 처지에 놓였어요. 그래서 마차가 떠난다는 소식을 듣고 이렇게 오게 됐답니다."

사람들은 모두 그녀의 용기를 크게 칭찬했다. 이 정도 용감성을 보인 자가 일행 중에는 한 사람도 없었기 때문에 누구든 비곗덩어리를 칭찬했다. 코르뉘데는 상대편 이야기에 귀 기울이면서 사도使徒와도 같은 후의를 보이고 회심의 미소를 지었다. 그 모습은 마치 신을 찬양하는 신도의 말을 듣는 사제와 같았다. 종교가 법복을 걸친 사람의 전문분야라면 애국심은 수염을 기른 민주주의자의 것이기 때문이다. 기회가 왔다는 듯 이번에는 코르뉘데가 이야기를 시작했다. 설교 같은 말투는 벽에 매일 나붙는 선전 벽보처럼 수선스러웠다. 그래도 부족했던지 끝내는 열변을 토하면서 '바댕게의 방탕자(나폴레옹 3세의 별명-옮긴이)'를 철저히 깎아내렸다. 그러자 단박에 비곗덩어리가 화를 냈다. 그녀는 나폴레옹을 존경했기 때문이다. 그녀는 앵두보다도 빨갛게 얼굴을 붉히고 분개한 나머지 더듬거리며 말했다.

"그렇다면 그분 대신 당신네들이 하는 걸 보고 싶군요. 아마 더 형편없었을 거예요. 아, 그랬었지! 그분을 몰락시킨 건 당신네들 같은 사람들 아니었나요? 당신네들 같은 게으름뱅이가 집권자가 되는 날엔 프랑스에 남는 사람들은 한 명도 없을걸요?"

하지만 코르뉘데는 태연했다. 여전히 남을 무시하는 듯한 미소를 짓고 있었다. 곧 난처한 말다툼이 시작될 것 같은 형세를 눈치챈 백작이 가운데에 끼어들어 가까스로 화가 치솟은 비곗덩어리를 진정시켰다.

그는 무슨 일이든 진지한 의견은 존중하지 않으면 안 된다고 타일렀다. 그런데 백작부인이나 솜 장수 아내나 여자들은 이유를 불문하고 공화제에 증오심을 품고 있었다. 그런 반면 화려한 전제적인 정부에 대해서는 여자들 특유의 본능적인 애정을 마음속에 품었기 때문에 비곗덩어리가 비록 창녀지만 식견도 있고 생각도 자기들과 같다는 것을 알자 저도 모르는 사이에 친밀감을 느끼게 되었다.

음식 바구니는 이미 텅 비어 있었다. 열이나 되는 사람이 먹어 치웠으니 당연한 것이리라. 대화는 아직 계속되었지만 먹을 것을 다 먹고 난 후라 약간 맥이 빠진 상태였다.

날이 저물어서 서서히 땅거미가 지기 시작했다. 음식을 소화시키는 동안에 추위는 더욱 심해졌다. 피둥피둥 지방 덩어리의 살찐 몸이지만 비곗덩어리도 추위는 어쩔 수 없었다. 브레빌 부인이 아침부터 여러 차례 숯을 갈아 넣은 휴대용 난로를 제공해 주었다. 비곗덩어리는 발이 얼음같이 차갑던 터라 기다렸다는 듯이 받았다. 카레라마동 부인과 루아조 부인은 두 수녀에게 그것을 빌려주었다.

마부는 벌써 램프에 불을 켜고 있었다. 불빛에 조명되어 채에 묶인 말 엉덩이에서 무럭무럭 김이 오르고 있었다. 도로 양쪽의 눈도 그 강한 빛을 받고는 움직이는 반영 때문에 자꾸만 뒤로 펼쳐져 가는 것처럼 보였다.

마차 안은 아무것도 보이지 않을 만큼 어두웠다. 그러자 갑자기 비곗덩어리와 코르뉘데 사이에 무슨 일이 일어난 것 같은 기색이 느껴졌다. 루아조는 계속 어둠을 응시했는데 코르뉘데가 당황해서 몸을 얼른 빼는 걸 본 듯했다. 소리는 나지 않았지만 아무래도 두 사람의 몸이 어딘가 닿은 듯싶었다.

길 앞에 깨알 같은 불빛들이 보였다. 토트였다. 열한 시간 동안 달려왔지만 말에게 여물을 먹이거나 숨을 돌리게 하느라고 네 번 쉰 두 시간을 합치면 모두 열네 시간이 걸린 셈이다. 마차는 토트 읍내로 들어가서 코메르스 여관 앞에 멈췄다. 마차의 문이 열리는 순간 모두 낯익은 소리에 놀라고 말았다. 그것은 긴 칼이 땅에 끌리는 소리였다. 곧 독일 말로 목소리 높여 외치는 소리가 들려왔다.

마차는 섰지만 아무도 내리려 하지 않았다. 나가면 즉시 학살당할 듯한 생각이 들었다. 이때 마부가 램프를 들고 나타났다. 마차 안까지 환히 비추자 사람들이 겁에 질린 채 떨고 있는 모습이 보였다.

마부 옆에 한 독일군 장교가 불빛을 받고 서 있었다. 금발에 몸이 가는 후리후리한 청년인데 코르셋을 입은 젊은 여자같이 군복이 몸에 꼭 맞았다. 납작한 방수용 모자를 비스듬히 쓴 폼이 꼭 영국 호텔의 메신저 보이를 연상시켰다. 콧수염이 일품이었다. 곧고 긴 털이 두 갈래로 갈라져 한없이 뻗다가 한 가닥의 금빛 터

력으로 끝나는데, 그것이 어디에서 어떻게 끝났는지 모를 만큼
가늘었다. 그 수염 때문에 볼이 당겨지고 입술은 맥없이 휘어 있
었다.

독일군 장교는 알자스 사투리가 섞인 프랑스말로 사람들에게
마차에서 내리라고 명령했다.

"모두들 내리시오."

명령을 받고 맨 먼저 수녀 두 사람이 내렸다. 성녀聖女들이라
뭐든지 순종하는 데는 익숙했다. 다음에는 백작 부부, 뒤따라 솜
장수 부부가 내리고, 그 뒤에서 루아조가 자기 앞의 사람을 떼밀
면서 나왔다. 루아조는 내리자마자 독일군 장교를 향해 "안녕하
세요."라고 인사했다. 인사라기보다는 잘 보이려고 아양을 떠는
듯했다. 독일 장교는 그를 멸시하듯 힐끗 바라봤을 뿐 아무 대답
도 하지 않았다.

비곗덩어리와 코르뉘데는 출입구 가까이 있었지만 제일 마지
막에 내렸다. 두 사람은 적에게 당당하고 의연한 자세를 취했다.
비곗덩어리는 마음을 가라앉히려고 안간힘을 썼다. 민주주의자
코르뉘데는 자신의 불그스름한 긴 수염을 비장하게 훑었는데, 손
이 약간 떨렸다. 이처럼 두 사람이 애써 위엄을 유지하려는 것은
이 경우 자기들이 다소나마 나라를 대표한다는 의식이 있었기 때
문이다. 두 사람은 다른 동행자들의 무기력함에 반발심이 일었다.
비곗덩어리는 다른 여자들보다 더욱 단호한 태도를 보이려 했고,
코르뉘데는 남자답게 모범을 보일 때는 바로 이때라는 듯 자신의

저항적 행동을 보여주려고 했다.

일행은 여관의 식당을 겸한 방으로 안내되었다. 독일군 장교는 사령관이 서명한 여행 허가증을 제시하라고 명령했다. 여행자의 이름과 직업 등 신상이 기록된 허가증을 대조해 한 사람씩 검열 하느라고 오랜 시간이 걸렸다. 독일 장교는 "좋소." 하고 무미건조 하게 한마디를 던지고 어디론가 나가 버렸다.

일행은 그제야 안도의 한숨을 내쉬었다. 여전히 배가 고팠으 므로 저녁 식사를 주문했다. 식사 준비로 두 하녀가 분주히 움직 이는 동안에 일행은 자기들이 머물 방을 보러 갔다. 방은 모두 긴 복도에 이어져 있었다. 복도 막다른 곳에 유리문이 있는데, 거기 에는 커다랗게 'Toilet'이라고 적혀 있었다.

겨우 식탁에 앉으려는데 여관집 주인이 나타났다. 그는 말 장 수 출신의 뚱뚱한 남자였다. 천식이 있는지 노상 씩씩거리고 쉰 소리를 냈으며, 목에서는 가래가 끓는 소리가 났다. 그가 세상을 떠난 그의 아버지로부터 물려받은 이름은 '폴랑비'였다. 그 남자 가 물었다.

"저, 엘리자베트 루세라는 분이 누구신가요?"

비곗덩어리가 깜짝 놀라 뒤돌아보았다.

"전데요."

"그러세요? 독일 장교님이 중요하게 할 말이 있답니다."

"저한테요?"

"네, 당신이 엘리자베트 루세가 틀림없다면요."

그녀는 당황하는 기색을 보였다. 잠시 망설이는 듯하다 딱 잘라 말했다.

"가지 않겠어요."

순간, 주위에 있는 사람들이 웅성거렸다. 모두 독일 장교가 부른 이유를 지레짐작해 쑤군거리고 있었다. 백작이 비곗덩어리 옆으로 와서 말했다.

"좋지 않은 생각이에요. 당신이 거절하면 당신뿐만 아니라 우리 모두에게 난처한 일이 생길지도 몰라요. 강자의 말을 결코 거역해서는 안 되지요. 당신이 고분고분하게 따라갔다고 해서 별로 위험한 일은 없지 않겠어요? 틀림없이 뭔가 절차가 하나 누락된 정도의 일일 거예요."

일행이 모두 백작과 뜻을 같이해 그녀를 달래거나 타이르거나 해서 겨우 그녀를 이해시켰다. 왜냐하면 비곗덩어리가 무모한 짓을 해서 일이 시끄러워지면 곤란하다고 생각했기 때문이다. 비곗덩어리는 결심하고 말했다.

"가긴 가겠지만, 이건 모두 여러분을 위해서예요. 꼭 기억해 두세요!"

백작부인이 그녀 손을 잡고 말했다.

"고마워요. 모두 감사하고 있어요."

그녀가 나갔다. 모두 식사는 그녀가 돌아올 때까지 기다리기로 했다.

모두 그녀 대신 자기가 호출되지 않은 것이 아쉬운 듯했다. '사납고 성미가 급한 창녀라 무슨 말을 할지 모른다, 만일 내가 불려 간다면 이렇게 대답해야지.' 하고 쓸데없는 핑계를 마음속으로 준비하기도 했다. 하지만 10분 후 비곗덩어리가 돌아왔다. 화가 났는지 숨을 몰아쉬고 얼굴이 상기되어 있었다.

"그 개자식! 개자식!"

모두 어찌 된 일인지 알고 싶어 했지만 그녀는 한마디도 하지 않았다. 그래도 백작이 끈질기게 묻자 아주 쌀쌀맞게 대답했다.

"당신들이 아실 일이 아니에요. 말하지 못하겠어요."

할 수 없이 일행은 빠르게 우묵한 수프 접시를 가운데 놓고 둘러앉았다. 접시에서는 양배추 냄새가 풍겨왔다. 조금 놀랐지만 저녁 식사는 떠들썩했다. 루아조 부부와 두 수녀는 사과주를 마셨다. 맛도 좋고 경제적이었기 때문이다. 다른 사람들은 포도주를 주문하고, 코르뉘데는 맥주를 시켰다. 그는 맥주 마시는 폼이 특이했다. 우선 마개를 뽑아 거품이 일게 한 후 잔에 따르고, 그 잔을 기울여 바라보더니 천천히 눈높이까지 들어 올려 램프의 불빛으로 그 빛깔을 감상했다. 마실 때는 마치 맥주에 좋아하는 물이 든 것처럼 긴 수염을 출렁거리며 흐뭇해했다. 잠시도 눈을 술잔에서 떼지 않아 눈이 사시처럼 보였다. 그의 태도는 오로지 술을 마시기 위해 태어난 사람이 그 직무를 다하려는 것처럼 보였다. 맥주와 혁명, 그는 자기가 일생을 바친 이 두 가지 정열 사이에 하나의 친화력을 만들려는 것 같았다. 코르뉘데가 혁명 없이 맥주를 맛볼 수 없는 것도 바로 그 때문인 것 같다.

여관 주인인 폴랑비 부부가 식탁 한구석에서 저녁을 먹고 있었다. 남편은 고장 난 기관차처럼 쌕쌕거리며 말없이 먹었다. 반면 그의 아내는 잠시도 입을 다물지 않았다. 프러시아군이 들어와서 무슨 짓을 했는지, 어떤 말을 했는지 밉살스러운 듯이 그들을 헐 뜯었다. 신분 높은 여자들과 대화를 나누는 것이 무척 좋은 듯 갑 자기 백작부인을 향해 말을 걸기도 했다.

이윽고 목소리를 한층 낮추어 시국을 비판하려 하자 남편 폴 랑비가 말을 가로막으며 "적당히 해두지 못해."라고 했다. 그러나 그녀는 아랑곳없이 지껄여 댔다.

"놀랄 일이 아니에요, 부인. 그 녀석들이 먹는 거라곤 감자와 돼지고기, 그다음에는 돼지고기와 감자니까요. 게다가 얼마나 더 러운지 말도 못 해요. 부인 앞이라 말씀드리기 곤란하지만, 아무 데나 내갈기는 겁니다. 무엇보다도 그 녀석들이 하는 연습인가 뭔 가를 정말 보여드리고 싶군요. 저기 저 들판에 나가서 하는데 며 칠 동안 계속한답니다. 앞으로 가, 뒤로 돌아, 우향우, 좌향좌. 정 말 꼴불견이에요. 그들이 논밭에 나가 일하거나 고향에 돌아가 길 이라도 고친다면 오죽이나 좋을까! 정말이에요, 부인. 군인 같은 게 무슨 소용이 있습니까! 백성들이야말로 불쌍하죠. 이쪽은 애 써서 먹여 살리는데, 고작 배운다는 것이 사람 죽이는 일뿐이니 까! 하기야 전 배운 것도 없는 무식한 여잔지 모르지만, 다 자란 남자들이 아침부터 밤까지 땀을 뻘뻘 흘리며 제자리걸음 연습 따 위를 하는 걸 보면 뭔가 잘못된 것 같은 생각이 들어요. 세상에는 남에게 도움을 주려고 온갖 발견을 하는 사람이 있는데, 한편으로는 남을 해치려고 죽도록 고생하는 사람들이 있다니, 그래도 좋은가요? 생각해 보세요. 상대편이 프러시아 사람이건 영국 사람이건, 폴란드 사람이건 프랑스 사람이건 사람을 죽여도 좋다는 법이 어디 있어요? 자기에게 해 끼친 놈에게 복수하면 죄가 되므로 안 된다면서, 토끼 사냥에라도 나간 기분으로 우리 자식들을 총으로 쏘아죽여도 괜찮다는 게 말이 되냐고요! 더구나 제일 많이 죽인 녀석에겐 훈장까지 줍니다. 어떻습니까, 그런 법이 있을 수 있나요? 전 이 점을 잘 모르겠어요."

코르뉘데가 소리 높여 말했다.

"전쟁도 평화스러운 이웃 나라를 공격하면 야만행위이지만 조국을 지킬 때는 신성한 의무입니다."

여관 주인집 여자가 고개를 숙였다.

"하기야 그렇군. 지킨다면 이야기는 다를 테죠. 그렇다면 차라리 재미나 취미로 전쟁을 하는 왕 따위는 모조리 죽여 버리면 어떨까요?"

코르뉘데는 눈을 번쩍이며 말했다.

"됐어, 그렇게 나와야지!"

카레라마동은 생각에 골똘히 잠겨 있었다. 원래 이 남자는 유명한 장군이라면 무턱대고 존경하는 편인데, 지금 이 여관 안주인의 논리정연한 말을 들은즉 과연 그렇다고 수긍하지 않을 수 없었다. '그 말대로 이처럼 많은 사람을 놀리고 먹이는 것은 헛된 일일 뿐 아니라 유해하기조차 하다. 막대한 생산력의 낭비다, 만약 이것을 이용해서 완성까지 몇백 년 걸리는 공업 방면의 대사업에 투입한다면 나라가 얼마나 번영할 것인가.'

그는 속으로 계산했다.

그런데 이때 루아조가 자리에서 일어나 여관집 주인 옆으로 가더니 뭔가 낮은 소리로 말했다. 뚱뚱한 폴랑비는 루아조의 농남이 재미있는지 웃다가 쿨룩거리다가 침을 뱉으면서 불룩한 배를 들썩거렸다.

모두 너무 피곤했기 때문에 식사를 마치자 일찍 잠자리에 들었다.

그런데도 루아조는 뭔가 생각나는 것이 있는지, 아내가 잠들고 나서는 열쇠 구멍에 귀와 눈을 번갈아 기울였다. 그가 말하는 소위 '복도의 비밀'을 탐지하려는 것이었다.

한 시간쯤 지나자 옷자락 소리가 들렸다. 루아조가 재빨리 열쇠 구멍에 눈을 댔다. 비곗덩어리가 보였다. 하얀 레이스 장식이 달린 푸른 캐시미어 잠옷만 입은 그녀는 낮보다 더 뚱뚱해 보였다. 복도 막다른 곳에 있는 화장실에 가려는 듯했다. 그때 옆방 문이 조용히 반쯤 열렸다. 몇 분 후 비곗덩어리가 돌아오는데 코르뉘데가 멜빵만 걸치고 뒤따라오지 않는가. 두 사람은 말을 소곤소곤 주고받더니 우뚝 멈춰 섰다.

유감스럽게도 루아조에게는 두 사람의 말소리가 들리지 않았지만 언성이 높아 조금 엿들을 수 있었다. 코르뉘데가 열심히 졸

라댔다.

"당신은 정말 바보로군. 아무렇지도 않은 일이잖아."

여자는 화가 났는지 냉랭하게 대답했다.

"안 된다니까요. 그런 짓도 할 때가 따로 있는 거예요. 더군다나 이런 데서 그런 짓을 한다면 부끄러운 일이잖아요."

하지만 코르뉘데는 그 말을 이해하지 못한 듯 그 이유를 물었나. 여자는 발끈하며 신경질적으로 더 크게 쏘아붙였다.

"왜라뇨? 정말 깡통이시군. 한 지붕 밑에 프러시아 군인이 있잖아요? 더구나 옆방에 있을지도 모르잖아요."

코르뉘데는 입을 다물었다. 비록 창녀지만, 나라의 체면을 생각해서 적이 있는 곳에서는 몸을 허락하지 않겠다는 갸륵한 자존심이 다 허물어져 가던 남자의 위신을 회복시킨 모양이다. 코르뉘데는 키스만 하고 조용히 제 방으로 돌아갔다.

루아조는 무척 흥분했다. 열쇠 구멍에서 물러서자 방 한가운데서 깡충 뛰어올라 나이트캡을 쓰고 잠들어 있는 마누라를 깨웠다. 이불을 들치고 해골이 다 된 마누라에게 키스하며 작은 소리로 "여보, 한 번 어때?"라며 은근한 말을 던졌다.

그런데 잠시 후 어디선가 묘한 소리가 들려왔다. 지하실인지 다락방인지 알 수 없었다. 아주 규칙적인 신음으로 둔하고 여운이 긴 소리에 주전자 물이 끓을 때 나는 것 같은 진동이 들려왔다. 그것은 여관집 주인 폴랑비가 코를 골며 자는 소리였다.

이튿날 오전 8시에 떠나기로 되어 있었기에 그 시각이 되자 일행은 홀에 모였다. 그런데 눈이 쌓인 마차만 마당 한가운데에 덩그러니 서 있을 뿐 말도 매여 있지 않고 마부도 보이지 않았다. 마구간과 여물곳간, 차고 등을 샅샅이 찾아보았지만 마부는 어디로 갔는지 보이지 않았다. 그래서 남자들이 총동원되어 주변을 수색하기로 하고 여관을 나섰다. 일행은 맞은편의 교회가 있는 광장으로 나갔다. 광장 양쪽에 늘어선 야트막한 집에는 프러시아 군인들이 있었다. 맨 처음 눈에 띈 병사는 감자를 벗기고 있었고, 좀 더 걸어가자 두 번째 병사가 이발소의 바닥을 닦고 있었다. 그런가 하면 눈 가장자리까지 수염이 난 병사가 울고 있는 갓난애를 무릎 위에 올려놓고 뺨을 비비며 달래고 있었다. 군인으로 출전한 농부의 뚱뚱한 아낙네들이 제 집에 유숙하는 프러시아 군인들에게 손짓으로 일일이 일거리를 지시했다. 정복자 프러시아 군인들이 온순히 장작을 패거나, 수프를 만들거나, 커피를 갈았다. 심지어 거동이 불편한 노파의 집에서 오물 처리까지 해주는 자도 있었다.

백작도 이런 모습을 보고 깜짝 놀랐다. 때마침 목사관에서 나오는 하인에게 물어보았다. 늙은 하인은 이렇게 대답했다.

"그들은 의외로 온순한 사람들이죠. 아마 프러시아인이 아니라고 하죠. 저도 어딘지는 모르지만 무척 먼 곳에서 왔다고 하더군요. 모두 고향에 처자식을 남겨두고 온 자들이라니, 전쟁이 재미있을 턱이 없지요. 틀림없이 고향에 남은 사람들도 울고 있을 겁니다. 전쟁 때문에 불행을 겪는 것은 우리만이 아니라 저들도 마찬가지니까요. 이 고장은 그래도 괜찮은 편입니다. 불평만 할 게 아니죠. 저자들은 못된 짓도 안 하고 저렇게 자기 집에서 하듯이 일까지 하니까요. 나리, 가난뱅이끼리는 서로 도와야 합니다, 그렇지요. 전쟁이야 높은 양반들이나 하고 싶어 하지요."

코르뉘데는 승리자와 패배자가 서로 화목하게 지내는 것을 보고는 불쾌해서 차라리 여관방에 처박히겠다며 돌아갔다. 루아조는 농담으로 "서방 자리를 메우고 있군."이라고 말했다. 그러자 카레라마동은 거드름을 피우며 "아니, 속죄를 하는 거요."라며 그를 나무랐다. 그건 그렇고, 아무리 찾아도 마부가 통 보이지 않았다. 겨우 읍내의 술집에 앉아 있는 마부를 찾았는데, 보아하니 독일 장교의 연락병과 한잔하는 중이었다. 백작이 마부에게 엄중히 물었다.

"여덟 시에 떠날 수 있도록 일러두었을 텐데?"

"네, 그건 알고 있습니다만, 그 후에 또 다른 지시를 받았습니다요."

"무슨 지신가?"

"떠나지 말라고 했습니다."

"누가 그런 말을 했나?"

"프러시아군 지휘관입니다."

"어째서 그가 그런 말을 한 것인가?"

"그건 저도 모릅니다요. 알고 싶으시면 직접 가서 물어보시지요. 저야 떠나지 말라니까 떠나지 않을 뿐 다른 생각은 없습니다."

"지휘관이 직접 그렇게 말하던가?"

"아닙니다요, 나리. 여관집 주인이 그런 지시를 받았다면서 전달하더군요."

"언제?"

"간밤에 잠자리에 들려고 할 때였습니다."

걱정스러운 세 사람은 서둘러 여관으로 돌아왔다. 급히 여관 주인 폴랑비를 만나려 했지만 하녀가 주인은 천식 때문에 10시 전에는 절대로 일어나지 않는다고 했다. 불이라도 나면 모를까, 그 이전에 깨우는 것을 엄하게 금하고 있다는 것이다.

그렇다면 직접 장교를 만나야 하는데, 이것은 한 지붕 밑에 있으면서도 불가능한 일이었다. 폴랑비 영감만이 민간인의 건으로 독일 장교에게 말할 권한이 있었기 때문이다. 기다리는 수밖에 없었다. 여자들은 각기 제 방에 틀어박혀서 하는 일 없이 무료하게 시간을 보냈다. 코르뉘데는 불이 훨훨 타오르는 홀의 커다란 난로 앞에 자리 잡았다. 그리고 그곳으로 작은 탁자 하나를 가져오게 하고 맥주 한 병을 시켰다. 그런 후 천천히 파이프를 꺼냈다. 코르뉘데에게 봉사함으로써 간접적으로 조국에 봉사하는 것이 되기라도 하는 듯 보이는 이 파이프는 민주주의자들 사이에서 그들만큼 존경을 모으는 물건이었다. 반들반들 길이 든 파이프는 주인의 이처럼 거무스름했다. 냄새나 윤기, 구부러진 모양이 더할 나위 없이 일품이고, 손에 익어서 주인의 인품에 없어서는 안 될 빛을 더했다. 코르뉘데는 난로 앞에 앉아서 타오르는 불을 바라보는가 하면, 맥주잔 위에 덮인 거품을 유심히 바라보았다. 이윽고 한 모금 마실 때마다 자못 만족스러운 표정을 짓고, 마르고 기다란 손가락을 기름때가 묻은 머리카락 속에 집어넣고 거품 묻은 수염을 쓰다듬었다.

루아조는 발이 저린 걸 풀고 오겠다는 핑계를 대고 토트 주변 소매상들에게 포도주를 팔러 갔다. 백작과 솜 장수는 정치 이야기를 시작했다. 두 사람 다 프랑스의 미래를 예측하려는 것이었다.

한 사람이 오를레앙가家의 천하가 다가올 것이라고 주장하면, 한 사람은 미지의 구세주 출현에 희망을 걸었다. 프랑스가 절망의 구렁텅이에 빠졌을 때 홀연히 영웅이 나타난다는 것이었다. 즉 잔 다르크, 나폴레옹 같은 사람을 말하는 것이리라. 코르뒤데는 옆에서 그 말을 들으며 운명을 예측할 수 있는 것은 자기 한 사람뿐이라는 듯 히죽히죽 웃고 있었다. 온 방 안이 담배 연기로 자욱했다.

시계종이 10시를 치자 폴랑비 영감이 나타났다. 백작이 재빨리 붙잡고 물어보았으나 폴랑비는 똑같은 말을 단어 하나 틀리지 않고 되풀이할 뿐이었다.

"장교가 말하더군요. '폴랑비 씨, 내일 이 여행객들의 마차에 말을 매지 못하게 하시오. 내 명령이 있을 때까지 떠나면 안 됩니다.' 라고요."

백작과 카레라마동은 하는 수 없이 장교를 직접 만나기로 했다. 백작의 명함과 함께 카레라마동은 자기 이름과 직함을 써서 가져가기로 했다. 프러시아군 장교에게서 점심 식사를 마친 후 1시쯤에 두 사람과 만나주겠노라는 회답이 왔다.

여자들도 모습을 나타냈다. 모두 몹시 걱정스러웠지만 음식은 조금씩이라도 먹었다. 비곗덩어리는 몸이 불편한 듯 언짢은 표정이었다.

커피를 마시고 났을 무렵 독일 장교의 연락병이 왔다. 루아조도 두 사람과 함께 가기로 했다. 이 중요한 교섭에 무게를 더하기 위해 코르뉘데에게 강권했지만, 그는 독일 놈과는 절대로 상대하고 싶지 않다며 맥주 한 병을 들고 난로 앞에 주저앉아 버렸다.

2층으로 올라간 세 사람은 여관에서 제일 좋은 방으로 안내되었다. 독일 장교는 두 다리를 난로 위에 뻗고, 의자에 몸을 젖힌 채 기다란 사기 파이프로 담배를 피우고 있었다. 그는 유치찬란한 가운을 걸치고 있었는데, 아마 취미가 저속한 어느 빈집의 시골 신사가 입었던 것을 훔쳐 온 것인 듯했다. 독일 장교는 인사는커녕 꿈쩍도 하지 않았다. 뒤돌아보려고도 하지 않았다. 전쟁에서 승리한 군인은 오만해지기 마련인데 이 장교가 딱 표본일 것이다. 그는 세 사람을 잠시 기다리게 하고 나서 겨우 입을 열었다.

"무슨 용무입니까?"

백작이 먼저 말문을 열었다.

"저희가 계속 여행을 하도록 해주십시오."

"안 됩니다."

"그럼, 그 이유가 무엇인지요?"

"내가 출발시키고 싶지 않기 때문이오."

"죄송하지만 저희는 당신네 군사령관으로부터 디에프까지 가는 여행 허가증을 받았습니다. 이런 취급을 받아야 할 잘못은 없는 줄 압니다만."

"내가 출발시키고 싶지 않다… 그것뿐이오! 그만 돌아가시오."

단호한 장교의 말에 세 사람은 인사를 하고 물러 나왔다. 암담한 오후였다. 녹일 장교의 그 고집을 아무래도 알 수 없었다. 잠깐 엉뚱한 생각이 떠올랐지만 머리만 어지러울 뿐이었다. 일행은 식당에 딸린 여관 홀에 모여 앉아 여러모로 의견을 나눴지만, 그저 끝없는 공허한 메아리에 지나지 않았다. '어쩌면 인질로 잡아둘 셈인지도 모른다. 하나 그건 뭣 때문에? 혹은 포로로 데려갈 작정인가? 아냐, 그것보다는 막대한 몸값을 요구할 속셈인지도 모르지.' 생각이 여기까지 미치자 사람들은 크게 당황했다. 부자일수록 상심이 더욱 커서 뻔뻔스러운 독일 장교에게 목숨 대신 금화를 바쳐야 하는 것은 아닐까 하는 생각까지 들었다.

이에 재산을 감추고 가난뱅이, 그것도 땡전 한 푼 없는 빈털터리로 보이게 하는 그럴듯한 거짓말을 찾으려고 머리를 굴렸다. 루아조는 시곗줄을 풀어서 호주머니에 넣었다. 날이 저물수록 근심은 쌓여만 길 뿐이었다. 서녁 식사까지는 두 시간이나 남았는지라 루아조의 아내가 트럼프 놀이를 제안했다. 기분 전환이 될 것 같아 모두 찬성했다. 코르뉘데까지 순순히 파이프의 담뱃불을 끄고 트럼프 놀이에 끼어들었다.

백작이 카드를 돌리자 비곗덩어리에게 제일 좋은 패가 주어졌다. 모두 점점 승부에 열중할수록 마음속에 근심이 엷어졌다. 이때 폴랑비 영감이 나타나 가래가 끓는 소리를 내면서 말했다.

"장교님이, 엘리자베트 루세 양의 생각이 달라졌는지 알아보고 오라고 했습니다."

비곗덩어리는 새파랗게 질린 얼굴로 서 있었다. 그 새파란 얼굴이 갑자기 새빨개지는가 싶더니, 숨이 차도록 분노가 치밀어 말도 하지 못했다. 마침내 비곗덩어리는 요란한 소리를 지르며 분노로 폭발했다.

"가서 전하세요. 그 더럽고 치사한 바람둥이에게, 구더기 같은 놈에게, 개도 안 물어갈 놈에게 난 절대로 싫다고. 누가 뭐래도 싫다고 말해 주세요. 절대로 그런 일은 없을 거라고요!"

폴랑비 영감이 독일 장교에게 말을 전하러 나갔다. 그러자 모두 비곗덩어리를 에워쌌다. 지난밤 독일 장교에게 불려간 이유를 알기 위해서였다. 입을 꼭 다물고 있던 비곗덩어리는 화가 치밀어 큰 소리로 외쳤다.

"그놈이 저에게 하룻밤 잠자리를 요구했어요!"

너무 노골적인 말이었지만 누구도 탓하는 사람이 없었다. 그만큼 일행의 놀라움과 분노가 컸던 것이다. 코르뉘데가 테이블 위로 맥주잔을 내려놓자 잔이 산산조각이 났다. 무례한 독일 장교에 대해 비난의 아우성이 이어지고, 곧 분노의 폭풍이 되어 일치단결해 끝까지 저항하겠다는 각오를 다졌다. 비곗덩어리가 당한 일이 마치 자기 일처럼 느껴졌다. 백작은 입맛이 쓴 듯 독일 놈들이 하는 짓은 예전의 야만족과 하등 다름이 없다고 서슴없이 말했다. 특히 여자들은 비곗덩어리에게 뜨거운 동정의 눈빛을 보냈다. 식사 때만 나타나는 수녀들 역시 고개를 숙인 채 아무 말도 하지 못했다. 잠시 분노를 가라앉힌 일행은 식탁에 앉아서 말없이 생각에 잠겼다.

여자들은 일찍 물러가고 남자들만 담배를 피우며 트럼프 놀이를 시작했다. 이 가운데 여관 주인을 끼워 넣었다. 폴랑비 영감에게서 독일 장교가 제안한 난감한 일을 철회할 방법을 요령껏 알아내려는 것이었다. 그런데 폴랑비 영감은 카드놀이에 빠져서 어떤 말도 듣거나 대답하지 않았다. 그는 오직 "모두 카드나 합시다." 라고 말할 뿐이었다. 그 바람에 가래를 뱉는 것도 잊어서 이따금 가슴속에서 풍금소리 같은 가래가 끓는 소리가 났다. 숨이 턱에 찬 폐는 천식이 발현하는 온갖 음계를 다 연주하는 듯했다. 그것은 장중한 소리에서 어린 수탉이 지르는 쉰 목소리에 이르기까지 다양했다.

폴랑비 영감의 마누라가 졸려서 못 견디겠다면서 데리러 왔지만 영감은 꿈쩍도 하지 않았다. 부르러 온 영감의 마누라는 쓸쓸히 혼자 돌아갔다. 그녀는 언제나 아침 일찍 몸을 움직이는 편이었지만 영감은 상대만 있다면 밤을 새우는 습관이 있는 편이었다. 폴랑비 영감은 마누라에게 "여보, 내 밀크티를 불에 올려놨소?"라고 외치고 나서 다시 카드놀이에 빠져들었다. 폴랑비로부터 아무것도 알아낼 수 없다는 것을 깨달은 사람들은 하나둘 밤이 깊은 것을 핑계로 각자 방으로 돌아갔다.

모두 다음 날은 일찍 일어났다. 오늘은 떠날 수 있을지도 모른다는 희망이 있었다. 생각이 거기에 미치자 이런 싸구려 여관에 하루라도 더 묵는다는 것이 소름이 끼칠 정도로 지겨웠다. 하루라도 빨리 벗어나고 싶었다. 그러나 말은 여전히 마구간에 매여 있었고, 마부도 나타나지 않았다. 실망한 사람들은 할 일 없이 마차 주위를 맴돌았다.

아침 식사 시간도 냉랭했다. 비곗덩어리에 대한 일종의 냉정한 분위기가 감돌았기 때문이다. 하룻밤 지나고 나서, 모두의 생각이 약간씩 달라진 것 같았다. 지금은 오히려 모두 그녀를 원망하는 듯했다.

'왜 독일 장교의 방에 아무도 모르게 가주지 않을까? 대수롭지 않은 일 아닌가? 첫째, 누가 그것을 안단 말인가? 아침에 일어났을 때 일행에게 떠나라는 기쁜 소식을 전해 주면 얼마나 좋은가? 함께 가는 사람들이 딱해서 왔노라고 장교에게 말한다면 자기 체면도 깎이지 않을 게 아닌가? 더구나 그런 일을 마다할 만큼 단정한 여인도 아닐 텐데 말이다!'

모두 같은 생각을 했지만 아무도 입 밖으로 내지는 않았다.

오후에는 너무 지루해서 모두 백작의 제안으로 근처를 산책하기로 했다. 제각기 옷을 두툼하게 입고 떼 지어 우르르 밖으로 나갔다. 코르뉘데는 불을 쬐겠다며 여관에 남았고, 수녀들은 교회나 신부를 방문하겠다며 산책 무리에 끼지 않았다.

날씨는 귀와 입이 찢어질 듯 매섭고 추웠다. 발도 너무 시려서 걷기가 고통스러웠다. 가까워진 들판의 끝에는 차갑게 내려앉은 눈이 한없이 펼쳐진 풍경뿐이었다. 소름이 돋을 만큼 황량한 들판을 본 일행은 속까지 얼어붙는 듯했다. 일행은 쫓기듯이 여관으로 돌아왔다.

루아조는 일행의 속셈을 속속들이 꿰뚫어보고 있었다. 일행은 다짜고짜 백작에게 그 '계집년'이 언제까지 우리를 이런 구렁텅이에 잡아매둘 셈이냐고 단도직입적으로 물었다. 그러나 백작은 이같이 뼈아픈 희생은 비곗덩어리가 스스로 나서지 않는 한 강요할 수는 없다고 말했다. 카레라마동은 만일 프랑스군이 소문대로 디에프에서 반격을 강행한다면 양군이 충돌할 곳은 아무래도 토트일 거라고 말했다. 이 말을 들은 루아조와 카레라마동은 갑자기 불안해졌다.

"걸어서 도망칠 수 있을까요?"

루아조가 물으니 백작은 어깨를 으쓱해 보이며 말했다.

"우리가 이 눈 속에서 여자를 데리고 도망칠 수 있을 것 같소? 곧 추격당해 십 분도 못 가서 잡힐 것이오. 결국 포로가 되어 독일군의 희롱거리가 되는 게 고작이지요."

정말 그랬다. 그래서 아무 말도 하지 않았다.

여자들은 의상 이야기를 했지만 어제와 달리 왠지 어색한 듯한 분위기였다.

한길 저편에 불쑥 그 독일 장교가 나타났다. 온통 흰 눈에 뒤덮인 곳에서 그의 마른 몸이 더 뚜렷해 보였다. 갓 닦은 구두를 더럽히지 않으려는 듯 군인 특유의 팔자걸음으로 이쪽을 향해 걸어왔다. 그는 여자들의 곁을 지나며 인사를 건넸지만, 남자들에게는 오만한 눈초리로 노려보기만 했다. 남자들도 기죽지 않으려는 듯 모자조차 벗지 않았지만, 루아조만 머리에 살짝 손을 가져갔다.

비곗덩어리의 귀가 빨갛게 붉어졌다. 세 부인은 독일 장교가 노리갯감으로 여기는 창녀와 함께 있는 게 창피해서 어쩔 줄 몰라 했다.

모든 이야기의 중심은 독일 장교의 풍채며 용모에 있었다. 많은 장교를 알고 있고 사람을 볼 줄 아는 카레라마동 부인은 그가 프랑스 사람이 아닌 것이 유감일 뿐이며, 그가 프랑스 사람이라면 미남 경기병 장교로서 여자들에게 인기가 있었을 것이라고 호언했다. 모두 여관으로 돌아왔으나 뭘 해야 좋을지 몰랐다. 하찮은 일에도 험악한 말들이 오고 갔다. 저녁 식사는 침묵 속에서 끝났다. 모두 잠으로 시간을 죽이기를 바라며 잠을 자러 올라갔다.

이튿날 아침이 되자 사람들은 다시 아래층으로 내려왔다. 모두 무척 피로한 표정이었고, 기분도 울적해 보였다. 여자들은 비곗덩어리에게 말도 걸지 않았다.

세례식을 알리는 종소리가 들려왔다. 비곗덩어리에게는 이보토 농가에 맡겨둔 자식이 하나 있었다. 고작 1년에 한 번 정도 보았을 뿐 평소에는 생각지도 못했지만, 지금 여느 집 아이가 세례를 받는다고 생각하니 갑자기 보고 싶어 견딜 수 없었다. 비곗덩어리는 세례식이 보고 싶었다.

비곗덩어리가 밖으로 나가자 남은 사람들은 서로 얼굴을 쳐다보다 의자를 끌어당겨 머리를 맞대었다. 모두 이제는 어떤 결말이라도 내야 한다고 느꼈다. 루아조의 머리에 묘안이 떠올랐다. 독일 장교를 만나 비곗덩어리만 남겨두고 나머지는 출발할 수 있도록 해달라고 요청하자는 것이었다.

심부름꾼으로 나선 폴랑비 영감이 얼마 안 되어 돌아와서 독일 장교가 자기 욕망이 충족되지 않는 한 전원을 잡아두겠다고 했다고 전했다.

이때 루아조 부인이 천박하게 목소리를 높여 말했다.

"그렇다고 해서 우리가 이런 데서 늙어 죽을 수야 없잖아요. 어느 남자와 그 짓을 하는 건 창녀가 하는 일 아녜요. 새삼스레 가릴 게 뭐람. 글쎄, 루앙에서는 아무나와 잤답니다. 마부든 뭐든 상관없어요. 아마 현청에 다니는 마부일걸요! 난 다 알아요. 상대한 남자가 우리 집에 술을 사러 오는 녀석이거든요. 그런데 우리가 곤경에 처한 이 마당에 얌전만 빼고 있잖아요! 흥, 더러운 창녀 주제에… 그래도 난 그 장교가 꽤 점잖다고 생각해요. 아마 오랫동안 굶주렸을 테죠. 그러던 터에 우리 세 사람이 나타났거든요. 그야 어느 쪽이 더 좋은지 알 테지만 우리에게 무례하지 않고 창녀로 만족하겠다니까 말이에요. 그리고 이 점을 생각해 보세요. 독일 장교는 명령 한마디로 뭐든 할 수 있는 신분이거든요. 자기 부하들을 시켜서 우리를 겁탈할 수도 있답니다."

그 말을 들은 두 여자는 몸서리를 쳤다. 아름다운 카레라마동 부인의 눈이 반짝 빛났는데, 안색이 좀 파리한 것이 당장 그 장교한테 겁탈이라도 당하는 듯한 기분이 들었기 때문이리라.

옆에서 의논하던 남자들도 바싹 다가왔다. 흥분한 루아조는 당장이라도 그 창녀의 손발을 묶어서 장교에게 넘겨줘야 한다고 했다. 그래도 백작은 3대째 대사大使를 배출한 가문 출신이라 외교관답게 어디까지나 기교적인 솜씨를 보여 이렇게 말했다.

"자기 스스로 그럴 마음이 들도록 해야지요."

그래서 모두 음모를 꾸몄다. 여자들은 이마를 맞대고 목소리를 낮췄다. 그런 가운데 남녀가 각기 서로 의견을 내놓았다. 그렇다고 해서 경박한 말이 오고 가지는 않았다. 특히 부인들은 더없이 외설스러운 말을 해야 할 때도 품위 있고 부드러운 표현을 골라서 했다. 한마디 한마디 신경 써 가며 조용히 말을 주고받아 누군가 엿들어도 무슨 말인지 통 알 수 없었을 것이다. 상류층 부인들이 제 몸을 감싸고 있는 수치심이라는 베일은 한낱 표면에 불과했다. 한 꺼풀 벗기면 야한 정사에 흥분과 흥미를 느끼는 것이 여실히 보였다. 익숙하게 남의 비밀을 도마에 올리는 품이란 심술쟁이 요리사가 사람들의 음식을 만들면서 침을 뱉는 것과 다름이 없으리라.

아무래도 흥미로운 이야기라선지 자리는 오히려 즐거워졌다. 백작이 좀 노골적인 농담을 했지만, 표현이 그럴듯해서 여자들은 그저 웃고만 있었다. 때가 왔다는 듯이 루아조가 좀 더 음탕한 이야기를 했지만 기분 나빠하는 사람은 아무도 없었다. 도리어 루아조 부인이 '저 여자의 직업이고 보면 이 남자는 좋고, 저 남자는 싫다고 가릴 게 뭐람.'이라고 한 말에 모두 공감하는 탓일 것이다. 오히려 카레라마동 부인은 자기라면 차라리 저 장교를 허락하겠는데 하는 표정을 지었다.

사람들은 마치 요새를 공략하듯 꼼꼼히 비곗덩어리를 공격할 준비를 했다. 각자 모두 자기가 해야 할 역할과 말, 실행해야 할 방법을 정했다. 그러나 이 일에 코르뉘데만은 시종일관 모르는 체하며 관여하지 않았다.

음모에 열중하다 보니 비곗덩어리가 돌아온 것을 아무도 몰랐다. 백작의 '쉬'라는 낮은 소리와 함께 그들의 눈앞에 그녀가 서 있는 게 아닌가. 갑자기 물을 뿌린 것처럼 조용해졌다. 어색한 순간이었다. 누구보다 사교적인 외교에 능숙한 백작부인이 가식적인 목소리로 물었다.

"세례식은 어땠나요?"

비곗덩어리는 아직 흥분이 가시지 않았는지 교회에서 본 것과 들은 것을 남김없이 이야기했다. 사람들의 용모, 태도에서부터 교회의 외형까지. 그리고 "가끔 교회에 가는 것도 좋은 일이군요."라고 덧붙였다.

어쨌든 점심때까지는 부인들도 참아가며 여자에게 친절히 대해주었다. 그녀가 자기들의 충고를 신뢰하고 순순히 말을 듣도록 하려면 어쩔 수 없는 일이었다.

그러나 점심 식탁에 앉자마자 무참한 말들이 시작됐다. 먼저 희생정신을 담고 있는 이야기를 시작했다. 유디트와 홀로페르네스 이야기도 나오고, 루크레티아와 섹스투스 이야기를 하는가 싶더니 클레오파트라로 옮겨졌다. 클레오파트라가 적장들을 차례로 자기 침실에 끌어들여 전부 노예처럼 길들였다는 이야기다. 이것을 계기로 황당무계한 역사 이야기가 터져 나왔다. 로마의 여성들이 카푸아로 몰려가서 정복자 한니발과 부하 장병들을 어떻게 농락했는가. 제 몸뚱이를 싸움터로 삼고 무기와 전략으로 삼아서 쳐들어오는 적병을 막아낸 여인들, 조국을 위해서라면 더러운 남자든 싫은 남자든 눈을 딱 감고 맞아들여 적의 목을 베었다는 여자들, 복수와 충의를 위해서 제 정조를 희생한 여자들, 그들이 열거한 것들 모두가 몸을 던져 희생한 여자들 이야기뿐이었다.

그뿐인가. 영국 명문 출신의 여자가 보나파르트 나폴레옹에게 옮길 작정으로 제 몸에 무서운 전염병을 접종받았으나, 잠자리에 든 순간 보나파르트가 갑자기 발기부전이 되는 바람에 위기를 모면했다는 따위 등 저질스러운 이야기까지 나왔다. 그 말투는 점잖고 아무렇지도 않은 듯했으나 듣는 비곗덩어리를 설득하려고 군데군데 적당한 이야기가 들어 있었다. 이 얘기에 귀 기울이면 이 세상에서 여자의 유일한 의무는 끊임없이 제 몸을 희생하는 일이요, 군인의 요구라면 무슨 일이 있어도 들어줘야 할 것처럼 생각되었다. 두 수녀는 뭔가 깊은 명상에 잠겨 있는 듯 이야기를 전혀 듣지 않는 것 같았다. 비곗덩어리도 입을 꼭 다물고 있었다.

오후에 비곗덩어리에게 생각할 여유를 주었다. 다만 지금은 그녀를 '부인'이라 부르지 않고 '아가씨'라고 불렀다. 아마도 창녀를 존대하는 듯했기 때문에 다시 끌어내려 본래의 비천한 위치를 깨닫게 하기 위해서였으리라. 때마침 수프가 나왔다. 폴랑비 영감이 나타나서 전날 하던 말을 되풀이했다.

"장교님이 엘리자베트 루세 양의 생각이 달라졌는지 물어오라고 합니다."

비곗덩어리는 딱 잘라 대답했다.

"전 싫어요."

그런데 식사 때가 되자 사람들의 단결력에 이상이 생겼다. 루아조까지 세 번이나 실언을 했다. 각기 뭔가 그럴듯한 예가 없을까 하고 머리를 짰으나 통 찾아낼 수 없었다. 이때 마침 백작부인이 나이든 수녀를 잡고 옛 성자聖者가 행한 위대한 행적을 물어보았다. 수녀 딴에는 별다른 생각 없이 종교에 경의를 표하려고 그랬을 것이다. 그러나 아니나 다를까, 성자 중에 세상의 잣대로 봤을 때 죄를 범한 자가 꽤 많았다. 그럼에도 교회는 그것이 신의 영광을 위해서 혹은 이웃의 행복을 위해서 행한 일이라는 구실로 그와 같은 기다란 죄를 마구 용서하는 게 아닌가. 이것은 정말 정당한 예시가 될 듯했다.

백작부인은 기회를 놓치지 않고 그것을 이용했다. 어쩌면 이것은 이심전심이었을 것이다. 아니면 성직자가 선한 마음에서 어쩌다 저지르는 부정행위 같은 것인지도 모른다. 그들이 얻은 의외의 선물이었다. 어쨌든 늙은 수녀가 이 음모에 강력한 뒷받침을 가져다준 것은 사실이었다. 심약하고 수줍은 수녀라고 생각했는데 수다스럽고 분별없는 억센 여자였던 것이다. 적어도 신학적인 어려운 이론에 천착하는 여자는 아니었다. 그녀의 교리는 철석같았고 신앙에 추호도 어긋남이 없었다. 신의 명령이라면 아버지든 어머니든 대번에 죽었을 테니까, 아브라함의 희생쯤은 당연한 일로 생각했다. 그리고 마음만 훌륭하다면 신의 뜻을 배반할 우려는 없다고 독단했다. 백작부인은 뜻밖에도 자기의 동조자를 얻었으므로 그 신성한 권위를 재빨리 이용해서 목적을 이루고 싶어 했다.

백작부인이 수녀에게 일부러 물었다.

"그럼 수녀님, 동기만 훌륭하다면 하느님은 어떤 수단이나 행위도 용서해 주신다 그 말씀인가요?"

"그야 물론이죠, 부인. 본래는 악한 행위일지라도 행하는 마음에 따라서 훌륭한 것이 되기도 합니다."

두 여자는 제멋대로 이야기를 진행해 신의 의지를 멋대로 탐색하거나 신의 심판을 추측했다. 급기야는 신과 아무 관계가 없는 엉뚱한 일에까지 신을 결부했다.

음모는 교묘하게 허울 좋은 너울이 쓰였다. 그럼에도 성스러운 두건을 두른 성녀聖女의 입에서 나오는 말 한마디 한마디가 비곗덩어리의 외로운 저항에 구멍을 뚫고 있었다. 그러는 가운데 말이 약간 빗나가서 묵주를 늘어뜨린 수녀는 자기가 속한 종파의 수녀원 일이나 수녀원장에 관한 일, 자신에 관한 일, 심지어는 귀여운 동료 수녀인 생니세포르의 일까지 늘어놓았다.

또 두 수녀는 천연두 걸린 프랑스 군인 수백 명을 간호하려고 르아브르로 가야 한다고 했다. 그 불쌍한 병사들 모습을 눈에 보이듯 그려 보이고, 증세까지 자세히 설명했다. 그런데 이처럼 독일 장교 때문에 발이 묶였으니 살릴 수 있는 프랑스 군인들을 죽게 내버려둘 수밖에 없다고 한탄했다. 본래 병사를 간호하는 것은 늙은 수녀의 일이었다. 크림반도, 이탈리아, 오스트리아에 종군한 일이 있으며, 일단 전쟁 이야기만 나오면 단박에 용감무쌍한 종군 수녀가 되었다. 전쟁터를 쫓아다니며 비 오듯 퍼붓는 포탄 속에서 부상병을 구조하거나, 말썽을 일으키는 거친 고참병을 말 한마디로 억누르는 데는 이골이 난 종군 수녀인 것이다. 상처와 흉터투성이 얼굴까지 전쟁의 참화를 여실히 말해 주었다.

모든 일은 순조롭게 되어 갔다. 수녀의 말이 감명 깊은 듯 아무도 말을 하지 않았다. 식사를 마치자 모두 아무 말 없이 각자의 방으로 올라갔다. 그리고 다음 날, 꽤 늦은 아침 시간에 내려왔다.

점심 식사는 조용히 마쳤다. 전날 밤에 자신들이 뿌린 씨가 싹을 틔우고 열매를 맺을 시간을 주려는 것이었다. 오후가 되자 백작부인이 신책하자고 제안했다. 모두 앞서 걷고 각본대로 백작이 비곗덩어리의 팔을 잡고 뒤에 처져서 걸었다. 백작은 그녀를 향해서 아버지와도 같은 다정한, 그러나 어느 구석엔가 멸시하는 듯한 말투로 말했다. 신사가 하층 여자를 상대해서 말할 때 쓰는 그런 말투였다. 그녀를 '나의 귀여운 딸'이라고 부르면서도 자신의 확고한 명예와 사회적 지위를 과시하며 높은 곳에서 내려다보았다. 갑자기 백작이 중요한 이야기를 꺼냈다.

"그럼 당신은 우리를 이곳에 묶어두는 편이 좋다고 말하는 건가? 프러시아군이 후퇴할 땐 우리뿐만 아니라 당신도 욕을 볼 게 틀림없는데, 그게 당신이 그 남자를 잠시 기쁘게 해주는 것보다 낫다고 생각하는가? 이제까지 당신이 해왔던 일인데도."

비곗덩어리는 대답하지 않았다.

백작은 그녀에게 온정을 표시하고 도리를 다해서 감정을 털어놓으며 독촉했다. 백작은 필요에 따라서는 은근한 말투로 여자의 비위를 맞추는 말도 주저하지 않았지만, 최후의 선만은 유지해 고귀한 '백작 각하'임을 잊지 않았다. 백작은 그녀를 치켜세우고 이 시점에서 자기들을 위해 힘써 주는 일이 얼마나 고마운지 혹은 친한 말투로 "아가씨, 생각 좀 해봐요. 녀석도 당신과 같은 미인을 경험하면 고국에 돌아갔을 때 자랑거리가 될걸. 미안하게도 녀석들 나라엔 당신 같은 미인이 흔치 않을 테니까."라고 말했다.

그러나 비곗덩어리는 대답하지 않고 입을 다문 채 일행을 뒤따라갔다.

여관에 돌아온 뒤 비곗덩어리는 자기 방으로 올라가 모습을 드러내지 않았다. 그녀가 어떻게 할지 사람들의 불안은 절정에 달했다. 계속 그녀가 거부한다면 무슨 일이 일어날지 모른다는 불길한 생각까지 들었다.

저녁식사 시간이 되도록 모두 멍하니 기다리는데 폴랑비 영감이 들어와서 루세 양은 몸이 불편해 먹지 못하니 먼저 식사를 들라고 말했다.

모두 귀가 솔깃했다. 백작은 주인 곁으로 다가가서 낮은 목소리로 물었다.

"잘돼 가오?"

"그런 것 같습니다."

말로 할 수는 없는 일이라 백작은 일행을 향해서 그저 고개만 끄덕여 보였다. 순간 안도의 한숨이 모두의 가슴에서 새어 나오고, 얼굴에는 기뻐하는 빛이 역력했다. 루아조는 자기도 모르게 "됐어. 이 집에 샴페인 있으면 내가 한 턱 내지." 하고 외쳤다. 그 말을 듣고 여관 주인이 주문받은 술을 네 병이나 들고 나타나 구두쇠 루아조 부인의 얼굴이 파래졌다. 갑자기 모두가 의기투합해서 수다스러워졌다. 묘하게 기분이 들떴다. 카레라마동 부인이 미인인 것을 백작은 새삼 알아차린 모양 같았다. 솜 장수는 솜 장수대로 계속 백작부인의 비위를 맞추었다. 이야기는 활기를 띠었다. 실로 각양각색의 이야기가 오갔다.

갑자기 루아조가 불안하게 얼굴을 찡그리더니 두 손을 들고 "쉬!" 하고 외쳤다. 좌중은 물을 뿌린 듯 조용해졌다. 놀랐다기보다 말만 듣고도 겁에 질린 것이다. 회심의 미소를 지은 루아조는 손짓으로 "조용히! 조용히!" 했다. 귀를 모으고 눈을 천장으로 향한 채 엿듣는가 싶더니, 평상시 목소리로 돌아가서 "안심하세요.

만사가 잘돼 가고 있습니다." 하고 말했다. 모두 알 수 없다는 듯이 모호한 표정을 지었지만 곧 화색을 띤 얼굴로 돌아왔다.

15분쯤 지나자 루아조가 특유의 익살을 떨었다. 그의 익살은 하룻밤 동안 지겹도록 반복됐다. 그는 익살을 떨 때마다 2층에 있는 누군가에게 말을 거는 시늉을 하고, 그 시대의 행상인 근성을 드러내 천박한 재담을 섞어가며 충고의 말을 던졌다. 그런가 하면 가끔 매우 슬픈 표정이 되어 사그라지는 목소리로 "불쌍한 건 그 계집이죠." 하기도 하고, 노기등등해 이를 악물고 "나쁜 프러시아놈, 두고 보자!" 하고 기어 들어가는 소리로 중얼거렸다.

모두 잊을 만할 때가 되면 갑자기 "그만해! 그만!" 잘 울리는 목소리로 이 말을 몇 번 반복하고 나서 이번에는 혼잣말하듯 "별수 없지. 여자가 살아서 돌아온다면 그것으로 만족하기로 하지. 그놈이 죽이지만 않는다면 말이야." 하고 말했다.

어느 것이나 악취미의 농담뿐이었으나 그래도 모두 떠들면서 좋아했다. 화내는 사람은 아무도 없었다. 분노한다는 것도 다른 감정과 마찬가지로 때와 장소에 따라 달라지는 듯했다. 게다가 어느 사이 좌중에 떠도는 분위기가 음란해진 탓도 있을 것이다.

디저트가 나올 무렵이 되자 여자들까지 품위와 재치가 있는 말로 2층에서 벌어지는 일을 암시했다. 모두 눈에 광채를 띠고 술도 얼큰하게 마셨다. 백작은 탈선이 정도를 지나쳤을 때도 평소의 점잖은 태도를 잃지 않고, 지금 자기들의 기쁨을 북극에서 난파당해 추운 겨울바람에 갇혔던 선원들이 겨우 남쪽으로 가는 항로가 열린 것을 알았을 때의 기쁨에 비유했다. 그의 말은 모두에게 갈채를 받았다.

루아조는 꽤 취한 듯 샴페인 잔을 한 손에 들고 일어서더니 "우리의 해방을 축하하며 건배!"라고 외쳤다. 모두 일어서서 박수를 보냈다. 수녀들까지 부인들의 권유에 못 이겨 거품 이는 술에 입술을 댔지만, 난생처음이라 놀라움을 금치 못했다. 라무네와 비슷하지만 술이 훨씬 맛있는 것 같다고 했다.

루아조가 이곳의 들뜬 분위기를 대변하듯 말했다.

"피아노가 없어서 유감이군, 카드리유를 출 수 있을 텐데."

그러나 코르뉘데는 아까부터 한마디도 하지 않았다. 움직이지도 않았다. 뭔가 심각한 생각에 잠겨 있는 것처럼 보였다. 그는 기르고 있는 긴 수염을 자포자기로 잡아당기고 있었다. 이제 12시가 되어 모두 슬슬 흥이 나려는 참인데, 취해서 비틀거리던 루아조가 갑자기 코르뉘데의 배를 툭 치면서 빠른 말로 "어떻게 된 거야, 선생. 오늘 저녁은 영 기분이 좋지 않으시군, 끽소리도 하지 않으니."라고 했다. 그러자 코르뉘데는 머리를 번쩍 들고 무서운 눈으로 사람들을 노려보더니 말을 내뱉었다.

"한마디 던지겠는데 당신들이 한 일은 정말 치사한 짓이야!" 말을 마친 그는 문을 향해 가다가 다시 한번 "정말 치사한 일이라고!" 하고 나서 사라져 버렸다.

순간 사람들은 등골이 오싹했다. 루아조는 깜짝 놀라서 잠시 멍했으나 곧 침착함을 되찾고 갑자기 우스워서 못 견디겠다는 듯이 몸을 뒤틀면서 소리쳤다.

"이봐, 질투하지 말라고, 선생. 위층에 있는 치들은 젊은 연놈들이니 당신이 참아야지!"

아무도 그 뜻을 알아차리지 못하자 루아조는 첫날밤에 있었던 '복도의 비밀'을 폭로했다. 좌중에서는 왈칵 웃음이 터져 나왔다. 부인들도 흥겨워서 어쩔 줄 몰라 했다. 백작도, 카레라마동도 너무 웃어서 눈물까지 흘렸다. 설마 그럴 리가 하고 생각하면서도 웃음이 터져 나왔다.

"아니, 그게 정말입니까, 그 양반이 그랬다는 게?"

"내 눈으로 봤다니까요."

"여자가 왜 마다했죠?"

"프러시아놈이 옆에 있는 데서는 싫다는 거지요."

"설마?"

"설마라뇨, 내가 보증합니다."

백작은 숨이 막힐 지경이었다. 솜 장수는 두 손으로 뱃살을 움켜쥐었다. 루아조는 계속 말을 했다.

"그러니까 코르뉘데 선생은 오늘 밤의 일이 재미있기는커녕 죽을 맛이지요."

세 사람은 다시 웃었다. 이제는 숨이 턱에 차서 괴롭기까지 했다. 사람들 이야기가 점점 노골적으로 돼 가고 있었다.

루아조의 마누라는 원래 심통 사나운 여자라 잠자리에 들기 전에 남편을 붙잡고 카레라마동 부인의 욕을 했다. 그 '건방진 여자가 오늘 저녁 웃긴 웃었지만 아무래도 속에 뭔가 있는 그런 웃음을 웃더란 이야기였다.

"여보, 여자란 군인에게 한번 반하면 프랑스 사람이건 프러시아놈이건 아무래도 좋은가 봐요, 기가 막혀!"

이날 밤은 복도의 어둠이 밤새도록 수런거렸다. 숨소리 같기도 하고, 맨발로 걷는 소리 같기도 하고, 나직이 삐걱거리는 소리 같기도 한 이상야릇한 소리였다. 모두 밤이 이슥하도록 잠을 이루지 못한 듯 문 밑으로 늦게까지 불빛이 새어 나왔다. 샴페인 탓인지도 모른다.

날이 밝자 겨울날의 밝은 햇살에 눈이, 눈부실 정도로 하얀 눈이 빛났다. 밖을 내다보니 마차에 말이 매여져 문 앞에서 기다리고 있었다. 하얀 비둘기 떼가 장밋빛 눈에 까만 동공을 보이며 두꺼운 깃털에 싸인 가슴을 편 채 천천히 말 여섯 필의 다리 사이를 아장대고 있었다. 실상은 그 근처에 흩어진 김이 오르는 말똥속에서 자기 먹이를 찾는 것이었다.

마부는 양털을 두른 채 마부석에 올라앉아 파이프를 피우고 있었다. 떠날 사람들도 얼굴에 환한 빛을 띠고 각자 준비한 도시락을 분주히 챙겼다. 이제는 비곗덩어리만 오면 되었다.

마침내 그녀가 나타났다. 어제의 일로 부끄러운지 좀 기가 죽은 모양이었다. 조심스레 일행을 향해서 걸어왔지만 일행은 약속이나 한 듯이 고개를 돌리고 못 본 체했다. 백작은 거드름을 피우며 아내의 팔을 잡고 그녀를 엄호하듯이 더러운 창녀로부터 떼어

놓았다. 비곗덩어리는 놀라서 우뚝 섰다. 하지만 정신을 차리고 솜 장수 아내 옆으로 다가서며 얌전하게 작은 소리로 인사했다.

"안녕하세요, 부인."

그러나 솜 장수 아내는 어이없는 사람에게 인사를 받은 표정을 짓고 귀찮다는 듯이 고개만 까닥해 보였다. 모두 분주한 체하며 마치 그녀가 치마 속에 병균이라도 넣어 온 것으로 생각하는지 그녀로부터 될 수 있는 한 멀리 떨어지려고 했다. 그러는 동안에 일행은 마차를 향해서 우르르 달려갔다. 비곗덩어리도 마차를 타고 올 때 자기가 앉았던 자리에 말없이 앉았다.

모두 그녀 따위는 안중에도 없는 듯이 행동했다. 루아조 부인은 저만큼 떨어져서 밉살스러운 눈으로 바라보다가 남편을 향해 작은 소리로 소곤거렸다.

"저 여자 옆에 앉지 않게 되어 다행이군요."

육중한 바퀴가 움직이자 여행이 다시 시작되었다. 처음 얼마 동안은 아무도 말이 없었다. 비곗덩어리는 고개도 들지 못했다. 그녀는 자기 주위에 있는 자들이 한없이 원망스러웠다. 그뿐 아니다. 이 사람들의 말에 넘어가서 독일 장교의 팔에 안겨 몸을 더럽혔다고 생각하니 부끄럽고 억울해서 견딜 수 없었다.

백작부인이 카레라마동 부인 쪽을 향해 말을 건네 겨우 이 답답한 침묵이 깨졌다.

"저 데트렐 부인을 아시죠?"

"네, 제 친구인걸요."

"정말 아름다운 분이세요."

"부러울 정도예요! 본래 재능이 있는 데다 교양을 많이 쌓았거든요. 철저한 예술가라면 그분을 가리키는 말일 거예요. 노래도 잘 부르고 그림 솜씨도 아마추어의 경지를 넘거든요."

솜 장수는 백작과 대화를 나누었는데, 유리창이 덜컹댈 때마다 이따금 단어만 띄엄띄엄 들려왔다.

"이사… 시불 날짜… 프리미엄… 기한부."

여관집 테이블 위에 뒹굴던 때 묻은 트럼프를 들고 온 루아조는 아내와 카드놀이를 했다.

수녀들은 허리에 늘인 긴 묵주의 십자가를 들고 성호를 긋더니 대번에 입술을 맹렬히 움직이기 시작했다. 그것은 속도를 더해 두 사람 다 이유를 알 수 없는 말을 중얼거렸는데 그것은 마치 기도드리는 경쟁을 하는 것 같았다. 가끔 성패聖牌에 입을 맞추고 또 한 번 성호를 긋고는 계속해서 빠른 말로 한없이 중얼댔다. 코르뉘데는 꼼짝도 하지 않고 명상에 잠겼다.

세 시간쯤 달렸을 무렵에 루아조가 카드를 치우며 말했다.

"아, 배고프다."

그러자 부인이 끈으로 묶은 꾸러미를 풀고 그 안에서 쇠고기 냉육을 꺼냈다. 그것을 능숙한 솜씨로 얇게 썰어 둘이 함께 먹기 시작했다.

"우리도 먹읍시다."

백작부인이 말하자 모두 그 말에 찬성했다. 백작부인은 4인분이나 준비해 온 도시락을 열었다. 크기가 작은 그릇으로 뚜껑의 손잡이가 사기로 만든 토끼였는데, 안에 든 것이 토끼고기 파이임을 한눈에 알 수 있었다. 그 다갈색 고기에는 하얀 기름이 가득 있고, 그밖에 다른 고기들은 가늘게 다져서 곁들인, 보기에도 영양이 풍부한 음식이었다. 먹음직스럽게 잘린 네모진 치즈는 맛있어 보였는데, 포장한 신문지의 활자가 찍혀서 그 끈적거리는 표면에 '잡보雜報'라는 타이틀이 보였다.

수녀들이 둥글게 만 소시지를 펴자 부추 냄새가 확 퍼졌다. 코르뉘데는 커다란 외투의 큰 호주머니에 두 손을 넣었다 빼더니 오른손에 삶은 달걀 네 개, 왼손에 빵 한 조각을 꺼냈다. 그리고 껍질을 벗겨 발밑의 짚 위에 내던지곤 그대로 손에 들고 먹기 시작했다. 달걀노른자가 부스러져서 텁수룩한 수염에 걸린 모양이 하늘에 반짝이는 별 같았다.

비곗덩어리는 급하게 일어나는 바람에 도시락을 준비할 겨를이 없었다. 아무것도 준비하지 못한 채 마차에 올랐다. 그러나 자신을 무시한 채 이 사람들이 태연히 먹는 걸 보니 화가 치밀었다. 욕지거리가 저절로 입술까지 나왔다. 나오는 대로 내뱉고 그들이 저지른 비열한 행위를 큰 소리로 외칠 작정을 하고 입술을 움직였지만, 목이 메어 소리가 나오질 않았다.

아무도 그녀의 일을 생각해 주는 건 고사하고 돌아다보지도 않았다. 그녀로서는 이 교양을 가장한 파렴치한 인간들에게 농락당했다고밖에 생각되지 않았다. 자기를 희생물로 바치고는 용무가 끝나자 더러운 오물처럼 버리다니. 문득 그녀는 자기의 커다란 바구니가 생각났다. 자기가 애써서 맛난 음식을 잔뜩 담아 왔던 음식 바구니들. 이자들은 그것을 굶주린 이리 떼처럼 달려들어 먹어치우지 않았던가. 조린 국물에 번들거리던 영계 두 마리와 파이, 배, 거기에 포도주 네 병까지 곁들여져 있었는데… 이렇게 생각하는 동안 팽팽한 끈이 끊어지는 것처럼 우울하게 생각되던 기분이 갑자기 풀어지면서 울음이 복받쳤다.

울면 안 된다고 이를 악물고 어린아이처럼 흐느낌을 삼켰으나 눈물이 솟아 나왔다. 눈시울이 번쩍였는가 싶더니 두 줄기 눈물이 천천히 볼을 따라 흘러내렸다. 눈물은 계속 폭포처럼 솟아 나와 불룩한 젖가슴 속으로 스며들었다. 다른 사람이 눈치채지 못하게 꼿꼿이 앉아서 앞만 바라보았지만 표정이 굳고 창백했다.

그러나 백작부인이 그걸 알아채고 가만히 남편에게 알렸다. 백작은 미간을 찌푸렸다. '그것이 어쨌다는 말인가. 내가 알 바 아니다.' 하는 의미였다. 루아조는 보란 듯이 무언의 미소를 흘리더니 작은 소리로 중얼댔다.

"자업자득이야."

두 수녀는 먹다 남은 소시지를 종이에 둘둘 말아 두고 다시 기도를 시작했다.

이때 달걀을 다 먹은 코르뉘데는 소화를 시키려는지 긴 다리를 앞에 놓인 의자 밑으로 뻗고, 몸을 뒤로 젖혀서 팔짱을 끼고 빙긋이 웃었다. 재미난 장난이 떠올랐을 때 웃는 그런 웃음이라 생각했더니 아니나 다를까 〈라 마르세예즈〉를 휘파람으로 불었다. 다들 얼굴에 험악한 빛을 띠었다. 이런 자리에서 이 혁명가가 사람들 마음에 들 턱이 없었다. 모두 신경이 날카로워지고 초조해졌다. 아코디언 소리를 들은 개처럼 당장이라도 짖을 듯한 표정을 지었다. 이런 기미를 눈치챈 코르뉘데는 멈추기는커녕 이따금 가사까지 흥얼거렸다.

조국을 사랑하는 깨끗한 마음
이끌고 떠받들라, 복수의 팔을.
자유여! 그리운 자유여!
그대를 지키는 자와 함께 싸워라.

시간이 지남에 따라 마차의 속도도 빨라졌지만, 갈 길은 멀고 차는 덜컹대서 기분은 우울해질 뿐이었다. 더구나 해가 저물든 마차 안이 캄캄해지든 상관없이 코르뉘데는 노래를 그치려 하지 않았다. 그야말로 사람들에게 복수하려는 듯 휘파람을 악착스럽게 불어서 그렇지 않아도 자포자기에 빠진 사람들은 싫지만 마음속으로 처음부터 끝까지 노래의 멜로디를 듣지 않을 수 없었다. 멜로디뿐만 아니라 가사까지도 떠오르는 형편이었다. 노래는 목적지인 디에프에 도착할 때까지 계속되었다.

비곗덩어리는 여전히 울고 있었다. 가끔 억누를 길 없는 흐느낌이 노랫가락 사이사이로 들려와서는 어둠 속에 사라지곤 했다.

La Parure

Guy de Maupassant

1850~1893

4

목걸이

·

기 드 모파상

그녀는 축복받지 못한 운명으로 가난한 하급관리 집안에서 태어났지만 아름답고 매력적인 아가씨였다. 그녀는 지참금도 없었고 희망도 없었다. 돈이 많은 남자를 만나 이해와 사랑을 얻어 결혼할 가능성은 더더욱 없었다. 그래서 그녀는 문화부의 하급 공무원이 청혼하자 바로 결혼해 버렸다.

그녀는 자기 분수에 맞는 검소한 차림을 했지만 언제나 불행했다. 여자란 신분이나 혈통과 무관하게 자신이 본래 지닌 아름다움만으로 돋보일 수 있는 존재이다. 더구나 그녀는 자신이 세상의 모든 고상함과 사치를 누릴 수 있도록 태어났다고 믿었기 때문에 하루하루가 고통이었다. 보잘것없이 초라한 집, 더러운 벽, 낡은 의자, 때 묻은 천 따위들이 그 여자에게는 고통의 씨앗이었다. 그 여자와 조건이 같은 다른 여자들에게는 아무렇지도 않을 일들이 그 여자를 괴롭혔고, 비위를 상하게 했다. 자기 집의 초라한 집안 일을 맡아보는 브르타뉴 태생의 어린 하녀를 보면 그 여자의 마음속에서는 더욱 절망적인 후회와 잃어버린 꿈이 되살아났다.

그 여자가 꿈꾸는 것은 동양풍 벽지를 바르고 청동의 높은 촛대로 불 밝힌 조용한 응접실이었다. 그리고 짧은 바지를 입은 덩치 큰 하인들이 일의 피로를 잠시 덜려고 따뜻한 난로 옆의 안락의자에서 졸고 있는 그런 장면을 꿈꾸었다. 또 고급스러운 비단이 깔린 넓은 객실과 진귀한 골동품과 고급스럽고 으리으리한 가구, 또 세상의 모든 여자가 선망하는 유명한 친구들과 오후 5시에 모여 그윽한 향기가 가득한 살롱에서 이야기를 나누는 것을 꿈꾸었다.

저녁 무렵 사흘이나 빨지 않은 식탁보가 덮인 식탁 앞에서 남편과 마주 앉았다.

"아! 정말 맛있는 수프야! 세상에 이보다 더 맛있는 수프는 없을 거야."

이렇게 말하는 남편을 보면서 그녀는 고상한 만찬 요리와 빛나는 은식기들, 웅장한 벽화를 꿈꾸었다. 그녀는 그런 상상을 하지 않고는 하루도 살 수 없었다. 그녀가 유일하게 좋아하고 할 수 있는 일은 꿈꾸는 것뿐이었다. 그만큼 그녀는 현실에 만족하지 않았다. 남들에게 주목받고 싶었고, 선망의 대상으로 살고 싶은 욕구가 간절했다.

그녀에게는 부자인 친구가 하나 있었다. 수도원 시절에 가깝게 지냈지만 지금 그녀는 친구를 만나고 싶지 않았다. 친구를 만나고 돌아올 때면 언제나 괴로웠기 때문이다. 그리고 그 괴로움으로 인한 절망과 비애는 며칠이나 계속되었다.

그런데 어느 날 저녁, 남편이 손에 커다란 봉투를 들고 의기양양하게 집으로 돌아왔다.

"이건 당신을 위한 거야."

여자는 재빨리 봉투를 뜯어보았다. 봉투 안에는 초청장이 들어 있었다.

'문화부 장관 조르주 랑포노 부부는 1월 18일 월요일, 공관에서 열리는 파티에 루아젤 부부를 초대하오니 부디 왕림해 주십시오.'

그러나 그녀는 남편의 기대처럼 기뻐서 날뛰기는커녕 초청장을 테이블 위에 내던지며 중얼거렸다.

"도대체 이걸 어떻게 하란 말이에요?"

"아니 여보, 난 당신이 좋아할 줄 알았는데. 당신은 외출할 일도 그다지 없으니 좋은 기회 아니오? 그럼 아주 좋은 기회지. 내가 당신을 위해 그것을 얻으려고 얼마나 애를 썼는데. 이런 기회는 우리 같은 사람들에게 좀처럼 돌아오지 않는단 말이오. 이곳에 가면 유명한 사람들을 얼마든 볼 수 있을 거요."

아내는 원망 어린 눈초리로 그를 보다가 참지 못하고 이렇게 외쳤다.

"도대체 뭘 입고 가란 거예요. 그곳에?"

남편은 미처 그 생각을 못 했다. 그래서 그는 말을 더듬거리며 이렇게 말했다.

"왜 극장에 입고 갔던 옷 있잖소. 내가 보기엔 아주 좋던데…."

아내가 울고 있는 모습을 본 그는 어이가 없고 당황해서 입을 다물었다. 아내 얼굴에서 구슬 같은 눈물 두 방울이 천천히 흘러 내렸다. 그는 더듬거리며 말했다.

"왜, 왜 그러는 거요?"

여자는 괴로운 마음을 가라앉히고 젖은 두 볼을 닦아내며 침착한 목소리로 조용히 대답했다.

"아무것도 아녜요. 나는 입고 갈 옷이 없어서 거기에 갈 수 없어요. 동료들의 부인들 가운데 입을 옷이 많은 누군가에게 초청장을 드리세요."

그는 실망해서 아내에게 다시 말했다.

"여보, 마틸드, 파티에도 입을 수 있고 다른 때도 입을 수 있는 적당한 옷을 사려면 얼마나 있어야 하오? 아주 수수한 것으로 말이오."

여자는 잠시 생각했다. 속으로 많은 것을 계산했다. 월급이 몇 푼 안 되는 이 하급관리가 깜짝 놀라 비명을 지르지 않을 만큼 적당한 가격을 생각했다.

마침내 아내는 멈칫거리면서 대답했다.

"정확히는 알 수 없지만, 사백 프랑 정도면 어떻게 해볼 수 있을 것 같아요."

남편의 안색이 조금 변했다. 왜냐하면 오는 여름에 엽총을 사서 친구들과 낭테르 벌판으로 사냥 가려고 꼭 그 정도 돈을 저축해 두었기 때문이다.

"좋아, 사백 프랑을 만들어 볼 테니 꼭 좋은 드레스로 장만해야 하오."

파티 날이 가까워졌다. 그런데 그녀는 여전히 슬프고 불안하고 걱정이 많았다. 그녀가 바라는 옷이 준비되었는데도 말이다. 어느 날 저녁때 남편이 그녀에게 말했다.

"무슨 일이 있는 거요? 사흘 전부터 정말 이상하단 말이지."

여자가 대답했다.

"이 멋진 드레스에 어울리는 장신구가 없어서 걱정이에요. 보석도 하나 없고 몸에 지닐 것이라곤 아무것도 없어요. 내가 너무 초라해 보일 거예요. 정말이지 파티에 안 가는 게 더 나을지도 모르겠어요."

남편이 대답했다.

"그럼 꽃을 달아요. 요즘 같은 계절에는 꽃도 장식으로 괜찮을 거요. 십 프랑이면 아름다운 장미꽃 두세 송이는 살 수 있어."

"아니에요. 돈 많은 여자들 틈에서 초라한 모습으로 있는 것처럼 창피한 일이 또 어디 있어요."

그러자 남편이 큰 소리로 외쳤다.

"당신 친구 포레스티에를 찾아가서 보석을 좀 빌려달라고 부탁하면 되지 않겠소. 그런 부탁을 할 만큼 당신과 절친하잖소."

그녀는 기뻐서 소리를 질렀다.

"정말 그렇군요. 미처 그 생각은 못 했어요."

이튿날 그녀는 친구 집에 가서 자신의 괴로운 심정을 말했다.

포레스티에 부인은 거울이 달린 장롱으로 가서 큰 보석 상자를 꺼내 와서는 그녀에게 말했다.

"네가 직접 골라봐."

그녀는 먼저 반지를 보았다. 다음에는 진주목걸이, 또 금과 보석으로 공을 들여 만든 베네치아 십자가를 보았다. 그녀는 거울 앞에서 그 장신구들을 한 번씩 달아보고 망설였다. 그리고 또 물었다.

"또 다른 것은 없니?"

"얼마든지 있어, 찾아봐. 어떤 것이 네 마음에 들지 모르겠다."

그러다 그녀는 상자 속에서 찬란하게 빛나는 다이아몬드 목걸이를 발견했다. 그녀의 가슴은 참을 수 없는 욕망으로 뛰기 시작했다. 그것을 쥐고 있는 손까지 떨려왔다. 그녀는 원피스를 입은 자기 목에 그것을 걸어 보았다. 그리고 거울에 비치는 자신을 황홀한 눈빛으로 바라보았다.

그녀는 조심스럽게 물어보았다.

"그래, 이거야. 이걸 빌려줄 수 있겠니?"

"그럼, 물론이지."

그녀는 친구 목에 매달려 감격의 키스를 하고 그 목걸이를 가지고 도망치듯이 돌아왔다.

　드디어 파티 날이 왔다. 그녀는 큰 성공을 거두었다. 그녀는 누구보다도 아름답고 우아하고 상냥했다. 파티에 참석한 모든 남자가 그녀의 이름을 묻고 소개를 받고 싶어 했다. 정부의 모든 관리가 그녀와 왈츠를 추고 싶어 했다. 장관도 그 여자를 눈여겨보았다.

그녀는 황홀한 기분에 도취해 춤을 추었다. 기쁨으로 몽롱해져 아무것도 생각나지 않았다. 자신의 미모가 거둔 승리, 그 성공의 영광, 승리에 취한 여자는 아무 생각도 할 수 없었다.

새벽 4시가 돼서야 파티는 끝났다. 집에 돌아가려고 남편은 아내에게 코트를 걸쳐 주었다. 그것은 아주 검소한 평상복으로 무도회의 화려한 드레스와는 전혀 어울리지 않았다. 이에 여자는 호화로운 모피를 걸친 귀부인들 눈에 띨까 두려워 그대로 가려고 했다. 남편이 그녀를 불렀다.

"기다려요. 그대로 밖에 나가면 감기 들 거요. 내가 마차를 빨리 불러오리다."

그러나 여자는 남편 말을 듣지 않고 재빨리 층계로 내려갔다. 거리에는 마차가 눈에 띄지 않았다. 그래서 남편은 큰 소리로 마부를 부르며 걷기 시작했다. 그들은 추위에 벌벌 떨면서 센강 쪽으로 내려갔다. 마침내 그들은 강가에서 밤에만 운행하는 낡은 마차를 잡을 수 있었다. 그것은 밤에만 볼 수 있는 마차로 마치 낮에는 그 초라한 모습이 부끄러워 나오지 못할 만큼 낡고 작은 마차였다.

초라한 마차를 타고 그들은 집에 도착했다. 두 사람은 서글픈 마음으로 계단을 올라갔다. 그 여자에게 화려했던 그 시간이 이제 끝난 것이다. 그녀는 감회에 젖어 다시 한번 자신의 아름다운 모습을 보려고 거울 앞에 섰다. 그러나 여자는 갑자기 비명에 가까운 소리를 질렀다. 목에 있어야 할 목걸이가 보이지 않았던 것이다. 벌써 반쯤 옷을 벗은 남편이 물었다.

"왜 그래요?"

여자는 미친 듯이 남편을 돌아다보았다.

"저어… 저어… 다이아몬드 목걸이가 없어졌어요."

어처구니없는 그녀의 말에 남편이 벌떡 일어났다.

"뭐라고? 어떻게 그럴 수가 있는데!"

그들은 주머니 속을 비롯해 샅샅이 찾아보았지만 목걸이는 보이지 않았다.

남편이 물었다.

"무도회에서 나올 때는 분명히 있었소?"

"그럼요. 공관 복도에서 만져 보았는걸요."

"하지만 거리에서 떨어뜨렸다면, 떨어지는 소리가 들렸을 텐데. 아마 마차 안에 있을 거요."

"그래요, 그럴지도 몰라요. 혹시 마차의 번호를 봤나요?"

"아니, 당신은? 당신도 못 보았소?"

"못 봤어요."

그들은 기가 막혀서 서로 얼굴을 쳐다보았다. 그러다 남편이 급하게 옷을 입었다.

"혹시 길가에 떨어졌는지 살펴봐야겠소. 우리가 온 길을 다시 다녀오겠어."

남편이 재빨리 나갔다. 누울 기력도 없는 여자는 드레스를 입은 채 의자 위에 쓰러졌다. 여자는 차가운 방에서 아무 생각도 못하고 있었다.

남편은 아침 7시에 돌아왔지만 아무것도 찾지 못했다. 소형 마차 조합은 물론 희망이 있을 만한 곳에는 전부가 보았지만 어디에도 목걸이는 없었다. 마지막에는 경시청과 신문사에 가서 현상금을 걸고 왔다.

여자는 하늘이 무너질 것 같은 재난 앞에서 어쩔 줄 모르고 혼이 나간 상태로 온종일 절망에 빠져서 기다렸다. 저녁때 남편이 창백한 얼굴로 돌아왔다.

"당신 친구한테 편지를 써요. 목걸이의 고리가 망가져 고치러 보냈다고 말이오. 그러면 목걸이를 찾을 시간이 좀 생길 거요."

여자는 남편이 부르는 대로 편지를 썼다.

일주일이 지나자 그들의 모든 희망의 줄이 끊어졌다. 그사이 폭삭 늙어 버린 남편이 말했다.

"다른 보석을 찾아봐야겠소."

그 이튿날, 그들은 목걸이가 들었던 상자를 가지고 상자 속에 상호가 적혀 있는 보석상으로 갔다. 보석상 주인이 장부를 조사했다.

"그 목걸이는 우리가 팔지 않았습니다. 상자만 판 것 같습니다."

그래서 그들은 근처 보석상을 돌아다니며 잃어버린 목걸이와 비슷한 목걸이를 찾아보았다. 그들의 몰골은 말이 아니었다. 흡사 병자를 연상시키는 처참한 모습이었다. 마침내 그들은 한 보석상에서 자신들이 찾고 있는 것과 똑같은 다이아몬드 목걸이를 찾았다. 보석상 주인은 3만 6천 프랑에 팔겠다고 했다.

당장 돈이 없는 그들은 그 보석상에게 3일만 기다려달라고 부탁했다. 그리고 만약 다음 달 말까지 잃어버린 목걸이를 찾게 되면 3만 4천 프랑을 환불해 주겠다는 조건을 붙였다.

남편에게는 아버지가 남겨준 유산 1만 8천 프랑이 있었다. 나머지는 어디서 빌려야만 했다. 결국 그는 한 사람에게서 1천 프랑, 다른 사람에게서 5백 프랑을 빌리고 여기저기에 수많은 차용증을 쓰고 나머지 돈을 마련했다. 그는 목숨 같은 증서를 저당 잡히기도 했다. 또 고리대금업자와 거래하고 온갖 사채업자들을 찾아다녔다. 그는 앞으로 닥칠 괴로움, 더욱 곤궁해질 살림살이, 온갖 물질적 곤란과 정신적 시달림 등을 떠올리고 공포에 사로잡힌 채 새 다이아몬드 목걸이를 사러 갔다. 그는 자신의 미래와 맞바꾼 3만 6천 프랑을 보석상 카운터에 올려놓았다.

마침내 여자가 목걸이를 가지고 친구를 찾아갔을 때, 친구는 좀 차가운 목소리로 말했다.

"좀 일찍 돌려주지. 그동안 내가 필요했으면 어쩔 뻔했니."

친구는 상자를 열어 보지도 않았다. 친구가 목걸이를 보고 한마디 할까 두려웠던 여자는 차라리 다행이라고 생각했다.

이후 여자는 아주 궁핍한 생활을 하게 되었다. 하지만 예전처럼 좌절하거나 낙담하지 않았다. 그녀는 빚을 갚겠다는 굳은 각오로 하녀도 내보내고 집도 옮겼다. 지붕 밑 골방을 하나 빌려 생활했다. 여자는 지금까지 해보지 않은 온갖 궂은일을 했다. 기름

낀 그릇이며 냄비 바닥을 닦느라고 분홍빛 손톱은 망가졌다. 빨래를 하고, 매일 아침 한길에 쓰레기를 가져다 버리고 시간이 날 때마다 물을 길어 올렸다. 전에는 거들떠보지도 않던 낡은 옷을 입고 과일가게에도 가고, 반찬가게에도 가고, 푸줏간에도 가서 욕을 먹어가면서 값을 깎고 돈을 한 푼씩 한 푼씩 절약했다.

매달 일정한 액수의 돈을 갚고, 지불증서를 갱신해야만 했다. 남편은 저녁때 장사꾼의 장부를 정리하는 부업을 했다.

이러한 생활이 10년간 계속되었다. 그리고 드디어 그들은 10년 만에 모든 빚을 갚았다. 여자의 아름다움은 모두 사라지고 중년 여인의 모습만 남아 있었다. 여자는 억세고, 무뚝뚝하고, 거친 마누라가 되어 버린 것이다. 머리도 제대로 안 빗고, 치마를 걷어 올리고 큰 소리로 이야기를 하면서 시뻘건 손으로 찬물을 가지고 마룻바닥을 닦는 하층민 여자의 모습 그것이었다. 그러나 때때로 남편이 없을 때면, 여자는 창문 앞에 앉아서 옛날의 그 파티를 떠올리곤 했다. 그 목걸이를 잃어버리지 않았다면 여자는 어떻게 되었을까? 인생이란 그 얼마나 이상야릇한 것이고, 무상한 일이냐! 사소한 일로 파멸하거나, 살아나는 것이 예사니 말이다.

그러던 어느 일요일, 여자는 일주일 동안의 피로를 풀려고 샹젤리제로 산책하러 갔다. 그리고 어린아이와 산책을 나온 낯익은 여자를 발견했다. 그것은 예전에 목걸이를 빌려주었던 친구였다. 그녀는 여전히 젊고, 아름답고, 매력적이었다. 여자는 감개무량했다. 친구에게 말을 걸까? 그래. 이제 모든 빚을 다 갚았으니 친구에게 솔직히 말하리라. 말해서 해될 것은 없지 않나?

여자는 가까이 갔다.

"잘 있었니, 잔느?"

매력적인 친구는 그녀를 전혀 알아보지 못했다. 허름하기 짝이 없는 여자가 자기를 그처럼 정답게 부르는 데 놀랐다. 그래서 말을 더듬거렸다.

"그런데… 부인! 저는 댁을 잘… 아마 잘못 보신 것 같습니다."

"아냐, 난 마틸드 루아젤이야."

친구가 소리를 질렀다.

"오! 가엾게도, 마틸드. 너 정말 많이 변했구나!"

"그래, 아주 고생했단다. 너하고 헤어지고 나서 말이야. 엄청난 불행이었어. 그런데 이 모든 게 다 너 때문이야!"

"나 때문이라고? 그건 또 왜?"

"무도회에 가려고 네가 목걸이를 빌려준 것 기억하니?"

"그래. 그런데?"

"그때 나는 그것을 잃어버렸어."

"뭐! 나한테 돌려주었잖아."

"그래. 그랬지. 그건 아주 꼭 같은 것으로 새로 사서 돌려준 거야. 그래서 여태껏 십 년 동안 우리는 그 빚을 갚았어. 너도 알지만 아무것도 없는 우리에게는 쉬운 일이 아니었어. 어쨌든 이제 다 끝났어. 이제는 아주 홀가분해."

친구는 걸음을 멈추고 서 있었다.

"그러니까 그때 내가 빌려준 목걸이는 잃어버리고 대신에 다이 아몬드 목걸이를 샀다는 거지?"

"그래, 너는 몰랐을 거야. 아주 똑같은 것이었거든."

여자는 미소지으며 당당하게 말했다. 그러자 친구가 여자의 손을 꼭 쥐고 말했다.

"오! 가엾은 마틸드! 내 것은 가짜였단다. 그건 기껏해야 오백 프랑밖에 안 되는 거였는데…."

Dushechka

Anton Chekhov
1860~1904

5

귀여운 여인

·

안톤 체호프

정년퇴직한 플레얀니코프의 딸 올렌카는 자기 집 뜰로 내려서
는 작은 계단에 걸터앉아 생각에 잠겨 있었다. 무덥고 후텁지근
한 날씨에 파리들까지 들끓어 한몫했다. 하지만 선선한 바람이
부는 저녁이 가까워져서 답답한 가슴이 좀 후련해졌다. 동쪽에서
검은 비구름이 몰려들어 습기를 머금은 찬 바람이 불어오고 있
었다.

　이 집 건넌방을 빌려 쓰는 쿠우킨이란 남자가 뜰 한가운데 서
서 하늘을 올려다보았다. 이 남자는 야외극장 '티볼리'의 대표이
자 연출자이기도 했다.

　"또 내리려는 거야?"

　쿠우킨은 한숨을 쉬며 말했다.

"또 비야! 매일같이 비, 비. 마치 누군가가 장난을 치는 것 같아! 이건 사형선고나 다를 게 없어! 난 완전히 끝나는 거라고! 매일매일 늘어 가는 엄청난 이 손해. 정말, 어쩌란 말이지!"

쿠우킨은 올렌카 쪽을 향해 두 손을 쳐들어 보이며 불만 가득한 소리를 했다.

"올리가 세묘노브나, 정말이지 울고 싶소! 밤잠도 자지 않고 일하면서 조금이라도 더 잘살려고 애썼는데 이게 뭐란 말입니까. 동료나 관객들은 교양이 없고 무례하기 이를 데 없지. 나는 최고의 오페레타나 환상극의 대가인 뛰어난 배우를 무대에 세우고 있는데 관객들은 전혀 몰라주어요. 그들에게 필요한 것은 광대예요! 더구나 날씨마저 이렇게 한몫하니. 거의 매일 비가 내리지 않습니까. 5월 10일에 시작해서 5월 내내 비가 내리더니, 6월에도 거의 비가 왔소. 하늘도 무심하시지! 정말 어찌 이럴 수가 있단 말입니까. 구경꾼이 모여들지 않아도 나는 자릿세를 내야 해요. 배우들에게 월급도 주어야 하고요."

이튿날도 저녁때가 되자 비구름이 몰려왔다. 쿠우킨은 미친 듯이 웃으면서 말했다.

"아주 재미있군, 어서 또 퍼부어라. 야외극장이 물에 잠겨 차라리 내가 빠져 죽었으면 속이 시원하겠다! 어차피 이승에서 잘살긴 글러 먹었으니 말이야. 젠장, 배우들한테 고소하려면 하라고 해! 재판 까짓것 무섭지 않아. 시베리아로 유배라도 갔으면 속 시원하겠군. 단두대에라도 올랐으면! 하하하!"

그다음 날도 역시 쿠우킨의 한숨 섞인 탄성이 계속됐다.

올렌카는 아무 말 없이 묵묵히 그의 말을 듣다 자기도 모르는 새 눈물이 방울방울 맺히기도 했다. 쿠우킨의 불행에 점점 마음이 아파진 올렌카는 어느새 불쌍한 쿠우킨을 사랑하게 되었다.

쿠우킨은 작은 키에 마르고 얼굴이 누런 사람으로 고수머리를 곱게 기르고 있었다. 그는 가는 테너 톤의 목소리를 냈는데 말할 때마다 입을 실룩거리는 버릇이 있었다. 그리고 얼굴에는 언제나 긴장한 빛이 돌았으나 그래도 처녀 마음에 깊은 참사랑을 불러일으키게 했다.

올렌카는 항상 누구를 사랑하지 않고는 견디지 못하는 여자였다. 전에는 자기 아버지를 사랑했는데, 그 아버지는 지금 병중이어서 어두운 방 안의 안락의자에 앉아 고통스럽게 숨을 쉬고 있었다. 언젠가는 숙모를 사랑한 적도 있다. 숙모는 브란스크에서 1년에 두 번 정도 찾아올 뿐이었다. 그보다 훨씬 전인 단기 여학교 시절에는 프랑스어 선생님을 사랑하기도 했다. 올렌카는 점잖고 기품이 있으며 정이 많은 편으로, 눈동자가 온화하고 부드러운 건강한 여자였다. 그 통통한 장밋빛 뺨이나 검은 점 하나가 있는 부드러운 목덜미, 즐거운 이야기에 귀를 기울일 때 그 얼굴에 떠오르는 티 없는 미소를 보게 되면 남자들은 '응, 그거 괜찮게 생겼는걸!' 이런 생각을 하며 웃음을 띠게 되고, 여자들은 참을 수 없어 이야기 도중에 올렌카의 손을 잡고 흡족한 나머지 저절로 "귀여운 아이야!" 하고 칭찬했다.

올렌카가 태어나면서부터 사는 곳은 아버지가 유언장에 그녀의 것으로 써 놓은 집이다. 그녀의 집은 도심지에서 조금 떨어진 집시촌에 있었다. 거기에서 티볼리 야외극장도 얼마 멀지 않았다.

저녁때부터 밤중까지 야외극장에서 연주되는 음악 소리와 펑펑 터지는 불꽃 소리가 언제나 들려왔다. 올렌카에게는 그것이 쿠우킨이 자기 운명과 싸워 최대의 적, 즉 무관심한 관객에게 돌격해 들어가는 소리처럼 들렸나.

올렌카는 밤잠을 설치며 쿠우킨을 기다렸다. 쿠우킨이 일을 마치고 돌아와 침실 창문을 똑똑 두드리면 그녀는 커튼 사이로 얼굴과 한쪽 어깨를 내밀고 상냥한 미소를 지어 보였다.

드디어 쿠우킨과 올렌카는 결혼했다. 쿠우킨은 올렌카의 부드러운 목덜미와 통통하게 살이 오른 건강미 넘치는 어깨를 보고는 손뼉을 치며 탄성을 질렀다.

"귀여운 여자야!"

쿠우킨은 행복했다. 그러나 결혼식을 올린 그날 밤에도 어김없이 비가 내렸다. 그의 얼굴에서는 절망의 빛이 사라지지 않았다.

결혼 후 두 사람은 행복하게 살았다. 올렌카는 입장권을 팔거나 야외극장 전체를 보살피기도 하며 장부를 기록하고 급료를 주기도 했다. 그녀의 장밋빛 뺨과 사랑스럽고 티 없는, 마치 후광과도 같은 미소는 매표구의 창이나 무대 뒤, 매점 등 여러 곳에서 빛을 발했다. 그리고 올렌카는 어느덧 친구와 친지들에게 이 세상에서 제일 멋있는 것, 제일 중요한 것은 연극이고, 참된 즐거움을 맛보고 교양이나 휴머니즘을 몸에 배게 하려면 연극을 보아야 한다고 역설하게 되었다.

하지만 간혹 걱정스럽게 말하곤 했다.

"관객들이 그것을 이해할지 모르겠어."

"관객에게 필요한 것은 광대야. 어제 무대에 올린 '파우스트'의

관람석은 거의 텅텅 비었어. 그러나 바니치카와 내가 저속한 내용의 공연을 올렸더라면 틀림없이 초만원이었을 거야. 내일 바니치카와 나는 '지옥의 오르페우스'를 공연할 테니까 꼭 보러 와요."

그리고 올렌카는 쿠우킨이 연극이나 배우에 대해 했던 말을 그대로 되풀이했다. 그녀는 '바니치카와 나'라는 말을 입에 달고 살았으며, 관객이 예술에 무관심하고 교양이 없다는 것을 남편과 함께 경멸했다. 무대 연습에 끼어들어 배우의 연기를 고쳐 주고 악사들의 행동을 감독했으며, 지방신문에 연극의 악평이 실리기라도 하면 눈물을 흘리며 억울해했다.

배우들은 올렌카를 좋아해 또 다른 '바니치카' 혹은 '귀여운 여인'이라고 불렀다. 올렌카도 배우들을 좋아해 돈을 약간 빌려주기도 했다. 가끔 배우들에게 속기도 했으나 몰래 눈물만 흘릴 뿐 남편에게 절대 말하지 않았다.

겨우내 즐거운 생활이 계속되었다. 두 사람은 겨울 동안 빌린 마을의 극장을 우크라이나의 극단이나 마술단, 아마추어 극단에 짧은 기간 빌려주었다. 올렌카의 몸은 점점 살이 붙고 생활에 만족한 듯 얼굴빛이 환해져 갔지만 쿠우킨은 마르고 핏기가 없어졌다. 겨울에도 사업은 잘되었지만 쿠우킨은 손해를 많이 보았다며 엄살을 부렸다. 밤마다 기침하는 쿠우킨을 위해 올렌카는 나무딸기나 보리수꽃을 달여 주거나 오드콜로뉴를 발라 주기도 하고 따뜻한 숄로 덮어주기도 했다.

"정말 당신은 훌륭한 분이세요!"

올렌카는 남편의 머리를 쓰다듬으며 다정하게 말했다. 사순절(부활주일 전 40일 동안으로 교인들은 그리스도의 수난을 기리려고 단식과 속죄를 행한다-옮긴이)에 쿠우킨은 극단 출연 교섭을 하려고 모스크바로 떠났다. 올렌카는 남편이 떠난 뒤 밤에 잠도 못 이루고 창가에 앉아 별을 바라보며 지냈다. 그리고 자신이 암탉과 다르지 않다고 생각했다. 암탉은 닭장에 수탉이 없으면 불안을 느껴 밤에 잠을 못 잤기 때문이다. 쿠우킨의 모스크바 체류는 의외로 길어졌다. 부활제까지는 돌아오겠다고 한 편지에는 티볼리 극장 일에 대해 여러 가지 지시가 적혀 있었다. 그런데 부활제 일주일 전인 월요일 밤늦게 갑자기 문을 두드리는 불길한 소리가 들렸다. 누군가가 나무로 된 문을 두드리는데, 그것도 나무통으로 두드리는지 '텅텅텅' 하고 울렸다. 잠이 덜 깬 식모 마브라가 맨발로 물이 질퍽하게 괸 뜰을 거쳐 문을 열러 나갔다.

"문 좀 열어 주세요!"

누군가가 문 밖에서 굵직하고 거친 목소리로 불렀다.

"전보예요!"

올렌카는 전에도 몇 번 남편의 전보를 받은 적이 있었으나 이번에는 웬일인지 갑자기 정신이 아찔했다. 떨리는 손으로 전보를 받아 보니 거기에는 다음과 같은 글이 적혀 있었다.

'이반 페트로비치 오늘 급사, 지시 바람, 화요일 장례.'

서명은 오페레타 연출가의 이름으로 되어 있었다.

"여보!"

올렌카는 흐느껴 울기 시작했다.

"가엾은 바니치카, 그리운 사람! 왜 나는 당신과 만나게 되었나요. 어째서 당신을 만나 사랑을 하게 되었을까요! 당신을 먼저 보내고 이젠 누구를 의지하란 말입니까. 올렌카는 너무나 비참해요. 불행해요."

쿠우킨은 화요일에 모스크바의 바가니고보 묘지에 묻혔다. 올렌카는 이튿날 돌아와 자기 방에 들어가자마자 침대에 몸을 던지고는 이웃들이 들을 정도로 통곡하기 시작했다.

"가엾은 올렌카!"

이웃의 여자들은 성호를 그으면서 말했다.

"불쌍한 올렌카가 저렇게 비탄에 젖어 있군요!"

석 달이 지난 어느 날, 올렌카는 여전히 상복을 입은 채 미사에서 집으로 돌아오고 있었다. 그녀는 우연히 이웃 남자와 함께 걷게 되었는데 바실리 안드레이치 푸스토발로프라는 사람으로 그역시 교회에서 돌아오는 중이었다. 이 남자는 바바카예프라는 목재상의 주인이었다. 밀짚모자를 쓰고 흰 조끼에 금 시곗줄을 드리운 모습은 상인이라기보다는 오히려 시골 지주에 가까웠다.

"세상일은 다 미리 정해져 있는 것입니다. 올리가 세묘노브나!"

그는 동정 어린 목소리로 심각하게 말했다.

"그러므로 가족의 어느 누가 세상을 떠났다 하더라도 그것은 신의 섭리일 테니 우리는 남은 삶을 더욱 열심히 살아야 합니다."

올렌카를 집까지 바래다준 다음 그는 작별인사를 하고 돌아갔다. 이런 일이 있는 후 올렌카에게는 그 남자의 진실 어린 목소리가 달콤하게 들렸고 눈을 감을 때마다 그의 검은 수염이 떠올랐다. 이 남자가 그녀 마음에 자리 잡았던 것이다. 그리고 그 남자 역시 올렌카에게 호감을 느꼈던 모양이다. 그것은 며칠이 지난 뒤 별로 친하지도 않은 이웃 아주머니가 커피를 마시러 와서는 테이블에 앉기가 무섭게 푸스토발로프 이야기를 지껄인 것으로 알 수 있었다. 그녀는 그분은 의지할 데가 없는 사람이라는 둥, 그 사람의 조건이라면 어떤 여자라도 기꺼이 시집을 갈 것이라는 둥 떠들어 댔다. 사흘 뒤 이번에는 푸스토발로프가 찾아왔다. 그는 별말 없이 10분 정도 짧은 시간 앉아 있었는데 오히려 이런 모습에 올렌카는 완전히 반하고 말았다. 얼마나 그에게 반했는지 밤새 잠도 자지 못하고, 마치 열병에라도 걸린 듯 몸을 뒤척였다. 결국 올렌카는 아침이 되자마자 이웃 아주머니에게 사람을 보냈고, 얼마 되지 않아 약혼과 결혼식이 거행되었다.

결혼한 푸스토발로프와 올렌카는 행복하게 지냈다. 남편은 대개 점심때까지 재목 하치장에 있다가 일을 보러 외출했다. 올렌카는 남편이 외출하면 사무실에 앉아 계산서를 베끼나 물건을 발송했다. "재목값이 해마다 이십 퍼센트씩이나 오르고 있어요." 올렌카는 손님이나 친지들에게 이렇게 말하곤 했다.

"그래서 우리는 여태까지 이 지방 목재만 가지고 장사를 했는데, 지금은 해마다 모길레프현까지 재목을 구입하러 가곤 해요. 그 운임이 어찌나 비싼지!"

그녀는 무섭다는 듯 손사래를 치며 거듭 말했다.

"운임이 아주 엄청나요!"

올렌카는 벌써 오래전부터 목재상을 경영해 온 것 같은 기분이 들었고, 인생에서 가장 중요하고 또 필요한 것은 재목이라는 생각을 했다. 그래서 각재, 통나무, 판자, 기둥, 톱밥 등의 말을 들으면 왠지 다정스럽고 감동적으로 느껴졌다. 밤마다 꿈속에서는 산더미같이 쌓인 판자나 나무토막, 어딘가 마을 저쪽으로 재목을 운반하는 짐마차 행렬이 나타나곤 했다. 또는 지름 25센티미터에 길이가 8미터나 되는 통나무 연대가 당당하게 재목 하치장으로 들어오는 모습이나, 통나무의 각재와 판자가 서로 부딪쳐 투명하고 마른 나무 소리를 내면서 넘어지고 일어서고 서로 쌓이는 꿈을 꾸었다. 그러다 올렌카가 놀라 소리를 지르고 깨어나면 푸스토발로프가 다정하게 말했다.

"올렌카, 왜 그래 여보? 어서 성호를 그어요!"

남편 생각이 곧 올렌카의 생각이었다. 남편이 방이 덥다거나 이 무렵엔 장사가 한가해졌다고 하면 올렌카도 그렇게 생각했다. 남편은 놀이시설이나 가족공원 등에 가서 즐기는 것을 싫어했으며, 축제일에도 외출하지 않았는데, 올렌카도 마찬가지였다.

"언제나 집이 아니면 사무실에서 일만 하는군."

주변에서 놀려대기도 했다.

"가끔 연극이나 서커스 구경이라도 다녀오지."

그러면 올렌카의 대답은 항상 정해져 있었다.

"우리는 연극 구경을 갈 틈이 없어요. 일이 바빠서 여가를 가질 틈이 없죠. 그런 연극이 대체 어디가 좋다는 건지 이해할 수 없어요."

토요일마다 푸스토발로프와 올렌카는 저녁 기도에 나갔고, 축제일에는 아침 미사에 나갔다. 교회에서 돌아올 때는 언제나 사이좋게 감격에 벅찬 듯한 눈빛으로 어깨를 나란히 하고 걸었다. 올렌카의 명주옷은 발걸음이 옮겨질 때마다 살랑살랑 상쾌한 소리를 냈다.

집에 돌아오면 버터 바른 빵이나 여러 종류의 잼을 먹으며 차를 마셨다. 점심 식사 때가 되면 양고기나 오리고기를 굽는 냄새가 뜰과 문 앞에까지 진하게 풍겼으며, 사순제에는 그것이 생선 요리 냄새로 바뀌어 군침을 삼키지 않고는 그 집 앞을 지나지 못할 정도였다. 사무실에서도 언제나 사모바르(러시아 가정에서 물을 끓이는 데 사용하는 주전자-옮긴이)가 끓고, 손님들은 차와 둥근 빵을 대접받았다. 이 부부는 일주일에 한 번씩 목욕탕에 갔다가 두 사람 모두 얼굴이 불그스레하게 되어 함께 돌아오곤 했다.

"우리 부부는 사이좋게 잘 지내요."

올렌카는 친지들에게 가슴 벅찬 듯 말했디.

"누구나 모두 그이와 저처럼 지낸다면 세상은 평화로울 거예요."

푸스토발로프가 모길레프현으로 재목을 구입하러 가게 되면, 올렌카는 몹시 적적해서 밤잠도 자지 않고 밤새 울었다. 가끔 저녁에는 건넌방에 세 들어 사는 스미르닌이라는 젊은 군대 수의사가 놀러 오곤 했다. 그는 세상 돌아가는 이야기를 하거나 트럼프 상대가 되어 주어 올렌카의 적적함을 달래 주었다. 특히 재미있는 것은 이 사람의 집안 이야기였다. 스미르닌은 이미 결혼해서 자식이 하나 있었으나 부인이 바람을 피우는 바람에 이혼한 상태였다. 지금은 그 부인을 미워하면서도 매달 40루블을 자식 양육비로 보내준다고 했다. 이 말을 들으면서 올렌카는 몇 번이나 한숨을 쉬고 머리를 흔들며 가엾어했다.

"그럼, 조심하세요."

올렌카는 촛불을 들고 남자를 층계까지 바래다주면서 말했다.

"대단히 고마워요, 지루하셨지요. 성모 마리아께서 당신을 가호하시기를…."

남편의 말투를 닮아버린 올렌카는 침착하고 분별 있는 어조로 상대방을 대했다. 그리고 남자의 모습이 아래층 문에서 사라지려는 순간 일부러 다시 불러 이렇게 말했다.

"부인과 화해하세요. 아드님을 위해서라도 부인을 용서해야 해요! 아드님도 모든 것을 이해해 줄 거예요."

푸스토발로프가 돌아오자 올렌카는 목소리를 죽여가며 스미르닌과 그의 가정에 관해 이야기했다. 두 사람은 한숨을 쉬고 고개를 저으면서 그 어린애는 얼마나 아버지가 보고 싶겠느냐고 자기 일처럼 걱정했다. 젊은 남자의 어린 자식을 생각하다 불현듯 부부는 성상聖像 앞에 무릎을 꿇고 우리에게도 자식을 달라고 기도드렸다.

이처럼 푸스토발로프 부부는 서로 사랑하며 아기자기하고 사이렇게 6년간을 지냈다. 그러던 어느 해 겨울 푸스토발로프는 사무실에서 뜨거운 차를 한잔 마시고, 재목이 발송되는 것을 살피러 가벼운 차림으로 나갔다가 그만 감기가 들어 자리에 눕고 말았다. 유명한 의사들에게 진찰을 받았지만 병은 좀처럼 낫지 않고 넉 달이나 신음하다가 결국 푸스토발로프는 죽고 말았다. 그리하여 올렌카는 또다시 혼자가 되었다.

"당신을 먼저 보내고 나는 누구를 믿고 살란 말이에요."

올렌카는 남편 장례를 끝내고 나서 통곡을 했다.

"당신이 없이 나는 앞으로 어떻게 살아요? 너무나 슬프고 불행해요. 친절한 여러분, 저를 불쌍히 여겨 주세요. 의지할 데라곤 아무도 없는 저를…."

올렌카는 화려한 색깔의 옷이나 모자, 장갑 등을 일절 마다하고 언제나 검은 상복에 흰 상장을 달고 다녔다. 교회나 남편의 묘지를 찾아가는 일 외엔 거의 외출하지 않았고 수녀와 같은 생활을 했다. 그녀는 6개월이 지나서야 겨우 상장을 떼고 덧문을 열어놓게 되었다. 낮에는 가끔 식모를 데리고 반찬거리를 사러 시장에 가는 모습이 보였으나, 올렌카의 생활이나 집안 사정을 아는 사람이 없었다. 다만 추측을 할 뿐이었다. 그녀가 뜰 안에 앉아서 수의사와 함께 차를 마신다느니, 수의사가 그녀에게 신문을 읽어 주는 것을 보았다느니, 우체국에서 어떤 친구를 만난 올렌카가 이런 말을 했다는 소문만 떠돌 뿐이었다.

"이 고장에서는 가축 관리가 제대로 되지 않아서 질병이 많은 거예요. 우유를 마시고 속이 더부룩해졌다거나, 말이나 소에게 병을 옮았다는 이야기가 퍼지고 있지 않나요? 원래 가축의 건강도 인간의 건강과 마찬가지로 주의해야 해요."

올렌카는 수의사 이야기를 되풀이했고, 항상 어떤 일에나 수의사와 의견을 같이했다. 사랑 없이는 1년도 살지 못하는 올렌카가 자기 집 건넌방에서 새로운 행복을 발견한 것이 틀림없었다. 다른 여자라면 세상의 비난을 받을 것이 틀림없지만, 올렌카의 경우엔 누구 하나 이를 나쁘게 생각하는 사람이 없었다. 그녀에게는 너무나 당연한 일이라 여기는 것이었다.

올렌카와 수의사는 자기들 사이에 생긴 변화를 아무에게도 말하지 않고 숨기려 했으나 그것은 생각대로 되지 않았다. 왜냐하면 올렌카는 원래 비밀을 가질 수 없는 여자였기 때문이다. 남자의 군대 동료들이 찾아오면 올렌카는 차와 저녁을 대접하면서 가축의 홍역이나 결핵, 시장의 도살장 이야기를 떠들어 댔다. 그러면 수의사는 손님이 가고 난 뒤 올렌카의 손을 붙잡고 화를 내며 불쾌한 듯이 말했다.

"알지도 못하는 그런 소릴 하지 말라고 하지 않았소! 우리끼리 말할 때는 제발 입을 열지 말아요. 지루할 뿐이니까!"

올렌카는 놀라고 불안스러운 눈초리로 되물었다.

"그럼 나는 무슨 얘기를 해야 하나요?"

그러고는 눈물을 흘리면서 수의사에게 안기며 화내지 말라고 애원했다.

두 사람 관계는 오래 계속되지 못했다. 군대가 시베리아만큼 먼 어느 벽촌으로 이동하게 되어 수의사도 이 군대와 함께 영원히 떠나버린 것이다.

올렌카는 다시 외톨이가 되었다. 이번에야말로 올렌카는 완전한 외톨이가 되었다. 아버지는 오래전에 세상을 떠났고 그 안락의자는 다리가 하나 부러진 채 먼지투성이가 되어 다락방에 있었다. 올렌카도 세월이 흐름에 따라 야위고 볼품도 없어져 길에서 만나는 사람도 전과 같이 좋아하거나 미소를 보이지 않았다. 분명히 인생의 황금시절이 지나고, 무엇인지 알지 못할 새로운 인생이 시작되었지만, 거기에 대해서는 생각하지 않는 것이 제일 좋을 것이다.

그녀는 저녁이 되면 뜰로 내려가는 층계에 앉아 티볼리 야외극장의 음악이나 불꽃 소리를 듣곤 했지만 그것은 이미 영혼 없는 기억이었다. 낮에는 아무 생각도, 아무 희망도 없이 뜰을 하염없이 바라보기만 했다. 밤이 깊으면 잠자리에 들었으나 꿈속에서도 텅 빈 뜰을 바라보았다. 그녀는 먹고 마시는 것조차 싫었다.

그러나 무엇보다도 큰 불행은 자기 생각이 전혀 없어진 것이다. 눈으로는 주위의 여러 가지 대상을 바라보고, 주위에서 일어나는 것을 이해할 수 있었으나 어떤 것에 대해서도 의견을 정리하지 못해 무슨 말을 해야 할지 몰랐다.

이처럼 자기 생각을 전혀 갖지 못한다는 것은 얼마나 무서운 일인가! 가령 병이 하나 세워져 있는 것을, 또는 비가 내리는 것을 그리고 농부가 달구지를 타고 가는 것을 분명히 보고는 있으면서도 그 병이나 비, 농부가 어떤 의미인지 알지 못했다. 누군가 천 루블을 준다 해도 자기 생각을 말할 수 없었다. 쿠우킨이나 푸스토발로프가 살아 있을 때라면, 혹은 수의사와 함께 있을 때라면 올렌카는 모든 것을 설명할 수 있었고, 어떤 것에 대해서도 자기 의견을 말할 수 있었다. 그러나 지금은 머릿속도 마음도 자기 집 뜰과 같이 텅 비어 있었다.

도시는 점점 사방으로 확대되어 나갔다. 집시 마을은 이미 집시가로 이름이 바뀌고, 티볼리 야외극장과 재목 하치장이 있던 곳에는 건물이 즐비하고 많은 샛길도 생겼다. 세월은 유수 같다. 올렌카의 집은 이미 낡아 지붕은 녹슬고 창고는 기울었으며, 뜰에는 잡초와 가시나무가 무성하게 자랐다. 올렌카 자신도 늙고 추하게 되었다. 여름에는 뜰로 내려가는 층계에 앉아 그리고 겨울에는 창가에 앉아 눈 내리는 것을 바라보았지만 마음속은 역시 공허하고 적적했다. 그럴 때 문득 봄의 기척을 느낀다거나 바람에 흔들려 들려오는 교회의 종소리를 들으면 올렌카는 불현듯 과거의 생각이 떠올라 가슴이 뿌듯해지고 눈에서는 눈물이 하염없이 흘렀다. 하지만 그것은 순간적 기분일 뿐이었다. 그것이 지나면 다시 공허가 깃들어 무엇 때문에 사는지조차 모르게 되었다. 검은 고양이 브리스까지 다가와서 야옹거리며 재롱을 부렸으나 고양이의 재롱쯤은 올렌카의 마음을 움직이게 하지 못했다. 그녀에게 필요한 것은 식어가는 피를 덥혀 줄 뜨거운 사랑이었다. 그녀는 옷깃에 매달리는 고양이를 쫓아버리며 귀찮은 듯 소리쳤다.

"저리 가, 저리로. 귀찮아."

무료한 날은 해를 거듭해 계속되었지만 그녀는 자신만의 생각을 하지 못했고 아무도 그녀에게 애정을 주지 않았다. 모든 집안 살림은 식모에게 맡겨 놓은 채 그렇게 세월을 보냈다.

7월의 무더운 어느 날, 시외로 나갔던 가축들이 집 안에 온통 먼지를 날리며 지나갈 저녁 무렵이었다. 갑자기 누군가가 문을 두드렸다. 직접 현관문을 연 올렌카는 기절할 뻔했다. 문밖에 서 있는 것은 이미 머리가 희끗하고 평복을 입은 수의사 스미르닌이었다. 순간 잃어버렸던 그녀의 모든 기억이 돌아왔다. 그녀는 어쩔 줄 몰라 한마디 말도 하지 못하고 그의 가슴에 머리를 파묻은 채 엉엉 울었다.

그녀는 어떻게 집 안으로 들어오고 어떻게 차를 마시려고 식탁에 마주 앉게 되었는지 모를 정도로 흥분했다.

"스미르닌, 당신이 맞군요!"

기쁨에 떨면서 올렌카가 속삭였다.

"도대체 어떻게 여길 온 건가요?"

"이 도시에서 살고 싶어서요."

수의사가 말했다.

"군대를 그만두고 왔죠. 자유의 몸이 되어 정착 생활을 하면서 내 운을 시험해 보고 싶어서요. 그리고 아들도 이젠 중학교에 들어갈 나이로 다 자랐어요. 실은 마누라와 다시 결합했어요."

"그럼 부인은 어디에 있나요?"

올렌카가 놀라서 물었다.

"아들과 함께 호텔에 있지요. 나는 집을 빌리러 다니는 중이고요."

"어머, 그렇다면 우리 집에서 함께 살아요. 여기가 마음에 안 드세요? 그렇게 하세요. 집세는 한 푼도 받지 않을 테니까요."

올렌카는 흥분해서 다시 흐느끼기 시작했다.

"이 집으로 오세요. 나는 저 건넌방 하나로도 충분해요. 스미르닌, 당신을 만나서 정말 기뻐요!"

이튿날, 집수리가 시작되었다. 지붕에는 페인트를 칠하고 벽에는 회를 바르기 시작했다. 올렌카는 손을 허리에 얹고 뜰을 거닐며 이를 지켜보았다. 그녀의 얼굴에는 옛날처럼 미소가 되살아나고 온몸에는 활기가 넘쳤다. 마치 긴 잠에서 깨어난 것 같았다.

마르고 못생긴 수의사의 아내는 머리를 짧게 잘라서인지 어딘지 모르게 고집이 센 듯 보였다. 함께 온 스미르닌의 아들 사샤라는 남자아이는 열 살이라는 나이에 비해서는 키가 작고 뚱뚱하며 서늘한 푸른 눈에 볼에는 작은 보조개가 있었다. 소년은 뜰 안에 들어서자마자 고양이를 쫓아 무섭게 달려가더니 곧이어 기쁨에 넘친 웃음소리가 들려왔다.

"아줌마, 이거 아줌마네 고양이예요?"

소년이 올렌카에게 물었다.

"고양이가 새끼 낳으면 저에게도 한 마리 주세요. 우리 엄마는 쥐를 제일 싫어하거든요."

올렌카는 잠시 소년과 이야기하고 차를 마시게 됐는데, 마치 그 소년이 자기 자식인 것처럼 갑자기 가슴이 뭉클하는 것을 느꼈다. 그날 밤 소년이 테이블에 앉아 공부하는 것을 올렌카는 감동과 사랑의 눈빛으로 바라보면서 이렇게 중얼거렸다.

"얼마나 귀엽고 상냥한 아이인가. 어쩜 저렇게도 영리하고 잘생

겼을까!"

"섬이란…"

소년이 글을 읽기 시작했다.

"육지의 일부로 사방이 바다에 둘러싸인 것을 말한다."

"섬이란 육지의 일부로…"

올렌카는 소년의 말을 따라 했다. 그것은 침묵과 공허로 그 많은 세월을 보낸 뒤 처음으로 확신에 차서 말하는 것이었다.

이렇게 해서 자기 의견을 가진 올렌카는 저녁을 먹으면서 사샤 부모를 상대로 여러 가지 이야기를 했다. 즉 '요즘 아이들은 중학교 공부가 어렵다고 하지만, 그래도 고전교육이 실업교육보다는 좋은 것 같다. 왜냐하면 중학 졸업생은 앞길이 창창해 희망에 따라 기술자도 되고 의사도 될 수 있기 때문'이라는 것이 그 내용이었다.

사샤는 중학교에 다니기 시작했다. 소년의 엄마는 하르코프에 있는 자기 언니네 집에 가서 눌러앉아 있었다. 아버지 스미르닌은 매일같이 어디론가 가축검사를 하러 가는데 어떤 때는 2, 3일씩 걸리기도 했다. 올렌카는 사샤가 스미르닌 부부 사이에서 거추장스러운 존재가 되었고, 가정에서 완전히 버림받은 것이나 다름없다고 생각했다. 굶어 죽지나 않을까 걱정되기도 했다. 그래서 그녀는 소년을 데려다 건넌방에 붙은 작은 방 하나를 내주었다.

이렇게 사샤가 올렌카와 살게 된 지도 벌써 반년이 지났다. 올렌카는 매일 아침 소년의 방에 갔다. 소년은 한 손을 얼굴에 대고 곤히 잠들어 있었다. 올렌카는 그런 소년을 깨우기가 가엾었다.

"아가!"

올렌카는 애처로운 듯이 아이를 불렀다.

"착한 아이야. 어서 일어나요! 학교 갈 시간이 됐어!"

소년은 일어나 옷을 입고 기도를 하고 나서 테이블에 앉았다. 큰 컵으로 석 잔이나 차를 마시고 둥근 도넛 두 개와 버터가 발린 빵 절반을 먹었다. 아직 잠이 덜 깨서 기분이 좋지 않았다.

"그런데 사샤, 아직 우화를 암송하지 못했지?"

올렌카는 먼 여행을 떠나는 사람을 보듯 소년을 살펴보았다.

"정말 걱정이야. 열심히 공부하지 않으면 안 돼요. 선생님 말씀을 잘 듣고."

"절 내버려두세요. 제발."

사샤가 냉랭한 어조로 쏘아붙였다.

그러고는 작은 몸에 큰 모자를 쓰고 가방을 메고는 학교로 걸어갔다. 그 뒤를 올렌카가 가만히 따라갔다.

"사샤!"

올렌카가 소년을 불러 세웠다.

소년이 돌아보면 올렌카는 대추나 캐러멜을 소년 손에 쥐여주었다. 그리고 학교가 보이는 골목길까지 접어들면, 소년은 자기 뒤에서 키가 크고 뚱뚱한 여자가 따라오는 것이 부끄러워 뒤를 돌아보며 말했다.

"아주머니, 돌아가세요. 나 혼자서도 갈 수 있어요."

올렌카는 멈추어 서서 소년이 학교 정문 저쪽으로 사라질 때까지 곁눈질도 하지 않고 지켜보았다. 아아, 얼마나 이 소년을 사랑하는 것인가! 지금까지 이토록 깊은 사랑을 느낀 적은 한 번도 없었다. 마음속에서 모성이 점점 더 강하게 불타는 지금처럼 계산이나 욕심 없이 더구나 이처럼 기쁘고 뿌듯한 적은 한 번도 없었다. 핏줄은 닿지 않았지만 이 소년을 위해서라면, 그 볼의 보조개와 상냥한 모습을 위해서라면, 올렌카는 감동의 눈물을 흘리면서 기꺼이 목숨까지 줄 수 있을 것이다. 웬일일까. 이 이유를 누가 대답할 수 있을까!

사샤를 학교에 바래다주고 나면 올렌카는 흡족하고 평온한 마음으로 가슴 가득 풍만한 애정을 느끼면서 집으로 돌아왔다.

반년 동안 한층 젊고 생기 있어진 올렌카의 얼굴은 미소로 빛났다. 길에서 만나는 사람들은 그런 올렌카를 보고 친밀감을 느끼며 말을 건넸다.

"안녕하세요, 올리가 세묘노브나! 요즘 어떠세요?"

"요즘은 중학교 공부를 하고 있는데 너무 어려워요."

올렌카는 시장에서 이런 말을 떠들어 댔다.

"농담이 아니에요. 어제 1학년 숙제를 보았더니 우화 암송과 라틴어 번역 그리고 문제가 또 하나… 정말, 어린 학생에게 너무하지 않을까 싶어요."

그리고 선생님이나 수업 이야기, 교과서 이야기 등 이야기보따리를 한껏 펼쳐 놓았다. 사샤가 말했던 그대로.

오후 두 시가 넘어서야 두 사람은 함께 점심을 먹고 밤에는 함께 예습하며 같이 울기도 했다. 소년을 재우고 나서 올렌카는 오래도록 기도를 올렸다. 그러고는 자기도 침실에 들어가 먼 미래를 꿈꾸었다. 사샤는 대학을 졸업하고 의사나 기술자가 되어 큰 저택을 갖고 자가용 마차를 가질 것이다. 그리고 결혼해서 아이를 낳겠지. 올렌카는 눈을 감고 계속 그런 상상을 했다. 감은 눈에서 눈물이 흘러내렸다. 검은 고양이는 올렌카 곁에서 야옹거렸다.

"똑똑!"

갑자기 문을 세차게 두드리는 소리에 눈을 뜬 올렌카는 겁에 질려 숨을 죽였다. 심장이 마구 뛰었다. 30초가량 지나서 다시 두드리는 소리가 들렸다.

'하르코프에서 전보가 왔구나!'

올렌카는 이렇게 생각하며 온몸을 떨기 시작했다. 하르코프는 사샤의 어머니가 사샤를 부르는 애칭이었다. '아, 어쩔 것인가!'

올렌카는 절망을 느꼈다. 머리와 손과 발이 싸늘해졌다. 나처럼 불행한 사람은 이 세상에 다시없을 거란 생각이 들었다. 1분 정도 지나자 목소리가 들렸다. 수의사가 클럽에서 돌아온 것이다.

'아아, 잘됐어!'

올렌카는 심장의 고동이 점점 가라앉으면서 기분이 다시 가벼워졌다. 올렌카는 다시 드러누워 사샤의 일을 생각했다. 사샤는 옆방에서 깊이 잠들어 있었다. 가끔 잠꼬대가 들려왔다.

"운명아, 이 자식아, 저리 가! 해볼 테냐!"

The Merchant of Venice

William Shakespeare

1564~1616

6

베니스의 상인

·

윌리엄 셰익스피어

유대인 샤일록은 아름다운 도시 베니스에서 살았다. 고리대금업자인 그는 기독교 상인들에게 많은 이자를 받고 돈을 빌려주며 거대한 재산을 모았다. 샤일록은 냉혹하기 이를 데 없는 자였다. 그가 빌려준 돈을 받을 때 혹독하게 독촉해 이자를 한 푼이라도 악착같이 뜯어갔기 때문에 사람들은 모두 그를 미워하고 싫어했다.

베니스의 젊은 상인인 안토니오는 특별히 그를 더 싫어했다. 샤일록도 그 못지않게 안토니오를 증오했다. 그 이유는 안토니오 또한 어려운 사람들에게 돈을 빌려주는 일을 했는데 그가 결코 빌려준 돈의 이자를 받지 않았기 때문이다. 그러므로 욕심 많은 유대인과 너그러운 상인 안토니오 사이에는 큰 적대감이 있었다. 안토니오는 거래소(혹은 교환소)에서 샤일록을 만날 때마다 그의 폭리 거래와 냉혹한 처사를 비난했다. 그때마다 샤일록은 겉으로는 참았지만 속으로는 안토니오에게 복수할 계획을 은밀하게 꾸미고 있었다.

안토니오는 꿋꿋하게 사람들에게 친절을 베풀며 살았다. 그는 번창하던 로마 시절의 영예를 이탈리아에서 사는 어떤 사람보다 훌륭하게 보여주는 사람이었다. 그는 동료나 시민들 모두에게 대단히 사랑받고 있었다.

안토니오에게는 바사니오라는 친구가 있었다. 그는 고상한 베네치아 사람으로서 안토니오가 가장 아끼고 사랑하는 사람이었다. 물려받은 재산이 많지 않은 그는 부유한 젊은이들이 흔히 그러하듯 사치를 일삼았는데, 빈약한 재력에 비해 너무 심하게 사치스러운 생활을 하는 바람에 그 적은 재산마저 탕진하고 말았다.

바사니오가 돈이 떨어질 때면 언제든 안토니오가 그를 도와주었다. 두 사람이 서로를 위하는 한마음처럼, 돈주머니 역시 서로 거리낌 없이 함께 나누어 쓸 수 있는 한 주머니처럼 보였다.

어느 날 바사니오는 안토니오에게 자기가 진정으로 사랑하는 부유한 아가씨가 있는데 결혼해서 자기 재산을 다시 복구해 보고 싶다고 했다. 그녀 아버지는 최근 세상을 떠났는데 그의 많은 재산을 유일한 혈육인 외동딸에게 남겨놓았다는 것이다. 그녀 아버지가 살아계실 때 자기가 때때로 그녀 집을 방문했는데 이 아가씨가 가끔 자기에게 의미를 담은 눈짓을 보냈으니 아마도 자기가 청혼하면 거절하지 않을 것 같다고 했다. 하지만 그처럼 부유한 상속자에게 걸맞은 애인으로 보이려면 돈이 약간 필요했다. 이 때문에 바사니오는 안토니오에게 지금까지 도와준 것도 아주 고맙게 생각하지만 한 번만 더 은혜를 베풀어달라고 간청했다.

하지만 불행하게도 안토니오에게는 친구 바사니오에게 당장 빌려줄 돈이 없었다. 그러나 자기 배가 상품을 가득 싣고 곧 도착할 것을 계산한 안토니오는 돈 많은 대금업자 샤일록에게 가서 그 배들을 담보로 해서 돈을 빌려오자고 말했다.

안토니오는 바사니오와 함께 샤일록을 만나러 갔다. 안토니오는 샤일록이 요구하는 어떤 이율이든지 이자를 줄 터이며, 지금 바다에서 돌아오는 자기 배에 실린 상품들로 돈을 갚아줄 테니까 3천 더커트ducat(옛날 유럽 대륙에서 사용한 금화, 은화-옮긴이)를 빌려달라고 부탁했다.

샤일록은 생각했다.

'만일 놈을 이 기회에 꼼짝 못 하게 만들 수 있다면 그동안 쌓인 원한을 풀 수 있겠다. 그로부터 받은 수모를 실컷 갚아야지. 놈은 우리 유대 민족을 증오하는 데다 꼴에 돈을 공짜로 빌려주면서 상인들 사이에서 폭리를 취한다고 나를 모욕했지. 어디 두고 보자!' 샤일록이 속으로 무엇을 생각하는지 좀처럼 대답이 없자 다급한 마음에 안토니오가 입을 열었다.

"샤일록, 들었소? 돈을 빌려줄 거요?"

복수 생각에 빠져 있던 샤일록이 안토니오를 쏘아보며 한마디

던졌다.

"안토니오 씨, 거래소에서 당신은 나를 볼 때마다 이자를 받아 돈놀이하는 나쁜 사람이라고 나무랐지요. 전 그때마다 어깨를 움츠리며 참아야 했어요. 인내심이야 우리 민족의 타고난 특성이니까요. 그런데 당신은 나를 못 믿을 놈, 몹쓸 개라고 부르면서 내 유대 복장에다 침을 뱉고 마치 내가 한 마리 똥개라도 되는 듯 발길로 나를 걷어차곤 했단 말입니다. 자, 그런데 내게 와서 돈을 빌려달라고 하는군요. 개가 돈이 어디 있겠습니까? 내가 굽실거리며 '나리, 당신은 지난 수요일에 제게 침을 뱉으셨습니다. 또 저를 개라고 부르셨습니다. 그 친절에 대한 보답으로 제가 나리께 돈을 빌려드리겠습니다.' 하고 말씀드릴 줄 아셨나요?"

안토니오는 대답했다.

"나는 당신이 전처럼 그런 나쁜 짓을 하는 한 다시 또 침을 뱉을 것이며, 역시 걷어차기도 할 거요. 만일 당신이 돈을 빌려준다면, 나를 친구가 아니라 원수라 생각하고 빌려주시오. 그래서 만일 내가 갚을 약속을 어긴다면 당신 마음대로 처분하면 되지 않겠소?"

그러자 샤일록은 뜻밖의 말을 했다.

"아니, 어찌 점잖은 나리께서 그런 험한 말을 하십니까! 나는 당신과 친구가 되어 우정을 나누고 싶은데요. 당신이 그동안 내게 던진 모든 욕을 다 잊으려고 합니다. 그리고 당신이 원하는 돈을 빌려드리지요. 물론 이자도 안 받겠습니다."

겉보기에 친절한 이 제안은 안토니오를 대단히 놀라게 했다. 한술 더 떠 샤일록은 3천 더커트를 기꺼이 빌려주겠으며 그 돈의 이자는 한 푼도 받지 않겠다고 다시 다짐했다. 샤일록은 단지 안토니오에게 자기와 함께 변호사에게 가서 만일 정한 날짜에 돈을 갚지 못하면 샤일록 마음대로 안토니오 몸에서 살점을 1파운드 베어내도 좋다는 계약서에 장난삼아 서명만 하면 된다고 덧붙였다.

"좋소."

안토니오는 흔쾌히 대답했다.

"이 계약서에 서명하겠소. 그리고 유대인에게도 대단한 친절이 있다고 말하겠소."

바사니오는 그런 계약서에 서명하지 말라고 안토니오를 말렸다. 그러나 안토니오는 갚을 날짜가 되기 전에 자기 배들이 그 돈의 몇 배나 되는 물품을 싣고 올 테니 서명해도 괜찮다고 고집을 부렸다.

두 사람의 대화를 듣던 샤일록이 외쳤다.

"오오, 아버지 아브라함이시여. 이들 기독교인은 어찌 이처럼 의심이 많은 것입니까? 그들이 다른 사람들에게 냉혹하니까 남도 그런 줄 아는가 보군요. 바사니오 씨, 만일 안토니오 씨가 갚을 날짜를 어겼다고 해도 내가 그의 살을 떼어 어디에 쓰겠소? 사람의 살점 1파운드가 양이나 소의 살점처럼 팔 만한 가치가 있는 것도 아니잖소. 나는 그저 즐거운 우정의 표시로 하는 것뿐이오. 만일

그가 못 받아들이겠다면 그대로 물러나지요."

샤일록의 친절한 설명에도 바사니오는 안토니오가 걱정되었다. 자신 때문에 이런 끔찍한 제안에 안토니오가 승낙하는 것을 염려해 끝까지 말렸지만 안토니오는 이건 정말로(샤일록 말대로) 즐거운 장난이라고 생각하며 계약서에 서명했다. 바사니오가 결혼하고 싶어 했던 부유한 상속인은 베니스 근처 벨몬트라는 곳에 살았다. 그녀 이름은 포셔였다. 그녀는 아름답고 마음씨가 아주 고운 여자였다.

바사니오는 친구 안토니오가 목숨을 걸고 빌려준 돈으로 멋지게 차려입고 집사 그라티아노를 거느리고 훌륭한 행렬을 지어 벨몬트로 떠났다.

바사니오의 간절한 청혼에 포셔가 허락해 두 사람은 결혼식을 올리게 되었다. 바사니오는 자신이 재산이 아무것도 없으며 자랑할 수 있는 것은 그저 고귀한 출생과 가문뿐이라고 고백했다. 포셔는 그의 고귀한 인품을 사랑하며 남편이 재산이 없어도 될 만큼 자신이 충분한 돈을 가지고 있다면서 자신은 남편의 인품만큼 훌륭해지도록 노력하고 남편에게 어울리는 아내가 되겠다고 대답했다. 그리고 겸손한 포셔는 귀엽게 자기는 아무것도 배운 것이 없고 학교 교육도 제대로 받지 못해 여러모로 미숙하지만, 모든 일에서 그에게 배울 준비가 되어 있으며 자신의 모든 것을 그에게 맡기겠다고 말했다.

"이제는 제가 갖고 있던 모든 것이 당신 것입니다. 어제까지는 이 아름다운 집의 주인이었고 이 집에서 일하는 하인들의 주인이 었습니다. 하지만 이제는 이 집, 이 하인들 그리고 저 자신까지 모두 당신 것입니다. 이 반지를 드리면서 맹세하겠습니다."

포셔는 이렇게 말하고 반지를 결혼 선물로 바사니오에게 주었다. 바사니오는 재산도 없는 자기 같은 남자와 결혼해 주고 모든 것을 주겠다는 너그럽고 훌륭한 포셔의 태도에 고맙고 놀라웠다. 그녀의 상냥한 마음에 압도된 나머지 자기를 존중해 주는 아름다운 포셔에게 기쁨과 경의를 뭐라고 표현할 수 없어서 그저 고맙고 사랑한다는 말로 대신할 뿐이었다. 그리고 반지를 손가락에 끼면서 자기는 절대로 이것을 손에서 떨어지지 않게 하겠다고 맹세했다.

포셔가 바사니오의 순종하는 아내가 되겠다고 우아하게 약속할 때 바사니오의 집사 그라티아노는 바사니오에게 축하 인사를 전하면서 자기도 함께 결혼식을 올리고 싶다고 말했다. 집사의 말에 깜짝 놀란 바사니오가 말했다.

"물론이지. 그라티아노, 결혼할 아가씨만 있다면 말일세."

그러자 그라티아노는 자기가 포셔 아가씨의 아름다운 시종 네리사를 사랑하며 그녀도 아가씨가 바사니오 어른과 결혼하면, 자기 아내가 되겠다고 약속했다고 말했다. 포셔는 그 말이 사실인지 하려 네리사에게 물었다.

"아씨, 그 말이 맞습니다. 아씨께서 허락해 주신다면 결혼하고 싶습니다."

네리사가 수줍게 말했다.

포셔가 기꺼이 동의하자 바사니오는 즐겁게 말했다.

"우리 결혼 잔치가 자네 결혼으로 더욱 빛나겠는걸. 그라티아노."

이 연인들의 행복한 기분은 오래가지 못했다. 안토니오의 심부름꾼이 무서운 소식이 담긴 편지를 전하면서 깨지고 만 것이다. 바사니오가 안토니오의 편지를 읽을 때 포셔는 그의 안색이 창백해지는 것을 보고 혹여 바사니오의 절친한 친구가 죽은 것이 아닌가 염려했다. 기다리던 포셔가 바사니오에게 그를 고통스럽게 하는 소식이 무엇이냐고 묻자 그가 말했다.

"오, 다정한 포셔. 여기 종이에 쓰인 것들은 세상에 있을 수 없는 그런 기막힌 소식이오. 너그러운 아가씨, 내가 당신에게 사랑을 고백할 때 나는 재산이 없는 빈털터리라고 말했소. 게다가 나는 돈 한 푼 없는 것 외에 빚까지 지고 있었소."

바사니오는 안토니오의 돈을 빌려왔다는 이야기를 포셔에게 했다. 그리고 안토니오가 제 날짜에 빚을 갚지 못하면 살점 1파운드를 몰수당하기로 합의된 계약서에 서명하고 유대인 샤일록에게서 그 돈을 마련해 자기에게 주었다는 이야기를 포셔에게 했다.

바사니오는 안토니오의 편지를 읽었다. 편지에는 이렇게 쓰여 있었다.

사랑하는 바사니오,

내 배들이 바다에서 풍랑을 맞아 모두 바닷속으로 가라앉아 버렸다

네. 이제는 유대인에게 약속한 서명에 따라 처벌을 받게 되었다네. 만약 그 약속을 실행하게 되면 나는 살 수 없을 것일세. 내가 죽기 전에 자네를 볼 수 있으면 좋겠네. 하지만 자네 편한 대로 하게. 만일 자네가 형편이 여의치 않다면 어쩔 수 없으니까.

"오오, 나의 사랑하는 이여."

포셔가 말했다.

"서둘러 가보세요. 이런 친절한 친구가 머리카락 한 올이라도 잃게 되면 안 되지요. 빌린 돈의 스무 배를 당신에게 드리겠어요."

그리고 나서 포셔는 법적 권리를 획득할 수 있는 그들의 결혼을 서둘렀다. 그들은 행복한 결혼식을 했으며 같은 날 그라티아노와 네리사도 함께 결혼식을 올렸다. 결혼식이 끝난 즉시, 바사니오와 그라티아노는 베니스를 향해서 서둘러 떠났다.

안토니오는 낙심한 모습으로 감옥에 갇혀 있었다. 바사니오가 서둘러 샤일록을 찾아갔지만 바사니오의 돈을 거부한 채 이미 돈 갚을 날이 지났으므로 안토니오의 살점 1파운드를 베어 내겠다고 고집했다. 그리하여 안토니오는 베니스의 영주 앞에서 재판을 받게 되었다. 충격적인 재판이 열릴 날짜가 정해졌고, 바사니오는 그 재판을 무서운 긴장감 속에서 기다렸다.

포셔는 남편이 떠날 때 그에게 돌아올 때는 사랑하는 친구도 함께 돌아오라고 말했다. 그러나 안토니오의 일이 쉽게 해결되지 못할 수도 있다는 걱정이 생겼다. 혼자 남게 된 그녀는 만일의 사태에 대비해 사랑하는 남편의 친구 목숨을 구할 방법을 곰곰이 고민했다. 어떻든 그녀는 사랑하는 바사니오를 명예롭게 하고 싶다는 생각을 했다. 결혼하면서 지혜로운 아내가 되겠다고 했던 맹세를 기억했다. 어쩌면 정말로 그 맹세를 실현할 날이 왔는지도 모른다고 생각했다. 이에 그녀는 자신이 곧 베니스로 달려가 안토니오의 재판을 맡아야겠다고 결심했다.

포셔에게는 법률 고문으로 있는 친척이 한 명 있었다. 벨라리오라고 하는 이 신사에게 그녀는 일의 경위를 자세하게 이야기하면서 그의 의견을 듣고 싶다는 편지를 썼다. 그리고 덧붙여 충고와 함께 고문이 입는 법관 제복을 자기에게 보내주길 바란다고 썼다. 심부름꾼이 벨라리오로부터 이 문제에 대한 충고를 담은 편지와 또한 그녀가 부탁한 것들을 가지고 돌아왔다.

포셔는 하녀 네리사와 함께 남장을 했다. 그런 다음 자기는 법복을 입고 네리사에게는 서기 행세를 하도록 했다. 재판이 열리는 바로 그날에 맞춰 그들은 베니스에 도착했다. 상원 의사당 안, 베니스의 상원 의원들과 영주 앞에서 막 재판이 시작되고 있었다. 그때 포셔가 들어와 벨라리오로부터 받은 편지 한 통을 제출했다.

그 편지에는 벨라리오 자신이 직접 가서 안토니오의 재판을 맡고 싶지만 심하게 병이 들어서 대신 석학인 젊은 발타자르 박사(벨라리오가 포셔에게 붙여 준 이름)를 보낼 테니 그로 하여금 자기를 대신해서 이 사건의 재판을 맡도록 허락해 주기를 바란다고 쓰여 있었다. 영주는 낯선 젊은 재판관의 모습에 쉽게 결정하지 못했지만 곧 이번 재판의 재판관으로 허락했다.

그리고 이 중대한 재판이 시작되었다. 포셔는 주위를 둘러보았다. 그녀는 잔인한 유대인을 한눈에 알아보았다. 그녀는 또한 바사니오를 보았지만 그는 변장한 포셔를 알아보지 못했다. 그는 자기 친구 때문에 걱정스러운 얼굴로 불안에 떨면서 안토니오 옆에 서 있었다.

포셔는 이 중요한 일에 책임감이 들었다. 사랑하는 남편과 그의 친한 친구 목숨이 담긴 이 재판의 중요성이 그녀에게 용기를 불러일으켰다. 먼저 그녀는 샤일록에게 말을 걸었다. 베네치아 법률에 따라 계약에 명시된 대로 몰수할 권리가 그에게 있음을 인정하면서, 아울러 그녀는 인간의 자비심을 이야기했다. 그것은 너무나 감동적이었기에 어떤 사람의 마음이라도 부드럽게 누그러뜨릴 만했지만 무감각한 샤일록만은 예외였다.

그녀는 자비심이란 하늘로부터 내려오는 단비와도 같이 어려운 상황에 있는 사람에게 내려지는 것이고, 어떤 자비심이든 그것은 또한 그것을 주는 사람과 받는 사람에게 동시에 축복이 주어지므로 이중의 축복이라면서, 그것은 곧 하나님의 것으로 왕관보다 더욱 귀하며 또한 인간이 자비를 베풀 때 인간의 힘이 하나님 능력에 가까워진다고 말했다. 그녀는 또 우리는 모두 자비를 위해 기도하는데 이는 기도하는 자도 마찬가지로 남에게 자비를 베풀어야 한다고 가르치는 것임을 기억해야 한다고 샤일록에게 말했다. 그러나 샤일록은 오직 계약서대로 이행하겠다는 말만 되풀이했다.

"당신은 돈을 갚을 능력이 없는가?"

포셔가 안토니오에게 물었다. 그러자 바사니오는 그가 바라는 대로 3천 더커트의 몇 배이든 갚겠다고 유대인에게 제안했다. 샤일록은 계속 거절하면서 여전히 안토니오의 살점을 1파운드 베어가겠다고 주장했다. 안타까운 바사니오는 젊은 법률고문에게 안토니오 목숨을 살리기 위해 법률을 조금만 바꿀 수는 없느냐고 애원했다. 그러나 법률은 결코 변경할 수 없다는 포셔의 말을 들은 샤일록은 그녀가 자기편처럼 느껴졌는지 열렬하게 말했다.

"다니엘 님께서 판단하러 오셨다. 오오! 현명하신 젊은 재판관님, 당신은 정말 훌륭하신 분입니다! 당신을 너무 존경합니다."

포셔는 샤일록에게 계약서를 보여달라고 해서 읽고 난 다음 말했다.

"차용증명서대로 유대인은 법률에 따라 안토니오에게서 살점을 1파운드 베어내도 좋소."

그러고 나서 그녀는 샤일록에게 말했다.

"그러나 샤일록은 안토니오에게 자비를 베풀고 돈을 받는 것은 어떻소? 돈을 받고 계약서를 찢어 버리도록 나에게 말하면 되지 않겠소."

그러나 잔인한 샤일록에게 자비심은 보이지 않았다.

샤일록이 말했다.

"내 영혼을 걸고 맹세하건대 어떤 것으로든, 설령 베니스의 돈을 모두 준다 해도 내 마음을 돌리게 할 수는 없을 거요."

샤일록의 무자비한 말을 듣고 포셔가 말했다.

"안토니오, 그대는 살을 떼어 줄 각오를 해야겠소. 이 남자의 칼을 받도록 하시오."

샤일록이 살점을 도려내려고 열심히 칼을 가는 동안 포셔는 안토니오에게 말했다.

"안토니오 마지막으로 할 말이 없소?"

안토니오는 조용하게 체념한 채 자기는 아무런 할 말이 없으며 마음속에 이미 죽음을 위한 준비가 되어 있노라고 대답했다. 그리고 바사니오에게 말했다.

"바사니오! 잘 있게! 내가 자네 때문에 이런 불행에 빠졌다고 슬퍼하지 말게. 자네의 훌륭하신 아내에게 내 안부 전해 주게. 그리고 내가 자네를 얼마나 사랑했는지 이야기해 주게!"

가슴이 찢어질 듯이 아픈 바사니오가 대답했다.

"안토니오, 나는 내 목숨만큼이나 사랑스러운 아내와 결혼했네. 그러나 내 목숨, 내 아내, 이 세상 모든 것이 다 내게는 자네 목숨보다 귀하다고 여겨지지 않네. 자넬 구할 수만 있다면 나는 모든 걸 잃어도 좋네. 여기 악마에게 모두 제물로 바쳐도 좋다네."

포셔는 이 말을 듣자 바사니오가 안토니오와 같은 친한 친구에게 애정을 품고 던진 말이 당연하다고 생각하면서도 한마디 거들지 않을 수 없었다.

"부인께서 만일 이 자리에 있어 당신이 한 이 제안을 들었다면
섭섭해하지 않겠소?"

그러자 주인의 말을 잘 따라 하는 그라티아노 역시 한마디 거
들었다.

"제게도 사랑하는 아내가 있습니다. 하지만 상스럽고 똥개보다 못한 이런 유대인의 냉혹함을 바꿀 수만 있다면 아내의 목숨을 맞바꾸겠습니다."

옆에서 서기관 복장을 하고 조용히 듣던 네리사 역시 한마디를 던졌다.

"그런 말 부인이 못 들어서 다행이지 만일 그렇지 않았을 경우 한바탕 난리가 벌어질 겁니다."

기다리던 샤일록은 더 참지 못하고 외쳤다.

"더 시간을 지체할 필요가 없습니다. 어서 현명한 선고를 내려주십시오."

그러자 법정 안에는 무서운 예감이 가득 차고 지켜보는 모든 사람은 안토니오에 대해 진심으로 슬픔을 느꼈다.

포서는 살점을 달아볼 저울이 준비되었느냐고 묻고 나서 유대인에게 말했다.

"샤일록 씨, 그가 피를 흘리다가 죽지 않도록 당신은 의사를 대기시켜야 할 것이오."

안토니오가 피를 흘려 죽는 것을 노리던 샤일록이 말했다.

"그것은 계약서에 적혀 있지 않은데요."

포서가 대답했다.

"물론 그것은 계약서에 적혀 있지 않소. 그러나 당신은 자비의 이름으로 그 정도쯤 하는 것은 어떻소?"

이에 대해 샤일록은 무뚝뚝하게 대답했다.

"저는 증서에 적혀 있지 않은 것은 허락할 수 없습니다."

샤일록의 말에 포셔가 차가운 눈빛으로 말했다.

"그렇다면 안토니오의 살점 1파운드는 그대의 것이다. 법률이 그것을 허락하겠소. 그리고 법정이 그것을 판결하겠다. 그대는 그의 가슴에서 살점을 떼어 낼 수 있다. 법률이 그것을 허락하고 법정이 그것을 판결하는 것이다."

샤일록은 다시 외쳐댔다.

"오오, 정말 당신은 이 세상에서 제일 현명하신 재판관님이십니다."

그는 긴 칼을 다시 갈면서 열에 들떠 안토니오를 노려보며 말했다.

"자, 준비는 다 됐겠지. 안토니오."

"잠깐 멈추시오, 유대인."

이때 포셔가 말했다.

"또 할 말이 있다. 이 증서대로라면 당신은 안토니오의 피를 한 방울도 흘리게 할 권리가 없다. 명시된 낱말은 그저 살점 1파운드이다. 만약 살점을 베어내다가 이 기독교인의 피를 한 방울이라도 흘리게 한다면 당신의 토지와 재산은 법률에 따라 베니스 정부에 몰수될 것이다."

피를 한 방울도 흘리지 않고 살점을 떼어 내는 것은 거의 불가능한 일이었다. 계약서에는 살점에 대해서만 적혀 있을 뿐 피에 대해서는 적혀 있지 않다는 포셔의 이 현명한 발견으로 이제 안토니오는 목숨을 구하게 되었다. 장내의 모든 사람이 이 편법에 대한 통쾌함과 젊은 법률고문의 뛰어난 재치에 경탄을 금치 못해 상원 의사당 여기저기에서 요란한 박수갈채가 터져 나왔다. 그러자 그라티아노는 샤일록이 하던 말을 흉내 내면서 소리 질렀다.

"오오, 현명하시고 공정하신 재판관님이시여! 보라, 샤일록. 똑똑히 들었느냐?"

자신의 잔인한 의도가 실패했음을 스스로 시인한 샤일록은 실망한 얼굴을 하고 돈을 받겠다고 말했다. 그러자 생각지도 못하게 안토니오의 목숨을 구하게 되어 기쁨에 휩싸인 바사니오가 소리 질렀다.

"돈은 여기 있다."

그러나 포셔는 그를 중지시켰다.

"조용히 하시오. 서두를 것은 없다. 샤일록은 벌금으로 정한 것 외엔 아무것도 받을 수 없다. 그러니 샤일록, 살점을 떼어 내도록 준비하시오. 그러나 피는 흘리지 않게 해야 함을 잊지 마시오. 또 1파운드보다 적거나 많이 떼어서도 안 되오. 아주 조금이라도 많거나 혹은 적거나, 아니 단지 머리털 한 올만 한 무게라도 저울이 기운다면 당신은 베니스 법률에 따라 사형에 처해질 테고, 당신의 모든 재산은 상원에 몰수될 것이오. 왜냐하면 당신은 무고한 한 사람의 목숨을 해치려고 음모를 꾸몄기 때문이오. 당신의 목숨은 영주님의 자비심 여하에 달려 있소. 그러니 무릎을 꿇고 영주님께 용서를 비시오."

그때 영주가 샤일록에게 말했다.

"너에게 기독교인의 정신이 어떻다는 것을 보여주려고 네 목숨은 살려주겠다. 그러나 네 재산의 반은 안토니오 것이고, 나머지 반은 정부에 귀속시키겠다."

그러나 너그러운 안토니오는 만일 샤일록이 그의 재산을 그의 딸과 사위에게 넘겨준다는 서명을 하겠다면 자기 몫을 포기하겠다고 말했다. 왜냐하면 샤일록에게는 샤일록의 뜻을 거스르고 안토니오 친구이자 기독교인인 로렌조와 최근 결혼한 딸이 있는데, 이 일에 몹시 화가 난 샤일록이 딸에게 아무것도 주지 않고 딸을 내쫓았기 때문이다.

샤일록은 마지못해 이 제안을 받아들였다. 복수에도 실패하고 재산까지 박탈당한 그는 법정에 서서 말했다.

"제가 나빴습니다. 저를 집으로 가게 해주십시오. 제게 증서를 보내주시면 제 재산의 절반을 딸에게 주겠다는 서명을 하겠습니다."

"좋다, 그러면 집으로 돌아가라."

영주가 말했다.

"그리고 서명하라. 또한 네가 네 잔인함을 뉘우치고 기독교도가 되겠다면 정부는 네가 물어야 할 네 재산의 다른 반도 탕감해주겠다."

영주는 안토니오를 즉시 석방했다. 그리고 법정을 폐정했다. 그때 그는 젊은 법률고문의 지혜와 묘책을 높이 칭찬하고 자기 집에 와서 같이 만찬을 나누자고 초청했다. 남편보다 먼저 벨몬트로 되돌아가기로 작정하고 있던 포셔가 대답했다.

"영주님의 은공은 황송하옵니다. 하오나 저는 곧 떠나지 않을 수 없사옵니다."

영주는 포셔에게 함께 만찬을 들 수 없는 게 서운하다고 말했다. 그리고 안토니오에게 돌아서서 덧붙였다.

"이 재판관에게 반드시 보답하시오. 당신은 그에게 큰 빚을 진 것 같소."

영주와 의원들은 법정을 떠났다. 그러자 바사니오는 포셔에게 말했다.

"너무나 훌륭하신 재판관님, 저와 제 친구 안토니오는 재판관님의 현명한 지혜로 악의 구렁텅이에서 벗어날 수 있었습니다. 바라건대 유대인에게 주려고 했던 3천 더커트를 받아주십시오."

안토니오가 말했다.

"그리고 우리가 신세 진 것에 대해 언제나 사랑과 봉사를 드릴 기회를 기다릴 것입니다."

그러나 포셔는 그 제안을 거절했다. 그러나 바사니오는 물러서지 않고 자신의 어떤 선물이라도 받아주기를 바란다며 재판관에게 간곡하게 말했다

"그렇다면 당신이 끼고 있는 그 반지를 내게 주십시오."

바사니오 손에서 반짝거리며 빛을 발하고 있는 결혼반지가 보였다. 지혜로운 재판관이자 바사니오의 아내인 포셔는 장난을 가

장해 당황하는 바사니오에게 보답으로 반지를 달라고 부탁했다.

"저에게 굳이 보답을 해주신다면 우정의 기념으로 그 반지를 받고 싶습니다."

장난스러운 포셔의 말에 바사니오는 무척 난처해했다. 그는 몹시 주저하면서 이것은 절대로 몸에서 떼지 않겠다고 스스로 맹세하고서 받은 아내의 소중한 선물이라서 그에게 드릴 수는 없지만 자기가 어떻게 해서든 베니스에서 가장 값비싼 반지를 찾아내 그에게 주겠다고 말했다. 이에 포셔는 마치 모욕을 받은 듯이 말하면서 법정을 떠났다.

"너무 섭섭하군요. 내가 마치 거지처럼 구걸한 듯 보여 몹시 기분이 언짢군요."

"여보게, 바사니오."

안토니오가 이 모습을 지켜보다가 바사니오에게 말했다.

"그 반지를 그분에게 드리게나. 그분이 내게 베풀어 준 커다란 은혜를 생각해서 자네 아내의 기분을 상하게 하더라도 좀 참아 주면 안 되겠는가?"

바사니오는 은혜를 모르는 사람으로 비칠까 걱정된 나머지 안토니오의 말을 따르기로 했다. 그리고 그라티아노에게 반지를 현명한 재판관에게 전해 주도록 했다. 반지를 포셔에게 전해 주던 그때 그라티아노에게 반지를 주었던 네리사 역시 그라티아노에게 반지를 달라고 졸랐다. 그라티아노는 하는 수 없이 주인이 했던 것처럼 자신도 반지를 빼주었다.

그래서 두 부인(포셔와 네리사)은 돌아온 남편들에게 반지가 어디 있는지를 묻고 그들이 당황할 모습을 생각하며 즐겁게 집으로 돌아갔다.

포셔는 집으로 돌아와서 가슴 뿌듯함을 느꼈다. 그녀는 모든 사물이 아름답게 보였다. 달빛도 그처럼 밝게 빛나 보인 적이 없었다. 그리고 구름에 가려진 달을 보며 즐거운 공상이 저절로 떠올라 더욱 즐거워졌다. 그녀는 네리사에게 말했다.

"우리 방에서 불타는 가녀린 저 촛불을 보아라. 한낱 작은 촛불에 불과하지만 저 빛은 세상을 비추기에는 부족함이 없어 보이는구나. 오늘 우리가 베푼 선행도 이와 같을 것이다."

그리고 자기 집에서 나오는 음악 소리를 들으며 말했다.

"저 음악 소리도 나에겐 낮보다 더욱 달콤하게 들리는구나."

이윽고 포셔와 네리사는 옷을 갈아입고 안토니오와 함께 곧 그들을 뒤따라 올 남편들을 기다렸다.

바사니오는 사랑하는 친구를 포셔에게 소개했다. 장대한 축하 인사와 환영한다는 인사가 막 끝났을 때 그들은 한쪽 편에서 네리사와 그라티아노 부부가 다투는 것을 보았다.

만난 지 얼마나 됐다고 다투는가.

"도대체 무슨 일이야?"

포셔의 물음에 그라티아노가 대답했다.

"마님, 네리사가 저에게 주었던 하찮은 도금반지 때문입니다. 그 반지에는 '나를 사랑해 주오. 그리고 나를 떠나지 말아요.'라는 말이 쓰여 있었지요."

네리사가 말했다.

"그게 무슨 상관이에요?"

그라티아노가 말했다.

"당신은 제가 그것을 드렸을 때 죽는 시간까지는 무슨 일이 있어도 잘 간직하겠다고 제게 맹세하셨지요. 그런데 이제 그것을 법관의 서기에게 주어 버렸다고 말씀하셨잖아요. 그런 거짓말이 어디 있어요? 분명히 당신은 그걸 어떤 여자에게 주었을 거예요."

"이 손에 맹세코 다른 여자에게 주지 않았어요."

난감한 그라티아노는 황망함에 말을 이어갔다.

"나는 분명 젊은 서기관 소년에게 주었어요. 그 소년은 안토니오님의 목숨을 구해 준 현명한 재판관의 서기였는데 아마 당신과 키가 비슷한 소년일 거예요. 도저히 거절할 수가 없었어요."

그라티아노의 말을 들은 포셔가 말했다.

"당신은 비난받을 만한 짓을 했군요. 그라티아노, 당신 아내의 첫 선물을 그렇게 주어 버리다니. 나도 내 남편 바사니오님께 반지를 드렸는데 그분은 절대 반지를 누구에게 주지도 않을 것이고 손가락에서 빼놓지도 않을 것이요, 나는 확신한다오."

그라티아노는 자신의 실수를 변명하기 시작했다.

"바사니오님이 먼저 그의 반지를 그 재판관에게 주었단 말입니다. 그래서 그 재판관의 어린 소년 서기가 내 반지를 달라고 했단 말입니다."

이 말을 들은 포서는 몹시 화가 난 표정을 지어 보이면서 반지를 주어 버린 바사니오를 책망했다. 그리고 네리사의 말에 동감하며 자기도 어떤 여자가 그 반지를 가지고 있을 것이라고 생각한다고 말했다. 바사니오는 사랑하는 부인이 그처럼 비난하자 몹시 가슴 아파했다. 그는 최대한 진실하게 말했다.

"그렇지 않소. 내 명예를 걸고 맹세하건대, 그것은 여자가 가진 것이 아니오. 안토니오에 대한 보답으로 내가 재판관에게 3천 더커트를 주려고 했지만 그는 돈을 거절하고 내게서 그 반지를 원했소. 내가 그를 거절하자 그는 불쾌해하며 가버렸소. 내가 어떻게 할 수 있었겠소. 아량 있는 포서, 나는 내가 배은망덕한 것으로 보인 것이 몹시 괴로웠소. 그래서 그 반지를 건네주지 않을 수 없었소. 용서하오, 착한 부인. 당신이 거기 있었다면 아마 내게 그 반지를 훌륭한 재판관에게 주라고 말했을 거요."

이때 안토니오가 말했다.

"모두 나 때문에 일어난 일입니다."

포서는 안토니오에게 그렇다 하더라도 당신을 미워하지 않으며 환영하니까 그 일에 대해 조금도 염려하지 말라고 말했다. 그러자 안토니오가 말했다.

"저는 한때 바사니오를 위해 제 목숨을 걸었습니다. 만일 부인의 남편이 반지를 준 그 사람이 아니었다면, 저는 벌써 죽었을 것입니다. 제가 감히 다시 한번 제 목숨을 걸고 말씀드리겠습니다. 부인의 남편은 다시는 부인과의 맹세를 저버리지 않을 것입니다."

"그러시다면 안토니오님께서 보증을 서 주셔야겠습니다."

포셔가 반지를 꺼내 들고 말했다.

"이 반지를 그에게 주십시오. 그리고 이 반지를 다른 무엇보다 더욱 소중하게 간직해 주기를 바란다고 말씀해 주세요."

바사니오가 반지를 자세히 들여다보다가 그것이 자기가 재판관에게 준 것과 똑같은 것임을 알고 깜짝 놀랐다. 그때 포셔는 자기가 어떻게 해서 젊은 법률고문이 되었고, 네리사가 그녀의 서기가 되었는지를 그에게 털어놓았다. 그리하여 바사니오는 말할 수 없는 놀라움과 기쁨을 느꼈다. 그는 안토니오의 목숨을 구해 준 것이 바로 자기 아내의 뛰어난 용기와 지혜임을 알게 되었다.

포셔는 다시 한번 안토니오를 환영하면서 우연히 자기 손에 들어오게 된 편지들을 그에게 넘겨주었는데, 거기에는 이제까지 잃었다고 생각했던 안토니오의 재물을 실은 배들이 안전하게 항구에 도착해 있다는 소식이 적혀 있었다.

이리하여 비극적으로 시작된 상인 이야기는 그 뒤를 이은 예상치 못한 뜻밖의 행운으로 말끔히 잊히게 되었다. 이제 그들은 반지로 일어난 해프닝과 아내를 알아보지 못한 남편들의 희극적인 이야기로 즐거운 한때를 보냈다.

The Black Cat

Edgar Allan Poe

1809~1849

7

검은 고양이

에드거 앨런 포

지금부터 내가 쓰려고 하는 이야기는 몹시 황당무계하고 너무 끔찍한 이야기다. 물론 사실임이 틀림없는 이야기지만 너무도 끔찍하고 기괴한 일이기에 다른 사람이 믿어 주기를 바라지는 않는다. 나 자신조차 믿어지지 않는 이야기니 다른 사람이 믿기를 바란다는 것은 미치광이 짓에 지나지 않으리라. 하지만 나는 미친 것도 아니고 또 꿈을 꾸고 있는 것도 아니다.

나는 내일이면 죽을 몸이다. 그러므로 오늘 내 마음속의 무거운 짐을 홀가분하게 벗어 던지고 싶을 뿐이다. 어쨌든 나는 지금 평범한 내 가정에서 일어난 일련의 사건을 솔직하고 간결하게, 있는 그대로 세상 사람들에게 털어놓으려는 것이다.

이 사건의 결과는 나에게 공포와 번민을 주었고 나를 파멸로 이끌고 말았다. 그러나 나는 구태여 그 이유를 설명하고 싶지는 않다. 그 사건은 나에게는 공포감을 주었을 뿐이지만, 다른 사람들에게는 공포감보다는 오히려 기이하고 망측한 망발로 여겨질지도 모르기 때문이다. 어쩌면 나보다 더 지적이고 논리적인 사람이라면, 내가 이토록 두려움을 갖고 이야기하려는 환상적인 이 이상한 사건을 그저 평범한 일상사에서 일어날 수 있는 인간관계의 일로 규정지을 수도 있다.

어렸을 때부터 나는 온순하고 인정이 많은 아이였다. 나의 이런 온순한 성격은 다른 아이들의 놀림을 받을 정도였다. 특히 나는 동물들을 좋아했기에 나를 귀여워한 부모님은 여러 가지 반려동물을 사다 주었다.

나는 이 동물들과 어린 시절 대부분을 보냈다. 먹이를 주거나 쓰다듬어 주며 함께 노는 것이 가장 즐거운 일이었다. 이런 특이한 성격은 성장함에 따라 더욱더 심해져 어른이 되어서도 동물은 여전히 내 즐거움의 주요한 원천이 되었다.

아주 똑똑하고 충직한 개를 길러 본 사람이라면 반려동물에게서 받는 만족감이 어떤 것인가, 그리고 그 기쁨이 얼마나 큰 것인가를 알 것이다. 동물이 주인에게 주는 마음은 어떤 계산도 없는 자기희생적인 것이다. 인간의 변변치 못한 우정과 경박한 신의에 비교할 수 없는 동물의 헌신적인 충성에 인간은 가슴 뭉클해질 것이다.

나는 결혼을 일찍 했다. 다행히 내 아내도 나와 비슷한 성향을 지녔다. 아내는 내가 동물을 좋아하는 것을 알고 기회 있을 때마다 귀여운 동물들을 사왔다. 그리하여 우리는 여러 종류의 동물을 기르게 되었다. 여러 가지 새, 금붕어, 개, 토끼, 작은 원숭이 그리고 고양이까지 기르게 되었다. 특히 고양이는 몸집이 크고 아름다웠으며 온몸이 새까맣고 감탄할 만큼 매우 영리했다.

동물 이야기를 하다가 고양이가 영리하다는 말이 나오면 미신의 신빙성에 약간 긍정적인 아내는 '까만 고양이는 원래 마녀가 변장해 나온 거래요!' 하고 옛날부터 전해 내려오는 전설을 들춰내곤 했다. 그러나 아내가 그것에 별다르게 크게 신경을 쓰거나 한 것은 아니었다.

플루토(그 고양이 이름)는 내가 가장 마음에 들어 하는 장난꾸러기 친구였다. 나는 매일 직접 먹이를 주었고, 플루토는 집 안 어디고 내가 가는 곳마다 졸졸 따라다녔다. 외출할 때는 거리로 따라오지 못하게 하려고 무척 애를 먹기도 했다.

이렇게 해서 이 고양이와 나의 우정은 몇 년 동안 계속되었다. 그런데 그동안 나의 기질이나 성격은 고백하기에 부끄러운 일이지만 폭음 때문에 몹시 악화되고 말았다. 날이 갈수록 침울해지고 성질이 급해져 사소한 일에도 발끈했고, 남의 기분 같은 것은 안중에도 없었다. 걸핏하면 아내에게 욕설을 퍼붓고 심지어 폭력을 행사하기까지 했다. 이런 난폭한 성질이 반려동물들에게도 영향을 미치게 되었음은 말할 나위도 없다.

나는 그동안 귀여워하던 동물들을 돌보아주지 않았을 뿐만 아니라 가끔 학대까지 했다. 토끼나 원숭이, 개들이 어쩌다 반가워하며 내 곁으로 오면 사정없이 때리고 괴롭혔다. 그래도 플루토에게만은 애정이 다소 남아 있어서 폭력을 행사하지는 않았다. 그러나 나의 폭음에서 비롯한 난폭한 성질은 심해져서-아아, 알코올중독과 같은 무서운 병이 또 있을까-결국 늙어서 기력도 없는 플루토에게까지 손을 대고 말았다.

어느 날 밤, 늘 다니던 술집에서 잔뜩 술을 퍼마시고 곤드레만드레 되어 집으로 돌아왔는데 어쩐지 고양이가 나를 피하는 것처럼 보였다. 나는 고양이를 움켜잡았다. 내 난폭한 행동에 놀란 플루토가 날카로운 이빨로 내 손을 할퀴어 손에 상처가 나고 말았다. 그러자 순간 나는 악마와 같은 분노에 사로잡히고 말았다. 나는 그만 이성의 끈을 놓아버린 것이다. 온순했던 본래의 내가 사라지고 악마보다 더 그악스러운, 술에 전 사악한 분노가 몸 안에서 솟구쳤다.

나는 주머니에 늘 넣고 다니던 칼을 꺼내 불쌍한 고양이의 목을 꽉 움켜잡고 소름이 끼치게도 고양이의 한쪽 눈알을 아무렇지 않게 도려내 버렸다. 아아, 이렇게 저주스럽고 흉악한 행위를 기록하려니 낯이 화끈거리고 온몸이 달아올라 몸 둘 바를 모르겠다.

이튿날 아침잠에서 깨어 이성이 돌아왔을 때, 즉 깊이 자고 폭음의 여독이 풀어졌을 때, 전날 밤 내가 저질렀던 행동에 대해 끔찍한 공포를 느끼고 참회했다. 그러나 그러한 감정의 무게가 내 영혼까지 울리는 것은 아니었다. 그 후로도 여전히 하루하루를 폭음으로 보냈고, 잔악했던 내 행동에 대한 모든 기억을 술로 지워 버리고 말았다.

이러는 동안 고양이는 점점 회복되었다. 도려낸 눈은 다시 쳐다보기가 싫도록 끔찍스러운 꼴이었으나 통증은 어느 정도 가라앉은 모양이었다.

고양이는 전과 다름없이 집 안을 이리저리 돌아다녔으나 내가 가까이만 가면 몹시 무서워하며 급히 도망쳤다. 나는 그토록 나를 따르던 고양이가 나를 보면 부리나케 도망치는 것을 보고 처음에는 슬프기도 했다. 그러나 그런 기분도 잠시뿐이었으며 다시 울화가 치밀었다. 마침내 나를 최후의 파멸로 쓸어 넣으려는 듯 악귀 같은 짓궂은 감정이 복받쳐 올라왔다.

이러한 감정에 아직 철학은 아무런 설명도 하지 않았다. 그러나 나는 이것이 원시적인 충동의 하나, 즉 인간성을 지배하는 근본적 충동의 하나라고 확신한다.

하면 안 된다는 것을 알면서도 어리석게도 남에게 피해를 주는 죄악들이 얼마나 많은가? 그저 그것이 옳은 행위가 아니라는 것을 알기에 오히려 그 올바른 판단을 배반하고 싶어지는 심정에 우리가 놓이는 것은 아닐까?

아무 죄도 없는 고양이를 괴롭히도록 계속 충동질하고 결국 고양이를 죽게까지 한 것은 내 마음속에 번민을 주고 온순했던 내 본성을 유린하면서도 악을 위해 악을 범하려는 이 불가해한 욕구 때문이었던 것이다.

어느 날 아침, 나는 태연하게 고양이 목을 끈으로 졸라 나뭇가지에 매달았다. 눈물을 흘리고 마음속에 회한을 느끼면서도 고양이를 교살한 것이다. 내가 이토록 마음속에서 회한을 느끼는 것은 고양이가 나를 사랑했다는 점을 알고 있고, 고양이가 나에게 분노를 일으킬 만한 짓을 전혀 하지 않았으며, 이렇게 하는 것이 죄를 범하는 짓이라는 걸 알면서도 고양이를 죽였기 때문이다.

이 참혹한 행위를 저지른 날 밤, 나는 "불이야." 하는 소리에 퍼뜩 잠에서 깼다. 침대 커튼에 불이 붙어 있었고, 집 안이 온통 불길에 싸여 있었다. 아내와 하녀 그리고 나는 가까스로 몸만 빠져나왔다. 그러나 무엇 하나 남김없이 모두 타버리고, 내 모든 재산을 송두리째 불살라 버렸다. 그 후 나는 절망의 함정에 빠져 신음하지 않을 수 없었다.

나는 이 재난과 나의 광포했던 행위 사이에 어떤 인과관계가 있다고 여기지는 않지만 사실의 연관관계를 자세히 기록하고 싶을 뿐이다. 내 일에 대해 모든 것을 기록하는 마당에 사소한 것이라도 그냥 흘려넘기고 싶지는 않다.

화재가 일어난 다음 날 나는 그곳에 가보았다. 벽은 한쪽만 덩그렇게 남아 있고 모두 허물어져 있었다. 그 남아 있는 곳은 집의 중앙 그러니까 내 침대 머리맡의 그다지 두껍지 않은 벽이었다. 이곳만은 석회가 잘 타지 않아 그대로 남아 있었는데 아마 최근에 새로 발랐기 때문인 것 같았다. 어쨌든 많은 사람이 그 벽 쪽에 모여들어 한곳을 유심히 쳐다보고 있었다.

"이상한걸." "정말 신기해!" 등의 말이 쉴 새 없이 오갔다. 나는 호기심에 그곳으로 발길을 옮겼다. 그곳에는 하얀 벽에 조각한 것처럼 거대한 고양이 형상이 나타나 있었다. 그 조각은 놀라울 만큼 정교했다. 그리고 고양이 목둘레에는 올가미 한 가닥이 감겨 있었다.

처음 이 유령─이렇게밖에 생각할 수 없었다─을 보았을 때 나는 놀라움과 공포에 휩싸였다. 그러나 겨우 정신을 차리고 마음을 가라앉혔다. 건물에 거의 붙어 있다시피 한 정원수에 고양이를 매달았던 일이 떠올랐다. "불이야!" 하는 외침에 사람들이 몰려들고 그들 중 누군가 나를 깨울 작정으로 어쩌면 그 고양이 시체를 끌어내려 열린 창으로 던져 넣었음이 틀림없을 것이리라. 그리고 다른 쪽 벽들이 무너지는 바람에 고양이는 최근에 새로 바른 석회벽에 틀어박혀 벽의 석회분과 화염과 고양이 시체가 발산하는 암모니아분이 혼합되어 이와 같은 조상彫像이 남게 됐으리라.

이와 같이 생각이 이성적으로 정리되자, 양심의 가책은 그만두더라도 이해는 되었다. 그러나 그 일은 나에게 깊은 인상을 남겼다. 그 후 여러 달 동안 그 고양이의 환영에 시달려야 했다. 또 양심의 가책과도 같은 막연한 감정을 느끼게 되었다. 나는 고양이를 죽인 것을 후회하게 되었고, 그 때문에 항상 다니는 주점에서나 또 거리에서도 그 고양이와 비슷하게 생긴 고양이가 없을까 하고 주위를 연신 두리번거리며 살펴보기도 했다.

어느 날 밤, 자주 가는 술집에서 얼근히 취해 앉아 있으려니 그 주점의 유일한 기구인 진주jin酒나 럼주rum酒를 담아둔 술통 위에 웅크리고 앉아 있는 어떤 까만 물체가 눈에 들어왔다. 줄곧 그 술통을 바라보았는데 그제야 눈에 띄었다는 것이 참으로 이상한 일이었다. 나는 가까이 가서 그 검은 물체를 손으로 만져 보았다. 그것은 검은 고양이였다. 플루토와 아주 비슷한 크기로 단지 한 가지만 빼놓고는 그대로 닮은 것이었다. 플루토는 몸에 흰 털이 한 군데도 없었지만 이 고양이는 가슴 전체가 흰색의 반모로 덮여 있었다.

내가 손으로 쓰다듬어 주자 그 고양이는 얼른 일어나 목에서 골골 소리를 내며 내 손에 몸을 비볐다. 내가 아는 체한 것이 기쁜 모양이었다. 이 고양이야말로 내가 찾던 것이 틀림없었다. 나는 곧 주인에게 이 고양이를 사겠노라고 말했다. 그런데 주인은 자기네 고양이가 아니며 또 어디서 언제 왔는지 모르고 지금까지 본 일조차 없다고 했다. 그냥 데리고 갈 수도 없어 하는 수 없이 고양이를 단념해야 했다.

나는 술집에서 나올 때까지 고양이를 쓰다듬어 주었다. 그리고 일어서려니까 고양이도 따라나설 눈치였다. 아니나 다를까 고양이는 나를 따라왔다. 집에 돌아오는 길에 나는 몇 번이나 몸을 굽혀 고양이를 어루만져 주었다. 고양이는 집까지 따라왔고, 나와 아내는 이내 고양이와 친해졌다.

그러나 얼마 가지 않아 나는 그 고양이에게 혐오감이 생기고 있음을 느꼈다. 참 뜻밖의 일이었다. 웬일인지는 알 수 없으나 고양이가 나를 좋아한다는 것이 참을 수 없이 염증을 느끼게 하고 화를 치밀게 했다. 시간이 흐를수록 불쾌한 기분이 들었고, 얼마 후에는 점점 격렬한 증오심으로 변해갔다. 나는 고양이를 될 수 있는 대로 피했다. 일종의 수치감과 이전의 잔혹한 행위에 대한 회한 때문인지 나는 고양이를 학대하지는 않았다.

이 고양이가 결정적으로 싫어진 것은 바로 플루토처럼 애꾸눈이라는 사실 때문이었다. 술집에서는 어두워서인지 잘 알지 못했는데 다음 날 이 고양이가 애꾸눈이라는 사실을 알게 되었다. 이러한 나와 달리 인정이 많은 아내는 그러한 점 때문에 더욱더 그 고양이를 측은히 생각하고 귀여워했다.

그러나 내가 고양이를 미워하면 미워할수록 그와 반대로 고양이는 더욱더 나를 성가시게 했다. 내가 어디에 가든 고양이는 집요하게 나를 쫓아다녔다. 내가 어느 의자에 앉든 의자 아래 앉아서 쳐다보거나 무릎 위로 뛰어 올라와 몸을 비벼댔다. 어떤 때는 그 길고 날카로운 발톱을 세워 옷에 매달려 가슴팍까지 기어오르곤 했다. 이럴 때면 나는 당장에 때려죽이고 싶었지만 그렇게 할 수 없었다. 그것은 전에 플루토에게 했던 짓이 생각 난 때문이기도 했으나 솔직히 고백하면 그 까닭은 이 고양이가 너무 무서워서 손을 댈 수 없었다.

이 공포감은 정확히 말해서 육체적으로 위해를 가하는 공포감은 아니었다. 모든 부끄러움을 무릅쓰고 솔직히 고백한다면, 고양이가 나에게 심어 준 전율과 공포감은 가장 보잘것없는 망상에서 생겨난 것이다.

앞에서도 말한 바와 같이 이 고양이와 전에 내가 죽인 플루토 사이의 유일한 다른 점은 가슴에 있는 흰 반점이었다. 이 반점은 처음에는 아주 희미했는데 점점 변해서-나의 이성은 오랫동안 그 것을 내 공상 탓이라고 부정하려 했다-마침내는 뚜렷하게 윤곽이 드러났다. 그것은 무어라고 말할 수 없이 몸서리가 쳐지는 그런 형태였다. 그 때문에 나는 그놈이 무서웠고 미웠으며 할 수만 있다면 없애 버리고 싶었다. 그 반점의 형태는 나중에야 깨달았지만, 그것은 등골이 오싹하는 교수대의-아아, 그것은 바로 공포와 죄악, 고민과 죽음의 비애와 두려움으로 가득 찬 형구刑具-의 형상이었다.

나는 보통 사람들이 느끼는 것보다 더 처참한 공포와 비참함에 몸을 떨어야 했다. 한낱 미물에 불과한 동물 한 마리가 만물의 영장인 나에게 이와 같이 견딜 수 없는 고통을 주다니! 아아, 이미 밤이고 낮이고 나에게는 '안식의 기쁨'이라는 축복은 없어지고 말았다. 낮에는 낮대로 고양이는 한순간도 내 곁을 떠나지 않았고, 밤에는 또 밤대로 나는 표현할 수 없는 공포스러운 꿈 때문에 매시간 벌떡벌떡 일어나야 했다. 그때마다 내 얼굴로 고양이의 뜨거운 입김이 훅훅 끼쳤으며, 나는 내 힘으로는 꼼짝도 할 수 없는 악마의 화신이 짓누르는 것을 느꼈다.

이렇듯 고통에 짓눌리다 보니 나에게 남아 있던 한 가닥 선심마저도 사라지고 말았다. 다만 간악한 마음과 사악한 사상만이 나의 유일한 친구가 되었다. 내 성질은 점점 횡포해져서 세상의 모든 것과 모든 인류를 증오하게 되었다. 나는 시시각각으로 폭발하는 분노의 충동을 억제하지 못했다. 그럴 때마다 아무 불평도 없이 그 고통을 꾹 참아 주고 곁에 있어 주는 이는 언제나 아내였다. 화재로 모든 재산을 잃은 우리는 가난했다. 어쩔 수 없이 우리는 타다 남은 옛집 지하실에서 살았다.

어느 날, 아내와 외출하고 돌아와서 지하실 층계를 내려가는데 뒤를 따라오던 고양이가 내 다리 사이로 끼어 들어와서 하마터면 굴러떨어질 뻔했다. 나는 그만 화가 치밀어 올랐다. 격분에 싸여 공포심도 잊어버리고 불현듯 도끼를 들어 고양이를 내리찍으려 했다.

만약 내 마음먹은 대로 도끼가 떨어졌더라면 고양이는 그 자리에서 죽어 버렸을 것이다. 그러나 그때 아내가 나를 재빨리 제지해서 다행히 고양이는 처참한 죽음을 면할 수 있었다. 그런데 아내의 간섭이 날로 점점 심해져, 나는 순간적으로 악마와 같은 격노에 휩싸여 그만 도끼를 들어 아내의 정수리를 내리치고 말았다. 아내는 비명도 지르지 못하고 그 자리에 푹 쓰러져 그대로 죽고 말았다.

이 끔찍한 살인을 범한 후 나는 곧 아내의 시체를 감출 방법을 깊이 궁리했다. 그러나 낮이든 밤이든 이웃 사람의 눈에 띄지 않게 시체를 집 밖으로 운반하는 것은 불가능한 일이었다. 여러 가지 생각이 머릿속을 맴돌았다. 시체를 잘게 토막 내어 불에 태워 버릴까 하는 생각도 했다. 어떤 때는 지하실 마루 밑에다 구멍을 파고 파묻어 버릴까 하는 생각도 했다. 또 마당의 우물 속에다 던져 버릴까, 아니면 물건처럼 잘 포장해 상자에 집어넣어 인부를 시켜 내가게 할까 하는 궁리도 해보았다.

그러다가 마침내 대단한 계획이 머리에 떠올랐다. 즉 중세기 승려들이 그들이 살해한 시체를 감쪽같이 벽에다 틀어박고 회칠을 다시 해버렸다고 책에서 읽은 것이 떠올랐다. 드디어 나는 시체를 지하실 벽에다 틀어박고 발라 버릴 결심을 했다.

이러한 계획에 대해서는 이 지하실이 더할 나위 없이 안성맞춤이었다. 지하실 벽은 아무렇게나 쌓아 올린 채 엉성했고 최근에 새로 석회를 조잡하게 발랐기 때문에 지하실 안의 습기로 아직 굳지도 않았다. 그뿐만 아니라 한쪽 벽에는 불쑥 튀어나온 곳이 있는데, 원래는 벽난로와 연통이 있던 곳으로 지금은 메워 버려 다른 벽들과 같아 보였다. 나는 이 벽이라면 벽돌을 떼어 낸 다음 시체를 그 속에 넣고 새로 바른다고 해도 아무도 의심하지 않을 거라고 생각했다.

내 계획은 빈틈이 없었다. 철로 만든 정을 사용해 그다지 힘들이지 않고 벽돌을 떼어 내고, 시체를 그 안에 넣어 안쪽에다 살짝 기대 놓은 다음 벽돌을 본래대로 다시 쌓아 올렸다. 그다음에는 콜타르와 모래, 털들을 사다가 신중히 석회 반죽을 만들어 전과 다름없이 벽돌과 벽돌 사이를 정성껏 발랐다. 일을 마쳤을 때 일종의 쾌감마저 들었다.

벽은 새로 손질한 것처럼 보이지 않았다. 바닥에 떨어진 부스러기도 남김없이 샅샅이 주웠다. 나는 의기양양해 주변을 돌아보며 "자, 이만하면 헛수고는 아니었지!" 하고 혼자 중얼거렸다.

그다음 내가 할 일은 이와 같은 불행을 불러온 고양이를 찾아내는 것이었다. 왜냐하면 나는 그 고양이를 기어이 죽여 버릴 결심을 했기 때문이다. 만약 그 순간에 고양이를 발견했더라면 고양이는 벌써 두 동강이 났을 것이다. 하지만 이 영리하고 능글맞은 고양이는 조금 전 나의 격렬한 분노에 공포를 느꼈는지 어디로 슬며시 사라진 채 내 앞에 얼씬도 하지 않았다. 고양이 모습이 보이지 않자 나는 오히려 찾던 일도 잊어버리고 흔쾌함을 느꼈다. 그 흔쾌한 기분은 이루 설명할 수도 없고 또 독자들은 상상할 수도 없을 만큼 황홀한 것이었다. 그날 밤, 고양이는 모습을 나타내지 않았다.

그 때문에 나는 고양이를 데리고 온 이후 처음으로 편안하게 잠을 잘 수 있었다. 그렇다! 나는 아내를 죽인 그날도 편안하게 잠을 잤다.

이틀이 지나고 사흘이 지났으나 고양이는 나타나지 않았다. 두려움을 주던 악마의 화신은 영원히 내 집에서 사라진 것 같았다. 그 때문에 나는 다소 자유롭게 안도감을 느낄 수 있었다. 그 고양이 놈은 무서워서 영원히 도망친 것이리라. 고양이는 이 이상 더

나타날 리 없을 것이리라. 나의 행복은 더할 나위 없었다. 그리고 내가 범한 그 가증스러운 죄의식도 나를 괴롭히지 않았다.

이후 나는 두세 번 경찰의 심문을 받기는 했지만 문제없이 대답해낼 수 있었다. 그리고 한 번 가택수색까지 받았으나 수상한 것이 발견될 리 없었다. 미래의 행복은 확실하게 확보된 듯싶었다.

아내를 살해한 지 사흘째 되는 날이었다. 뜻밖에도 한 무리 경찰이 집으로 달려들어 또 한 번 엄중히 가택수색을 시작했다. 그러나 나는 시체를 감춘 곳이 발견될 리 없으리라 확신했기 때문에 그다지 당황하지 않았다. 경찰관들은 수색 중 나를 불러 함께 집 안을 샅샅이 조사했다. 최후로 세 번째인지 네 번째인지 그들은 지하실로 내려갔지만 나는 눈 하나 깜짝하지 않았으며 내 심장은 마치 천진난만하게 잠들어 있는 사람의 심장처럼 태연자약하게 뛰었다.

나는 팔짱을 끼고 지하실의 이곳저곳을 유유히 활보했다. 경찰관들은 이제 완전히 모든 의심을 풀고 떠나려 했다. 내 가슴속 기쁨은 억제할 수 없을 정도로 세찼다. 그래서 나의 승리와 무죄를 그들에게 한층 더 확신해 주고 싶은 욕구가 치밀어 올랐다. 이윽고 나는 계단을 올라가는 경관들을 향해 말했다.

"여러분의 의심이 풀려서 무엇보다 기쁩니다. 그러면 자, 여러분의 건강을 빌며 아울러 앞으로는 여러분이 좀 더 예의를 지켜주기를 바랍니다. 그런데 여러분, 어떻습니까? 이 집은 구조가 썩 잘되어 있다고 생각되지 않습니까?"

나는 무엇인지 술술 이야기하고 싶은 격렬한 욕망에 사로잡혀 무엇을 말하는지도 몰랐다.

"정말 잘 지어진 집이라 해도 지나친 말이 아니죠. 특히, 벽들은 말이죠…. 자, 여러분 이제 돌아가시렵니까? 이 벽들의 견고함으로 말할 것 같으면…"

일단 여기까지 말한 나는 시체를 감쪽같이 숨겼다는 사실에 흥분해 미친놈처럼 들고 있던 막내기로 아내의 시체가 들어 있는 바로 그 벽을 힘껏 후려쳤다.

'하나님, 나를 악마의 손으로부터 구해 주옵소서!'

그런데 내가 막대기로 때린 그 소리의 메아리가 멈추기도 전에 그 소리에 따라 무덤 속에서 누군가 대답하는 듯한 소리가 들려왔다. 처음에는 믿지 않았다. 마치 흐느껴 우는 어린애 울음소리와 같은 소리에 이어 잠시 후 길고도 높은 쇳소리로 변해 보통 사람의 소리라고는 생각되지 않는 잔인한 비명으로 변했다. 그것은 지옥에 떨어진 악마의 목구멍에서 나오는 듯한, 지옥에서나 들을 수 있는 저주와 공포가 깃든 비명이었다.

그때 내가 어떤 생각을 했는지 기록한다는 것은 독자들을 우롱하는 것이리라. 나는 실신한 듯 반대편 벽을 향해 비틀거렸다. 이 순간 경찰관들은 계단 위를 올라가다 말고 멈추어 공포에 떨며 소름 끼치는 무서움에 혼이 나간 듯 서 있었다.

그러나 다음 순간 경관들의 완강한 팔이 달려들어 그 벽을 허물기 시작했다. 벽은 순식간에 허물어지고 벌써 대부분 썩고 핏덩어리가 엉겨 붙어 있는 시체가 경찰관들 눈앞에 우뚝 나타났다. 그리고 그 시체 머리 위에는 빨간 입을 크게 벌리고 불꽃 같은 애꾸눈을 번뜩이는 그 무서운 고양이가 앉아 있었다.

나를 격노시켜 살인을 저지르게 한 것도, 또 비명을 질러 사형대에 끌려가게 한 것도 모두가 그 고양이의 잔악한 계교였다. 나는 그날, 그 괴물을 시체와 함께 벽 속에 넣고 발라 버린 것이다.

The Fall of the House of Usher

Edgar Allan Poe
1809~1849

8

어셔 집안의 몰락

·

에드거 앨런 포

어느 날 갑자기 어린 시절 친구인 로더릭 어셔에게서 편지가 날아들었다.

요사이 건강이 좋지 못하고 게다가 견딜 수 없는 마음의 고통까지 겹쳐 무서운 악몽 속에서 살고 있다네. 나의 단 하나의 친구인 자네와 만나 이야기도 나누며 고통을 잊고자 하니 몇 주 머물 예정으로 나를 방문해 주기 바라네.

로더릭 어셔

나는 어셔가 심각한 신경과민 상태인 것으로 판단해 그의 집에 가기로 결심했다.

어느 가을날, 구름이 온 하늘을 뒤덮어 음산한 기운을 자아내는 저녁 무렵에 나는 말을 타고 한적한 시골길을 지나고 있었다. 해는 이미 서산으로 넘어갔고 싸늘한 바람이 상기된 뺨을 스치고 지나갔다. 한참을 가자 늪지대에 있는 어셔의 집이 보였다. 그런데 그 집을 보는 순간 이상야릇한 불길한 예감과 우울함이 가슴에 밀려왔다.

그것은 너무나 음산한 풍경이었다. 건물 앞에 잔물결을 이루는 늪에는 제멋대로 자란 무성한 갈대와 나무들이 을씨년스럽게 서 있었고, 오랫동안 비바람에 퇴색한 벽 등은 마치 흉가 같은 느낌을 주었다.

어셔 집안은 옛날부터 세간의 존경을 받는 유서 깊은 가문이었다.

다만 특별한 점은 오늘날까지 한 번도 분가해 나간 자손이 없는 한 줄기의 직계가족이라는 것이었다.

건물 주위에는 검은빛에 가까운 물이 고여 있고, 늪에서 발산하는 공기는 신비스러운 냄새를 풍기며 사방으로 흘러넘쳤다. 현관의 아치를 지나자 깡마른 하인이 나타났는데 그는 무엇에 놀란 듯 발소리를 죽이며 조심스럽게 나를 안내하였다.

천장의 조각과 벽에 걸린 우중충한 그림들이 있는 긴 복도를 지나면서 의사를 만났다. 그런데 의사는 나에게 목례만 한 뒤 공포에 가득 찬 얼굴을 하고 빨리 지나가 버렸다.

안내되어 간 곳은 음침하고 외로운 느낌이 드는 쓸쓸한 방이었

다. 방 안에는 수많은 책과 악기가 어지럽게 널려 있고 이상하게
음울한 공기가 떠돌았다.

내가 들어서자 어셔는 큰 대大 자로 누워 있다가 나를 반갑게
맞아 주었다. 그는 창백하고 뼈만 앙상하게 남은 얼굴에 억지 미
소를 띠며 건강한 듯 보이려고 했으나 그의 행동은 술주정뱅이나
아편중독자같이 흥분한 상태를 보였다.

나는 놀라면서도 가련한 마음으로 옛 친구를 바라보았다. 짧
은 기간에 이렇게 무섭게 변해 버린 사람이 과연 있을까? 그나마
창백한 얼굴, 눈물에 젖은 커다란 두 눈, 우뚝한 콧날, 거미집처럼
부드러운 머리털이 옛날 용모를 어느 정도 떠올리게 했다.

나는 어셔의 행동에 전혀 이해할 수 없는 이상한 점이 있다는
것을 곧 알아차렸다. 그는 요사이 무미하고 담백한 음식만 요구했
고, 옷도 특정한 색깔이 아니면 입기를 꺼렸으며, 꽃향기마저 가
슴속에 스며들 만큼 짙어야 했다. 희미한 빛에도 눈을 찡그렸으
며, 음악도 현악기 소리에는 공포심을 느끼지 않는 듯했다.

어셔는 여러 종류의 공포에 사로잡혀 항상 괴로워하고 불안에
떨었으며, 오랜 시간 방 안에서 한 걸음도 나가지 않았다.

며칠이 지났을 때 어셔는 자신의 음울한 중병의 원인을 이야기
해 주었다.

어셔에게는 이 세상에 하나밖에 없는 혈육인 매들린이라는 귀
여운 누이동생이 있었다. 그런데 누이동생의 이상한 병이 그를 괴
롭히고 있었다. 그 병은 때때로 만성적 무감각 상태에 빠져 몸이

점점 쇠약해지며, 짧은 시간이나마 전신이 굳고 발작을 일으키는 증상이었다.

그가 매들린 이야기를 할 때 나는 복도 저편에서 나는 누군가의 발소리를 들었다.

"만약 저 애가 죽어 버린다면 허약한 내가 유서 깊은 어셔 집안의 최후의 한 사람이 되어 버린단 말이야…"

어셔가 이렇게 말하면서 처참한 표정을 지을 때 매들린이 내가 있는 것도 알아채지 못하고 몽유병자처럼 조용히 복도를 걸어가는 것이 보였다.

나는 놀라움과 공포로 그녀를 지켜보았는데 어셔는 얼굴을 어깨에 푹 파묻고 우는 것 같았다. 매들린은 무감각 상태에 빠진 뒤로는 눈 뜨고 볼 수 없을 정도로 야위어 갔고, 유명한 의사도 매들린의 병세에는 속수무책이라고 했다.

그 후 며칠 동안 우리는 매들린이라는 이름을 한 번도 입 밖에 내지 않았다. 나는 이 쓸쓸한 친구의 원기를 회복해 주려고 최선을 다했으나 모든 노력이 허사라는 것을 곧 깨닫게 되었다.

어셔는 기분이 좋으면 때때로 기타를 치며 황홀경에 빠지기도 했다. 그는 즉흥시를 지어 큰 소리로 가락을 붙여 노래를 부르기도 했다.

그중에서도 특히 '환상적인 유령궁The Haunted Palace'이라는 노래는 지금까지도 내 머릿속에 남아 있다.

착한 천사들이 사는

이 땅의 가장 푸른 골짜기에

한때 아름답고 위엄 있는 궁전이,

찬란한 궁전이 그곳에 있었네.

군주의 사상思想의 영토에 서 있었네!

치품천사seraphim도 그렇게 아름다운 곳에

일찍이 날개를 펼친 적이 없었네!

노랗고 찬란한 황금빛 깃발이

그 지붕 위에서 휘날렸네.

(이것은. 이 모든 것은. 아주 먼 옛날의 이야기)

그 감미롭던 나날에

깃털 장식이 나부끼는 흰 성벽을

이리저리 희롱하던 모든 미풍은

향기로운 내음을 거두어갔네.

그 행복한 골짜기의 나그네들은

빛나는 두 창문을 통해

잘 조율된 류트 가락에 맞추어

아름답게 움직이는 정령들을 보았네.

그들이 춤추며 맴도는 옥좌에 앉아

자신의 영광에 걸맞게 당당한

왕국의 통치자가 보였네.(포르피로진!)

아름다운 궁전의 문은
진주와 루비로 빛나고,
그 문으로 흘러, 흘러, 흘러오는 것은
영원히 빛을 발하는 메아리의 무리,
메아리는 왕의 슬기와 지혜를
더없이 아름다운 목소리로 노래하네.

그러나 악마들이 슬픔의 옷을 입고
왕의 신성한 영역을 침범하였네.
(아, 애도하자! 왕에게 이젠 결코 내일이 오지 못하리니!)
그리고 그분의 왕궁 주위에
붉게 피어나던 영광도
지금은 묻혀 버린 그 옛날의
어렴풋한 이야기가 되었네.

이제 그 골짜기를 찾는 여행자들은
붉게 빛나는 창문 너머로
불협화음의 가락에 맞춰
기이하게 움직이는 거대한 모습을 보네.

그리고 희미한 문을 통해서

마치 빠른 강물이 흐르듯

섬뜩한 무리가 끝없이 몰려나와

웃기는 하지만 예전의 미소는 더 볼 수 없구나.

나는 이 시에서 어셔의 심리상태를 짐작할 수 있었다. 그래서 이 시는 내 가슴을 한층 더 아리게 만들었다.

그리고 어느 날 밤이었다. 어셔는 돌연 내 방에 나타나서 매들린이 죽었다고 말했다. 그리고 어셔는 가족 묘지가 멀리 떨어져 있고 현재 아주 형편없이 황폐해졌기 때문에 당분간 동생을 지하실 벽 속에 있는 골방에 안치해 두겠다며 그 일을 도와달라고 부탁했다. 그래서 나는 어셔와 함께 유해를 관에 넣어 컴컴한 방으로 옮겼다.

어셔는 찬 바람이 소름 끼칠 정도로 불어오는 지하에 횃불을 밝히고 관 앞에 섰다. 그는 관 뚜껑을 열고 누이동생에게 최후의 작별을 고했다. 옆에서 그 모습을 지켜보던 나는 매들린이 어셔와 똑같이 생긴 것을 보고 깜짝 놀랐다. 알고 보니 그들은 쌍둥이였다.

한창 꽃피울 나이에 안타깝게 죽음을 맞이한 매들린의 얼굴에는 아직도 불그스레한 빛이 떠돌았고, 기묘한 미소를 짓고 있었다. 무엇을 저주하는 듯한 소름 끼치는 쓴웃음을 띠고 있었다. 나는 소름이 돋는 것 같았다.

우리는 그녀의 명복을 빌고 관에 못을 단단히 박은 뒤 쇠로 된 지하실 문을 굳게 잠그고 돌아왔다.

그 후 어셔는 망상에 더 시달리는 것 같았다. 매들린이 죽은 지 7, 8일이 지난 어느 날 밤이었다.

나는 폭풍우 소리가 신경을 거슬러 잠을 이루지 못하고 방 안을 이리저리 거닐었다. 모진 바람이 세차게 불어 창문이 부서질 듯했다. 문 사이로 스며드는 바람이 고요한 방 안에 묘한 소리를 내서 신경이 곤두서 있었다.

그런데 바로 그때 가벼운 노크 소리와 함께 황급히 방문을 열고 들어서는 사람이 있었다. 손에 램프를 들고 머리는 산발한 채 마치 유령과 같은 모습을 한 어셔였다.

나는 그가 또다시 발작을 일으켰다고 생각했으나 심란하던 차에 잘됐다 싶어 그를 반갑게 맞았다.

"자네는 보지 못했나? 잠깐 기다리게. 곧 알게 될 테니까!"

어셔는 잠시 주위를 무섭게 노려보더니 대뜸 창문을 열어젖혔다. 그러자 바람이 강하게 불어왔다. 온몸을 날려 버릴 것 같은 무서운 바람이 방 안으로 들어왔으나 어딘지 모르게 엄숙하고 아름다움을 자아내는 이상한 분위기였다. 구름이 낮게 드리워 마치 살아 움직이는 것 같았으며, 짙은 안개가 가스처럼 집 주위를 장악하고 있었다.

나는 어셔의 발작적인 행동에 당황해 어서 창문을 닫으라고 했다. 그리고 책을 읽어 주겠다며 그를 억지로 의자에 앉혔다. 나는 머리맡에 놓인 책 한 권을 들어 책장을 넘겼다. 그것은 랜슬럿 캐닝의 '광란의 회합會合'이라는 소설이었다.

나는 소리 높여 읽기 시작했다. 그런데 뜻밖에도 어셔는 재미있다는 듯 열심히 들었다. 나는 다행이라고 생각하며 계속 읽었다.

"…힘센 에들레드는 술김에 그만 판자문을 부수고 말았다. 와지끈! 그 소리는 마치 벼락이라도 지는 것처럼 먼 숲속에까지 울렸다…."

나는 여기까지 읽다가 그만 입을 다물고 말았다. 책에서 말한 그 소리가 멀리서 똑똑히 들려오는 것을 느꼈기 때문이다. 나는 조용히 귀를 기울였다. 그러나 바람 소리만 들려올 뿐 다른 소리는 들리지 않았다. 나는 나의 어리석음을 비웃으며 다시 다음 구절을 읽었다.

"에들레드는 큰소리치며 성문으로 들어가 문지기인 커다란 독사의 대가리를 비틀면서 호령했다. 그런데 그 무시무시한 소리, 그러한 외침은 아직 한 번도 들어보지 못한 청천벽력 같은 소리였다…."

나는 또 중단하지 않을 수 없었다. 너무 몰입한 탓인지 몰라도 이상스러운 울림과 독사의 몸부림치는 그런 소리가 들려오는 것 같았기 때문이다. 그러나 나는 나 자신보다 어셔의 예민한 신경을 건드려서는 안 되겠다고 생각해 억지로 태연한 태도로 다시 읽기 시작했다.

"그가 벽에 걸린 방패 가까이 이르렀을 때 방패는 그를 기다리기나 했던 것처럼 큰 소리를 내며 그의 발밑으로 굴러떨어져 버렸다…."

순간 나는 소스라치게 놀라 책을 떨어뜨리고 일어나 버렸다. 바로 앞에 걸려 있는 방패가 떨어지는 것 같은 소리를 들었기 때문이다. 나는 내 행동에 놀라 어셔를 돌아다보았다. 그러나 어셔는 의자에 두 다리를 뻗고 앉아서 아무렇지도 않은 듯 나를 빤히 쳐다보면서 다음 구절을 기다렸다.

한참 동안 무거운 침묵이 흘렀다. 어셔는 무슨 말인지 혼자 중얼거리기 시작했다. 그러고는 온몸을 부르르 떨면서 입가에 쓴웃음을 짓더니 큰 소리로 외쳤다.

"저 소리… 무시무시한 소리… 자네는 들었나, 응? 지금까지 들려오던 소리를… 내 날카로운 신경은 지금 저 골방에 있는 매들린이 움직이는 소리를 듣고 있었단 말이야. 며칠 전에도 나는 똑똑히 들었지. 그렇지만 나는 자네에게 그 말을 하지 못했지. 아! 얼마나 어리석은가 말이야! 어리석었어. 하지만 지금, 오늘 밤에 들레드는 감옥문을 파괴하고 용감하게 나왔단 말이야. 하하하… 얼마나 통쾌하냐! 그러나 어디로, 어디로 도망쳐야 한단 말인가? 나는 무서워… 무서워… 아! 저 소리, 계단을 올라오는 누이의 발소리가… 아! 저기 매들린의 발소리가 들리지 않는가!"

그는 다시 벌떡 일어나더니 몸부림쳤다.

"미치광이, 미치광이! 매들린은 저기 지금 문 밖에 서 있다. 살아 있단 말이다. 저기, 저기 문 밖에…"

그 순간, 어셔의 말이 마력을 냈는지 그가 가리키는 문이 슬그머니 열렸다. 물론 그것은 밖에서 휘몰아치는 바람 때문이었으나 문밖에는 수의壽衣를 입은 매들린이 우뚝 서 있었다. 수의는 피투성이가 되어 있었고, 뼈만 남은 몸에는 무거운 관 뚜껑을 열어젖히려고 분투한 흔적이 역력히 나타나 있었다. 매들린은 잠시 문밖에서 몸을 앞뒤로 흔들며 떨고 서 있너니 울음 섞인 낮은 소리를 내며 방 안으로 들어왔다.

매들린이 정신 나간 사람처럼 멀거니 서 있는 어셔의 몸 위로 팔을 벌리며 넘어지려는 순간, 어셔는 그만 방바닥에 쓰러지고 말았다. 그는 결국 자신을 짓누르던 공포의 희생양이 되고 만 것이다.

나는 혼비백산하여 그곳을 빠져나왔다. 내가 어떻게 그곳을 나왔는지는 정확히 기억나지 않지만 얼마 후 정신을 차리고 풀숲에 주저앉았을 때, 내 몸은 온통 땀범벅이 되어 있었다.

폭풍은 더한층 세게 맹위를 떨쳤는데 그때 나는 길 옆으로 이상한 광채가 떠오르는 것을 보았다. 어디서 이런 빛이 나오는지 보려고 뒤를 돌아다보았다. 분명 거기에는 어셔의 저택밖에 없었기 때문이다.

그 빛은 이제 막 넘어가는 보름달의 빛이었다. 나는 달빛이 그렇게 핏빛으로 이상하게 빛나는 것은 처음 보았다. 핏빛 달빛은 어셔의 저택을 비추었다.

그런데 바로 그때 어셔의 저택은 서서히 균열을 일으키더니 어느 순간 산산이 부서져 버렸다. 파도 소리와 같은 요란한 굉음과 함께 건물은 일순간 사라져 버렸다. 그리고 내 발치에 있던 음산한 늪은 조용히 어셔 집안의 잔재들을 모두 삼켜 버렸다.

The Last Leaf

O. Henry

1862~1910

9

마지막 잎새

·

오 헨리

워싱턴 광장 서쪽 좁은 구역에는 여러 갈래 골목길이 복잡하게 뻗어 있으며, 공터라고 하는 조그만 부분으로 나뉘어 있었다. 그 장소는 모두 기묘한 각도와 곡선으로 이루어져 있었는데 어떤 길은 나아가다가 한두 번 교차하는 경우도 있었다.

어떤 화가는 이 거리에서 재미난 사실 하나를 발견해 냈다. 가령 물감이나 종이, 캔버스 대금을 받으러 온 수금원이 이 길에 들어서면 돈도 받아내기 전에 자신이 왔던 길로 되돌아 나가고 있다는 사실을 알게 된다는 점이다. 그래서 얼마 후, 이 허름하고도 낡은 그리니치 마을에 잡다한 예술가들이 몰려들게 되었다. 그들은 비교적 값이 싼 다락방 월세를 찾아 이곳저곳을 기웃거렸다. 그리고 얼마 후 이곳에 예술인 마을이 형성되었다.

수와 존시 역시 나지막한 3층 벽돌 건물 꼭대기에 화실을 가지고 있었다. 수는 메인주 출신이고 존시는 캘리포니아주 출신이다. 두 사람은 8번가에 있는 식당에서 식사하다가 우연히 만났다. 그들은 예술에 대한 생각이나 샐러드와 신부神父, 두루마기 같은 긴 소매가 달린 옷에 대한 취미가 같다는 것을 알고는 공동의 아틀리에를 갖게 되었다.

그것은 지난 5월의 일이었고 어느새 11월이 되었다. 그런데 이때가 되면 의사가 폐렴이라고 부르는 눈에 보이지 않는 냉혹한 외래자가 마을을 휩쓸어 그 얼음 같은 손으로 여기저기 쓰다듬고 다녔다. 사나운 파괴자는 빈민가를 대담하게 활보해 수많은 희생자를 만들어 내더니, 이 비좁고 이끼 낀 미로를 조용한 걸음걸이로 침범했다.

폐렴은 결국 캘리포니아의 부드러운 바람 속에 자란 가냘픈 여인 존시에게까지 달려들었다. 병마는 존시를 사정없이 습격했다. 존시는 페인트를 칠한 철제 침대에 누워서 거의 꼼짝도 하지 않고 조그만 네덜란드식 유리창 밖으로 이웃 벽돌집 벽을 쳐다볼 뿐이었다.

어느 날 아침, 왕진을 다니기 바쁜 의사는 흰털이 섞인 굵은 눈썹으로 신호를 보내 수를 복도로 불러냈다.

"저 아가씨가 살아날 가망은 열에 하나밖에 안 됩니다."

의사는 체온계의 수은을 흔들어 내리면서 이렇게 말했다.

"가능성이란 우선 살아야겠다는 정신력이죠. 장의사를 부르는 쪽으로 마음을 둔다면 아무리 좋은 처방도 소용이 없는데 저 아가씨는 낫지 않을 것으로 체념하고 있어요. 저 아가씨가 마음속으로 애착을 가질 만한 게 없겠습니까?"

"존시는 언젠가는 나폴리만灣을 그리고 싶다고 늘 말했어요."

수가 대답했다.

"그림을 그린다고요? 그건 소용없어요! 뭔지 곰곰이 생각할 만한 가치가 있는 건 없을까요? 이를테면 남자 친구라던가?"

"남자 친구요?"

수는 뜻밖의 말을 들은 듯 되물었다.

"전혀요. 선생님, 존시에게는 아무도 없습니다."

"흠, 그게 중요한데… 걱정이군요."

의사가 말을 이었다.

"힘이 미치는 데까지 노력해 봅시다. 하지만 환자가 자기 장례식 행렬에 차가 몇 대나 따라올지만 생각한다면 의약의 힘은 절반으로 줄어들 거라는 게 내 소견입니다. 가령 올겨울 외투에는 어떤 소매가 유행할지만 생각해도 희망은 열에 하나가 아니라 다섯에 하나라고 장담할 수 있습니다."

의사가 돌아간 후 수는 화실에 가서 종이 냅킨이 흠뻑 젖을 정도로 울었다. 그리고 아무 일 없다는 듯 화판을 겨드랑이에 끼고 밝게 휘파람을 불면서 존시의 방으로 들어갔다.

존시는 이불에 주름이 생기지 않았을 정도로 움직임 없이 창을 바라보고 누워 있었다. 그녀가 잠들어 있는 것 같아 수는 휘파람을 그쳤다.

수는 화판을 반듯하게 놓고 조용히 앉아 잡지 소설에 실을 삽화를 그렸다. 젊은 작가가 문학잡지에 글을 써서 문학의 길을 개척해 나가는 것처럼, 젊은 화가는 잡지에 삽화를 그려서 개척해 나가야 했다.

수가 그리고 있는 그 소설의 주인공은 아이다호의 카우보이였다. 화려한 승마복을 그리려는데 낮은 소리로 자꾸 중얼거리는 소리가 들렸다. 존시의 힘없는 목소리였다. 수는 얼른 일어나서 침대로 다가갔다.

존시는 눈을 동그랗게 뜨고 있었다. 창밖을 내다보며 수를 세었는데 그녀는 수를 거꾸로 세고 있었다.

"열둘."

그러고는 좀 있다가 다시 말했다.

"열하나… 열… 아홉… 여덟… 일곱…."

수는 이상해서 창밖을 내다보았다. 뭘 세고 있을까? 창밖으로 보이는 것은 인기척 없는 쓸쓸한 안마당과 20피트쯤 떨어진 이웃 벽돌집의 벽뿐이었다. 벽에는 밑줄기가 울퉁불퉁한 해묵은 담쟁이덩굴이 벽 중턱까지 기어올라 있었다. 차가운 가을바람이 담쟁이 잎들을 흔들어 대어 거의 뼈대만 남은 해골 같은 줄기가 낡은 벽돌에 매달려 있었다.

"너 뭘 세고 있니?"

수가 물었다.

"여섯."

속삭이는 듯 낮은 목소리로 존시가 말했다.

"점점 더 빨리 떨어지네. 사흘 전에는 백 개쯤 있었는데, 그것들을 다 세려니 머리가 아팠어. 하지만 이제는 참 쉽네. 아, 또 하나 떨어지는구나. 다섯 개 남았다."

"뭐가 다섯이란 말이니? 나한테도 가르쳐 줘."

"잎 말이야. 저 담쟁이덩굴에 붙은 잎. 마지막 잎마저 떨어지고 나면 나도 가게 되는 거야. 사흘 전부터 알고 있었어. 의사 선생님도 그렇게 말했겠지?"

"그런 바보 같은 얘기가 어디 있니."

수는 말도 안 된다는 듯 강하게 부인했다.

"저 늙어빠진 담쟁이 잎과 네 병이 낫는 것이 무슨 상관이 있다는 거야. 네가 저 담쟁이 나무를 무척 좋아한 것은 알겠는데, 어떻든 바보 같은 소리는 하지 마. 의사 선생님이 아침에 그러더라. 병이 나아질 가능성은… 뭐라더라, 그렇지. 그래, 하나에 열이라고 하셨어. 열에 하나가 아니고 말이야. 무슨 뜻인지 알겠니? 그러니 그런 쓸데없는 걱정은 접어두고 어서 수프라도 조금 먹어봐. 그리고 나한테 그림을 그리게 해줘. 빨리 그려다 주고 돈을 받아서 환자를 위해서는 포트와인을, 식욕 왕성한 나를 위해서는 포크찹을 사와야겠으니까."

"이젠 포도주는 안 사와도 괜찮아."

존시는 여전히 창밖을 내다보면서 말했다.

"또 하나 떨어졌네. 아니, 이제 수프도 먹고 싶은 생각이 없어. 앞으로 겨우 넉 장뿐이야. 어둡기 전에 마지막 하나까지 떨어지는 걸 보고 싶어. 그러면 나도 가는 거야."

"존시!"

수는 침대 위에 몸을 구부리고서 말했다.

"내가 일을 끝낼 때까지 눈을 감고 창밖을 내다보지 않는다고 약속해 줘. 그림을 내일까지 갖다 줘야 해. 어둡시만 않다면 당장 커튼을 내리고 싶지만…"

"저쪽 방에서 그리면 안 될까?"

존시는 냉정하게 물었다.

"네 옆에 있고 싶으니까 그렇지."

수는 말을 이었다.

"그리고 저 하찮은 담쟁이 잎은 안 쳐다봤으면 좋겠어."

"그림이 다 되거든 말해 줘."

존시는 조각처럼 창백한 얼굴로 창밖을 향해 돌아누워 눈을 감았다.

"마지막 잎이 떨어지는 걸 보고 싶으니까. 그걸 기다리는 것도 힘드네. 생각하는 것도 싫고 모든 집착에서 벗어나 이젠 저 나뭇 잎처럼 나도 바람에 날려가고 싶어."

힘없이 말하는 존시의 말을 들은 수는 가엾은 눈길로 누운 존 시를 바라보았다.

"잠을 좀 자는 게 좋겠어. 난 베어먼 할아버지한테 늙은 광부

모델이 되어 달라고 부탁해야 돼. 갔다가 곧 다시 돌아올 거니까 내가 올 때까지는 움직이지 마."

베어먼 노인은 같은 건물 아래층에 사는 화가였다. 이미 예순이 넘은 나이로 미켈란젤로가 그린 모세상에 나오는 것과 비슷한 덥수룩한 수염을 기르고 있었다. 베어먼은 일종의 예술의 낙오자였다. 지난 40년간 계속 손에 화필을 잡고 살아왔지만, 아직도 예술의 여신女神의 치맛자락도 붙잡지 못하고 있었다. 입버릇처럼 항상 걸작을 그린다고 하면서 한 번도 그 작업에 손을 대지 못했다. 최근 몇 해 동안은 상업용이나 광고용 엉터리 그림밖에는 아무것도 그린 게 없는 노인이었다.

그는 직업적인 그림 모델을 쓸 수 없는 가난한 이 예술인촌 젊은 화가들을 위해 모델을 해주고 약간의 수입을 올리고 있었다. 그러나 아직도 술만 마시면 미래에 대단한 걸작을 그릴 것이라고 말했다. 그림에 소질이 없는 것을 빼고는 몸집은 작지만 강단이 있는 노인이었다. 다른 사람이 유약한 모습을 보이면 왜 그러냐며 비웃었다. 그러고는 3층 화실에 있는 존시와 수의 수호자를 자처했다.

수가 아래층에 내려갔을 때 베어먼 노인은 어두컴컴한 지하실에서 술 냄새를 풍기며 앉아 있었다. 방 한쪽 구석에는 아무것도 그리지 않은 캔버스가 이젤 위에 있었다. 이 캔버스는 걸작이 되는 최초의 일필을 25년간이나 기다렸다.

수는 베어먼 노인에게 존시가 담쟁이 잎이 다 떨어지면 자기도 죽는다고 하는데, 그러다가 정말 생명을 지탱하는 힘이 빠져 저 가벼운 담쟁이 잎처럼 허공으로 날아가는 게 아닌지 겁이 난다고 말했다.

베어먼 노인의 불그레하게 취한 눈에 눈물이 고였다.

"뭐라고!"

그는 크게 소리를 지르고 존시의 어리석은 공상을 비난했다.

"담쟁이 잎이 다 떨어지면 자기도 죽는다고. 그런 어처구니없는 바보가 어디 있어! 세상에 그런 얘기는 들어본 적이 없어. 나더러 폐인이 된 늙은 광부의 모델이 되어 달라고. 왜 하필이면 그런 게 되라는 거야. 딱 질색인걸. 그건 그렇고 존시는 왜 그런 어리석은 생각을 하는 거야."

"아주 낙담하고 있어요."

수가 말했다.

"열이 높으니까 자꾸 이상한 망상만 하는 것 같아요. 괜찮아요, 할아버지. 모델이 싫으시면 하지 않으셔도 돼요. 하지만 할아버지는 정말 기분이 오락가락해서 믿을 수 없군요."

"여자라는 건 모두 어쩔 수 없구나!"

베어먼 노인은 더욱 소리를 높여 말했다.

"내가 언제 모델을 안 한다고 했나? 먼저 올라가 있어. 나도 갈 테니까. 난 벌써 30분 전부터 모델이 되겠다고 말할 생각이었어. 정말! 여기는 존시 같은 착한 아가씨가 병이 나서 누워 있을 곳이 못 돼. 이제 곧 걸작을 그려야지. 그러면 다 같이 여기서 나가는 거야. 정말이야! 정말이고말고."

두 사람이 3층에 올라갔을 때 존시는 잠들어 있었다. 수는 커튼을 밑으로 내리고 베어먼 노인에게 옆방으로 가자고 손짓했다. 두 사람은 거기서 착잡한 마음으로 창밖을 내다보았다. 몇 장 안 남은 담쟁이덩굴의 잎이 팔랑팔랑 바람에 나부끼고 있었다. 두 사람은 잠시 말없이 얼굴을 마주 보았다. 어느덧 진눈깨비가 쉴 새 없이 내리고 있었다. 잠시 후 베어먼은 낡은 파란 셔츠를 입고 늙은 광부의 포즈를 취했다.

이튿날 아침, 수가 한 시간쯤 자고서 눈을 떴을 때 존시가 생기 없는 눈을 동그랗게 뜬 채 내려진 초록색 커튼을 쳐다보고 있었다.

"커튼을 걷어 줘. 보고 싶어!"

그녀가 나지막하게 말했다.

수는 어쩔 수 없이 커튼을 올려 주었다. 그런데 이게 웬일일까. 밤새 쉬지 않고 사나운 비바람이 휘몰아쳤는데도 그 벽 위에는 담쟁이덩굴 잎 하나가 여전히 달라붙어 있지 않은가.

그것은 덩굴에 달린 마지막 한 잎이었다. 잎의 아래쪽은 거무스름한 초록색이고 가장자리는 노랗게 물들어 있었다. 마지막 한 잎은 땅에서 20피트쯤 올라간 줄기에 용감하게 매달려 있었다.

"마지막 한 잎이 남아 있어."

놀란 존시가 말했다.

"밤새 바람이 그치지 않고 세차게 불어서 꼭 떨어질 거라고 생각했는데… 아니 오늘은 틀림없이 떨어지겠지. 그렇게 되면 나도 같이 죽어갈 거야."

"그게 무슨 소리니!"

수는 피곤한 얼굴을 베개에 기대며 말했다.

"자기 생각을 하기 싫거든 내 생각이라도 좀 해줘. 너 없이 난 어떻게 하란 말이야."

그러나 존시는 아무 대답도 하지 않았다. 멀고 먼 신비의 여행을 떠날 준비를 하는 사람의 마음처럼 외로운 것은 없을 것이다. 그녀를 이 지상에 연결하던 모든 인연이 하나하나 풀어짐에 따라 여러 가지 망상이 더욱더 그녀 마음을 끌어당기는 것 같았다.

그날 하루는 이럭저럭 지나갔다. 황혼이 다가왔다. 그런데 마지막 남은 그 담쟁이 잎은 여전히 벽의 담쟁이덩굴에 달라붙어 있었다. 황혼 속에서도 뚜렷하게 보였다. 이윽고 어둠이 덮쳐오면서 다시 또 북풍이 휘몰아쳤다. 세찬 빗방울이 거칠게 창문을 두드렸다.

날이 새자마자 존시는 또 커튼을 올려 달라고 졸랐다. 그런데 담쟁이 잎은 역시 그 자리에 있었다. 존시는 누운 채 오랫동안 그것을 쳐다보았다. 그러다가 가스난로 위 닭고기 수프를 휘젓고 있는 수를 불렀다.

"내가 잘못 생각했던가 봐, 수."

존시가 가냘픈 목소리로 말했다.

"뭔지 모르지만 저기에다 마지막 잎 하나를 남겨 둬서 내 생각

이 잘못이라는 걸 가르쳐 주려고 하는 것 같아. 이젠 알겠어. 죽
기를 원한다는 건 일종의 죄악이야. 수, 나에게 수프를 조금 줄 수
있겠니? 우유에 포도주를 탄 것도. 우선 손거울을 보여줘. 그리고
베개를 높게 받쳐 줘. 일어나 앉아서 네가 요리하는 것을 보고
싶어."

한 시간쯤 지나자 존시가 다시 말했다.

"수, 이제 나폴리만을 그릴 수 있을 것 같아."

오후가 되자 의사가 찾아왔다. 의사가 돌아갈 때 수는 존시에게 핑계를 대고 의사를 따라 복도에 나왔다.

"이젠 그녀가 살 가능성이 반반은 됐습니다."

의사는 가냘프게 떠는 수의 손을 잡고 말했다.

"간호만 잘하면 당신이 이길 겁니다. 난 또 아래층에 가서 새로 발병한 환자를 봐야 합니다. 베어먼이라는 사람인데 화가라던가. 그 사람도 폐렴을 앓고 있어요. 나이도 많고 몸도 약해서 더 걱정이군요. 갑자기 병이 난 모양인데 글쎄, 어려울 것 같아요. 그러나 좀 편하게 누워 있도록 오늘 입원시킬 작정입니다."

그날 오후, 존시가 생기 도는 얼굴로 침대에 누운 채 파란 털실로 목도리를 뜨고 있었다. 그때 마침 수가 와서 존시를 와락 끌어안았다.

"네게 할 얘기가 있어."

수가 말했다.

"베어먼 할아버지가 오늘 병원에서 폐렴으로 돌아가셨어. 겨우 이틀을 앓다가 병이 나던 날 아침, 관리인이 아래층 할아버지 방에 가보니까 벌써 신음하고 있더래. 구두를 신은 채 누워 있는데, 옷이 모두 젖어서 온몸이 얼음처럼 차갑더라는 거야. 그렇게 비바람이 사나웠던 밤에 어디를 갔다 왔는지 아무도 몰랐대. 그런데 아직도 불이 켜져 있는 랜턴, 헛간에서 끌어온 사닥다리, 화필 두

세 자루 그리고 초록색과 노랑 물감을 녹인 팔레트가 방 안에 흩어져 있더라는 거야. 창밖을 봐. 저기 벽에 붙은 담쟁이의 마지막한 잎을. 바람이 부는데도 꼼짝도 안 하잖아. 전혀 흔들리지 않는것을 넌 이상하게 생각하지 않았니? 존시! 저게 바로 베어먼 할아버지의 걸작이야. 마지막 잎이 떨어진 그날 밤, 할아버지가 벽에그린 거야."

The Gift Of The Magi

O. Henry
1862~1910

10

크리스마스 선물

·

오 헨리

1달러 87센트. 이것이 전부였다. 그런데 그중 60센트는 1센트 짜리 동전으로, 식료품이나 푸줏간, 채소 장수들에게 얼굴을 붉히면서 물건값을 깎아 악착같이 모은 돈이다. 그들에게 인색하다고 비난받으면서 한 푼 두 푼 모은 이 푼돈이 델라가 가진 돈 전부였다. 델라는 이 돈을 벌써 세 번이나 세어 보았다. 변함없이 1달러 87센트. 내일이 바로 크리스마스였다.

　델라는 초라하고 낡은 침대에 엎어져 엉엉 울면서 넋두리를 했다. 그러면서 인생이란 눈물과 콧노래와 웃음으로 이루어졌다는 생각을 했다.

　그녀는 콧노래를 부르며 방 안의 옹색한 가구들을 훑었다. 그녀가 사는 곳은 가구가 딸린 집으로 집세가 일주일에 8달러였다.

이 집은 입에 담을 수 없을 만큼 형편없지는 않았지만 잘못하면 거지 떼들이 몰려들기 딱 알맞은 그런 곳이었다.

아래층 현관에는 늘 비어 있는 우편함이 하나 있고, 누군가 아무리 눌러도 소리가 나지 않는 초인종이 있었다. 또 '제임스 딜링햄 영'이라고 쓴 명패가 붙어 있었다. '딜링햄'이라는 이름은 한때 주급 30달러를 받은 찬란하던 시절, 살랑살랑 불어오던 바람에도 끄떡없을 것 같았던 이름이다. 그런데 수입이 20달러로 줄어든 지금은 '딜링햄'이라는 글자도 흐릿해져 잘 보이지 않았다. 제임스 딜링햄 영은 집에 돌아와 2층으로 올라오면 늘 그를 '짐'이라고 하는 부인의 뜨거운 포옹을 받았다. 부인은 앞서 델라라는 이름으로 소개한 사람이다.

델라는 울음을 그치고 화장을 고쳤다. 그녀는 창가에 서서 뒤뜰의 잿빛 담 위를 걸어가는 고양이를 멍하니 바라보았다. 내일이 크리스마스인데, 짐의 선물을 살 수 있는 돈이라곤 고작 1달러 87센트가 전부였다. 몇 달 동안 1센트라도 아끼고, 한 푼 두 푼 모아 온 것이다. 주급 20달러로는 어쩔 도리가 없었다. 언제나 지출은 그녀의 예상을 초과했다. 짐의 선물을 살 돈이 겨우 1달러 87센트밖에 없다니. 그녀가 사랑하는 짐이건만!

그래도 그녀는 짐에게 무엇을 선물할지 행복한 고민에 빠졌다. 이 세상에서 가장 가치 있는 것, 짐을 행복하게 해줄 수 있는 선물을 하고 싶었다.

방 안의 창문과 창문 사이로 걸려 있는 거울이 보였다. 집세 8

달러의 아파트에 걸린 거울에서는 옹색함이 묻어났다. 볼품없이 마른 사람일수록 이런 옹색한 거울에 비치는 자기 모습을 더 비참하게 느낄 것이다. 델라 역시 야윈 편이기 때문에 그것을 잘 알고 있었다. 거울에서 한 발짝 물러선 그녀는 20분 동안 굳은 채 서 있었다. 이윽고 그녀는 긴 머리를 한껏 풀어헤쳐 어깨 위에 드리웠다.

제임스 딜링햄 부부가 소중하게 생각하는 것이 두 가지가 있었다. 하나는 짐이 할아버지 때부터 물려받아 온 금시계였고, 다른 하나는 델라의 머리카락이었다. 만일 솔로몬 왕의 왕비 시바가 벽 하나를 사이에 둔 옆집에 살았다면, 델라의 아름다운 머리가 시바의 보석과 타고난 미모를 송두리째 무색하게 만들었을지도 모른다. 또 지하실에 보물을 산더미처럼 가지고 있는 솔로몬 왕이 이 집 관리인이었다면, 짐이 지날 때마다 꺼내 보는 금시계가 부러워 자신의 수염을 쥐어뜯었을 것이다.

그처럼 아름다운 델라의 머리카락은 그녀의 어깨 위에서 마치 황금의 폭포가 물결치듯이 빛났다. 발까지 닿을 듯한 그녀의 머리는 하나의 외투 같았다. 이내 그녀는 신경질적으로 재빠르게 머리를 손질해 올렸다. 그녀는 잠시 비틀거리다가 낡아빠진 붉은 융단 위에 눈물을 뚝뚝 떨어뜨리면서 한동안 조용히 서 있었다. 그녀는 낡은 밤색 재킷을 걸치고 낡은 밤색 모자를 썼다. 그러고는 스커트에 바람을 일으키고 눈을 빛내며 총총 방을 나와서 층계를 내려가 거리로 나섰다.

그녀는 '마담 소프로니 상점, 각종 가발류 일체'라는 간판 앞에서 발길을 멈췄다. 그리고 단숨에 상점으로 뛰어 들어가 숨을 몰아쉬며 마음을 가라앉혔다. 여주인은 체격이 크고 흰 피부에 까칠해 보이는 인상이었다. 아무리 보아도 '소프로니'라는 아름다운 이름과 걸맞지 않았다.

델라가 입을 열었다.

"제 머리카락을 사 실래요?"

"사고말고요. 모자를 벗고 어디 한번 보여줘요."

마담의 말이 끝나자마자 델라의 어깨 위에 황금 폭포가 흘러내렸다.

"이십 달러 드리지요."

마담은 익숙한 솜씨로 머리카락을 잡아 올리면서 말했다.

"빨리 계산해 주세요."

그녀는 머리를 자르고 서둘러 돈을 받아 가게를 나왔다. 델라는 짐의 선물을 사러 여러 상점을 돌아다녔다. 그리고 마침내 마음에 꼭 드는 선물을 찾았다. 그것은 정말 오로지 짐을 위한 것 같았다. 거리의 모든 상점을 헤맨 끝에 발견한 것으로 그것은 백금으로 된 시곗줄이었다. 디자인이 단아한 것이 아주 훌륭하고 고급스러워 보였다. 남편의 금시계에 꼭 어울리는 훌륭한 물건이 틀림없었다.

시곗줄은 다행히 그녀가 갖고 있는 돈의 액수를 넘지 않았다. 머리카락을 판 20달러와 그녀가 갖고 있던 1달러 87센트. 다행히 시곗줄은 21달러였다. 그녀는 돈을 치르고 남은 돈 87센트와 시곗줄을 가지고 집으로 향했다. 시곗줄을 짐의 시계에 채우면 짐은 어느 친구 앞에서도 당당할 것이다. 멋진 시계였지만 낡은 가죽끈을 시곗줄로 써서 가끔 몰래 꺼내 보곤 했는데 앞으로는 그러지 않아도 될 것이다.

집에 돌아오자 델라의 황홀했던 기분은 일단 어느 정도 분별과 이성을 되찾았다. 그녀는 머리를 지지는 인두를 꺼내 황폐해진 머리칼을 손질했다. 이것은 언제나 귀찮기 짝이 없는 일이었다. 40분이 못 가서 그녀의 머리는 짤막한 웨이브 머리로 바뀌어 마치 장난꾸러기 초등학생처럼 보였다. 그녀는 거울에 비친 자기 모습을 오랫동안 자세히 살펴보았다.

"짐이 화를 내면 어쩌지?"

그녀는 중얼거렸다.

"나를 보자마자 그이는 내가 코니아일랜드 합창단의 소녀 같다고 할 거야. 하지만 난들 어떻게 할 수 있겠어. 아아! 1달러 87센트로는 아무것도 할 수 없었는걸."

그녀는 7시에 커피를 끓이고 난롯불에다 프라이팬을 달구어 음식을 만들 준비를 했다.

짐은 귀가 시간이 늦는 일이 없었다. 델라는 시곗줄을 두 줄로 손에 집어 들고 짐이 늘 들어오는 문 가까이 테이블 한구석에 앉았다. 그러자 층계를 올라오는 발소리가 들렸다. 그녀는 갑자기 얼굴이 창백해졌다. 그녀는 사소한 일에도 속으로 짧은 기도를 드리는 습관이 있었는데, 지금도 기도를 드렸다.

'하느님, 부디 저이가 절 예쁘게 여기도록 해주십시오.'

문이 열리고 짐이 들어섰다. 그는 창백하고 몹시 굳은 표정을 하고 있었다. 그는 이제 겨우 스물두 살로 가장 노릇이 힘에 겨운 듯 보였다. 그는 새 외투가 필요했고, 장갑도 없었다.

문 안에 들어선 짐은 마치 메추리 냄새를 맡은 사냥개처럼 우뚝 멈춰 섰다. 그의 시선이 델라를 뚫어지게 바라보았다. 그의 시선이 그녀를 두렵게 만들었다. 그것은 노여움이나 놀라움, 불만이나 공포 따위가 아니었다. 그것은 그녀가 짐작할 수 있는 것이 아니었다. 그는 어찌할지 모르는 참담한 표정으로 잠자코 그녀를 바라볼 뿐이었다.

델라는 테이블에서 몸을 일으켜 그에게로 다가갔다.

"여보!"

그녀는 소리쳤다.

"그런 눈으로 절 보지 마세요. 저는 다만 당신에게 크리스마스 선물을 드리고 싶었어요. 그래서 머리카락을 잘라 팔았어요. 머리카락은 곧 다시 자라날 테니까 괜찮아요. 정말 제 머리카락은 아주 빨리 자라는걸요. 여보, 우리 즐거운 크리스마스를 함께해요. 당신이 생각도 못 할 멋진 선물을 준비했어요."

"머리를 잘랐다고?"

아무리 생각을 해봐도 그는 이 명확한 사실을 이해할 수 없다는 듯 괴로운 표정으로 물었다.

"그래요, 머리를 잘라서 팔았어요…. 그렇지만 저를 좋아하는 당신 마음은 전과 다름이 없겠지요? 머리카락이 없어도 저는 그대로예요. 그렇지 않아요?"

짐은 뭔가를 더 알아내려는 듯한 눈초리로 방을 둘러보았다.

"당신 머리카락이 없어졌단 말이지?"

"찾아볼 필요도 없어요."

델라는 말했다.

"팔았다고 했잖아요. 팔았다고요. 오늘은 크리스마스예요. 다정하게 대해 주세요. 머리카락은 당신을 위해서 팔았어요. 제가 가지고 있는 머리카락은 하나하나 셀 수 있을지 몰라도 당신에 대한 제 애정은 누구도 헤아릴 수 없을 거예요."

그녀는 정성 어린 애정을 보이며 말했다.

"짐, 스테이크를 만들까요?"

짐은 문득 정신이 번쩍 드는 것 같았다. 그는 델라를 껴안았다. 짐은 외투 주머니에서 물건 꾸러미를 꺼내 테이블 위에 던졌다.

"델라, 나를 오해하지는 말아줘."

그는 계속 말했다.

"머리카락을 잘라 버렸건, 면도를 했건, 머리를 감았건, 그런 것이 당신을 향한 내 애정을 어떻게 할 수는 없어. 어떤 것에도 내 사랑은 변함없어. 하지만 저 포장지를 펼쳐 보면 내가 왜 잠깐 멍해 있었는지 알게 될 거야."

델라의 희고 재빠른 손가락이 끈과 포장지를 풀었다. 그러자 기뻐 어쩔 줄 모르는 환성이 터져 나왔다. 그러나 뒤이어 가엾게 도 델라는 울음을 터뜨렸다.

꾸러미에서 나온 것은 머리핀 한 쌍이었다. 델라의 눈앞에는 머리핀이 놓여 있었다. 그것은 델라가 오래전부터 갖고 싶어 하던 것으로 브로드웨이의 진열장에 있던 아름다운 핀이었다. 예쁜 대모갑으로 되어 있고 가장자리에 보석이 박힌, 지금은 사라져 버린 델라의 아름다운 머리에 꽂으면 꼭 어울릴 빛깔이었다. 그것은 아주 비싸서 델라는 그저 안타깝게 바라보곤 했다. 그녀는 머리핀을 가슴에 품었다. 그녀는 글썽이는 눈으로 애써 웃음을 지으며 말했다.

"짐, 제 머리는 무척 빨리 자라요."

그러고 나서 델라는 벌떡 일어나 "아아!" 하고 소리 질렀다. 델라는 시곗줄을 손바닥 위에 올려놓고 짐에게 내밀었다. 그 순백의 귀금속은 그녀의 맑고 열렬한 영혼의 반사를 받아 더욱 빛나는 것 같았다.

"어때요, 근사하죠? 이걸 구하느라고 온통 거리를 돌아다녔어요. 이제 이걸 구하려면 시간이 백배는 걸려야 할 거예요. 당신 시계, 이리 주세요. 얼마나 잘 어울리는지 보고 싶어요."

짐은 시계를 꺼내는 대신 빙긋 웃었다.

"크리스마스 선물은 서로 잠시 보류하지. 선물로 쓰기에는 지나치게 좋은걸. 나는 당신 머리핀을 사는 데 돈이 필요해서 시계를 팔아 버렸어. 자, 고기를 불 위에 올려놓아 주겠소?"

After Twenty Years

O. Henry
1862~1910

11

20년 후

·

오 헨리

순찰 경관이 거드름을 피우며 큰길을 걸어가고 있었다. 아무도 그의 발걸음을 주시하지 않는 것으로 보아 그것은 거드름을 피우는 것이 아니라 습관인 듯했다.

시간은 이제 겨우 밤 10시 무렵이지만 습한 찬 바람이 사납게 불어서 거리에 다니는 사람이 거의 없었다. 경관은 곤봉을 솜씨 있게 빙빙 돌리며 가끔 주의 깊게 집들을 살폈다. 이 근방은 문을 일찍 열고 일찍 닫는 지역으로 곳에 따라 밤새 여는 노점상과 담 뱃가게의 불빛이 보이기는 하지만 대개 불빛은 회사나 관청에서 나오며 현관은 일찌감치 닫은 뒤다.

어느 지점에 이르렀을 때 경관이 갑자기 걸음을 늦추었다. 캄캄한 철물상 점포 앞에 한 남자가 불이 붙지 않은 잎담배를 물고

벽에 기대어 서 있었다.

경관이 다가가자 남자가 재빨리 말을 걸었다.

"별일 아닙니다. 경관님."

그는 경관을 안심시키려는 듯 말했다.

"전 단지 친구를 기다리고 있습니다. 20년 전의 약속이지요. 제 말이 좀 이상하게 들리시지요? 어떻게 하면 믿으실지… 20년 전 이 자리에 '빅 조우'라는 별명이 있는 브레디가 하는 음식점이 있었습니다."

"그 음식점은 5년 전에 헐렸습니다."

경관이 말했다.

서 있던 남자가 성냥을 켜서 물고 있던 담배에 불을 붙였다. 그 불빛에 눈이 날카롭고, 턱이 네모진 창백한 얼굴과 오른편 눈썹 옆에 찍힌 조그만 상처가 보였다. 넥타이핀은 묘한 방식으로 끼운 큼직한 다이아몬드였다.

"20년 전 오늘 밤…."

남자가 말했다.

"나는 '빅 조우' 브레디의 음식점에서 지미 웰즈와 함께 저녁을 먹었습니다. 지미는 나의 가장 다정한 친구, 이 세상에서 제일 훌륭한 친구였지요. 우리는 이 뉴욕에서 자랐습니다. 우리는 형제와 다름없었습니다. 그때 나는 열여덟 살이었고 지미는 스무 살이었습니다. 나는 그 이튿날 돈을 벌려고 서부로 떠나기로 되어 있었습니다. 지미는 무슨 일이 있더라도 뉴욕을 떠나지는 않겠다고 했습니다. 이 세상에서 뉴욕보다 더 좋은 곳은 없다고 생각했으니까요. 그래서 우리는 약속했습니다. 20년이 지난 뒤 이곳에서 이 시간에 만나기로 했습니다. 어떤 신분이 되어 있더라도, 아무리 먼 곳에 있더라도 반드시 만나자고. 20년 후에는 피차 운이 열려서 성공하게 될 거라고 생각했습니다. 어떤 길로 나아가든 성공할 거라고 결심했던 겁니다."

"그것 참 재미있군요."

경관이 말했다.

"하지만 다시 만나기까지 20년이라는 세월은 좀 긴 것 같군요. 그래, 일단 헤어진 후 그 친구한테서 무슨 소식은 없었습니까?"

"있었습니다. 얼마 동안은 서로 편지를 주고받았으니까요."

남자가 말했다.

"그러다가 1, 2년이 지나자 피차 소식을 모르게 됐습니다. 잘 아시겠지만 서부는 대단히 바쁜 곳입니다. 늘 일거리가 넘쳐나지요. 저는 아주 열심히 돈벌이를 했습니다. 지미에게 연락도 못 할 만큼 바쁘게 돈벌이를 했습니다. 하지만 지미는 반드시 나를 만나러 여기 올 거라고 믿습니다. 죽지 않은 한은 말이죠. 지미는 정말 고지식하고 정직한 사람이니 약속을 잊어버릴 리가 없습니다. 나는 1천 마일이나 떨어진 데서 왔습니다. 하지만 그 옛날 내가 너무나 사랑했던 친구를 만난다면 그것만으로 1천 마일을 달려온 가치는 충분합니다."

옛 친구를 기다리는 남자는 훌륭한 시계를 꺼냈다. 뚜껑에는 다이아몬드가 박혀 있었다.

"10시 3분 전."

남자가 중얼거렸다.

"딱 10시 정각이었습니다. 우리가 이 음식점 문 앞에서 작별한 것은…."

"서부에 가서 한밑천 잡았겠지요?"

경관이 물었다.

"그야 물론입니다. 지미도 나의 절반만이라도 돈을 벌었으면 좋을 텐데…. 그 친구는 아무래도 좀 느린 편이었습니다. 성품은 아주 착했지만 나는 서부에서 큰돈을 벌기 위해 날뛰는 사람들과 경쟁하지 않으면 안 되었습니다. 서부에서는 모험을 해야 할 때가 많습니다. 이곳에서는 하는 일이 모두 그날그날 판에 찍은 것처럼 뻔하지만 서부에서는 잠시도 안심을 못 합니다."

잘 알았다는 듯 고개를 끄덕인 경관은 곤봉을 빙빙 돌리면서 두세 걸음 내디뎠다.

"나는 가겠소. 당신 친구가 틀림없이 나타나기를 바라오. 그런데 딱 10시까지만 기다릴 겁니까?"

"아닙니다!"

남자가 말했다.

"글쎄, 한 30분은 기다려야겠지요. 이 세상에 살아 있다면 지미는 그때까지는 반드시 올 겁니다. 안녕히 가십시오, 경관나리."

"그럼."

경관은 그가 담당한 구역을 살펴보면서 걸어갔다.

차가운 이슬비가 내리기 시작했다. 여태까지는 간간이 불던 바람이 끊임없이 불었다. 아주 드물게 지나던 사람들은 입을 다물고 옷깃을 여미며 바쁜 걸음으로 지나갔다. 먼 옛날, 젊은 시절의 친구하고 맺은 약속을 지키려고 1천 마일을 달려온 남자는 철물상 앞에서 잎담배를 피우며 기다리고 있었다. 약 20분쯤 기다리려니까 기다란 외투를 입고 외투 깃을 귀밑까지 세운 키 큰 남자가 길 저쪽에서 급히 건너오더니 곧장 남자에게 다가갔다.

"혹시, 보브인가?"

건너온 남자가 그다지 확실하지 않은 투로 말했다.

"넌 지미 웰즈?"

철물상 앞에 서서 기다리던 남자가 큰 소리로 말했다.

"이거 참!"

이제 막 도착한 남자는 상대의 두 팔을 붙잡았다.

"틀림없는 보브구나. 살아 있는 한 반드시 여기서 만날 줄 알았다. 그러나저러나 20년이라니, 정말 많은 세월이 흘렀구나. 옛날음식점은 없어졌어, 보브. 없어지지 않았으면 여기서 또 같이 저녁을 먹을 수 있었을 텐데. 그래 서부는 경기가 어떠한가?"

"그야 대단하지. 내가 바라는 건 뭐든지 다 있어. 너도 변했구나. 지미 넌 내가 생각했던 것보다 키가 훨씬 크군."

"스물이 넘어서 키가 컸어."

"지미, 뉴욕에서 어떻게 지냈나?"

"그런대로 잘 있었지. 지금은 시청에 근무하네. 자, 가세. 보브, 내가 잘 아는 집에 가서 천천히 옛날얘기나 하자고."

두 사람은 팔짱을 끼고 걸어갔다. 서부에서 온 남자는 자신의 자랑스러운 성공담을 친구에게 늘어놓기 시작했다. 상대는 외투깃에 가려진 얼굴에 흥미로운 표정을 띠고 듣기만 했다.

길모퉁이에 환하게 전등을 켠 약국이 있었다. 그 밝은 등불 밑에 이르렀을 때 두 사람은 동시에 고개를 돌려 상대의 얼굴을 들여다보았다. 서부에서 온 남자는 우뚝 걸음을 멈추고 팔짱을 풀었다.

"넌 지미 웰즈가 아닌데."

소스라치게 놀라며 그가 크게 외쳤다.

"20년이라는 세월이 아무리 길다 해도 매부리코가 납작하게 주저앉지는 않아."

"하지만 20년 동안 착한 사람이 나쁜 놈이 되는 일은 있겠지."

키 큰 남자가 말했다.

"당신은 지금 끌려가는 거야, 보브. 이쪽으로 올 것 같다고 시카고에서 전보 연락이 있었어. 순순히 따라오겠나? 그렇다면 다행이지. 서에 가기 전에 여기 부탁받은 편지가 있으니 읽어 보게나. 외근하는 웰즈가 당신에게 쓴 편지일세."

서부에서 온 남자는 조그만 쪽지를 받아 손에 펼쳤다. 읽기 시작할 때는 아무렇지도 않던 손이 미처 다 읽기 전에 떨리기 시작했다. 편지 내용은 비교적 짧았다.

보브

나는 약속 장소에 정확한 시간에 도착했네. 그런데 건너편에서 자네가 성냥을 켜서 잎담배에 불을 붙일 때 시카고에서 지명수배가 되어 있는 남자의 얼굴을 보고 말았네. 하지만 차마 나는 자네를 체포할 수 없었네. 그래서 곰곰이 생각하며 한 바퀴 돌고 와서 다른 형사에게 부탁한 것이네.

지미가

Le Retour de L'enfant Prodigue

André Gide
1869~1951

12

탕아 돌아오다

앙드레 지드

다른 사람들은 알지 못하는 나만의 즐거움을 위해 나는 예수 그리스도께서 우리에게 들려주신 비유의 말씀을 여기에 그려 놓았다. 세 개의 연속된 화폭에 사람들이 각자 그림을 그려 넣은 옛날 그림처럼.

　나는 하느님과 나의 궁극적 승리는 증명하지 않을 것이다. 다만 나에게 생기를 불어넣어 주는, 도외시할 수 없는 영감에만 의지해서 그림을 그릴 것이다. 그러나 내게서 어떤 연민 같은 것을 원하는 독자가 있을지도 모르겠다. 만일 그렇다면, 내 그림에서 그것을 얻을 수도 있다.

　나는 탕아蕩兒와 단짝이다. 나와 그는 서로 미소를 나누면서도 한편으론 눈물을 흘리며 주님 앞에 무릎을 꿇고 있다. 그런 점에서도 그와 나는 단짝이다.

집을 떠난 후 무척 오랜 세월을 보내고 나서야 탕아는 깨달았다. 자기가 찾던 행복을 끝내 발견할 수 없고, 또한 자신이 누리던 향락마저 오랫동안 지속할 수 없다는 것을.

탕아는 배고픔으로 밑바닥을 헤매며 허망한 꿈으로 지친 자신에게 심한 혐오감을 느꼈다. 아버지 얼굴, 어머니가 허리를 굽혀 바라보던 널찍한 침실, 맑은 물이 흘러내리는 정원, 언제나 울타리 밖으로 뛰쳐나오고 싶었던 집. 탕아는 차례차례 머릿속에 떠올려 보았다. 그리고 인색한 형도 떠올렸다. 형은 아직 상속받지 못한 유산에 모든 기대와 희망을 걸고 살아가는 사람이었다.

그는 생각했다. 아버지는 분명 내가 죽었을 거라고 믿고 계실 터였다. 하지만 나를 보시면 지난날의 내 허물은 신경 쓰지 않고 매우 기쁘게 맞아 주실 것이다. 먼지투성이가 된 머리를 조아리고 초라한 몰골로 아버지 앞에 다가가 허리를 굽혀 절을 하면서 "아버지, 제가 하느님과 아버님께 진정으로 죄를 지었습니다." 하고 말씀드린다면 아마도 아버지께서는 나를 일으키시면서 "애야, 어서 집으로 들어가자!" 하고 말씀하실 것이다. 그러면 나는 어떻게 해야 할까?

탕아는 여러 가지 생각을 하며 발걸음을 옮겼다.

언덕을 넘어서 드디어 자기 집 지붕에서 연기가 나는 것을 알아차렸을 때는 저녁 무렵이었다. 하지만 그는 바로 들어가지 않았다.

초라한 자기 모습을 조금이나마 감추려고 더 어두워지기를 기다렸다. 멀리서 아버지의 귀에 익은 음성이 들려왔다. 그는 자기도 모르는 사이에 저절로 무릎을 꿇었다. 그리고 땅바닥에 쓰러져 얼굴을 들 수 없었다. 자기가 그분 아들이라는 생각에 이르자 지난날 자신의 못난 행동이 부끄러워졌다.

그는 배가 몹시 고팠다. 그러나 낡아빠진 외투 주머니에 들어 있는 것이라곤 그가 돌봐 주던 돼지의 먹이인 도토리 한 줌밖에는 없었다.

집에서는 분주히 저녁 준비를 하는 모습이 보였다. 현관 앞돌 층계로 어머니가 나오시는 모습이 똑똑히 보이자, 그는 자리를 더 지키고 서 있을 수 없어서 언덕을 내려가 뜰 안으로 들어섰다. 개가 그를 알아보지 못하고 마구 짖어 댔다.

탕아는 하인들에게 말이라도 걸어 보고 싶었지만 의심 많은 그들은 슬슬 피하며 주인에게 알리러 들어갔다. 드디어 주인이 나타났다.

주인은 아들을 기다린 모양인 듯 방탕한 자기 아들을 대뜸 알아보았다. 주인은 두 팔을 벌려 반갑게 아들을 맞았다. 아들은 그제야 그 앞에 다가가 무릎을 꿇었다. 한 팔로 얼굴을 가리고 오른손을 치켜들고 아버지께 용서를 청했다.

"아버지! 하느님과 아버지께 죄를 지었습니다. 이제는 아버지의 아들이라 할 수도 없는 놈입니다. 부디 아들이라 생각지 마시고 머슴으로나마 써 주십시오."

아버지는 아들을 일으켜 힘껏 껴안았다.

"내 아들아! 네가 내게로 돌아온 오늘이야말로 하느님의 축복을 받은 날이다!"

아버지는 기쁨에 넘쳐 눈물을 흘렸다. 아들 이마에 입 맞추던 아버지는 고개를 들어 하인들에게 일렀다.

"어서 들어가 제일 좋은 옷을 가져오너라. 그리고 내 아들의 발에 신발을 신겨 주고, 손가락엔 값진 반지를 끼워 주어라. 그리고 외양간에 가서 살찐 송아지를 잡고 잔치 준비를 해라. 죽은 줄로만 알았던 내 아들이 살아 돌아왔으니 이보다 더 기쁜 일이 어디 있겠느냐."

아버지는 감격에 겨워 급히 달려나갔다. 이 기쁜 소식을 아내에게 직접 전하고 싶었던 것이다.

"여보, 죽었다고 슬퍼했던 우리 아들이 돌아왔소!"

기쁨에 겨운 그의 목소리는 모든 사람의 마음을 들뜨게 했다. 만찬에 참석한 사람들은 하다못해 하인들까지도 축제의 기쁨에 들떠 있었다. 하지만 그 와중에 탕아의 형만은 불만 가득한 표정으로 앉아 있었다. 천성이 옹졸한 그는 아버지의 명령으로 다 같이 식탁에 앉았지만, 마음이 몹시 불편했던 것이다.

'한 번도 부모님 뜻을 거스른 일이 없는 나보다 저런 쓸모없는 놈에게 어째서 훨씬 더 큰 영광과 환대를 베푼단 말인가?'

부모님과 다른 사람들을 의식해서 마지못해 만찬에 참석은 했다. 하지만 부모님께서 내일 동생을 꾸짖는다고 했는데 그때 자신도 동생을 엄격하게 훈계해야겠다고 마음속으로 단단히 다짐했다.

바람 한 점 일지 않는 깊은 밤에 횃불이 하늘 높이 치솟아 올랐다. 기쁜 만찬을 마치고 온 집안 식구들은 환희에 지쳐서 차례차례 잠자리에 들었다. 그러나 탕아의 방 옆방에 있는 그의 어린 동생은 잠을 이루지 못한 채 뜬눈으로 밤을 지새웠다.

아버지의 훈계

주님! 마치 어린아이와 같이 눈물을 흘리며, 오늘도 당신 앞에 무릎을 꿇었나이다. 제가 당신의 비유를 회상하고 절실한 마음으로 여기 다시 옮겨 놓는 것은, 당신의 탕아를 통해 저는 저 자신을 발견했을 뿐만 아니라 비탄의 구렁텅이 속에서도 당신의 말씀을 부르짖게 하는 당신의 음성을 들었기 때문입니다.

'아버지 집에서는 많은 일꾼에게도 풍성한 음식이 마련되어 있는데 나는 여기서 굶어 죽다니!'

탕아는 아버지의 힘찬 포옹을 상상해 보았다. 아버지의 뜨거운 사랑이 그의 마음을 적셔 주었다. 그는 집에서 지내던 지난날의 갖가지 일, 슬프고 기뻤던 수많은 일을 상상해 보았다. 어느 하나도 부족함이 없었고, 어느 것 하나도 옳지 않은 것이 없었다. 그는 언덕을 넘어서서 자신이 떠나온 푸른 지붕을 보았을 때 두근거리는 가슴을 억제할 수 없었다.

너는 무엇 때문에 집으로 달려 들어가지 않고 망설이는가? 집에서는 모두 기다릴 텐데…. 살찐 송아지가 눈에 띄었다. 그걸 잡아서 음식을 장만할 것이다. 그렇지만 너무 서두를 필요는 없다. 잠깐만 기다려라, 탕아! 나는 너를 염려하고 있다. 너는 먼저 이튿날 아침 식사가 끝난 다음 아버지께서 너에게 하신 말씀을 나에게 전해다오.

"얘야, 너는 왜 내 곁을 떠났느냐?"

"저는 아버지 곁을 떠나지 않았습니다. 아버지! 아버지께서는 어디에나 계신 줄 압니다. 저는 아버지를 외면한 적은 한 번도 없습니다."

"괜한 말은 그만두자. 나는 너에게 주려고 집 한 채를 마련해 두었다. 그 집은 물론 너를 위해 지은 집이었어. 너의 영혼이 안식을 취할 수 있도록, 네 영혼이 아늑하고 편안하게 쉴 수 있도록 말이다. 또 너는 일자리도 얻을 수 있다. 그렇게 하려고 우리는 여러 세대에 걸쳐 일해온 것이다. 그런데 상속자인 너는 무슨 까닭으로 집에서 도망쳤느냐?"

"그 집이 저를 가둬 놓았기 때문이었어요. 그 집은 아버지의 집이 아닙니다."

"그렇지만 그 집은 너를 위해 내가 지은 것이다. 지은 사람은 네 아비다."

"아버지께선 그런 말씀을 하지 않으셨습니다. 저는 형에게서 그런 말을 들었습니다. 아버지께서는 이 땅이나 집, 그 밖의 모든 것을 손수 만드셨습니다. 그러나 그 집은 비록 아버지 이름으로 되어 있지만, 아버지가 아닌 다른 사람이 지었다는 것을 저는 알고 있습니다."

"인간이란 자기 머리를 쉬게 할 수 있는 지붕이 필요하단다. 너는 너무 교만하구나! 너는 바람이 몰아치는 들판에서 잠잘 수 있다고 생각하느냐?"

"제가 어떻게 교만할 수 있겠습니까. 가난한 사람들도 들판에서 잡니다."

"가난한 사람들이야 어쩔 수 없지. 하지만 너는 가난하지 않다. 부귀를 버리는 사람은 아무도 없다. 나는 너를 누구보다도 부유하게 해주지 않았느냐?"

"아버지, 제가 집을 나갈 때 지니고 갈 수 있는 모든 재물을 갖고 갔다는 것을 잘 아시지요? 제 몸에 지니고 다닐 수 없는 재산이 제게 무슨 소용이 있겠습니까?"

"너는 네가 가지고 나간 재물을 모두 낭비해 버렸지!"

"저는 아버지의 황금을 향락으로, 아버지의 교훈을 환상으로 바꾸었으며, 저의 순수성을 시로, 저의 엄격한 면을 욕망으로 바꾸었습니다."

"검소한 네 아버지가 네 속에 넣어 준 수많은 덕성이 그런 것들이 아니었을 텐데!"

"새로운 열정이 제 마음에 일어났습니다. 저는 불꽃처럼 더욱 타오르고 싶었습니다."

"성스러운 벌판에서 모세가 발견한 순수한 불꽃을 생각해 보아

라. 그 불꽃은 빛났지만 아무것도 태우지 않았다."

"저는 모든 것을 불살라 버리는 사랑을 알았습니다."

"나는 너에게 갈증을 식혀 주는 사랑을 가르쳐 주고 싶구나. 그래, 사랑하는 나의 아들아! 집을 나가 있는 동안 네가 얻은 게 무엇이더냐?"

"향락의 기억뿐입니다."

"그럼, 향락 뒤에는 빈곤이 있겠지."

"아버지, 저는 그 빈곤 속에서 비로소 아버지가 곁에 계시다는 것을 깨달았습니다."

"빈곤이 네 발걸음을 이 아비에게로 돌리게 했단 말이냐?"

"모르겠습니다. 저는 도저히 모르겠습니다. 저는 메마른 황야에서 배고픔과 목마름을 가장 사랑하게 되었습니다."

"그렇다면 너의 빈곤이 네게 부귀의 가치를 알게 했구나."

"아닙니다. 아버지 제 말뜻은 그것이 아닙니다. 제 마음은 모든 것을 비우고 나니 사랑으로 가득 차게 됐습니다. 저는 모든 재산의 대가로 열정을 샀던 것입니다."

"너는 나를 멀리 떠나 행복했느냐?"

"저는 한 번도 아버지를 떠났다고 생각해 본 적이 없습니다."

"그렇다면 너를 집으로 돌아오게 한 것이 무엇이더냐?"

"저도 잘 모르겠습니다. 어쩌면 게으름일지도 모르겠습니다."

"게으름이라고? 도대체 그게 무슨 소리냐? 사랑 때문에 돌아온 것이 아니란 말이냐?"

"아버지, 이미 제가 말씀드린 것같이 저는 메마른 황야에서 아버지를 가장 사랑했습니다. 저는 날마다 먹을 것을 찾아 헤매는 것에 지치곤 했습니다. 적어도 집에서는 배불리 먹을 수 있다고 생각하면서요."

"그렇지. 집에서는 하인들이 무엇이나 필요한 것은 마련해 줄 테니까? 그리고 보면 너를 집으로 돌아오게 한 것은 배고픔이었구나!"

"저는 여러 가지 무서운 질병에도 시달렸습니다. 게다가 좋지 않은 음식 때문에 건강이 나빠졌습니다. 저는 나무 열매와 들판의 메뚜기와 벌꿀로 끼니를 해결해야 했습니다. 고행을 겪어 보려는 제 의욕이 열정을 불렀지만 차츰 그것도 견딜 수 없게 되었습니다. 추운 밤이면 따뜻한 제 침대가 생각났습니다. 먹을 것을 못얻어 끼니를 거를 때면, 집에서는 남아돌 정도로 풍성한 음식들이 생각났습니다. 저는 드디어 무릎을 꿇었습니다. 저는 빈곤과 배고픔과 싸울 만한 힘과 용기가 더는 없다는 것을 깨닫게 되었습니다. 그리고 또…."

"그러면 어제의 살찐 송아지는 아주 맛있었겠구나?"

탕아는 땅바닥에 얼굴을 묻고 흐느꼈다.

"아버지! 아직도 제 입 안에는 제가 매일 먹던 달콤한 도토리의 향긋한 맛이 남아 있습니다. 어떠한 음식도 도토리의 그 맛보다 더 좋을 수 없다고 생각합니다."

"가련한 놈 같으니!"

아버지는 아들을 잡아 일으키며 말을 계속했다.

"내 말이 너무 심했던 모양이구나. 하지만 네 형이 따끔하게 말해주길 바라더구나 우리 집에서는 네 형이 모든 것을 맡고 있다. 그리고 네 형이 너에게 이렇게 말하라고 하더구나. 이 집 밖에서는 절대로 너에게 구원이 없을 것이라고 말이다. 내 이야기를 들어보아라. 너를 기른 사람은 나다. 그러니 네 마음을 나는 잘 알고 있다. 무엇이 너를 길거리로 몰아냈는지를 말이야. 나는 네가 지쳐 돌아오기를 기다렸다. 만일 네가 나를 불렀다면 나는 네게로 달려갔을 것이다."

"아버지! 저는 돌아오지 않고도 아버지를 뵐 뻔했군요."

"그러나 네 몸이 약해져서 집으로 돌아오겠다고 결심한 것은 잘한 일이다. 이제 그만 네 방으로 돌아가서 쉬어라. 그리고 내일은 형의 이야기를 들어봐라!"

형의 훈계

탕아는 교만한 태도로 형을 대하려고 했다.

"형님!"

그가 먼저 입을 열었다.

"우리는 서로 닮은 곳이 전혀 없습니다. 우리는 서로 닮지 않았습니다."

형이 대답했다.

"그건 네 잘못이다!"

"왜 제 잘못입니까?"

"나는 언제나 규범 속에서 살아왔다. 규범에서 벗어난 행동은 반드시 오만의 열매를 맺거나 오만의 씨앗이 된다."

"그러면 저에게는 결점밖에 없다는 말입니까?"

"너는 규범대로 따르는 것이 미덕임을 깨달아야 한다. 그 밖의 모든 관습은 억제해야 해."

"제가 두려워하는 것은 오히려 그러한 것들을 강제로 없애고자 하는 것입니다. 지금 같은 형님의 주장은 역시 아버지에게서 이어받은 것입니다."

"그렇지 않다. 네게서 억지로 몰아내라는 것이 아니다. 내 말뜻은 되도록 줄이라는 것이다."

"잘 알겠습니다. 저는 저 나름대로 제 미덕을 줄였습니다."

"그렇기 때문에 나는 지금 네 미덕을 다시 보게 된 거다. 너는 그러한 미덕을 과시할 필요가 있다. 내 말을 귀담아들어라. 내가 너에게 말하는 것은 너 자신을 위축시키라는 것이 아니라 발전시키라는 것이다. 그렇게 되면 아주 다양한 요소를 갖고 있는 너는 정신과 육체의 반항적 요소가 마치 교향악과 같이 조화를 이루게 되고, 네 나쁜 점은 좋은 점을 길러줄 뿐 아니라 선량한 기질을 순종의 미덕으로 보여주게 될 것이다."

"제가 찾아 헤맨 것도 그리고 황야에서 발견한 것도 역시 저 자신의 발전이었습니다. 아마 형님이 하시는 말씀과 조금도 다르지 않을 것입니다."

"사실 내가 너에게 강조하고 싶은 게 바로 그것이다."

"아버지께서는 그리 가혹한 말씀은 하시지 않았습니다."

"아버지께서 너에게 하신 말씀을 나도 대충 짐작한다. 그렇지만 아버지 말씀은 언제나 현실성이 부족하고 막연하다. 게다가 아버지는 이제 당신 생각을 명확하게 표현하지 못하신다. 그래서 사람들은 자기들 멋대로 자신들이 하고 싶은 말을 아버지 입을 빌려서 하곤 하지. 그렇지만 나는 아버지 마음을 잘 안다. 하인들 곁에서 아버지 뜻을 제대로 전달할 수 있는 사람은 이 세상에서 오직 나뿐이란 말이다. 또 아버지를 이해하려면 마땅히 내 말을 들어야 한다."

"형님이 안 계실 때도 아버지 말씀을 쉽게 알아들었습니다."

"네가 잘 알아들은 거라고 생각할 수도 있겠지만 너는 아버지 말씀을 잘 알아듣는다고 오해한 것뿐이다. 아버지를 이해하거나 아버지 말씀을 알아듣는 방법이 따로 있는 것은 아니다. 아버지를 사랑하는 것도 마찬가지야. 우리가 아버지 사랑 아래 한 가족이 되려면 말이다."

"집안에서 아버지 말씀이군요?"

"아버지의 사랑이 우리를 아버지 집으로 불러들인 거야. 너는 그것을 잘 알 게 아니냐? 네가 다시 집으로 돌아온 것을 보더라도 말이다. 어서 말해 보아라. 너를 떠나게 한 것이 무엇이냐?"

"저는 아버지 집이 세상 전부일 수는 없다는 사실을 너무나 잘 알고 있습니다. 그리고 저는 형님이 바라는 그런 인간이 못 됩니다. 저는 자신도 모르는 사이에 다른 땅, 마음대로 뛰어다닐 수 있는 미지의 어느 곳을 머릿속에 그렸습니다. 그리고 그곳으로 달려가는 또 다른 저 자신을 찾고 있었습니다. 그래서 집을 나갔습니다."

"내가 만일 너처럼 이 집을 버리고 나갔다면 어떻게 되었을지 한번 상상해 봐라. 아마도 하인들과 도둑들이 우리 재산을 모조리 약탈해 갔을 것이다."

"그런 것은 제게 아무 문제가 되지 않았습니다. 저는 그와는 전혀 다른 재산을 꿈꾸었으니까요."

"네 태도는 너무 무례하구나. 무질서는 이미 과거의 것이 되어 버렸다. 너는 아직도 인간이 어떠한 혼란 속에서 태어났다는 것을 미처 깨닫지 못했구나. 그렇다면 너는 먼저 그것을 알아야 한다. 성령이 인간을 끌어 올리지 않으면 인간은 성령에 눌려 다시 혼란 속으로 빠지게 된다. 자기 자신을 혼란 속에 빠뜨리고 나서 성령을 깨닫게 되어서는 안 된다. 너무 늦은 거지. 그러면 다시 혼란 속으로 빠지게 되는 이유는 뭘까? 네가 스스로 그걸 원하거나 궁지에 빠졌기 때문이지. 그리고 거기에 적응하려면 시간이 많이 필요하다. 너는 도저히 알 수 없을 것이다. 그러나 이제 너는 주어진 여건을 붙잡고 매달려야 해. 네가 지닌 것을 놓치지 말고 꼭 붙잡아야 한다고 성령은 경고하셨다. 그리고 이렇게 덧붙였다. 아무도 네 왕관을 빼앗아 가지 못하게 하기 위해서라고 말이다. 네가 지닌 것은 네 왕관이며, 그것은 동시에 다른 사람이나 너 자신에게 미치는 왕관이라고 할 수 있지. 찬탈자는 네 왕관을 노리고 있다. 그는 장소를 가리지 않고 네 주위와 네 마음속을 배회한다. 애야! 힘껏 움켜쥐고 꿋꿋이 대항해라. 절대 놓치지 마라!"

"저는 이미 오래전에 손에 쥐고 있던 닻줄을 놓아 버렸습니다. 더는 제 재산은 없습니다."

"그렇지 않다. 넌 할 수 있다. 내가 힘이 되어 줄 테니까. 네가 없는 동안 나는 네 재산을 꿋꿋이 지켜왔다."

"저도 성서의 말씀을 잘 압니다. 그러나 형님은 그 구절을 전부 인용하지는 않았습니다."

"그래, 그것은 이렇게 계속되었지. '승리한 자를 나는 내 성전의 기둥으로 삼을 것이며, 그는 다시는 그곳에서 나오지 않을 것이다.'라고 말이다."

"'그러나 그는 다시는 그곳에서 나오지 않을 것이다.'라는 구절이 저를 두렵게 합니다."

탕아가 계속 말했다.

"그렇지만 그것이 그의 행복을 위한 것이라면…"

"너는 그곳에서 나오기는 했지만 별로 만족하지 않는구나. 또 다시 그곳으로 가고 싶어 하니 말이다."

"그렇습니다. 그럴지도 모릅니다. 그러나 제가 이미 돌아와 있는 것으로 인정되고 있습니다."

"여기서도 너는 만족을 얻지 못하는데 어디 간들 만족할 수 있겠느냐? 너의 모든 재물이 있는 곳은 오직 이곳뿐이다."

"형님이 제 재산을 지켜주었다는 것을 잘 알고 있습니다."

"네가 낭비하지 않은 네 재산이지. 즉 우리 공동의 소유인 토지 말이다."

"그럼 제 개인 소유는 아무것도 없단 말입니까?"

"그게 아니라 아버지께서 너에게 주실지도 모르는 특별한 몫이 있다.”

“제가 꼭 받고 싶은 것은 그것뿐입니다. 저는 그것만 갖겠습니다.”

“건방진 녀석! 네 의견은 받아들일 수 없다. 그것은 우리 형제 중 가장 운 좋은 사람의 몫이 될 것이다. 너에게 미리 밝혀 두지만 그것은 일찌감치 포기하는 것이 좋다. 각자 나누어 받은 재산은 이미 너를 파멸로 몰아넣었으니 말이야. 너는 그 재산을 얼마 못 가 탕진해 버렸다.”

“그 밖의 것은 가지고 가지 않았습니다.”

“그러니까 너는 그것을 그대로 찾게 된 것이 아니냐? 오늘은 이쯤하고 그만두자. 어서 안에 들어가 푹 쉬어라.”

“그러는 게 좋겠습니다. 저도 몹시 피곤하니까요.”

“피곤한 네 몸에 신의 가호가 있기를! 그럼 어서 쉬어라. 내일은 아마 어머님께서 말씀하실 것이다.”

어머니와 대화

“아들아! 네 형 말을 들으니 네가 아직도 반항적이라는데, 우리 좀 더 솔직하게 마음을 열고 이야기를 해보자. 어미의 발밑에 엎드려 어미의 무릎에 이마를 묻고 앉아서 이 어미의 손길을 느껴보렴. 어째서 너는 나를 그토록 오랫동안 버려두었느냐? 그리고 너는 아무 대답 없이 눈물로 내 질문에 대답하는구나. 무엇 때문에 이제야 눈물을 흘리는 것이냐? 얘야! 네가 이 어미에게 돌아온 지금, 너를 기다리느라 내 눈물은 흐르다 못해 메말라 버렸다."

"어째서 어머니께서는 저같이 못난 놈을 기다리셨습니까?"

"네가 돌아올 것이라는 믿음을 한 번도 의심한 적이 없단다. 매일 밤 잠들기 전이면 나는 생각했다. 오늘 밤에 네가 돌아오면 문이나 열 수 있을까? 이런저런 많은 생각에 나는 오랫동안 잠을 이루지 못했다. 또 아침에 눈을 뜨면 날마다 네가 오늘은 돌아올지 모른다고 생각했다. 그러고는 기도를 드렸지. 어쩌면 내가 이처럼 날마다 기도를 올려서 네가 돌아왔는지도 모르겠구나."

"어머니의 기도가 제 마음을 돌이켜 주셨습니다."

"어쩐지 빈말처럼 들리는구나."

"어머니, 저는 경건한 마음으로 어머니께 돌아왔습니다. 보세요. 저는 깊숙이 고개를 숙이고 있습니다. 어머니 곁에 이렇게 앉아 있으니 제가 왜 집을 나갔는지 모르겠습니다."

"또다시 집을 떠나지는 않겠지?"

"이제 다시는 떠날 수 없습니다."

"대체 무엇이 너를 집 밖으로 나가게 했느냐?"

"어머니, 이제는 그런 생각을 더 하고 싶지 않습니다. 아무것도 저를 나가게 하지 않았습니다. 있다면, 그것은 저 자신일 것입니다."

"집을 떠나 가족들과 헤어져 살면 행복할 거라고 생각했느냐?"

"저는 행복을 찾아 나선 것은 아닙니다."

"그럼 무엇을 찾고 있었단 말이냐?"

"저 자신을 찾고 있었습니다. 또 다른 저 자신이 어떤 것인지 알고 싶었습니다."

"너는 부모의 자식이며 형제 중 하나가 아니더냐?"

"저는 형제들과 닮지 않았습니다. 그렇지만 그 이야기는 이제 그만두겠습니다. 저는 지금 돌아와 있으니까요."

"아니다. 그 이야기를 좀 더 하자꾸나. 너는 다른 형제들과 다르다고 생각해서는 안 된다."

"이제부터 가족과 닮도록 노력하겠습니다."

"마치 체념하듯이 말하는구나."

"남들과 다르다는 것을 느끼는 것처럼 괴로운 일은 없습니다. 결국 제 여정이 저를 지치게 만들었습니다."

"너는 정말 예전보다 많이 나이를 먹은 것 같구나!"

"고생을 많이 했으니까요."

"가엾은 아들아! 잠자리와 음식은 어땠느냐?"

"저는 닥치는 대로 먹었습니다. 때로는 익지 않은 과일이나 상한 과일도 가리지 않고 먹었습니다."

"배고픔보다 더 괴로운 것은 없을 것이다."

"한낮에 내리쬐는 뜨거운 햇살, 가슴속까지 파고드는 밤바람, 발이 푹푹 빠지는 사막의 모래, 두 발을 피투성이로 만드는 가시덤불, 아무것도 제 발걸음을 멈추게 할 수는 없었습니다. 그보다도 형님에겐 말하지 않았습니다만, 저는 남의 집 하인 노릇도 했습니다."

"어찌하여 그런 것을 말하지 않았느냐?"

"어느 날, 저를 혹사시키는 아주 나쁜 주인을 만났습니다. 그들은 제 자존심을 극도로 자극하고, 음식마저 주지 않았습니다. 그때 저는 생각했습니다. 하인으로 살 바에야 차라리…. 저는 꿈속에서 집을 보았습니다. 그래서 집으로 돌아온 것입니다."

탕아가 다시 고개를 숙이자 어머니는 부드러운 손길로 그의 머리를 쓰다듬었다.

"이제 무엇을 할 생각이냐?"

"어머님께 말씀드린 것처럼 될 수 있는 대로 형님을 따르고, 가족의 화목을 도모하며, 우리 집의 재산을 관리하면서 형님처럼 아내를 맞아 가족을 꾸리고 살겠습니다."

"그런 말을 하는 것을 보니 아마 누군가 생각하는 사람이 있는가 보구나?"

"아닙니다. 어머니께서 골라주신다면 어떤 여자라도 좋습니다. 어머니께서 형님에게 하신 것처럼 어머니 의사에 전적으로 맡기겠습니다."

"그래, 나는 네 마음에 꼭 드는 여자를 골라주고 싶구나."

"상관없습니다. 제 마음은 이미 정해졌습니다. 저는 지난날의 자만심을 전부 버리기로 했습니다. 모든 것을 어머니 뜻대로 하세요. 저는 어머니께서 하라는 대로 따르겠습니다. 그리고 앞으로 생길 제 아이들도 어머니께 순종하도록 하겠습니다. 그렇게 되면 제 결심이 헛되지 않았다는 것을 아실 수 있을 겁니다."

"네 결심이 헛되지 않다고 나는 믿는단다. 그런데 얘야, 네가 해야 할 일이 하나 있구나. 그것은 네가 누군가를 보살펴 주어야 할 일이구나."

"어머니, 그게 무슨 말씀이세요? 누구를 말씀하시는 건가요?"

"바로 네 동생이다. 네가 집을 떠날 때 열 살도 채 안 된, 너는 통 관심을 두지 않았던 그 애 말이다. 그런데 그 애가…."

"어머니, 어서 말씀하세요. 무엇을 염려하십니까?"

"아마 그 애를 보면 마치 너 자신을 보는 듯할 것이다. 그 애는 지금 네가 집을 나서기 전의 모습과 꼭 같으니까."

"저하고 같다고요?"

"그래, 집을 나가기 전 너하고 말이야. 지금의 네가 아니라."

"그 애도 다시 지금의 저처럼 될 것입니다."

"아니다, 뛰쳐나가기 전에 마음을 되돌리게 해야 한다. 네가 그 애와 얘기를 나눠 보렴. 아마 네 말은 귀담아들을 것이다. 여행 중 겪은 일들을 자세히 들려주렴. 너처럼 험하고 힘든 고생은 하지 않도록 말이다."

"어머니는 동생에 대해 무엇 때문에 그처럼 염려하십니까? 단순히 겉모습이 같다는 것으로 그러시는 게 아닌가요?"

"아니다. 너와 그 애는 닮은 점이 많다. 지금 그 애를 염려하는 것은, 너에게는 애초부터 신경을 쓰지 않았던 일들이 그 애에겐 걱정이 되는구나. 그 애는 책을 너무 많이 읽는다. 하지만 언제나 좋은 책들만 읽는다고는 할 수 없거든."

"그뿐인가요?"

"그 앤 종종 동산의 제일 높은 곳에 올라간단다. 너도 알겠지만 그곳에서는 온 마을이 다 내려다보이지."

"저도 기억납니다. 그런데 어머니 그게 다인가요?"

"그 애는 집에 있는 시간보다 농장에 가서 더 오래 지낸단다."

"농장에서 그 애가 무엇을 하나요?"

"나쁜 짓은 하지 않는다. 그렇지만 그 애가 찾아가는 사람은 소작인들이 아니고 우리와는 질이 다른 불량배들이란다. 더구나 이 지역 사람도 아닌 데다 그중 한 사람은 그 애에게 여러 가지 이야기를 들려주는 모양이더구나."

"아, 돼지 치는 사람을 말씀하시는군요."

"그래, 맞다. 너도 그 사람을 알고 있구나! 그의 이야기를 들으려고 네 동생은 저녁마다 그를 따라 돼지우리로 나간다. 그리고 식사 때나 되어야 간신히 돌아오거나 식사도 제대로 하지 않지. 더구나 옷에선 역한 냄새가 코를 찌른단다. 아무리 설득해도 소용없고, 혼내려고 하면 반항하더구나. 어떤 날은 아무도 일어나지 않은 이른 새벽에 그 녀석을 쫓아 문간까지 나간다. 그 녀석이 돼지 먹이를 주려고 돼지를 몰고 나가는 시간에 말이다."

"나가서는 안 된다는 것을 그 애도 알고 있겠지요?"

"너도 그것을 알고 있지 않았니. 그 애도 어느 날 집을 뛰쳐나갈 거야. 나는 그걸 확신한단다. 언젠가는 그 애가 내 곁을 떠나리라는 것을…."

"아니에요, 제가 그 애와 얘기해 보겠습니다. 그러니까 어머니는 너무 걱정하지 마세요."

"네 말이라면 그 애도 귀담아들으리라는 것을 나도 안다. 그 애가 네가 돌아온 첫날 저녁에 너를 얼마나 뚫어지게 바라보았는지는 너도 알 거야. 네가 입고 있던 그 누더기는 얼마나 사람들의 시선을 끌었는지! 잠시 후 네 아버지는 너에게 비단옷을 입혀 주었지. 나는 그 애가 네가 입은 그 두 가지 옷을 혼동하지나 않을까 걱정했단다. 그리고 지금은 그 애 마음을 사로잡는 것은 아마도 그 누더기인 듯싶구나. 그러나 지금은 이런 생각도 우습게 여겨진단다. 애야, 네가 만일 이처럼 비참한 꼴이 될 것을 미리 알았더라면 너는 우리 곁을 떠나지 않았을 거야. 안 그러니?"

"어머니! 그때 제가 어떻게 어머니 곁을 떠날 수 있었는지, 저자신도 도무지 알 수 없습니다. 이렇게 포근한 어머니의 품을 말입니다."

"그럼 모든 이야기를 그 애에게 해주거라."

"그러겠습니다. 내일 저녁에 그 애를 만나서 모든 것을 들려주겠습니다. 어머니, 이젠 졸리는군요. 제 이마에 키스해 주세요. 마치 제가 어려서 잠들어 있을 때 하시던 것처럼 말이에요."

"그래, 이제 네 방으로 돌아가 푹 쉬어라. 나는 너희를 위해 기도를 드려야겠다."

동생과 대화

탕아는 손에 램프를 들고 그의 방 옆에 있는 넓은 방으로 들어갔다. 그 커다란 방문은 아무런 장식도 없었다. 방 안에 들어선 탕아는 침대 곁으로 다가갔다. 동생이 몸을 벽 쪽으로 향하고 누워 있었다. 그는 잠든 동생이 깨지 않도록 나직한 소리로 이야기를 시작했다.

"너와 이야기를 하고 싶구나!"

"누가 못 하게 하나요?"

"나는 네가 잠든 줄 알았지."

"꿈을 꾸기 위해 잠들 필요는 없지요?"

"꿈을 꾸고 있던 모양이군. 무슨 꿈을 꾸고 있었니?"

"형님과는 상관없는 것입니다. 꿈을 꾸고 있는 나 자신도 이해할 수 없는 걸 형에게 어떻게 설명할 수 있겠어요?"

"그래, 그 꿈들이 무척 난해한가 보구나. 그래도 내게 이야기해 준다면 내가 잘 설명해 줄 수 있을지도 모르는데!"

"형님 꿈이나 생각하세요, 내 꿈에 관심 두지 말고요. 그것이 더 좋을 겁니다. 형님은 여기에 왜 왔어요? 왜 자고 있는 저를 방해하는 겁니까?"

"너는 지금 자고 있는 게 아니잖니? 나는 너와 이야기를 하러 온 거야."

"저에게 할 이야기가 있나요?"

"없다. 네가 그런 식으로 나온다면 내가 무슨 말을 하겠니?"

"그럼 잘 가세요."

탕아는 문 앞으로 다가갔다. 그리고 방 안을 희미하게 비추는 램프를 땅바닥에 내려놓았다. 그는 되돌아와 침대 머리맡에 앉아서 어둠 속에 돌아누운 동생의 이마를 한참 쓰다듬었다.

"옛날에 나도 형님에게 거칠게 대했지만 너는 나보다 더 퉁명스럽게 대하는구나."

탕아의 동생이 벌떡 일어났다.

"어서 말해 봐요. 큰형님이 형님을 제게 보낸 거지요?"

"그렇지 않아. 큰형님이 아니고 어머니란다."

"그러면 그렇지. 형이 스스로 내 방에 올 리가 없지."

"그렇지만 나는 네 형으로서가 아니라 친구로서 온 거란다."

동생은 침대 위로 몸을 일으키고는 탕아를 뚫어지게 바라보았다.

"우리 집에 제 친구가 될 수 있는 사람이 있나요?"

"너는 큰형님을 오해하고 있구나."

"큰형님 이야기는 제발 저에게 하지 마세요. 저는 그가 싫으니까요. 큰형님만 생각하면 화가 치밀어 올라요. 제가 형님에게 거칠게 대한 것도 바로 큰형님 때문이니까요."

"어째서 그런 거지?"

"형님은 아무것도 모를 거예요."

"말해 보렴."

탕아는 동생을 품에 끌어안았다. 동생은 탕아의 품에서 조용히 얼굴을 묻고 있었다.

"형님이 돌아오던 날 나는 잠을 이룰 수 없었어요. 밤새도록 생각에 잠겨 있었어요. 저는 형님이 또 한 명 있다는 것을 몰랐어요. 우리 집 마당 앞에서 사람들의 열광 속에서 걸어가는 형님을 보았을 때, 내 가슴이 얼마나 부풀고 고동쳤는지 모를 거예요."

"그때 나는 누더기를 걸치고 있었는데."

"그래요. 저는 형님을 보았지요. 그렇지만 형님은 영광스럽게 보였어요. 그리고 저는 아버지의 행동을 유심히 보았어요. 아버지는 형님의 손가락에 반지를 끼워 주셨어요. 큰형님도 갖지 못한 반지요. 저는 형님의 문제를 아무에게도 물어보지 않았어요. 단지 형님이 멀리서 왔다는 것만 알고 있었죠. 그리고 우리는 모두 식탁에 둘러앉았어요."

"너도 그 만찬에 있었구나!"

"그러고 보니 형님은 나를 거들떠보지도 않았군요. 식사를 하는 내내 형님은 먼 산만 바라보았지요. 그리고 이튿날 형님은 아버지와 이야기를 하고 계셨지요. 그것도 좋았어요. 그러나 그다음 날 저녁에는…."

"그래, 어서 이야기를 해보렴."

"저는 형님이 저에게 단 한마디라도 정다운 말을 건네 줄 줄 알았는데!"

"나를 기다렸구나!"

"그럼요, 얼마나 기다렸는데요. 그날 저녁에 큰형과 그렇게 오랫동안 이야기를 하지 않았다면 저는 큰형님을 이처럼 미워하지는 않았을 거예요. 도대체 형님들은 무슨 이야기를 그처럼 오래 했는지요? 큰형님과 닮지 않았다는 점에서 저는 형님에게 관심이 많았거든요."

"내가 큰형님께 큰 잘못을 저질렀다."

"설마 그럴 리가요?"

"그 잘못은 아버지와 어머니께도 마찬가지다. 너는 내가 집에서 도망쳤다는 사실을 알고는 있지?"

"그럼요, 알고 있어요. 벌써 오래전 일이었지요. 그렇죠?"

"내가 아마 네 나이 때쯤이었지."

"형님이 잘못이라고 하는 건 집을 나간 것을 말하는가요?"

"그렇지. 그건 내 잘못인 동시에 죄였어."

"그렇다면 형님은 집을 나갈 때 나쁜 짓이라고 생각했나요?"

"아니, 나는 떠나는 것을 하나의 의무로 생각했단다."

"그럼 그 후에 어떤 일이 일어났어요? 그때 형님이 옳다고 생각하던 것이 틀렸다는 말이군요."

"나는 몹시 고생했단다."

"그렇다면 형님이 잘못이라고 말하게 된 것은 고생했기 때문인가요?"

"아니야, 반드시 그렇다는 것은 아니다. 그건 나를 깊이 생각하게 만들었지."

"그럼 전에는 깊이 생각하지 않았나요?"

"안 한 것은 아니지. 그렇지만 나의 박약한 이성은 욕망을 따르게 되었지."

"그렇다면 형님은 고통에 못 이겨 돌아온 것이군요."

"꼭 그렇다고는 할 수 없다. 이를테면 체념한 것이지."

"그렇다면 형님은 바라던 사람이 되는 것을 포기한 거군요."

"나의 자존심이 그것을 만류했다."

동생은 잠시 말이 없다가 갑자기 흐느껴 울었다.

"형님! 저는 형님이 집을 떠날 때와 똑같은 심정일 거예요. 어서 말씀하세요. 형님은 실망밖에 얻지 못했단 말이에요? 그렇다면 바깥세상은 여기와 다르다고 생각한 것은 모두 망상에 지나지 않았나요? 제 마음속에 그리는 갖가지 일이 모두 부질없는 생각이란 말이에요? 어서 말씀해 주세요. 형님은 방황하던 길가에서 어떤 절망적인 사건에 부딪혔나요? 형님을 되돌아오게 한 것은 무엇이었나요?"

"나는 내가 찾던 자유를 잃어버리고 말았단다. 그리고 남에게 매인 몸이 되어 남을 섬겨야 했지."

"저도 여기서 매인 몸이나 다름없어요."

"하긴 그렇지! 그렇지만 나는 아주 나쁜 주인을 받들어야만 했다. 여기서 네가 섬기는 사람은 아버지, 어머니뿐이잖니?"

"살아가기 위해 하인 노릇을 한다고 해도 적어도 그 노예생활을 선택하는 자유라도 있잖아요."

"그래, 나도 그걸 원했다. 그래서 나는 몸을 내맡겼지. 마치 암탕나귀를 따라가는 사도 바울과 같이 욕망의 뒤를 좇아 나섰지. 그러나 거창한 왕국이 기다릴 줄 알았던 그곳에서 나를 기다리던 것은 비참함뿐이었지."

"혹시, 형님이 길을 잘못 든 것이 아니었나요?"

"나는 틀림없이 내 길을 걸어갔다."

"그렇다면 왕이 없는 영토와 숱한 왕국이 기다렸을 게 아녜요?"

"누가 너에게 그런 이야기를 했느냐?"

"저는 그걸 알아요. 저는 그걸 느끼기도 해요. 마치 그 영토를 지배하는 듯한 기분이 들어요."

"건방진 녀석!"

"그건 큰형님이 형님한테 한 말이죠. 왜 형님은 그 말을 제게 되풀이하지요? 형님은 어째서 자존심을 지키지 못했는지요? 그렇다면 형님은 돌아오지 않았을 텐데."

"그렇게 되었더라면 나는 너를 알 수 없었을 것이다."

"아녜요, 그렇지 않아요. 그곳에서 제가 형님을 만나게 되면 형님은 제가 동생이라는 걸 알게 되었을 거예요. 그리고 제가 집을 떠나는 것은 형님을 찾으러 나선 것이나 마찬가지고요."

"네가 집을 떠난다고?"

"형님은 그걸 모르셨나요? 저에게 집을 떠날 용기를 북돋아주실 분은 형님이실 텐데요."

"나는 네가 돌아오는 일이 없었으면 좋겠다. 그렇다고 너더러 집을 떠나라는 것은 아니다."

"안 됩니다. 그런 말씀은 하지 마세요. 형님은 그런 얘기를 하려는 게 아니에요. 형님은 정복자의 대망을 품고 떠난 거죠, 그렇잖아요?"

"그렇기에 노예생활이 더욱 고통스럽다고 생각하게 되었지."

"그렇다면 형님은 무엇 때문에 굴복하셨죠? 형님은 그토록 지쳤던가요?"

"아냐. 그 정도까진 아니지만 나는 회의를 느끼게 되었단다."

"무슨 말씀을 하시는 거예요?"

"나는 모든 것을 회의하게 되었단다. 하다못해 나 자신에게까지도. 그래서 걸음을 멈추고 아무 데나 몸을 의지하고 싶었지. 나는 이런저런 이유로 나에게 안락을 약속한 주인의 유혹에 넘어가기도 했다. 하지만 이제야 그것들이 실패했다는 것을 알았다."

탕아는 고개를 숙이고 눈을 가렸다.

"그렇지만 처음에는?"

"나는 오랫동안 황무지를 방황했다."

"황야 말인가요?"

"반드시 황야만도 아니었다."

"도대체 형님은 거기서 무엇을 찾았나요?"

"이제는 나 자신도 그것이 무엇인지 모르겠다."

"침대에서 일어나세요. 그리고 제 머리맡에 있는 책상 위에서 찢어진 책 위에 있는 것을 보세요."

"벌어진 석류가 하나 있구나."

"사흘 동안 보이지 않던 돼지 치는 사람이 저것을 어제저녁에 갖다 주었어요."

"그래, 저건 야생 석류야."

"저도 알아요. 맛이 지독하게 쓰지요. 하지만 목이 마르면 마구

깨물 것도 같아요."

"이제 너에게 얘기할 수 있겠구나. 황야에서 내가 찾던 것은 바로 그와 같은 목마름이었다."

"달지도 않은 이 열매는 갈증을 해소해 주겠지요?"

"아니야, 그것은 더욱 갈증을 나게 만들지."

"그럼, 형님은 어디서 석류를 딸 수 있는지 아시나요?"

"아무도 돌보는 이가 없는 작은 과수원이지. 울타리가 없어서 황야인지 과수원인지 분간할 수도 없는 곳이란다. 시냇물이 흐르고 반쯤 익은 열매들이 나뭇가지에 여기저기 매달려 있었지."

"무슨 열매들이에요?"

"우리 집 정원에 있는 과일나무와 같은 것들이지만 모두 야생 식물이지. 그날은 몹시 더웠단다."

"형님, 제가 오늘 저녁 왜 형님을 기다렸는지 아세요? 제 이야기를 들어보세요. 저는 이 밤이 새기 전 집을 떠날 거예요. 이 밤이 밝아 동이 터 오르면… 저는 조용히 떠날 거예요. 길을 나서려고 오늘 밤은 신발도 벗지 않았어요."

"뭐라고? 나도 할 수 없었던 것을 네가 해 보겠다는 거냐?"

"형님은 제게 길을 열어 주었어요. 그리고 저는 형님을 생각하면서 이겨 나갈 거예요."

"너에게 감탄할 뿐이구나. 그러나 너는 나를 잊어야 한다. 너는 무엇을 갖고 가려고 하니?"

"막내인 저에게는 유산이 전혀 없다는 걸 잘 아시잖아요. 저는 맨주먹으로 떠납니다."

"그게 더 좋을 수도 있다."

"그런데 창가에서 무얼 바라보세요?"

"돌아가신 우리 조상들이 누워 있는 정원을 보고 있다."

"형님!"

동생은 침대에서 일어나 탕아의 목을 얼싸안았다. 그의 팔은 그 목소리처럼 부드러웠다.

"저와 함께 떠나세요."

"나는 그대로 내버려 둬라! 제발, 나를 그대로 두어라. 나는 남아서 어머니를 위로해 드려야 한단다. 그리고 내가 없다면 너는 더욱 용감해질 것이다. 이제 시간이 되었다. 벌써 동이 터 오는구나. 소리를 내지 말고 떠나거라. 얘야, 이리 오렴. 한번 안아 보자. 내 모든 희망을 가지고 떠나는 아우야, 용기를 갖고 우리는 잊어버려라. 나도 잊어버리련다. 부디 돌아오는 일이 없도록 조용히 떠나거라. 내가 등을 밝혀 주겠다."

"대문까지 저와 함께 가주세요."

"현관 계단을 조심해서 내려가야 한다."

СВИДАНИЕ

Ivan Sergeevich Turgenev

1818~1883

13

밀회

·

이반 투르게네프

시월 중순의 어느 날이었다. 나는 자작나무 숲속에 앉아 있었는데 아침부터 부슬비가 내리고 가끔 따뜻한 햇살이 비치기도 하는 등 매우 고르지 못한 날씨였다. 엷은 흰 구름이 하늘을 온통 뒤덮는가 싶더니, 갑자기 군데군데 구름이 사라지며 맑게 갠 푸른 하늘이 구름 사이로 간간이 비치기도 했다.

나는 나무 그늘에 앉아 주위를 바라보며 귀를 기울였다. 머리 위에서 나뭇잎이 산들거렸는데 그 소리만 들어도 계절을 짐작할 수 있었다. 그것은 즐거운 듯 속삭이는 봄의 설렘도 아니고, 부드러운 여름의 속삭임도 아니며, 불안한 늦가을의 싸늘한 외침도 아니었다. 겨우 들릴락 말락 알아들을 수 있는, 마치 꿈속에서 중얼거리는 소리 같았다.

산들바람이 살며시 나뭇가지를 스치고 지나갔다. 비에 젖은 숲 속은 구름 속에 가려진 태양이 나오고 들어감에 따라서 끊임없이 변하고 있었다. 숲속의 나무들은 번갈아 미소 짓듯 찬란하게 비치고, 드문드문 서 있는 가느다란 자작나무가 흰 명주처럼 반짝이기도 했다. 키가 크고 곱슬곱슬한 아름다운 양치줄기는 무르익은 포도처럼 가을 햇빛으로 물들고 눈앞에 뒤엉킨 채 투명하게 드러나 보였다. 그러다가 주위는 갑자기 푸른빛을 띠기도 했다. 선명한 빛깔이 순식간에 사라지고 하얀 자작나무가 빛을 잃은 채 싸늘하게 비치는 녹지 않은 겨울눈처럼 하얀 모습을 하고 있었다.

이윽고 속삭이듯 부슬비가 소리 없이 내렸다. 자작나무 잎은 눈에 띄게 색이 변했지만 그래도 다른 나무에 비해 파란 편이었다. 군데군데 서 있는 어린 자작나무는 온통 빨갛게 물들거나 노랗게 물들어 금방 비에 씻긴 나뭇가지 사이로 반짝이며, 햇볕이 스며들 때 나뭇잎이 빨갛게 타오르는 아름다운 모습은 실로 장관이었다. 주위는 침묵이 흘렀다. 가끔 인간을 비웃듯 박새소리가 무쇠방울처럼 울려 퍼졌다. 나는 자작나무 숲으로 오는 길에 개를 데리고 사시나무 숲을 지나왔다.

나는 사시나무를 별로 좋아하지 않는다. 나는 연보랏빛 줄기의 녹회색 금속성을 띤 나뭇잎이, 높이 치솟아 흔들리는 부채처럼 너울너울 공중에 펼쳐진 모습도 싫거니와 그 기다란 줄기에 둥글고 지저분한 나뭇잎들이 멋없이 건들건들 흔들리는 모습 또한 싫었다. 그러나 이 나무가 좋은 점이 하나 있다면, 낮은 관목

숲속에 우뚝 솟아 빨간 석양빛을 듬뿍 받으며, 여름날 저녁이면 뿌리에서 나무순까지 적황색으로 물들면서 반짝반짝 빛나는 것이다. 또 바람 부는 맑은 날에 소란스럽게 너울거리며 나뭇잎 하나하나가 나부끼면서 푸른 하늘과 이야기를 나누는 듯한 모습이다. 그것은 마치 나무에서 멀리멀리 날아가고 싶은 것처럼 보였다. 어쨌든 나는 이 나무를 별로 좋아하지 않는다. 그래서 사시나무숲에서 걸음을 멈출 생각도 않고 자작나무숲으로 걸어온 것이다. 그러고는 낮게 가지를 벌리고 있어 자연히 비를 피할 수 있는 어느 나무 그늘에 자리 잡고 앉아 주위의 경치를 감상하면서 사냥꾼만이 맛볼 수 있는 조용하고 부드러운 숲속의 꿈에 잦아들어 갔다.

내가 얼마 동안이나 잠을 잤는지 알 수 없었지만, 눈을 떴을 때 수풀 속은 햇빛이 넘쳐 흘렀고, 나무들은 즐거운 듯 속삭이며 나뭇잎 사이로 파란 하늘이 눈부시게 빛났다.

구름은 기쁨에 날뛰듯 자취를 감추고, 하늘은 맑게 개어 있었다. 기온은 쌀쌀해서 오히려 마음을 설레게 했다. 그것은 온종일 궂은 날씨가 계속된 다음 맑게 갠 고요한 저녁을 짐작게 해주는 징조이다.

나는 다시 사냥이나 하려고 자리에서 일어났다. 그런데 그때 갑자기 움직이지 않는 사람이 눈에 띄었다. 시골 처녀였다. 그녀는 내게서 스무 걸음쯤 떨어진 곳에서 생각에 잠긴 듯 고개를 숙이고 두 손을 무릎 위에 얹고 앉아 있었다. 그녀의 한쪽 손에는 꽃다발이 한 아름 안겨 있었으며, 꽃다발은 그녀가 숨을 쉴 때마다 조금씩 미끄러져 바둑무늬 치마 밑으로 흘러내렸다. 목과 손에 단추를 끼운 새하얀 레이스는 부드러운 잔주름을 이루어 그녀의 몸을 감싸고, 목과 가슴에는 금빛 목걸이가 두 줄로 늘어져 있었다. 그녀는 매우 아름다워 보였다. 단정히 빗어 넘긴 숱이 많은 아름다운 은색머리는 상아처럼 하얀 이마 위로 깊숙이 동여맨 빨간 머리띠 밑에 빈원 두 개로 갈라져 있었다. 그녀의 피부는 황금빛으로 그을려 있었다.

나는 그녀 얼굴을 자세히 볼 수 없었다. 그녀가 고개를 숙이고 있었기 때문이다. 그러나 가늘고 아름다운 눈썹과 기다란 속눈썹만은 똑똑히 볼 수 있었다. 그녀의 속눈썹은 촉촉하게 젖었고 한쪽 볼에서는 눈물 한 줄기가 파르스름한 입술까지 흘러내려 햇볕에 반짝였다.

그녀 얼굴은 어디를 보나 아름다웠다. 약간 크고 동그스름한 턱까지도 눈에 거슬리지 않았다. 그러나 무엇보다도 내 마음에 든 것은 그녀의 표정이었다. 구김살 없는 얼굴에 왠지 모를 서글픔이 담겨 있었는데 거기에는 어쩔 수 없는 천진난만한 앳된 슬픔이 넘쳐흘렀다. 그녀는 작은 소리에도 고개를 들어 사방을 둘러보았다. 그리고 투명하게 보이는 나무 그늘에서 겁에 질린 사슴처럼 수정같이 맑은 눈을 반짝였다. 그녀는 커다란 눈을 두리번거리며 소리가 난 쪽을 바라보고 귀를 기울이다가 한숨을 지으며 고개를 돌리곤 했다. 아마도 누군가를 애타게 기다리는 듯했다.

그녀는 먼저보다 더 깊숙이 고개를 숙이고 천천히 꽃을 하나하나 골랐다. 그녀의 눈 주위가 빨갛게 물들고 입술이 바르르 떨리더니 속눈썹 밑으로 눈물이 흐르자 눈물방울이 볼에 맺히며 햇빛을 받아 반짝였다. 어느덧 많은 시간이 흘러갔다. 그녀는 꼼짝도 하지 않고 앉아서 가끔 괴로운 듯이 손을 움직일 뿐 여전히 귀를 기울이고 있었다. 또다시 숲속에서 바스락 소리가 났다. 그녀는 안절부절 어쩔 줄 몰랐다. 바스락 소리가 계속되다가 점점 뚜렷하게 들려왔다. 이윽고 그 소리는 믿음직한 발소리로 변했다. 몸을 꼿꼿하게 세운 그녀는 불안한 빛을 감추지 못했다. 조심스러운 눈초리로 주위를 둘러보았다. 숲속에서 한 남자의 모습이 어른거리기 시작했다. 그녀는 뚫어질 듯이 그를 바라보더니 얼굴을 붉히며 기쁘고 행복한 미소를 지었다. 그녀는 몸을 일으키려다 말고 털썩 그 자리에 주저앉으며 당황한 듯이 새파랗게 질렸다. 남자가 그녀 곁에 다가와 발을 멈추었을 때야 비로소 그녀는 근심스러운 표정으로 고개를 들었다.

나는 나무 밑에 앉아 호기심 어린 눈초리로 남자를 바라보았다. 나는 그에게서 좋은 인상을 받지 못했다. 그는 어디로 보나 부유한 지주댁의 젊은 바람둥이 머슴으로밖에 보이지 않았다. 그가 입은 옷은 무척 화려하고 한껏 멋을 부린 듯 보였다. 그러나 분명 주인에게서 물려받은 짧은 외투로 단추를 단정히 끼우고, 끝이 보라색으로 물든 장밋빛 넥타이에 금테가 달린 검정 비로드 모자를 눈썹 밑까지 내려썼다. 하얀 루바시카rubashka(블라우스풍 윗

옷-옮긴이)는 정답게 두 귀를 받쳐주는 듯했고, 풀이 빳빳한 소매는 빨간 손가락이 보이지 않을 정도로 손목을 온통 뒤덮고 있었다. 하지만 그 손가락에는 물망초를 본뜬, 터키석으로 만든 반지를 여러 개 끼고 있었다.

내가 보기에는 붉고 탄력 넘치고 뻔뻔스러운 얼굴은 나 같은 남자들에게는 비호감이지만 유감스럽게도 여자들에게는 인기가 많은 얼굴이었다. 그는 초라한 자기 얼굴을 의젓하게 보이려고 애썼다. 본래 자그마한 잿빛 눈을 더 가늘게 뜨면서 상을 찌푸리기도 하고, 입술을 실룩거리기도 하고, 하품을 하기도 했다. 그는 탐탁지 않다는 듯이 거드름을 피우며 멋있게 구부러진 붉은 관자놀이 털을 매만지기도 하고, 두툼한 윗입술 위로 늘어진 노란 콧수염을 잡아당겨 보기도 하며, 한마디로 눈 뜨고 볼 수 없을 정도로 거드름을 부렸다. 그는 자기를 기다리는 시골 아가씨를 보자 이와 같이 과장된 몸짓으로 두 손을 외투 주머니에 찌르고서 무관심한 듯이 그녀를 바라보며 땅 위에 앉았다.

"그래, 잘 있었어?"

그는 딴전을 피우며 한쪽 다리를 흔들고 하품하면서 말을 계속했다.

"기다린 지 오래됐어?"

그녀는 한참 만에야 입을 열었다.

"네, 오래되었어요. 빅토르 알렉산드리치."

그녀는 나직한 목소리로 대답했다.

"그래?"

그는 모자를 벗고 거의 눈썹 옆에서 자라기 시작한 곱슬곱슬한 짙은 머리카락을 쓰다듬고 나서 거만하게 주위를 둘러본 후 다시 거만스럽게 모자를 썼다.

"나는 깜빡 잊어버렸어. 게다가 비가 그렇게 쏟아지니!"

그는 다시 하품했다.

"일이 너무 많이 밀려서 자칫하면 잔소리를 듣게 돼. 그건 그렇고 나는 내일 떠날 거야."

"내일이라뇨?"

그녀는 이렇게 말하며 놀란 눈으로 남자를 바라보았다.

"그래 내일…. 하지만 이러지 마, 제발."

그녀가 몸을 떨며 말없이 고개를 숙이자 그는 불쾌한 어조로 다급하게 말을 이었다.

"제발 부탁이야, 아쿨리나. 울지 마. 내가 우는 것을 제일 싫어한다는 것을 알잖아?"

남자는 이렇게 말하며 뭉툭한 콧등에 주름을 모았다.

"그렇게 자꾸 운다면 난 돌아갈 테야! 툭하면 훌쩍훌쩍 바보같이 울다니!"

"네, 울지 않겠어요."

아쿨리나는 꿀꺽꿀꺽 울음을 삼키며 재빨리 말했다.

"정말 내일 떠나시는 거예요?"

그녀는 잠시 후 다시 말을 이었다.

"그럼 이젠 언제나 만나게 되나요? 빅토르 알렉산드리치."

"만나게 될 거야, 내년 아니면 그 후년에라도 만나게 될 거야. 주인은 페테르부르크(상트페테르부르크)에서 일하기를 원하는 것 같아."

그는 코맹맹이 소리로 무뚝뚝하게 말을 계속했다.

"어쩌면 외국으로 갈지도 몰라."

"그러면 당신은 저를 잊어버릴 테지요."

아쿨리나는 서글픈 표정으로 말했다.

"잊어버리다니, 난 당신을 절대 잊지 않을 거야. 그러나 너도 현명해져서 바보 같은 짓은 말아야지. 아버지 말씀도 잘 듣고… 어쨌든 난 너를 잊지 않을 거야. 잊지 않고말고."

그는 이렇게 말하며 허리를 펴고 다시 하품했다.

"저를 잊지 마세요, 빅토르 알렉산드리치."

그녀는 애원하는 어조로 말을 계속했다.

"어쩌다가 이렇게 당신을 사랑하게 되었는지 모르겠어요. 세상의 모든 것이 당신을 위해서만 있는 것 같아요. 당신은 아버지 말씀을 들으라고 하지만 제가 어떻게 아버지 말씀을 들을 수 있겠어요?"

"아니, 왜?"

그는 팔베개를 하고 누워 놀란 듯한 목소리로 말했다.

"그건 당신도 잘 아시잖아요?"

"아쿨리나, 난 당신이 그렇게 어리석은 사람이 아니라고 생각하는데."

남자는 다시 입을 열었다.

"그런 어리석은 소리 하지도 마. 난 너를 위해 그러는 거야. 너
도 아주 촌뜨기는 아니잖아. 네 어머니를 보더라도 농사꾼만은
아니었으니까. 어쨌든 넌 교육을 받지 못했으니 남이 가르쳐 주면
그걸 잘 들어야 해."

"어쨌든 무서운걸요."

"글쎄 쓸데없는 소리 말아. 대체 무엇이 무섭단 말이야. 그런데
그건 뭐지?"

처녀 곁으로 다가가며 그가 말했다.

"꽃인가?"

"네, 꽃이에요."

아쿨리나는 힘없이 대답했다.

"들에서 모과 잎을 따 왔어요."

그녀는 생기 있는 어조로 말했다.

"이것은 송아지에게 먹이면 좋아요. 그리고 이것은 금잔화예요.
습진에 잘 든는대요. 자, 보세요. 얼마나 예쁜 꽃이에요. 이것은
물망초고요. 이것은 향기 나는 오랑캐꽃, 또 이것은 당신께 드리
려고 꺾은 거예요. 드릴까요?"

그녀는 노란 모과 잎 밑에서 가는 풀로 묶은 파란 들국화 다발
을 꺼내면서 덧붙였다.

빅토르는 천천히 손을 뻗어 이것저것 냄새를 맡은 다음, 생각

에 잠긴 듯한 거만한 표정으로 하늘을 바라보며 꽃다발을 손가락으로 빙글빙글 돌리기 시작했다. 아쿨리나는 그런 남자를 물끄러미 바라보았다. 그녀의 슬픈 눈빛 속에 몸과 마음을 다 바쳐서 그를 위대한 신처럼 숭배하고 복종하겠다는 갸륵한 마음이 깃들어 있었다. 그녀는 이별할 남자를 무서워하면서도 마지막으로 눈여겨보고 있었다. 그러나 남자는 아주 거만하게 거드름을 부리며 드러누워 애달프게 바라보는 그녀의 눈길을 외면한 채 딴생각에 빠진 듯한 표정을 했다. 나는 치밀어 오르는 분노를 짓누르며 그 불그죽죽한 얼굴을 유심히 바라보았다. 남자는 사람을 멸시하는 듯한 무표정 속에서 자기만족의 자만심이 넘쳐흘렀다. 그녀는 정열에 불타는 표정으로 숨김없이 자신의 애절한 사랑을 호소했다. 그러나 남자는 꽃다발을 풀 위에 밀어놓고 외투 옆 주머니에서 청동테를 두른 둥근 유리알을 꺼내 한쪽 눈에 끼기 시작했다. 그러나 아무리 눈썹을 찌푸리고 볼과 코까지 움직여 가며 끼우려고 애썼지만, 안경알이 미끄러져 손바닥에 떨어졌다.

"그건 뭐예요?"

아쿨리나가 놀라운 표정으로 입을 열었다.

"외알 안경이야."

"뭘 하는 거예요?"

"이걸 끼면 더 똑똑히 볼 수 있지."

그것은 알이 하나만 있는 외짝 안경이었다.

"어디 좀 보여주세요."

빅토르는 얼굴을 찌푸리면서 아쿨리나에게 안경을 건네었다.

"깨면 안 돼, 조심해."

"걱정하지 마세요, 깨지 않을 테니."

아쿨리나는 조심스레 안경을 눈으로 가져갔다.

"아무것도 보이지 않네요."

그녀는 천진하게 말했다.

"눈을 가늘게 떠야 하는 거야."

마치 그는 학생을 가르치는 선생님 같은 어투로 말했다. 아쿨리나는 눈가에 안경을 대고 눈을 가늘게 떴다.

"아니, 그쪽이 아냐. 멍청하기는, 이쪽이란 말이야."

빅토르는 이렇게 외치면서 아쿨리나가 미처 안경을 고쳐 쥐기도 전에 빼앗아 버렸다.

아쿨리나는 얼굴을 붉히며 수줍은 미소를 띤 채 고개를 돌리고 말았다.

"아무래도 나 같은 사람이 가질 것은 못 되는군요."

아쿨리나가 풀죽은 목소리로 말했다.

"당연하지!"

가엾은 아쿨리나는 입을 다물고 깊은 한숨을 쉬었다.

"빅토르 알렉산드리치, 당신이 떠나시면 전 어떻게 될까요?"

그녀가 입을 열었다. 빅토르는 안경을 옷자락으로 닦은 후 도로 외투 주머니에 집어넣었다.

"얼마 동안은 괴롭겠지, 괴로울 거야."

잠시 주저하던 빅토르가 입을 열었다. 그리고 빅토르는 안됐다는 듯이 그녀의 어깨를 두드렸다. 그러자 그녀는 어깨 위 그의 손을 살며시 잡고서 입을 맞추었다.

"암, 그렇고말고. 넌 정말 착한 여자야."

그는 만족스러운 표정을 지으며 말을 계속했다.

"아쿨리나, 그렇지만 어떻게 할 수 없잖아? 너도 잘 생각해 봐! 주인 나리나 나나 여기 계속 남아 있을 순 없잖아? 너도 알다시피 이제 곧 겨울이 될 거 아냐. 시골의 겨울이란 정말 견딜 수 없거든. 그러나 페테르부르크라면 이렇게 춥지는 않아! 그곳에 가면 모두 신기한 것뿐이야. 아마 너 같은 시골뜨기는 꿈에도 생각하지 못할 거야. 으리으리하고 근사한 집이며 멋있는 거리, 품위 있고 교양을 갖춘 상류사회 사람들… 정말 눈이 돌 지경이거든!"

아쿨리나는 어린애처럼 천진하게 입을 벌린 채 그의 이야기에 빠져 열심히 들었다. 빅토르는 바닥에서 몸을 뒤척이며 말을 계속했다.

"네게 이런 말을 한들 무슨 소용이 있겠어. 내 말을 이해하지도 못할 텐데 말이야."

"저도 알아요. 모두 알 수 있어요."

"알아듣다니, 정말 대단하군!"

아쿨리나는 눈을 내리떴다.

"예전에 당신은 그리 말하지 않았어요, 빅토르 알렉산드리치."

그녀는 눈을 내리깐 채 말을 계속했다.

"아니, 예전이라니? 무슨 소릴 하는 거야. 그 전이라니!"

빅토르는 성난 어투로 말했다. 그리고 그들은 잠시 말이 없었다.

"이젠 그만 가봐야겠어."

빅토르는 일어서려고 팔꿈치를 세웠다.

"조금만 더 기다려 주세요."

아쿨리나는 애원하듯이 말했다.

"잠깐만 기다리세요."

아쿨리나는 같은 말을 되풀이했다.

빅토르는 다시 벌렁 드러누우며 휘파람을 불었다. 아쿨리나는 그에게서 눈을 떼지 않았다. 그녀가 점점 흥분하고 있다는 것을 알 수 있었다. 그녀의 입술이 바르르 경련을 일으키고 파리한 두 볼은 홍조를 띠었다.

"빅토르 알렉산드리치."

그녀는 분명한 목소리로 또박또박 말했다.

"당신은 너무하는군요. 정말 너무해요."

"도대체 내가 뭘 너무하다는 거야?"

남자는 미간을 찌푸리고 이렇게 말한 다음 약간 몸을 일으켜 세워 그녀에게로 고개를 돌렸다.

"너무해요. 빅토르 알렉산드리치. 떠나는 마당에 한마디라도 좀 따뜻한 말을 해주시면 안 되나요? 아무에게도 의지할 데 없는 가엾은 저에게 단 한마디라도."

"아니 무슨 말을 하라는 거야?"

"몰라요. 그런 건 당신이 더 잘 아실 텐데요. 떠나는 마당에 한마디쯤… 내가 왜 이런 일을 겪어야 한담?"

"정말 넌 알 수 없구나. 나더러 무슨 말을 하라는 거야?"

"단 한마디라도 좋으니…."

"같은 말만 되풀이하는군."

그는 이렇게 말하면서 벌떡 일어섰다.

"화낼 건 없잖아요. 빅토르 알렉산드리치."

그녀는 울먹이면서 대꾸했다.

"화난 건 아냐. 네가 바보 같은 소리만 하니까… 도대체 어떻게 하란 말이야? 그렇다고 내가 너랑 결혼할 수는 없잖아. 안 그래? 그런데 나더러 어떻게 하라는 거야?"

그는 얼굴을 들이대고 손가락질하며 그녀를 바라보았다.

"전 아무것도 바라지 않아요."

그녀는 떨리는 두 손을 빅토르에게 내밀며 간신히 입을 열었다.

"그저 작별하는 마당에 한마디만이라도…."

아쿨리나는 눈에서 비 오듯 눈물을 펑펑 흘렸다.

"또 눈물을 흘리는군."

그녀는 두 손으로 얼굴을 가리고 흐느끼면서 말했다.

"혼자 남을 제 심정을 생각해 보세요. 그리고 저는 어떻게 되겠어요. 네? 사랑하지도 않는 사람에게 시집을 가야 할까요? 아아, 난 왜 이렇게 불행하죠?"

"쓸데없는 소리만 하는군!"

빅토르는 걸음을 옮기며 나직한 소리로 중얼거렸다.

"그렇지만, 단 한마디, 한마디쯤은 말해 줄 수 있을 텐데…."

그녀는 설움이 복받쳐 올라 말을 맺지 못했다. 그녀는 풀밭에 고개를 파묻고 애절하게 흐느껴 울기 시작했다. 그녀는 물결치듯이 온몸을 들먹거렸다. 그녀의 오랫동안 참고 참아온 슬픔이 드디어 폭포처럼 터지고 만 것이다. 빅토르는 잠시 아쿨리나를 노려보다가 어깨를 흠칫하더니 곧 돌아서서 성큼성큼 발걸음을 옮겨 자리를 떠나고 말았다.

어느 정도 시간이 흘렀다. 울음을 멈춘 아쿨리나가 고개를 들었다. 주위를 둘러본 그녀는 깜짝 놀란 듯 자리에서 일어났다. 그녀는 그를 뒤따라가려고 했지만 다리가 휘청거려 넘어지고 말았다. 나는 보다 못해 그녀 곁으로 다가갔다. 그러나 그녀는 나를 보자 어디서 그런 힘이 솟았는지 가냘픈 비명을 지르고 황급히 나무 뒤로 자취를 감추고 말았다. 땅바닥에는 꽃잎들이 쓸쓸히 흩어져 있었다.

나는 그곳에 잠시 멍하니 서 있었다. 한참 후에야 나는 꽃다발을 주워들고 숲을 지나 들판으로 나왔다. 푸른 하늘에 나직이 걸린 햇빛마저 파리하고 싸늘한 느낌이 들었다. 태양은 이미 빛을 발하는 것이 아니라 푸른 바다에서 헤엄치는 것 같았다. 해가 질 시간이 30분밖에 남지 않았지만, 이제야 저녁놀은 서쪽 하늘을 천천히 물들이고 있었다. 추수를 끝낸 누런 밭두렁에 거센 바람이 정면으로 휘몰아쳤다. 조그마한 가랑잎 하나가 갑자기 공중으로 날아오르며 내 곁을 지나 한길을 건너서 숲을 따라 날아갔다. 들판에 병풍처럼 우거진 숲은 물결치듯 수선스럽게 뒤흔들면서 저녁놀을 받아 반짝이며 물결치고 있었다. 빨갛게 물든 모든 풀, 지푸라기, 거미줄까지도 가을 햇살에 빛났다.

문득, 나는 슬퍼서 걸음을 멈추었다. 시들어가는 자연의 슬픈 미소 속에는 우울한 겨울의 공포가 스며드는 것 같았다. 이어 까마귀 한 마리가 요란스럽게 날개를 펄럭이면서 머리 위로 날아올라갔다. 까마귀는 고개를 돌려 힐끗 나를 바라보더니 날쌔게 하늘 높이 솟아올라 까악까악 울면서 숲속으로 사라졌다. 그러자 이번에는 방앗간에서 수많은 비둘기 떼가 날아와서는 떼를 지어 맴돌다가 들판으로 산산이 흩어졌다. 이제는 가을빛이 완연했다. 누군가가 끄는 빈 달구지가 벌거숭이 언덕을 지나며 요란스럽게 덜커덩거렸다.

나는 집으로 돌아왔다. 그러나 그 가련한 아쿨리나의 모습이 오랫동안 머리에서 떠나지 않았다. 그녀의 들국화 꽃다발은 이미 오래전에 시들었지만 아직 나는 그 꽃다발을 고이 간직하고 있다.

Чем люди живы

Leo Tolstoy

1828~1910

14

사람은 무엇으로 사는가

·

레프 톨스토이

1

어떤 구두장이가 아내, 아들을 데리고 한 농부의 집에 세 들어
살고 있었다. 그는 집은 물론 땅도 없었으며, 구두를 짓고 수선하
는 일로 하루하루 먹고살았다. 구두 수선비는 그들이 먹을 식량
을 사기에도 어려울 정도로 아주 쌌기 때문에 그는 번 돈을 모두
먹을 것을 사는 데 써야만 했다. 그래서 구두장이의 가족은 언제
나 가난했다. 그에게는 털외투가 한 벌밖에 없었다. 그나마 아내
와 함께 번갈아 입었으며 다 낡아 누더기가 되었다. 그래서 그는
새 외투를 만들 양털가죽을 사려고 벌써 2년째나 벼르고 있었다.

가을이 되자 그에게 돈이 어느 정도 모였다. 옷장에 3루블이
있었고, 마을 농부들에게 받을 돈이 5루블 20코페이카 정도 되

었다.

그래서 구두장이는 아침 일찍 마을로 양털가죽을 사러 갈 준비를 했다. 아침 식사를 끝낸 그는 셔츠 위에 아내의 솜 재킷을 입고 그 위에 긴 웃옷을 걸쳤다. 그리고 주머니에 3루블을 넣은 뒤 나뭇가지를 하나 꺾어 지팡이를 만들어 길을 떠났다.

마을에 도착한 구두장이는 한 농부의 집으로 갔다. 그런데 농부는 집에 없고, 그 아내가 일주일 안으로 주인 편에 돈을 보내준다는 약속만 할 뿐 그 자리에서 돈을 주지 않았다. 그래서 그는 다른 농부의 집으로 갔다. 그 농부는 집에 있었지만 돈이 한 푼도 없다고, 하나님께 맹세할 수 있다며 장화 수선비 20코페이카만 주었다.

그는 하는 수 없이 외상으로 양털가죽을 사려고 했다. 그러나 가죽 장수는 외상을 주지 않았다.

"마음에 드는 것을 줄 테니 돈을 가지고 오시오. 외상을 주면 돈 받기가 너무나 어렵소."

결국 그는 양털가죽을 사지 못했다. 그가 마을에서 받은 것은 구두 수선비 20코페이카와 다른 농부가 가죽을 대달라고 준 헌 구두뿐이었다. 그는 속이 상해 수선비로 받은 20코페이카로 보드카를 마셔 버린 뒤 집으로 발걸음을 돌렸다.

아침에는 날씨가 좀 추웠지만 술이 한잔 들어가서인지 외투를 입지 않았는데도 몸이 후끈거렸다. 구두장이는 한쪽 손에는 지팡이를, 또 다른 손으로는 펠트 구두를 휘두르며 혼자 중얼거렸다.

"털외투를 입지 않아도 따뜻하구나. 작은 보드카 한 병을 마시니 온몸이 아주 후끈후끈해. 그래, 털외투 따윈 없어도 괜찮아. 아무렇지도 않다고! 털외투 따윈 한평생 필요 없어. 하지만 마누라가 가만히 있지 않을 텐데, 그게 걱정이군. 애써 일해도 일한 보람이 없구나. 돈을 20코페이카씩 찔끔찔끔 주다니! 흥, 20코페이카로 뭘 할 수 있단 말이냐? 술이나 마실 수밖에 없잖아. 다들 생활이 어렵다고는 하지만 나보다 더 어려울까. 너희한텐 집도 있고, 소도 있지만 나는 빈털터리란 말이야. 너희는 농사를 지어 빵을

직접 구워 먹지만 나는 사서 먹어야 해. 응? 아무리 아껴 먹는다고 해도 일주일에 빵값으로 3루블은 나가지. 집에 가면 빵이 없을 테니 1루블 반은 있어야 하는데… 그러니 내 돈을 갚아 줘야겠어."

구두장이는 횡설수설하면서 길모퉁이에 있는 교회 가까이까지 왔다. 그런데 교회 뒤에 무언가 하얀 것이 보였다. 이미 땅거미가 지기 시작했기에 그는 그것을 뚫어져라 보면서 가까이 갔다.

'여기에 돌 같은 건 없었는데, 소인가? 그러나 짐승 같지는 않은데. 머리는 꼭 사람 같은데 사람 머리가 왜 저렇게 흴까? 아니지, 이런 곳에 사람이 있을 리 없지.'

구두장이는 좀 더 가까이 다가갔다. 그러자 물체가 똑똑히 보였다. 그런데 이게 웬일인가. 그것은 사람이었다. 살았는지 죽었는지 벌거벗은 채 교회 벽에 기대앉아 꼼짝도 하지 않았다. 구두장이는 무서운 생각이 들었다.

'누가 이 사람을 죽이고 옷을 벗긴 다음 여기에 버렸나 보다. 가까이 갔다가는 나중에 무슨 일을 당할지도 몰라.'

그는 그냥 지나치기로 했다. 발걸음을 재촉해서 교회 모퉁이를 돌아서자 그 사람이 보이지 않았다. 그런데 얼마 후 돌아보니 그 사람이 움직이는 것 같았다. 어쩐지 이쪽을 바라보는 것 같아서 구두장이는 겁이 덜컥 났다.

'다시 가까이 가볼까? 아니면 이대로 가 버릴까? 혹시 곁에 갔다가 무슨 봉변이라도 당하면 어쩐다? 아무튼 좋은 일로 저런 모양을 하고 있을 리는 없어. 가까이 가면 벌떡 일어나 내 목을 조를지도 몰라. 그러면 나는 꼼짝없이 죽게 되겠지. 목 졸려 죽지 않더라도 좋지 않은 일을 당할 거야. 그런데 저 벌거숭이 사나이를 어쩌면 좋지. 내 옷을 벗어 줄 수도 없고. 그래, 그냥 이대로 가 버리자!'

구두장이는 걸음을 재촉했다. 그러나 서서히 양심의 가책을 느꼈다. 그는 길 한가운데 우뚝 서서 자신에게 말했다.

"대체 너는 무얼 하는 거야. 이 추운 날, 사람이 벌거벗은 채 죽어가는데 겁이 나서 그냥 도망치다니. 돈이라도 빼앗길까 봐? 네가 빼앗길 돈이라도 있단 말이냐? 그럼 안 된다, 세묜!"

세묜은 발걸음을 돌려 그 사나이 곁으로 갔다.

2

세묜은 사나이 곁으로 다가가 자세히 살펴보았다. 젊고 튼튼해 보였으며 몸에 얻어맞은 흔적 같은 것은 보이지 않았다. 다만 추위에 몸이 꽁꽁 얼어붙어 눈을 뜰 힘도 없는 듯 고개를 숙이고 세묜을 쳐다보지도 않았다.

그러나 세묜이 더욱 가까이 다가가자 사나이는 갑자기 정신이 드는지 고개를 들고 눈을 떠 바라보았다. 그 눈매를 본 세묜은 마음이 놓였다. 악한 사람이 아니라는 느낌이 전해왔기 때문이다. 세묜은 손에 들고 있던 헌 구두를 땅바닥에 내려놓고 허리끈을 풀어 그 위에 놓은 다음 긴 웃옷을 벗었다.

"자, 이야기는 나중에 하고 어서 옷을 입으시게!"

세몬은 사나이를 부축해 일으켰다. 남자는 날씬하고 깨끗한 몸매에 손발이 곱고 얼굴에서 귀태도 났다. 세몬은 남자에게 긴 웃옷을 걸쳐 주었으나 그는 소매에 팔을 넣지 못했다. 그래서 세몬은 직접 옷을 입혀 주고 허리끈을 매어 주었다. 그리고 자신의 모자를 벗어 그에게 씌워 주려고 했다.

'아니지, 나는 대머리지만 이 사나이는 고수머리가 길게 자라 있으니 안 추울 거야. 내가 쓰는 게 마땅해.'

그는 다시 모자를 썼다.

'그보다 신을 신겨 주는 편이 낫겠군.'

세몬은 사나이를 앉히고 손에 들고 있던 헌 구두를 신겨 주었다. 그러곤 사나이에게 말했다.

"이젠 됐네. 형씨, 몸을 좀 움직여 보시오. 그런데 걸을 수는 있겠소?"

사나이는 일어서서 감격한 눈으로 세몬을 바라보았다. 그러나 한마디도 입 밖에 내지 못했다.

"왜 가만있지? 여기서 그냥 겨울이라도 날 셈이오? 집으로 가야지. 자, 여기 내 지팡이가 있으니 기운이 없으면 이걸 짚고 걸어 보시오!"

사나이가 걷기 시작했다. 성큼성큼 잘 걸었다. 세몬은 옆에서 따라 걸으면서 물었다.

"대체 어디서 왔소?"

"나는 이 마을 사람이 아닙니다."

"이 마을 사람이라면 내가 다 알지. 그런데 왜 이 교회까지 왔소?"

"그건 말할 수 없습니다."

"틀림없이 누구한테 당한 것 같은데?"

"아닙니다. 나는 하나님의 벌을 받았습니다."

"그래, 모든 것은 하나님의 뜻이지. 그나저나 어디 가서 좀 쉬어야지. 어디로 갈 거요?"

"아무 데라도 좋습니다."

세몬은 약간 놀랐다. 나쁜 사람으로 보이지 않았고, 말투도 온순했지만 남자가 자신의 상황에 대해서는 한마디도 하지 않으려고 했기 때문이다.

'그래, 세상에는 말 못 할 일도 많지.'

그리고 사나이에게 말했다.

"그럼, 우리 집으로 가는 건 어떻겠소? 몸을 좀 녹일 수 있을 테니까."

세몬은 집으로 향해 걸었고, 낯선 젊은이도 부지런히 뒤를 따랐다. 그런데 조금 걷자 바람이 세몬의 옷 속으로 파고들었다. 그리고 술기운이 깨면서 추위는 점점 더해 갔다. 세몬은 코를 훌쩍거리며 옷깃을 더욱 여미고 생각했다.

'이게 어떻게 된 일인가. 외투를 사러 가서는 헌 외투마저 남한

테 넘기고 벌거숭이 남자를 데리고 가고 있으니, 마트료나에게 잔소리깨나 듣겠군!'

아내 생각을 하니 세몬은 괜한 짓을 한 건 아닌지 후회가 됐다. 그러나 금세 옆에 있는 사나이를 보고는 잘한 일이라며 생각을 고쳐먹었다.

3

세몬의 아내는 서둘러 집 안을 치웠다. 그리고 장작을 패고 물을 긷고 아이에게 저녁을 먹인 뒤, 자기도 식사하면서 생각했다. '빵은 언제 구울까? 오늘 할까, 내일 할까? 세몬이 점심을 먹고 온다면 아직 큰 덩어리가 하나 남아 있으니 내일까지는 충분할 거야.' 마트료나는 빵 조각을 만지작거리며 또 생각했다.

'그래, 오늘은 빵을 굽지 말아야지. 밀가루도 얼마 남지 않았으니 이걸로 금요일까지 버텨 보자.'

마트료나는 빵을 치우고 식탁에 앉아 남편의 다 낡은 셔츠를 깁기 시작했다. 바느질하면서 마트료나는 양털가죽을 사 올 남편을 생각했다.

'양털가죽 장수에게 속지 말아야 할 텐데. 그이는 사람이 너무 어수룩하단 말이야. 누굴 속이기는커녕 어린아이한테도 속아 넘어가거든. 8루블이면 적지 않은 돈이니 좋은 외투도 살 수 있을 거야. 제일 좋은 건 아니더라도 웬만한 것은 살 수 있을 테지. 지

난겨울엔 외투가 없어서 얼마나 고생했는지 몰라! 강은 물론이고 아무 데도 갈 수 없었어. 그건 그렇고 그이가 집 안의 옷이란 옷은 다 입고 나가버려서 나는 걸칠 옷이 하나도 없네? 아무튼 이제 올 때가 됐는데, 이 양반이 술이라도 마신 건 아닐까?'

마트료나가 이런저런 생각을 하는 순간, 현관 층계가 삐걱거리며 누군가 들어오는 소리가 들렸다. 마트료나는 바늘을 꽂아 두고 나서 문 쪽으로 나갔다. 세몬이 모자도 쓰지 않고 펠트 구두를 신은 어떤 사나이와 함께 집 안으로 들어왔다. 마트료나는 술 냄새를 풍기는 세몬을 쳐다보았다.

'그럼 그렇지. 역시 마시고 왔어.'

마트료나는 위에 입었던 옷은 어디로 갔는지 재킷 하나만 걸치고는 손에 아무것도 들지 않은 남편을 보고 할 말을 잃었다.

'다 마셔 버린 모양이구나. 얼굴도 모르는 이 사나이와 어울려 술을 퍼마시고 집에까지 데려왔어.'

마트료나는 집 안으로 들어오는 두 사람을 찬찬히 훑어보다가 그 낯설고 빼빼 마른 젊은이가 입고 있는 긴 웃옷이 자기 것임을 깨달았다. 그리고 그 안에 아무것도 입지 않은 것을 알아챘다. 집 안으로 들어선 젊은이는 고개를 숙인 채 그 자리에 가만히 서 있었다. 그래서 마트료나는 이 사나이가 무슨 잘못을 저질러 겁을 먹은 것이라고 생각했다.

마트료나는 얼굴을 찡그리고 난로 쪽으로 가서 그들의 거동을 살폈다.

세몬은 모자를 벗고 태연히 의자에 앉았다.

"여보, 마트료나, 어서 저녁 준비를 해야지."

마트료나는 두 사람을 번갈아 보며 머리를 흔들 뿐이었다. 세몬은 마트료나의 기분이 좋지 않은 걸 직감하고 어쩔 수 없다는 듯 젊은이의 손을 잡아 끌었다.

"앉게나. 저녁을 먹어야지."

젊은이는 의자에 앉았다.

"아무것도 만들지 않았소?"

마트료나는 화가 치밀어 올랐다.

"만들긴 했지만 당신을 위해 만든 건 아니에요. 염치가 없어도 유분수지 외투를 사러 간 사람이 입고 있던 옷까지 없애고, 그것도 모자라 벌거숭이 건달까지 데려오다니. 당신 같은 주정뱅이에게 줄 저녁은 없어요!"

"그만하오, 마트료나. 이유도 묻지 않고 함부로 말하면 못 쓰오. 먼저 이 젊은이가 어떤 사람인지부터 물어봐야지."

"돈은 어디 있어요? 어서 그것부터 말해 봐요."

세몬은 긴 웃옷 주머니를 뒤져 돈을 꺼내 보이며 말했다.

"갖고 갔던 돈은 여기 있어. 트리포노프한테서는 돈을 못 받았어. 내일 주겠다더군."

마트료나는 더욱 화가 났다. 양털가죽도 사지 않고 하나밖에 없는 웃옷을 어떤 벌거숭이에게 입혀 집으로 데려오다니, 마트료나는 돈을 집어넣으며 말했다.

"저녁은 없어요. 벌거숭이에 주정뱅이한테까지 어떻게 밥을 줘요?"

"말조심하오, 마트료나. 먼저 사정을 들어보고 말해야지."

"멍청한 주정뱅이한테 무슨 사정이 있겠어요. 애초에 당신 같은 주정뱅이한테 시집온 게 잘못이에요. 전에 어머니가 주신 옷감도 당신이 다 술값으로 없애 버렸잖아요. 그러더니 이번엔 외투를 사러 가서는 그 돈으로 술을 마셔 버렸고."

세몬은 자기가 마신 술값이 20코페이카밖에 되지 않으며, 이 젊은이를 발견하게 된 상황을 설명하려 했으나 마트료나는 막무

가내었다. 그녀는 쉬지 않고 떠들어 댔는데 심지어는 10년 전 일까지 낱낱이 들추어내며 세몬을 원망했다. 그러더니 분이 풀리지 않는지 세몬에게 덤벼들어 그의 소맷자락을 끌어당겼다.

"당장 내 옷을 벗어. 한 벌밖에 없는 내 옷을 입고 가다니. 이리 내, 이 거지 같은 늙은이야!"

세몬은 재킷을 벗었다. 그런데 마트료나가 채 벗지도 않은 재킷을 낚아채는 바람에 솔기가 터져 버리고 말았다. 마트료나는 재킷을 빼앗아 뒤집어쓰고 문 쪽으로 달려갔다. 그러다 문득 그 자리에 우뚝 섰다. 화가 치밀어 오르긴 했지만 그 사나이가 누군지 궁금해진 것이다.

4

마트료나는 걸음을 멈추고 말했다.

"착한 사람이라면 벌거숭이로 있을 리가 없어요. 이 사람은 셔츠도 입지 않았잖아요. 또 당신도 나쁜 짓을 하지 않았다면 어디서 이 사람을 데려왔는지 자초지종을 말해야 하는 거 아니에요?"

"그렇지 않아도 아까부터 이야기하려면 참이오. 집으로 오는데 이 사람이 교회 옆에 쓰러져 있더군. 여름도 아닌데 벌거벗은 몸으로 거의 얼어붙어서 말이야. 내가 이 사람을 모른 척 지나쳤다면 아마 이 사람은 죽었을 거요. 그러니 내가 어떻게 하겠소? 옷을 입혀서 데려오는 수밖에. 하나님이 나를 이 사람에게 이끄셨던 거요. 마트료나, 당신이나 나나 살면서 언제 무슨 일을 당할지 모르오. 누구든 어려운 상황에선 돕고 살아야 하지 않겠소?"

마트료나는 욕을 해주고 싶었으나 젊은이를 보고 입을 다물었다. 나그네는 의자 끝에 앉아 꼼짝도 하지 않았다. 두 손을 무릎위에 올려놓고 머리를 숙인 채 줄곧 눈을 감고 얼굴을 찡그리고 있었다.

"마트료나, 당신 마음속에도 하나님이 계시지 않소."

마트료나는 이 말을 듣고 다시 한번 젊은이를 쳐다보았다. 그러자 갑자기 마음이 누그러졌다. 그녀는 난로가 놓인 구석으로 가서 저녁을 준비했다. 컵을 식탁 위에 놓고 크바스(호밀로 만든 맥주의 한 종류–옮긴이)를 따른 뒤 마지막 빵을 내놓았다. 그리고 나이프와 포크를 놓으며 말했다.

"어서 들어요."

세몬은 젊은이를 식탁으로 데려갔다.

"앉으시게, 젊은이."

세몬은 빵을 잘라 저녁을 먹기 시작했다.

마트료나는 식탁 옆에 앉아 한 손으로 턱을 괴고 낯선 젊은이를 바라보았다. 그러자 젊은이가 가엾은 생각이 들었다. 급기야는 보살펴주고 싶은 생각마저 들었다.

젊은이는 찡그렸던 얼굴을 펴고 마트료나 쪽으로 눈을 들어 빙그레 웃어 보였다.

이윽고 식사가 끝나자 마트료나는 식탁을 치운 다음 낯선 젊은이에게 물었다.

"어디서 왔지요?"

"나는 이 고장 사람이 아닙니다."

"왜 길바닥에 쓰러져 있었어요?"

"그건 말씀드릴 수 없습니다."

"강도라도 만났나요?"

"하나님의 벌을 받았지요."

"그래서 벌거벗은 채 누워 있었어요?"

"네, 알몸으로 누워 있다가 얼어 죽을 뻔했지요. 그걸 이분께서 발견하고 가엾게 여겨 입고 있던 옷을 입혀 주시더니 여기까지 데려온 겁니다. 그런데 여기에 오니 부인께서 먹고 마실 것을 주셨습니다. 하나님은 분명 두 분께 도움을 주실 겁니다!"

마트료나는 일어나서 좀 전에 바느질하던 세몬의 셔츠를 젊은이에게 주었다. 그리고 바지도 찾아 주었다.

"이걸 입고 자도록 해요. 침대든 난롯가든 편한 곳에서."

젊은이는 긴 웃옷을 벗고 셔츠와 바지를 입은 뒤 침대 위에 누웠다. 마트료나는 등불을 끄고 긴 웃옷을 가지고 남편 곁으로 가서 자려고 누웠다. 그러나 잠이 오지 않았다. 그 젊은이 생각이 머릿속에서 떠나지 않았다. 그리고 젊은이가 마지막 빵을 다 먹어치워 버려서 내일 먹을 빵이 없으며, 셔츠와 바지를 줘 버린 일을 떠올리고 기분이 언짢아졌다. 그러나 그가 빙그레 미소 짓던 얼굴을 생각하니 다시 기분이 좋아졌다.

마트료나는 오랫동안 잠을 이루지 못했다. 세몬도 잠을 이루지 못하는지 뒤척이는 소리가 들려왔다.

"세몬!"

"응?"

"빵을 다 먹어 버렸는데 구워 놓지 않았으니 내일은 어떡하지요? 말라냐 대모에게 가서 좀 꾸어야겠어요."

"산 입에 거미줄이야 치겠소."

마트료나는 한동안 가만히 누워 있었다.

"저 젊은이는 좋은 사람인 것 같은데 왜 자신에 대한 말을 한 마디도 하지 않는지 모르겠어요."

"말 못 할 사정이 있겠지."

"세몬!"

"응?"

"우리는 남에게 이렇게 베푸는데, 남들은 왜 우리에게 베풀지 않지요?"

세몬은 뭐라고 대답해야 좋을지 몰랐다.

"이제 그만하고 자지."

세몬은 돌아누워 잠들어 버렸다.

5

이튿날 아침, 세몬이 잠에서 깨어 보니 아이들은 아직 자고 있고, 아내는 이웃집에 빵을 빌리러 가고 없었다. 어제 그 나그네는 의자에 앉아 천장을 멍하니 바라보고 있었다. 표정은 어제보다 밝아 보였다.

"어떤가, 젊은이. 배를 곯지 않고 입을 옷이라도 장만해야 하니 무슨 일이든 해야 할 것 아닌가. 자네는 무슨 일을 할 줄 아나?"

"아무 일도 할 줄 모릅니다."

세몬은 놀랐다.

"마음만 먹으면 뭐든 할 수 있지. 사람은 무슨 일이나 배울 수 있어."

"열심히 배워 보겠습니다."

"자네 이름은 뭔가?"

"미하일입니다."

"미하일, 자네는 지금 자네 처지에 대해 전혀 말하려고 들지 않는데 그건 상관없네. 하지만 밥벌이는 해야겠어. 내가 시키는 일을 하면 밥을 먹여주겠네."

"고맙습니다. 일을 배우겠습니다. 할 일을 가르쳐 주십시오."

세몬은 옆에 있던 실을 손가락에 감고 매듭을 지어 보였다.

"어려울 건 없어. 자, 보고 따라 하게."

미하일은 가만히 살피더니 얼른 손가락에 실을 감아 매듭을 지었다. 세몬은 실 꿰는 법을 가르쳐 주었는데 미하일은 그것도 바로 배웠다. 다음에는 가죽 다루는 법과 깁는 법을 가르쳐 주었다. 미하일은 그것도 금세 배웠다.

세몬이 무슨 일을 가르치든 미하일은 아주 잘 따라 했다. 사흘째 되는 날부터는 오랫동안 구두를 만들어 온 사람처럼 능숙하게 일하기 시작했다.

미하일은 열심히 일하고 밥은 조금밖에 먹지 않았다. 쉴 때는 잠자코 천장만 바라보았다. 밖에 나가는 일도 없고 쓸데없는 말도 하지 않았으며, 농담도 하지 않고 웃는 법도 없었다. 미하일이 웃는 모습을 본 것은 그가 처음 오던 날 마트료나가 저녁 식사를 차려 주었을 때뿐이었다.

6

어느덧 세월이 흘러 미하일이 세몬 집에서 지내게 된 지도 1년이 넘었다. 미하일에 대한 소문은 사방으로 퍼졌는데 미하일만큼 멋지고 튼튼하게 구두를 만드는 사람은 없다는 소문이었다. 이웃 마을에서까지 구두를 맞추려고 사람들이 몰려와 세몬의 수입은 점점 늘어났다.

어느 겨울날이었다. 세몬과 미하일이 함께 앉아 일하는데 말 세 마리가 끄는 마차가 가게 쪽을 향해 달려왔다. 창문으로 내다 보니 마차는 가게 앞에 멈춰 섰다. 마차가 멈추자 젊은 남자가 마 차 문을 열고 펄쩍 뛰어내렸다. 털외투를 입은 신사는 성큼성큼 세몬의 가게로 왔다.

마트료나가 달려나가 문을 활짝 열었다. 신사는 몸을 굽히고 방으로 들어섰다. 머리가 거의 천장에 닿을 만큼 키가 크고 몸은 방 안을 가득 채울 정도로 컸다.

세몬은 일어나 절을 했다. 그는 지금까지 이런 사람을 본 일이 없었다. 세몬과 미하일은 마른 편이고 마트료나는 명태처럼 바싹 여위었는데, 이 신사는 다른 나라에서 온 사람 같았다. 기름진 얼 굴은 벌겋고, 목은 황소만 하고 온몸이 무쇠처럼 단단해 보였다. 신사는 외투를 벗고 의자에 앉으며 말했다.

"구둣방 주인이 누구지요?"

세몬이 나서며 말했다.

"제가 주인입니다, 나리."

신사는 자기가 데려온 젊은이를 소리쳐 불렀다.

"페지카, 물건을 이리 가져와."

젊은이가 작은 보따리를 가져왔다. 신사는 보따리를 받아 테이 블 위에 놓으며 말했다.

"풀어."

젊은이가 보자기를 풀자 가죽이 보였다. 신사는 가죽을 손가락으로 찌르며 세몬에게 말했다.

"이 가죽이 보이지?"

"네, 나리."

"이게 무슨 가죽인지 알겠나?"

세몬은 가죽을 만져 보고 나서 말했다.

"좋은 가죽입니다."

"그야 물론 좋은 가죽이지! 당신 같은 사람은 평생 처음 보는 물건일 거야. 이건 독일제로, 20루블이나 줬어."

세몬은 겁을 집어먹고 말했다.

"우리 같은 사람이 어디서 이런 걸 구경이나 했겠습니까."

"그렇지. 자네, 이걸로 내 발에 맞는 장화를 만들 수 있겠나?"

"그럼요, 나리."

신사는 세몬에게 큰 소리로 말했다.

"만들 수 있다고 했겠다. 하지만 똑똑히 알아 둬야 할 거야. 네가 누구의 구두를, 어떤 가죽으로 만드는지. 나는 1년을 신어도 모양이 변치 않고 실밥이 터지지 않는 장화를 원해. 할 수 있으면 가죽을 자르고 할 수 없으면 일찌감치 포기해. 미리 말해 두지만 1년 안에 구두 모양이 변하거나 실밥이 터지면 너를 가만두지 않을 테다. 하지만 만일 1년이 지나도 모양이 변하지 않고 실밥이 터지지 않으면 만든 값으로 10루블을 주지."

세몬은 겁이 나서 뭐라고 대답해야 좋을지 몰랐다. 그는 미하일을 돌아보고 팔꿈치로 쿡 찌르며 귀엣말로 물었다.

"맡을까?"

미하일은 고개를 끄덕였다.

세몬은 미하일이 하자는 대로 주문받기로 했다. 그러자 신사는 젊은이를 불러 왼쪽 신을 벗기라고 하더니 발을 내밀었다.

"발을 재게!"

세몬은 종이를 바닥에 깐 다음 무릎을 꿇었다. 그리고 신사의 양말에 때를 묻히지 않으려고 앞치마에 손을 잘 문지른 다음 치수를 재기 시작했다. 이어붙인 종이를 이용해 발바닥을 재고, 발등 높이를 재었다. 그리고 종아리를 재려고 하는데 종이의 양쪽 끝이 닿지 않았다. 신사의 종아리가 너무 굵어 종이가 모자랐던 것이다.

"이봐, 종아리 부분을 좁게 하면 안 돼."

세몬은 다시 종이를 이어 붙였다.

신사는 가만히 앉아 발가락을 꼬물거리며 방 안에 있는 사람들을 둘러보았다. 그러다가 미하일을 보고 물었다.

"저 사람은 누군가?"

"우리 집 직공인데, 그가 나리의 구두를 만들 겁니다."

"이봐, 잘 들어 둬. 1년은 끄떡없도록 만들어야 해."

세몬도 미하일을 돌아보았다. 그러나 미하일은 신사를 보지 않고 허공을 바라보다가 갑자기 빙그레 미소 지었다.

"바보 녀석, 왜 웃는 거야? 기한 안에 만들도록 정신이나 바짝 차려."

그러자 미하일이 말했다.

"필요할 때까지 만들어 놓겠습니다."

"좋아."

신사는 장화를 신고 문 쪽으로 갔다. 그러나 깜빡 잊고 허리를 굽히지 않아 문설주에 머리를 부딪쳤다. 신사는 욕을 퍼붓고 머리를 문지르며 마차를 타고 떠나 버렸다.

신사가 떠나자 세몬이 말했다.

"차돌같이 단단한 사람이군. 몽둥이로 후려쳐도 안 죽겠어. 머리를 그토록 세게 부딪쳤는데도 별로 아프지 않은가 봐."

마트료나가 말했다.

"남부러울 거 없이 호사스럽게 사는데 어찌 살이 안 붙겠어요. 귀신도 저렇게 튼튼한 사람 앞에서는 꼼짝 못 할 거예요."

7

세몬이 미하일에게 말했다.

"일은 맡았지만 우리에게 불행한 일이 없어야 할 텐데. 가죽은 비싸고 주인은 저리 신경질적이니까 말이야. 실수하지 말아야 할 텐데. 자네는 나보다 눈이 밝고 솜씨도 좋으니까 잰 것을 자네에게 맡기겠네. 가죽을 재단하게. 나는 겉가죽을 꿰매지…."

미하일은 주인의 말대로 신사가 가져온 가죽을 받아들고 테이블 위에 두 겹으로 포개 놓은 다음 칼을 들고 자르기 시작했다.

　마트료나는 미하일 옆으로 가서 그가 재단하는 것을 보고 깜짝 놀랐다. 장화 모양과 달리 엉뚱하게 재단하고 있었기 때문이다. 남편이 장화 만드는 것을 여러 차례 보아 왔는데 미하일은 세몬과 달리 가죽을 둥글게 자르고 있었다.

　마트료나는 한마디 하려다 생각했다.

　'내가 나리의 장화를 어떻게 짓는지 잘못 알아들었는지도 몰라. 나보다 미하일이 더 잘 알 테니 참견하지 말자.'

미하일은 가죽을 자르고 실로 꿰매기 시작했다. 그러나 장화가 아닌 슬리퍼를 꿰맬 때처럼 실을 한 겹으로 꿰매고 있었다. 마트료나는 그것을 보고 또 깜짝 놀랐으나 역시 참견하지 않았다.

점심때가 되어 세몬이 자리에서 일어나 보니 미하일이 신사의 가죽으로 슬리퍼를 한 켤레 만들어 놓았다.

세몬은 한숨을 내쉬었다.

'이게 어찌 된 일인가. 지난 1년 동안 한 번도 실수한 적이 없는 미하일이 하필이면 지금 실수를 하다니. 나리는 굽이 달린 장화를 주문했는데 평평한 슬리퍼를 만들어 놓았으니 가죽을 버리지 않았나. 이걸 어떻게 물어 주지? 이런 가죽은 구할 수도 없는데.'

세몬은 미하일에게 말했다.

"자네, 무슨 짓인가! 내 목을 자르려고 그래? 장화를 주문했는데 자네는 무엇을 만들어 놓았는가?"

세몬이 계속 말하려는데 쿵쿵거리는 소리가 나더니 누군가 문을 두드렸다. 문을 열고 들어온 사람은 바로 아까 그 남자의 하인이었다.

"안녕하십니까?"

"안녕하시오. 그런데 무슨 일로 왔나요?"

"그 장화 때문에 주인마님의 심부름을 왔습니다."

"뭐요, 장화 때문에?"

"장화는 이제 더는 필요 없게 되었습니다. 나리가 돌아가셨으니까요."

"아니, 뭐라고요?"

"집으로 가시던 도중 마차에서 돌아가셨어요. 마차가 집에 도착해 보니 나리는 마차 안에 축 늘어져 쓰러져 있었어요. 벌써 세상을 떠난 송장이 되어 쓰러져 계셨던 겁니다. 간신히 끌어내렸지요. 아무튼 주인마님께서 아까 주문한 장화는 그만두고 슬리퍼를 만들어 오라고 하셨습니다. 죽은 사람이 신는 슬리퍼요. 어서 만들어 주십시오. 기다렸다가 완성되는 대로 빨리 가져오라고 하셨습니다."

미하일은 남은 가죽을 둘둘 말았다. 그리고 이미 만들어 놓은 슬리퍼를 하인에게 내주었다.

8

다시 1년이 지나고 2년이 지나 미하일이 세몬의 집에 온 지 6년이 되었다. 그는 전과 다름없는 생활을 했다. 아무 데도 나가지 않고 쓸데없는 말은 하지 않았으며, 그동안 두 번밖에는 웃지 않았다. 한 번은 이 집에 처음 오던 날 마트료나가 저녁 식사를 준비할 때였고, 또 한 번은 죽은 신사가 구두를 맞추러 왔을 때였다.

세몬은 미하일을 아주 좋아했다. 그래서 이제는 그가 어디서 왔는지 더 물어보지 않았고 혹시 어디로 가 버리지나 않을지 노심초사했다.

어느 날 온 가족이 집에 모여 있었다. 마트료나는 난로에 냄비를 올려놓고 요리를 했으며, 아이들은 행복한 표정으로 놀고 있었다. 세몬은 창가에 앉아 구두를 깁고, 미하일은 다른 창가에서 굽을 붙이고 있었다.

그때 세몬의 아들이 미하일 곁으로 와서 그의 어깨를 짚고 창밖을 내다보며 말했다.

"아저씨, 저것 좀 봐요. 가겟집 아줌마가 딸들을 데리고 우리 집으로 오고 있어요. 한 아이는 발을 절어요."

미하일은 하던 일을 멈추고 창문 쪽으로 고개를 돌려 밖을 내다보았다.

세몬은 깜짝 놀랐다. 한 번도 바깥일에 관심을 보이지 않던 그가 창문에 얼굴을 바짝 갖다 붙이고 무엇을 열심히 바라보았기 때문이다.

세몬도 창밖을 내다보았다. 한 여인이 자기 집 쪽으로 오고 있었다. 옷을 말쑥하게 차려입은 여인은 털외투에 숄을 두른 두 여자아이의 손을 잡고 있었다. 여자아이들은 얼굴이 똑같아 누가 누군지 분간할 수 없었는데 한 아이가 왼쪽 다리를 저는 것만 달랐다.

여인은 바깥 층계를 올라와 현관 문고리를 잡아당겼다. 문이 열리자 여인은 아이들을 먼저 안으로 들여보낸 뒤 자기도 뒤따라 들어왔다.

"안녕하세요, 여러분!"

"어서 오세요. 무슨 일로 오셨는지요?"

  여인은 테이블 쪽으로 가서 앉았다. 두 여자아이는 낯선 듯 여인의 무릎에 기댔다.

  "이 아이들에게 봄에 신을 구두를 맞춰 주려고요."

  "지어 드리지요. 이렇게 작은 구두는 만들어 보지 않았지만 할 수 있습니다. 장식이 달린 것도 만들 수 있고, 안에 철을 대어 만들 수도 있습니다. 우리 집 미하일은 솜씨가 여간 아니지요."

  세몬은 미하일을 돌아보았다. 미하일은 하던 일을 멈추고 가만히 앉아 아이들에게서 눈을 떼지 못했다. 두 아이는 아주 귀엽게 생긴 편이었다. 까만 눈동자에 뺨은 통통하고 살굿빛이었다. 그리고 아이들이 입고 있는 외투와 숄도 아주 멋졌다. 하지만 세몬은 미하일이 넋을 잃은 듯 뚫어지게 아이들을 바라보는 것이 이상하기만 했다. 마치 두 아이를 알고 있는 것만 같았다.

세몬은 이상하게 여기면서도 여자와 흥정을 하기 시작했다. 값을 정하고 발을 잴 차례가 되었다. 여자는 절름발이 아이를 무릎에 앉히며 말했다.

"이 아이 발을 기준으로 하면 돼요. 아픈 발은 한 짝만 짓고, 이쪽은 세 짝을 지어 주세요. 두 아이는 발이 꼭 같거든요. 쌍둥이예요."

세몬은 치수를 재면서 물었다.

"어쩌다 이렇게 됐나요? 정말 귀엽게 생겼는데 태어나면서부터 발을 절었나요?"

"아니에요, 어머니에게 눌려서 이렇게 됐어요."

그때 마트료나가 끼어들었다.

"그럼, 부인은 이 아이들의 엄마가 아닌가요?"

"나는 이 아이들의 엄마도 친척도 아니랍니다. 전혀 모르는 남인데 둘을 양딸로 삼았지요."

"자기가 낳은 아이도 아닌데 정말 사랑하시는군요!"

"그럴 수밖에 없지요. 내 젖으로 키웠으니까요. 나도 자식이 있었는데 하나님이 데려가셨어요. 내 아이도 그렇지만 이 아이들은 정말 가엾었어요."

"이 아이들은 대체 어떤 집 애들인데요?"

9

여인이 이야기를 시작했다.

"6년 전, 이 아이들은 일주일 사이에 고아가 되어 버렸어요. 아버지는 화요일에, 어머니는 금요일에 세상을 떠났지요. 이 아이들은 아버지가 돌아가신 지 사흘 만에 태어났고, 어머니는 하루도 못 살고 죽었어요. 그때 나는 남편과 함께 농사를 지으며 살았지요. 이 아이들의 부모는 옆집에 살던 이웃이었습니다. 아이들의 아버지는 농사꾼이었는데 어느 날 숲속에서 일하다가 나무에 깔려 바로 집으로 옮기긴 했으나 곧 세상을 떠나 버렸지요. 그리고 사흘 뒤 그의 아내는 쌍둥이를 낳았어요. 바로 이 아이들이지요. 워낙 가난하고 외톨이인지라 그녀에게는 도와줄 사람이 아무도 없었답니다. 한마디로 혼자서 낳고 혼자서 죽어간 거지요. 아무튼 나는 다음 날 아침에 궁금해서 그 집에 들렀어요. 그랬더니 가엾게도 여인은 숨이 끊어져 있었는데 안타깝게 이 아이를 깔고 죽었더군요. 그래서 아이는 한쪽 다리를 못 쓰게 된 거지요. 그리고 마을 사람들이 모여 죽은 사람을 깨끗이 씻겨 옷을 입히고 장례를 지내 주었어요. 모두 착한 사람들이었지요. 결국 두 갓난아이만 남게 되었는데 어디로 보낼 데가 없었지요. 마을 여자들 중

젖먹이가 있는 것은 나 혼자뿐이었습니다. 그때 나는 낳은 지 8주 밖에 안 된 첫아들에게 젖을 먹이고 있었지요. 그래서 내가 임시로 이 아이들을 맡게 되었습니다. 그러나 나는 성한 아이에게만 젖을 주고 다리를 저는 이 아이에게는 주지 않을 생각이었습니다. 이 아이는 도저히 살아날 가망이 없는 것처럼 보였기 때문이지요. 하지만 곧 생각을 바꿨습니다. 천사 같은 어린 영혼이 죽어야 할 이유는 무엇이냐고 스스로 생각하게 되었답니다. 니 는 아이가 불쌍한 생각이 들었지요. 그렇게 해서 내 아이와 두 아이, 이렇게 세 아이에게 젖을 먹여 키웠습니다. 그때만 해도 나는 젊고 힘이 센 데다 잘 먹었으니까요. 하나님 덕분이 젖은 철철 넘쳐흘렀습니다. 두 아이가 한꺼번에 젖을 빨고 한 아이는 기다렸지요. 그 가운데 한 아이가 젖꼭지를 놓으면 기다리던 아이에게 젖을 주었답니다. 그런데 이 두 아이는 무럭무럭 자랐으나 내 아이는 두 살이 되던 해에 죽어 버렸어요. 그리고 다시 자식을 주지 않으셨습니다. 재산은 점점 불어났습니다. 지금은 이 마을 어느 상인의 방앗간에서 일하지요. 보수도 좋고 생활은 넉넉합니다. 이 두 아이가 없다면 나 혼자 무슨 재미로 살아가겠어요. 그러니 이 아이들을 사랑할 수밖에요. 이 아이들은 내게 촛불과도 같아요."

여인은 한 손으로 절름발이 아이를 안고, 또 한 손으로는 뺨에 흐르는 눈물을 닦았다.

마트료나는 한숨을 내쉬며 말했다.

"부모 없이는 살아가도 하나님 없이는 살아갈 수 없다는 말이 정말인 것 같아요."

그리고 잠시 이야기를 주고받은 뒤 여인이 가려고 일어났다. 세묜과 마트료나는 여인을 전송하며 미하일 쪽을 돌아보았다. 그는 무릎 위에 두 손을 얹은 채 천장을 바라보며 뜻 모를 미소를 지으며 빙그레 웃고 있었다.

10

세묜은 미하일 곁으로 가서 왜 그러느냐고 물었다. 그러자 미하일은 의자에서 일어나 일감을 놓고 앞치마를 벗은 다음 그들에게 말했다.

"용서하십시오. 하나님께서도 용서하셨으니 두 분도 용서해 주시기 바랍니다."

세묜과 마트료나는 미하일 몸에서 광채가 나는 것을 보았다. 세묜은 일어나 미하일에게 말했다.

"미하일, 나도 알고 있네. 자네가 보통 사람이 아니라는 것과 붙잡을 수도, 그 이유를 물어볼 수도 없다는 것을. 하지만 하나만 대답해 주게. 내가 자네를 데려왔을 때 자네는 우울한 얼굴을 하고 있다가 아내가 저녁 식사를 차려 주자 빙그레 웃었는데 그 까닭이 무엇인가. 또 그 뒤 나리가 장화를 주문했을 때 자네는 다시 빙그레 웃으면서 밝은 표정을 지었지? 그리고 지금 여인이 두 아이를 데리고 왔을 때 자네는 세 번째로 웃었네. 그리고 자네한테 밝은 빛이 나는 것처럼 보이는데 왜 그런가? 말해 주게, 미하일. 어째서 자네 몸에서 빛이 나며, 왜 세 번밖에 웃지 않았는지."

"내 몸에서 빛이 나는 것은 내가 하나님의 벌을 받다가 용서를 받았기 때문입니다. 또 내가 세 번밖에 웃지 않은 것은 하나님의 세 가지 말씀을 깨달아야만 했기 때문입니다. 이제 나는 그 세 가지 말씀을 깨닫게 되었습니다. 첫 번째 말씀은 주인마님께서 나를 가엾게 생각하셨을 때 깨달았습니다. 그래서 처음으로 웃었습니다. 두 번째 말씀은 부자 나리께서 장화를 주문했을 때 깨닫게 되었습니다. 그래서 두 번째로 웃었습니다. 마지막 세 번째 말씀은 방금 두 여자아이를 보고 깨닫게 되었습니다. 그래서 세 번째로 웃었습니다."

세몬이 다시 물었다.

"자네는 무슨 죄로 하나님의 벌을 받았으며, 그 세 가지 말씀은 무엇인가?"

미하일이 대답했다.

"내가 벌을 받은 것은 하나님 말씀을 따르지 않았기 때문입니다. 나는 하늘나라 천사였는데 하나님 말씀을 어겼습니다. 하루는 하나님께서 한 여인의 영혼을 빼앗아 오라고 분부하셨습니다. 그래서 세상에 내려와 보니 그 여인이 쓰러져 누워 있었습니다. 쌍둥이 딸을 낳은 직후였는데 갓난아기는 엄마 곁에서 꿈틀거렸으나 엄마는 젖을 줄 힘이 없었습니다. 여인은 나를 보자 울면서 말했습니다.

'천사님! 내 남편은 숲에서 나무에 깔려 며칠 전에 죽었습니다. 내게는 이 아이들을 키워 줄 친척이 한 명도 없습니다. 제발 이 아이들이 클 때까지 내 손으로 키우도록 저를 살려주십시오. 아이들은 부모 없이는 살 수 없습니다!'

나는 이 말을 듣고 한 아이에게 젖을 물려주고, 한 아이는 그 여인 팔에 안겨 준 뒤 하늘로 올라갔습니다. 그리고 하나님 곁으로 가서 말했습니다.

'저는 그 영혼을 가져올 수 없었습니다. 남편은 나무에 깔려 죽고, 여자는 방금 쌍둥이를 낳아 자기 영혼을 거두어 가지 말아달라고 빌었습니다. 아이들이 클 때까지 제 손으로 키우게 해달라고, 아이들은 부모 없이는 살 수 없다면서 말입니다. 그래서 나는 영혼을 데려오지 못했습니다.'

그러자 하나님께서는 말씀하였습니다.

'다시 가서 그 영혼을 데려오너라. 그러면 세 가지 말의 뜻을 알게 되리라. 첫째, 사람의 마음속에는 무엇이 있는가? 둘째, 사람에게 주어지지 않은 것은 무엇인가? 셋째, 사람은 무엇으로 사는가? 이 세 가지를 알게 될 것이다. 그리고 이 세 가지를 알게 되면 다시 하늘나라로 돌아오너라.'

나는 다시 세상으로 내려와 산모의 영혼을 빼앗았습니다. 갓난 아이들은 여인의 가슴에서 떨어졌습니다. 그리고 그 여인의 시체가 침대 위에 뒹굴며 한 아이를 짓누르는 바람에 아이의 한쪽 다리를 못 쓰게 만들었습니다. 어쩔 수 없이 나는 여인의 영혼을 데

리고 하나님에게로 올라가야만 했습니다. 그런데 그때 마침 바람
이 세게 휘몰아치면서 내 날개를 꺾어 버리고 말았습니다. 그래서
그 여인의 영혼만 하나님께로 가고 나는 땅 위에 떨어져 길바닥
에 누워 있었던 것입니다."

11

　세몬과 마트료나는 자기들과 함께 지낸 사람이 누구인지 알게
되자 기쁨과 두려움으로 눈물이 났다.
　천사는 이야기를 계속했다.

"나는 홀로 벌거숭이가 된 채 들판에 버려져 있었습니다. 그때까지 나는 인간의 부자유와 추위, 굶주림을 전혀 알지 못했습니다. 그런데 갑자기 인간이 되었고, 그제야 나는 추위와 배고픔을 알게 되었습니다. 하지만 어떻게 해야 좋을지 몰랐지요. 그러다 들판 가운데서 하나님의 교회를 발견하고 몸을 피해 그리로 갔습니다. 교회는 잠겨 있어 안으로 들어갈 수 없었습니다. 날이 저물자 더욱 춥고 배가 고팠습니다. 온몸이 쑤셔 오고 정신이 없었습니다. 그런데 그때 어떤 사람이 구두를 신고 걸어오면서 혼자 중얼거리는 소리가 들렸습니다. 내가 사람이 되어 처음으로 본 사람은 송장과 같은 얼굴을 하고 있었습니다. 나는 너무 무서워 얼굴을 돌리고 말았습니다.

그 사나이는 이 추운 겨울에 자기 몸을 감쌀 옷을 마련하고 처자식을 먹여 살리려면 어떻게 해야 하느냐고 혼자 중얼거렸습니다. 그때 나는 이렇게 생각했습니다. 나는 춥고 배가 고파 죽을 지경이다. 그런데 저기 오는 사람은 어떻게 하면 자기가 걸칠 외투와 가족이 먹을 빵을 마련할까 하는 생각만 하고 있다. 저 사람은 나를 도와줄 수 없는 처지가 분명하다.

그 사람은 나를 보자 얼굴을 찌푸리고 더욱 무서운 얼굴로 지나가 버렸습니다. 나는 절망했습니다. 그런데 갑자기 그 사람이 되돌아오는 소리가 들렸습니다. 쳐다보니 좀 전에 본 그 사람이 아닌 것 같았습니다. 좀 전까지 죽음의 그림자가 드리워졌던 얼굴에 갑자기 생기가 돌았습니다. 나는 그 얼굴에서 하나님을 보았습니다.

그 사람은 내 곁으로 다가와 자기가 입었던 옷을 벗어서 입혀 주고 집으로 데려갔습니다. 집에 닿자 한 여자가 나와 말했습니다. 그 여인은 남자보다 한층 더 무서운 얼굴을 했습니다. 그녀는 나를 추운 밖으로 몰아내려고 했습니다. 지금에서야 말이지만 그때 만일 나를 내쫓았다면 그녀도 죽고 말았을 겁니다. 하지만 남편이 하나님 이야기를 하사 그녀의 태도가 바뀌었습니다. 그녀는 우리에게 저녁을 차려 주고는 나를 쳐다보았습니다. 나도 그녀를 쳐다보았지요. 그 여인의 얼굴에서는 생기가 돌았습니다. 처음 봤을 때의 무섭고 그늘진 얼굴이 아니었습니다. 나는 그 얼굴에서 하나님의 모습을 보았습니다.

그리고 그때 나는 '사람의 마음속에 있는 것이 무엇인지 알게 되리라.'는 하나님의 첫 말씀을 생각했습니다. 나는 사람의 마음속에 있는 것이 사랑이라는 것을 알았습니다. 나는 하나님이 내게 약속하신 것을 깨우쳐 주셨다는 생각에 너무나 기뻐서 처음으로 빙그레 웃었던 것입니다.

그러나 하나님의 나머지 두 말씀은 알 수 없었습니다. 사람에게 주어지지 않은 것은 무엇인가? 사람은 무엇으로 사는가? 이 말씀을 깨닫지 못했습니다. 그렇게 1년을 보냈지요. 그러던 어느 날 한 사나이가 와서 1년 동안 닳지도 터지지도 않는 장화를 만들어 달라고 했습니다. 나는 그 사람 등 뒤에 내 친구였던 죽음의 천사가 서 있는 모습을 보았습니다. 나 말고는 아무도 그 천사를 못 보았지만, 그날이 저물기 전에 남자의 영혼이 그를 떠나리라는 것을 알았습니다. 그래서 나는 생각했습니다. 이 사람은 1년 신어도 끄떡없는 장화를 주문하지만 오늘 저녁 안으로 죽는다는 것을 모른다. 그때 나는 '사람에게 주어지지 않은 것은 무엇인가'라는 하나님의 두 번째 말씀을 생각했습니다.

사람의 마음속에 무엇이 있는지 이미 알았고, 이번엔 사람에게 주어지지 않은 것이 무엇인지 또 깨닫게 된 겁니다. 사람은 자기에게 진정 필요한 것이 무엇인지 알 능력이 주어지지 않았던 것입니다. 그래서 나는 두 번째로 빙그레 웃었습니다. 친구였던 천사를 만난 것도 기뻤으나 하나님께서 두 번째 말씀을 깨우쳐 주신 것이 더 기뻤습니다.

그러나 나는 나머지 한 말씀은 깨닫지 못했습니다. 사람은 무엇으로 사는지를 깨닫지 못했던 겁니다. 나는 계속 여기에 머물면서 하나님께서 마지막 말씀을 깨우쳐 주실 때를 기다렸습니다. 6년이 흐른 어느 날, 한 여인이 쌍둥이 여자아이를 데리고 왔습니다. 나는 그때 예전 그 쌍둥이 아이들이 죽지 않고 살아 있다는 것을 알게 되었습니다. 그래서 생각했습니다. 자식을 키우게 해달라는 그 어머니의 말을 들었을 때 나는 부모 없이는 아이들이 자랄 수 없을 거라고 생각했는데 이렇게 성장하지 않았는가. 그리고 아이를 맡아 기른 여인이 남의 자식을 가엾게 여기고 눈물을 흘렸을 때 그 속에서 살아 계신 하나님 모습을 보게 되었고, 사람은 무엇으로 사는지 깨닫게 되었습니다. 하나님께서 내게 마지막

말씀을 깨우쳐 주시고 나를 용서해 주신 것을 알았을 때 나는 세
번째로 웃었던 겁니다."

12

천사의 몸은 벌거숭이가 되었고 온몸이 빛으로 둘러싸여 똑바
로 쳐다볼 수 없었다. 그는 더 큰 소리로 말했는데 그 소리는 그

의 입에서 나오는 게 아니라 하늘에서 울려 퍼지는 것 같았다.

"모든 사람은 사랑으로 살아간다는 것을 알게 되었습니다. 내가 사람이 되었을 때 살아남은 것은 나 때문이 아니라 길 가던 사람과 그 아내의 마음에 사랑이 있어 나를 가엾게 여기고 보살펴 주었기 때문입니다. 이처럼 모든 사람은 자기 자신의 노력이나 걱정이 아니라 사랑으로 살아가고 있습니다. 하나님은 사람들에게 생명을 주셔서 살아가도록 하지만 그들이 서로 떨어져 사는 것을 바라지는 않습니다. 사람들이 서로 어우러져 사랑으로 살아가길 바라십니다. 그래서 무엇이 필요한지 예견하는 능력을 주지 않으신 것입니다. 사람들이 자신들의 노력과 걱정으로 살아간다는 것은 그들의 생각일 뿐, 정말은 사랑으로 살아가고 있습니다. 사랑으로 살아가는 사람은 하나님 안에 사는 사람이며, 하나님도 그 사람 안에 계십니다. 하나님은 곧 사랑이기 때문입니다."

말을 마친 천사의 몸에서는 광채가 더욱 빛을 발했고, 천사는 하나님께 찬송을 드리기 시작했다. 그러더니 갑자기 집이 흔들리고 천장이 갈라지며 불기둥이 치솟아 올랐다. 세몬과 마트료나와 아이들은 땅바닥에 엎드렸다. 그러자 천사의 등에서 날개가 돋았고 천사는 날개를 활짝 펼치고 하늘로 올라갔다.

세몬이 다시 정신을 차려보니 집은 전과 다름없이 멀쩡했고, 집 안에는 그들 가족 외에는 아무도 없었다.

Great Stone Face

Nathaniel Hawthorne

1804~1864

15

큰 바위 얼굴

·

너새니얼 호손

해 질 무렵 어느 오후, 어머니와 어린 아들은 오막살이집 문 앞
에 앉아서 큰 바위 얼굴 이야기를 하고 있었다. 큰 바위 얼굴은
꽤 멀리 떨어져 있었지만, 워낙 거대해서 멀리서도 그 모양을 뚜
렷하게 볼 수 있었다.

  그럼 큰 바위 얼굴은 무엇일까?

  어느 지역에 높은 산들에 둘러싸인 분지가 하나 있었다. 그곳
은 넓은 골짜기로, 많은 사람이 살고 있었다. 그곳에 사는 순박한
사람들은 가파른 산허리의 빽빽한 수풀에 둘러싸인 곳에 통나무
집을 짓고 살기도 하고, 골짜기로 내뻗은 비탈이나 평탄한 지면의
기름진 땅에서 농사를 지으며 안락하게 살기도 했다. 또 다른 곳
에서는 많은 사람이 마을을 이루고 살았는데 거기에는 방직공장

이 돌아가고 있었다. 아무튼 이 골짜기에는 주민의 수도 많았고, 살림살이 모양도 가지가지였으나 다만 한 가지 공통된 점은 모두 그 큰 바위 얼굴에 친밀감이 있다는 것이었다.

이렇게 많은 사람이 좋아하는 큰 바위 얼굴은 자연이 만든 작품으로 깎아지른 듯한 절벽 위에 몇 개 바위로 되어 있었다. 그 바위들은 아주 절묘하게 어울려 적당한 거리에서 보면 사람 얼굴처럼 보였다. 마치 굉장한 거인이 절벽 위에 자기 얼굴을 조각한 것같이 보이는 것이었다.

넓은 아치형 이마는 높이가 30여 미터나 되고, 미끈한 콧날에 넓은 입술이 아주 인상적이었다. 만약 우람한 그 입술이 말한다면 천둥소리가 골짜기의 이 끝에서 저 끝까지 울릴 것만 같았다. 바위 가까이 가면 거대한 얼굴의 윤곽은 사라지고 그저 거대한 바위에 불과해 보이지만 차차 뒤로 물러서면 바위의 얼굴 형상은 너무도 뚜렷하게 보였다. 그리고 희미해질 만큼 멀어지면, 큰 바위 얼굴은 구름과 안개에 싸여 정말 살아 있는 것처럼 느껴질 정도였다.

큰 바위 얼굴의 생김새는 숭고하면서도 웅장하고 표정이 다정스러워 그것을 보고 자라는 아이들은 행운이었다. 큰 바위 얼굴은 온 인류를 포용하고도 남을 것만 같은 인상을 주었기 때문에 그것을 보는 것만으로도 큰 교육이 되었다. 사람들은 이 골짜기의 땅이 기름진 것은 자비로운 큰 바위 얼굴 덕분이라고 믿었다.

그럼 처음으로 돌아가서 오막살이집 문 앞에서 대화를 나누던

어머니와 어린 소년의 이야기를 들어보자. 어린 소년의 이름은 어니스트다. 어니스트가 어머니에게 말했다.

"엄마, 저 큰 바위 얼굴이 말을 할 수 있었으면 좋겠어요. 저렇게 친절해 보이니까, 목소리도 아주 듣기 좋겠지요? 만약에 내가 저것과 똑같이 생긴 사람을 만난다면, 나는 정말 그를 끔찍이 좋아할 거예요."

"만약에 옛날 사람들의 예언이 실현된다면, 우리는 언제고 저 것과 얼굴이 똑같은 사람을 볼 수 있을 거란다."

어니스트는 어머니에게 그 예언이 무엇인지 물었다. 그래서 어머니는 자기가 어니스트보다 더 어렸을 때 자신의 어머니에게서 들은 이야기를 시작했다.

그것은 지나간 일이 아니라 장차 일어날 일 이야기였다. 그러나 그것은 매우 오래전부터 전해 내려오는 이야기로, 옛날에 이 골짜기에 살았던 인디언들도 역시 그 조상들에게서 그 이야기를 들어왔다. 그 조상들의 이야기에 따르면 이 예언은 산골짜기를 흐르는 시내와 나무 끝을 스치는 바람이 속삭여 주었다고 한다.

이야기의 요지는 장차 언제고 이 근처에 한 아이가 태어날 텐데 그 아이는 훌륭한 인물이 될 운명을 타고날 것이며, 어른이 되어감에 따라 얼굴이 점점 큰 바위 얼굴을 닮아 간다는 내용이었다.

많은 사람이 이 이야기를 믿고 언젠가는 실현되리라 생각했지만 아무리 기다려도 예언은 실현되지 않았다. 그래서 사람들은 점점 이 예언을 허황한 것으로 여겼다. 어쨌든 예언이 말하는 위대한 인물은 아직 나타나지 않았다.

"엄마! 엄마!"

어니스트는 손뼉을 치며 외쳤다.

"내가 커서 그런 사람을 만나 보았으면…."

아이의 어머니는 애정이 많고 생각이 깊은 사람으로 아이의 희망을 꺾지 않았다.

"너는 아마 그런 사람을 만날 수 있을 거야."

그 뒤로 어니스트는 이 예언을 언제나 기억하고 큰 바위 얼굴을 볼 때마다 떠올렸다.

어니스트는 자라는 동안 늘 어머니 말씀에 따랐고, 어머니가 하는 일을 고사리손으로 도와드리며 착하게 자랐다. 그러면서 이 아이는 점점 온순하고 겸손한 소년으로 성장했다. 밭에서 일했기 때문에 피부가 햇볕에 검게 그을었지만, 그의 얼굴에는 유명한 학교에서 교육을 받은 소년들보다 더 총명한 빛이 떠올랐다. 어니스트에게는 선생님이 계시지 않았다. 다만 하나의 선생님이 있다면 그것은 바로 저 큰 바위 얼굴이었다. 어니스트는 하루의 일이 끝나면, 몇 시간이고 그 바위를 쳐다보았다. 그러면 바위가 보내는 친절한 미소에 감사하며 위안을 얻었다.

물론 큰 바위 얼굴이 특별히 어니스트에게만 더 친절한 미소를 보내는 것은 아니었지만 어니스트의 생각을 덮어놓고 틀렸다고만 할 수는 없었다. 사실, 믿음이 깊고 순진하고 맑은 그의 마음은 다른 사람들이 보지 못하는 것을 볼 수 있었다. 또 누구에게나 똑같이 내려지는 사랑도 그는 더욱 특별하게 생각했다.

바로 이 무렵, 이 분지 일대에는 마침내 옛날부터 전해 오던 예언 속의 인물이 나타났다는 소문이 돌았다.

여러 해 전에 한 젊은 사람이 이 골짜기를 떠나 먼 항구로 가서 돈을 좀 벌어 가게를 열었다. 그게 본명인지는 확실치 않지만 그의 이름은 개더 골드Gather Gold(황금을 긁어모은다는 뜻-옮긴이)라고 했다. 빈틈없고 민첩한 데다가 하늘이 주신 비상한 재능, 즉 세상 사람들이 '재수'라고 부르는 행운을 타고난 그는 얼마 가지 않아 대단한 거상이 되었다.

전 재산을 계산하는 데만도 며칠이나 걸릴 만큼 큰 부자가 되었을 때 그는 고향을 떠올렸다. 그리고 고향으로 돌아가서 여생을 마치겠다고 결심했다. 생각이 여기에 미치자 그는 자신의 신분에 어울리는 대궐 같은 집을 짓게 하려고 뛰어난 목수를 고향으로 보냈다.

이 소문을 들은 사람들은 개더 골드야말로 그토록 오래 기다린 예언의 인물이요, 그의 얼굴은 틀림없이 큰 바위 얼굴을 빼닮았을 거라고 떠들었다. 지금까지 그의 아버지가 살던 초라한 농가 터에 마치 요술의 힘으로 꾸며 놓은 듯한 굉장한 건물이 들어서자 이 이야기는 사실인 것처럼 굳어졌다.

어니스트는 예언의 인물이 드디어 그가 태어난 고향에 나타난다는 생각에 몹시 설렜다. 그는 어린 마음에 막대한 재산을 가진 개더 골드가 곧 자신의 천사가 되어 큰 바위 얼굴의 미소와 같이 너그럽고 자비롭게 모든 사람의 생활을 돌보아 줄 거라고 생각했다.

어니스트는 늘 그렇듯 큰 바위 얼굴을 보며 앉아 있었다. 그런데 그때 한쪽 길을 통해 마차 바퀴 소리가 요란스럽게 들려왔다.

"야, 오신다!"

그가 도착하는 광경을 보려고 모인 사람이 외쳤다.

"위대한 개더 골드 씨가 오셨다!"

네 마리 말이 끄는 마차가 길모퉁이를 속력을 내어 달렸다. 자세히 보이지는 않았지만 창을 통해 조그마한 노인의 얼굴이 보였다. 그의 피부는 누런빛이고, 이마는 좁으며, 작고 매서운 눈가에는 수많은 잔주름이 잡혀 있었다. 꼭 다문 얇은 입술은 실제보다 더욱 얇게 보였다.

"큰 바위 얼굴과 똑같다!"

사람들이 소리를 질렀다.

"옛사람의 예언은 참말이다. 마침내 위인이 우리에게 오셨다!"

사람들이 그의 얼굴을 보고 예언처럼 큰 바위 얼굴과 똑같다고 말하는 데에 어니스트는 정말 어리둥절했다.

길가에는 때마침 먼 지역에서 온 떠돌이 늙은 거지와 어린 거지가 있었는데 이 거지들은 마차가 지나갈 때 손을 내밀고 슬픈 목소리로 애걸했다. 그러자 누런 손, 이것이야말로 재물을 긁어모은 바로 그 손이 마차 밖으로 나오더니, 동전 몇 닢을 땅 위에다 떨어 뜨렸다. 그 모습은 이 위인을 개더 골드가 아닌 스캐터 코퍼Scatter Copper(동전을 뿌리는 사람-옮긴이)라고 불러도 될 것 같았다.

모두들 이 노인의 모습에 감탄사를 쏟아냈지만 어니스트는 낙심해 영악하고 탐욕이 가득 찬 그 얼굴에서 고개를 돌렸다. 그리고 산허리를 쳐다보았다. 거기에는 맑고 빛나는 얼굴이 모여드는 안개에 싸여 막 지려는 햇빛을 받고 있었다. 그 형상은 그의 마음을 한없이 즐겁게 했다. 그 후덕한 입술은 무슨 말을 하는 것만 같았다.

"그 사람은 온다. 걱정하지 마라. 그 사람은 꼭 온다!"

세월이 흘러갔다. 어니스트도 이제는 어엿한 젊은이로 성장했다. 그는 그 골짜기에 사는 사람들의 주의를 끄는 일이 별로 없었다. 그도 그럴 것이, 그의 일상생활에는 눈길을 끌 만한 특별한 점이 없었기 때문이다.

그가 남과 다른 점이 있다면, 아직도 하루 일을 마치고 혼자 떨어져서 큰 바위 얼굴을 쳐다보며 명상을 한다는 점이었다. 그것은 다른 사람들 생각에는 참으로 바보 같은 짓이었다. 그러나 어니스트는 부지런하고 친절하며, 사람이 좋고, 자기가 할 일은 어김없이 했기 때문에 누구도 그를 비난하지 않았다.

사람들은 큰 바위 얼굴이 그에게 선생님 노릇을 한다는 것을 알지 못했다. 큰 바위 얼굴로 어니스트가 더 넓고 깊은 인정을 갖추었다는 사실을 알지 못했다. 그들은 그 큰 바위 얼굴이 책에서 배우는 것보다 더 많은 지혜를 주며, 또 그것을 바라보는 것만으로도 더 나은 생활을 이룰 수 있다는 것을 몰랐다. 물론 어니스트 자신도 사람들을 통해 얻는 지혜와 품격과 인정보다 혼자 있으면서 스스로 얻는 것이 더 크다는 사실을 알지 못했다. 다만 어니스트는 어머니에게서 들은 예언처럼 큰 바위 얼굴과 똑같이 생긴 사람이 좀처럼 나타나지 않는 것이 이상하게만 생각되었다.

그러는 동안에 개더 골드는 죽어 땅속에 묻혔다. 기괴한 일은 그의 육체요 영혼이었던 그 많던 재산이 그가 살아생전에 이미 다 사라져 버렸다는 것이다. 그 결과 죽을 때쯤 그에게는 쭈글쭈글한 주름만이 남게 되었다. 그리고 그의 황금이 녹아 스러지면서부터 누구나 다 인정하는 것은 이 상인의 천한 생김새와 큰 바위 얼굴 사이에는 닮은 점이 하나도 없다는 것이었다. 그래서 사람들은 그가 죽기도 전에 이미 그를 존경하는 마음을 거두었고, 죽은 뒤에는 그의 존재조차 기억하지 않았다.

한편 이 골짜기 출신으로 여러 해 전에 입대해 수 없는 격전을 겪고 난 끝에 저명한 장군이 된 사람이 있었다. 본명은 무엇인지 잘 모르나 병영이나 전쟁터에서는 천둥 장군이라는 별명으로 알려져 있었다. 그런데 이 백전의 용사도 이제는 노령과 상처로 몸이 허약해지고, 소란한 군대 생활에 염증이 나서 고향에 돌아가 안식을 얻어보겠다는 희망을 발표했다. 이에 골짜기 사람들의 흥분은 이루 말할 수 없었다. 사람들은 한동안 거들떠보지도 않던 큰 바위 얼굴을 보며 장군의 생김새를 추측했다.

마침내 장군이 오기로 한 날 마을에서는 큰 잔치가 벌어졌다. 어니스트도 향연이 마련된 곳으로 갔다. 어니스트는 발돋움하여 이 저명한 큰 손님을 먼빛으로라도 보려고 했다. 그러나 많은 사람은 축사와 연설, 장군 입에서 흘러나올 답사를 한마디도 빠뜨리지 않으려는 듯이 식탁 주위로 몰려들었고, 따라온 군대는 호위병의 직책을 다하느라 총검으로 사람들을 밀어냈다. 성품이 원래 겸손한 어니스트는 뒤로 밀려 그의 얼굴을 볼 수 없었다. 그는 스스로 위로하려고 큰 바위 얼굴이 있는 쪽으로 향했다.

이때 이 영웅의 용모와 멀리 산허리 위에 있는 얼굴을 비교해 보는 여러 사람의 말이 들렸다.

"판에 박은 듯 똑같은 얼굴이다!"

한 사람이 기뻐 날뛰면서 외쳤다.

"영락없이 같구나! 바로 그 얼굴이야!"

또 다른 사람이 맞장구를 쳤다.

"마치 장군이 커다란 거울에 비춰 보이는 모습이야."

"아무렴, 그렇고말고! 장군이야말로 가장 위대한 인물이거든."

이들의 말은 삽시간에 군중에게 퍼져서 큰 고함을 일으키고, 그 고함은 멀리 마을 밖으로 울려 퍼져나가 마치 큰 바위 얼굴의 고함처럼 들렸다.

"장군이다! 장군이다!"

마침내 사람들 고함이 들려왔다.

"쉬, 조용히! 장군이 연설을 하신다."

장군은 감사의 뜻을 표하려고 일어섰다. 어니스트는 그제야 그의 얼굴을 볼 수 있었다. 그의 머리 위에는 월계수 왕관이 쓰여 있었는데 어니스트는 고개를 갸웃했다. 사람들이 증언한 바와 같은 유사함이 정말로 있을까? 어니스트는 그러한 점을 찾아낼 수 없었다. 어니스트는 수 없는 격전과 갖은 풍상에 시든 얼굴을 유심히 바라보았다. 그 얼굴에는 힘이 넘쳐 보였고, 강한 의지력이 드러나 보였다. 그러나 선량한 지혜와 깊고 넓은 자비심은 찾아볼 수 없었다. 큰 바위 얼굴은 준엄한 표정을 했지만 온화한 빛이 더 강한 힘을 발휘하는 표정이었다.

"예언의 인물이 아니다."

어니스트는 군중 사이를 빠져나가면서 홀로 한숨을 내쉬었다.

"아직도 더 기다려야 하는가?"

또다시 여러 해가 평온한 가운데 흘러갔다. 어니스트는 아직도 그가 태어난 골짜기에서 살았고, 이제는 중년 남자가 되었다. 그리고 조금씩이나마 차차 사람들 사이에 알려지게 되었다. 그는 지금도 예전과 같이 생계를 위해 일하는 순박한 마음을 지닌 사람이었다. 그러나 그는 마음속으로 인류를 위해 훌륭한 일을 하겠다는 신성한 희망이 있었다.

어느덧 자기도 모르는 사이에 그는 전도사가 되었다. 그의 맑고 순박한 사상은 소리 없이 그의 덕행으로 나타나기도 했으나, 그것은 또 그의 설교 중에도 흘러나왔다. 그는 듣는 사람이 깊은 감명을 받고 새로운 생활을 이룩해 나가게 할 진리를 말했다. 청중은 바로 자기네 이웃 사람이요, 친근한 벗이었다. 그러나 그들은 어니스트가 범상한 사람이 아니라고는 생각조차 해본 일이 없었다. 더욱이 어니스트 자신도 그러한 생각을 품지 않았다.

그리고 어느 정도 시간이 흘러 사람들은 장군의 얼굴과 큰 바위 얼굴에는 공통점이 없다는 것을 알게 되었다.

그러나 또다시 큰 바위 얼굴과 똑같은 얼굴을 한 저명한 정치가가 나타났다는 소식에 마을 사람들은 들썩였다. 그는 개더 골드나 천둥 장군과 마찬가지로 이 골짜기에서 태어났으나, 일찍이 그 고장을 떠나 법률과 정치에 종사해 온 인물이었다. 부자의 재산과 무사의 칼 대신에 그는 오직 한 개의 혀뿐이었으나 그것은 앞의 두 가지를 합친 것보다 더 강력한 것이었다. 그의 언변은 놀랄 만큼 뛰어나서 그가 말하려 하는 것이 무엇이든 청중은 그의 말을 무조건 믿을 수밖에 없었다. 그래서 그른 것도 옳게 보고, 정당한 것도 그르게 여기게 되었다. 그도 그럴 것이 만일 마음이 내키기만 하면, 그는 오로지 그의 숨결만으로 휘황한 안개를 일으켜 대자연의 햇빛을 무색하게 할 수도 있었다. 그 언변은 때로는 천둥과도 같이 우르르 울리기도 하고, 때로는 한없이 달가운 음악과도 같이 속삭이기도 했다. 그러다 마침내 그의 혀는 국민으로 하여금 그를 대통령으로 선출하도록 설복하고야 말았다.

이보다 앞서 그의 이름이 세상에 알려지기 시작하자 그의 숭배자들은 그와 큰 바위 얼굴 사이에서 비슷한 모습을 찾아냈다. 그 결과 이 신사는 올드스토니피즈Old Stony Phiz(늙은 바위 얼굴-옮긴이)라는 이름으로 전국에 알려지게 되었다.

친구들이 그를 대통령으로 추대하려고 전력을 다할 때, 그는 자기 고향인 이 골짜기를 방문하려고 출발했다. 동시에 거대한 기마행렬이 그를 맞으려고 출발했다. 그의 모습을 보려고 모인 사람들 중 어니스트도 끼어 있었다.

기마행렬은 말굽 소리도 요란하게 달려왔다. 먼지가 어떻게나 일어나는지 어니스트는 그 사내의 얼굴을 볼 수 없었다. 그러나 사람들은 환호하며 모자를 벗어 위로 던지고 흥분했다. 사람들의 열기는 어니스트에게도 전해져 그도 함께 모자를 벗어 던지며 소리를 질렀다.

"위인 만세! 올드스토니피즈 만세!"

그러나 아직도 그 남자 얼굴을 보지는 못했다.

"왔다!"

어니스트 가까이 서 있던 사람들이 외쳤다.

"저기저기, 올드스토니피즈를 봐. 그리고 저 산 위의 얼굴을 봐. 마치 쌍둥이 같지 않니?"

이같이 화려한 행렬 한가운데에, 네 마리 흰 말이 끄는 뚜껑 없는 사륜마차가 왔다. 그 수레 안에는 모자를 벗어 든 유명한 정치가 올드스토니피즈가 앉아 있었다.

"어때? 희한하지!"

어니스트의 옆 사람이 그에게 말했다.

큰 바위 얼굴은 이제야 제 짝을 만났구나. 어니스트는 마차에서 고개를 끄덕거리며 미소를 띠는 얼굴을 처음으로 보았을 때, 큰 바위 얼굴과 흡사하다고 생각했다. 훤하게 벗어진 넓은 이마며, 그 밖에 얼굴 형상이 참으로 대담하고 힘 있게 보였다. 그러나 보면 볼수록 큰 바위 얼굴의 장엄함이나 위엄, 자비로움 등은 찾아볼 길이 없다는 사실을 깨닫게 되었다. 무엇인지 원래부터 결핍되었거나, 그렇지 않으면 있던 것이 없어져 버린 것 같았다. 이 놀랄 만한 천품을 지닌 정치가의 눈시울에는 지친 우울한 빛이 깃들여 있었다.

그러나 어니스트 옆에 있는 사람은 팔꿈치로 어니스트를 쿡쿡 찌르면서 대답을 재촉했다.

"어때? 어떤가 말이야! 이 사람이야말로 저 큰 바위 얼굴과 똑같지 않아?"

"아니요!"

어니스트는 무뚝뚝하게 말했다.

"아니, 조금도 닮지 않았소."

"그렇다면 저 큰 바위 얼굴에게 미안한데."

이렇게 대답하고 옆 사람은 올드스토니피즈를 위해 다시 환호성을 올렸다.

그러나 어니스트는 우울한 마음으로 그곳을 떠났다. 예언을 실현할 수 있는 사람이 그렇게 할 뜻이 없는 것처럼 보였기 때문에 그는 슬펐다.

세월은 꼬리를 이어 덧없이 지나갔다. 어니스트의 머리에도 서리가 내렸다. 이마에는 점잖은 주름살이 잡히고, 양쪽 뺨에는 고랑이 생겼다. 그는 정말 노인이 되었다. 그러나 헛되이 나이만 먹은 것은 아니었다. 머리 위의 백발보다 더 많은 현명함이 머릿속에 깃들여 있고, 이마와 뺨의 주름살에는 인생에서 얻은 지혜가 간직되어 있었다. 어니스트는 이미 무명의 존재는 아니었다. 수많은 사람이 쫓아다니는 명예가 찾지도 않고 원하지도 않는 그를 찾아오고야 말았고, 그의 이름은 그가 사는 산골을 넘어 세상에 널리 알려지게 되었다.

어니스트가 이와 같이 늙어갈 무렵에 인자하신 하느님의 섭리로 새로운 시인 한 사람이 세상에 나타났다. 그도 역시 이 골짜기에서 태어난 사람이었다. 그러나 일찍이 고향을 떠나 일생의 대부분을 도시의 소음 속에서 아름다운 음률을 쏟아놓고 있었다. 또 그는 큰 바위 얼굴의 웅대한 입으로 읊어도 부끄럽지 않을 만큼 장엄한 송가로 그 바위를 찬양한 적도 있었다. 말하자면, 이 천재는 훌륭한 재능을 몸에 지니고 하늘로부터 이 세상에 내려온 것이라고도 할 수 있었다. 그가 산을 노래하면, 산은 한층 더 장엄함이 감돌았고, 그가 호수를 노래하면 하늘은 미소를 던져 그 호

수 위를 찬란히 비추었다. 또 망망한 바다를 읊으면 그 깊고 넓은 무서운 가슴이 그의 정서에 감격해 약동하는 듯 보였다.

이 시인의 시는 마침내 어니스트의 손에까지 들어가게 되었다. 그는 늘 하루 일이 끝난 뒤에, 자기 집 문 앞에 놓인 긴 의자에 앉아 그 시들을 읽었다. 그 자리는 오랫동안 그가 큰 바위 얼굴을 바라보며 사색에 잠기는 곳이었다. 시를 읽은 뒤 어니스트는 눈을 들어 인자하게 자신을 바라보는 큰 바위 얼굴을 보며 말하곤 했다.

"오, 장엄한 벗이여! 이 사람이야말로 그대를 닮을 자격이 있는 사람이 아닙니까!"

그 얼굴은 미소를 짓는 것 같았으나 아무 대답이 없었다.

한편, 이 시인도 어니스트에 대한 소문을 들어 알고 있었다. 인격이 고매하고 남다른 지혜를 지닌 인물이라는 세상 사람들의 칭송에 시인은 어니스트를 만나고 싶어 했다. 그래서 어느 여름 아침에 기차를 타고 어니스트를 만나려고 출발했다. 시인은 호텔에 묵지 않고 직접 어니스트의 집을 찾아가서 일박을 청해야겠다고 마음먹었다.

시인은 점잖은 노인이 책을 한 손에 들고 읽다가는 고개를 들어 큰 바위 얼굴을 쳐다보고, 또 책을 들여다보고 하는 모습을 보았다.

"안녕하십니까? 지나가는 나그네올시다. 하룻밤 머물러 갈 수 있겠습니까?"

시인이 말을 건넸다.

"예, 그렇게 하십시오."

노인, 즉 어니스트는 웃으면서 대답했다.

시인은 어니스트 옆에 앉아서 이야기를 주고받았다. 시인은 전에도 가장 재치 있고 가장 지혜로운 사람들과 이야기해 본 일이 있었으나, 어니스트와 같이 자유자재로 사상과 감정을 표현하고 알기 쉽게 위대한 진리를 말하는 사람을 본 적이 없었다.

시인의 이야기에 귀를 기울이던 어니스트는 시인의 광채 있는 눈을 유심히 들여다보았다.

"손님께서는 비범한 재주를 가지셨으니, 대체 뉘십니까?"

시인은 어니스트가 읽던 책을 가리키며 말했다.

"당신께서는 이 책을 읽으셨지요? 그러면 저를 아실 것입니다. 제가 바로 이 책을 지은 사람입니다."

어니스트는 다시 한번 전보다 더 유심히 시인을 살폈다. 그리고 그 큰 바위 얼굴을 쳐다보고는, 이상하다는 표정으로 다시 한번 더 손님을 쳐다보았다. 그러나 그의 얼굴에는 실망의 빛이 떠올랐다.

"왜 슬퍼하십니까?"

시인이 물어보았다.

"저는 일생 예언이 실현되기를 기다렸습니다. 저는 이 시를 읽으며, 이 시를 쓴 분이야말로 그 예언을 실현해 줄 분일 거라고 생각했습니다."

시인은 얼굴에 약간 미소를 띠면서 말했다.

"주인께서는 저에게서 저 큰 바위 얼굴과 흡사한 점을 찾기를 원하셨다는 말씀이지요? 그런데 지금 보니 개더 골드나, 천둥 장군이나, 올드스토니피즈와 마찬가지로, 저에게도 역시 실망했단 말씀이지요? 그렇습니다. 저는 그 정도밖에 안 되는 사람입니다. 저 역시 앞서 나타난 세 사람과 같이, 당신에게 또 한 번의 실망을 더했을 뿐입니다. 정말로 부끄럽고 슬픈 이야기입니다만 저는 저기 있는 인자하고 장엄하게 생긴 얼굴에 비할 가치가 없는 인간입니다."

"왜요? 여기 담긴 생각이 신선하지 않단 말씀입니까?"

어니스트가 시집을 가리키며 말하자 시인이 말했다.

"그 시에는 신의 뜻을 전하는 바가 있습니다. 하늘나라 노래의 먼 반향쯤은 들릴 것입니다. 친애하는 어니스트 씨! 그러나 나는 내 사상과 일치되는 생활을 하지 못했습니다. 나 역시 큰 꿈을 가졌습니다. 그러나 그것들은 다만 꿈으로 그치고, 나는 빈약하고 천한 현실 속에서 살아왔습니다. 솔직히 말씀드리면, 내가 노래하는 시와 실제의 나는 상당한 거리가 있습니다. 나 자신도 내가 노래하는 바에 대해 확실한 신념을 갖고 있지 못합니다. 그러니 순수한 선과 진실을 찾으려는 당신의 눈이 나에게서 저 큰 바위 얼굴을 찾을 수 있겠습니까?"

시인의 두 눈에는 눈물이 어려 있었고, 어니스트의 눈에도 눈물이 괴었다.

저녁 해가 질 무렵, 오래전부터 흔히 해온 관례대로 어니스트는 야외에서 동네 사람들에게 이야기하기로 되어 있었다. 그와 시인은 계속 이야기를 주고받으며 그곳으로 함께 걸어갔다. 그곳은 나지막한 산에 둘러싸인 작고 구석진 곳이었다. 뒤에는 회색 절벽이 솟아 있고, 앞으로는 많은 담쟁이덩굴이 무성하게 내려와 험상궂은 바위를 마치 비단 휘장처럼 덮고 있었다. 거기에 평지보다 약간 높은 곳에 푸른 나뭇잎으로 둘러싸인 아늑한 곳이 있었는데 그곳이 바로 어니스트 자리였다.

어니스트는 이 자연이 만들어 놓은 연단에 올라가 따뜻하고 다정한 웃음을 띠며 청중을 돌아다보았다. 그들은 설 사람은 서고, 앉을 사람은 앉고, 기댈 사람은 기대고 하여 저마다 편한 자세를 취하고 있었다. 서산에 기울어 가는 해는 그들의 모습을 비춰주고, 햇빛이 잘 통하지 않는 고목이 울창한 숲에 얼마간 빛을 던져주었다. 또 한쪽을 바라보면, 큰 바위 얼굴이 예나 지금이나 다름없이 유쾌하고 장엄하면서도 인자한 모습으로 보였다.

어니스트는 자기 마음속에 있는 바를 청중에게 이야기하기 시작했다. 그의 말은 자신의 사상과 일치되어 있었으므로 힘이 있었고, 그의 사상은 자신의 일상생활과 조화되어 있었으므로 현실성과 깊이가 있었다. 이 설교자가 하는 말은 단순한 음성이 아니라 생명의 부르짖음이었다. 그 속에는 착한 행위와 신성한 사랑으로 점철된 그의 일생이 녹아들어 있었기 때문이다. 마치 윤택하고 순결한 진주가 그의 귀중한 생명수 속에 녹아 들어간 것

같았다.

그의 이야기에 귀를 기울이던 시인은 어니스트의 인격과 품격이 자기가 쓴 어느 시보다 더 고아한 시라고 느꼈다. 그는 눈물 어린 눈으로 그 존엄한 사람을 우러러보았다. 그리고 그 온화하고 다정하고 사려 깊은 얼굴에 백발이 흩어져 있는 모습이야말로 예언자와 성자다운 모습이라고 생각했다.

저 멀리 큰 바위 얼굴이 보였는데 그 주위를 둘러싼 흰 구름은 어니스트의 이마를 덮은 백발과도 같았다. 그 광대하고 자비로운 모습은 온 세상을 포용하는 듯했다.

그 순간, 어니스트 얼굴은 그가 말하려던 생각에 일치되어 자비심이 섞인 장엄한 표정을 지었다. 그 시인은 참을 수 없는 충동으로 팔을 높이 들고 외쳤다.

"보시오! 어니스트 씨야말로 큰 바위 얼굴과 똑같습니다."

모든 사람이 어니스트를 쳐다보았다. 그리고 그 안목 있는 시인의 말이 사실인 것을 알았다. 예언은 실현되었다.

그러나 할 말을 다 마친 어니스트는 시인의 팔을 잡고 천천히 집으로 돌아가면서 아직도 자기보다 더 현명하고 착한 사람이 큰 바위 얼굴과 똑같은 모습으로 나타나기를 마음속으로 바랐다.

Шинель

Nikolai Gogol

1809~1852

16

외투

·

니콜라이 고골

어느 관서, 아니 정확히 어느 관서인지는 언급하지 않는 게 좋을 것 같다. 어느 부처, 어느 연대, 어느 관청이건 간에 관리들은 하나같이 노여움을 잘 타니까. 요즘 사람들은 한 개인에 대한 모욕을 사회 전체 구성원에 대한 모욕으로 여기는 버릇이 있는 것 같다. 바로 얼마 전에도 어느 도시인지는 기억나지 않지만, 하여튼 어느 도시의 경찰서장이 상부에 진정서를 제출했는데 그는 진정서에서 국가의 법령은 땅에 떨어지고 있으며, 자기의 신성한 직분은 매번 악용되고 있다고 기술했다.

　그는 자기주장을 입증하려고 방대한 분량의 장편소설을 진정서에 첨부해 제출했다. 그 책에는 10페이지에 한 번꼴로 경찰서장이라는 사람이 등장하는데 언제나 곤드레만드레 취한 것으로 묘사되어 있었다. 다시 말해 소설에 등장하는 경찰서장의 이미지가 마음에 들지 않았던 것이다. 따라서 여기서 화제가 되는 관청도 정확히 밝히지 않고 그저 어느 관청이라고만 해두는 게 무난할 것 같다.

어쨌든 어느 관청에 근무하는 공무원이 있었다. 남보다 나은 점이라곤 한 군데도 없는 보잘것없는 사내였다. 작달막한 키에 약간 얽은 얼굴, 붉은빛이 섞인 머리털, 근시처럼 보이는 눈과 약간 벗겨진 이마, 거기다가 두 볼은 주름투성이고 안색은 마치 치질 환자 같았다. 하지만 어쩔 수 없는 일이다. 페테르부르크(상트페테르부르크)의 날씨를 탓할 수밖에. 그는 9급 관리다. 반격을 가할 능력이 없는 친구들을 깔아뭉개기 좋아하는 취미를 가진 여러 문인이 마음껏 비웃고 풍자하는 게 바로 만년 9급 관리라는 건 누구나 다 아는 사실이다.

이 관리의 성은 바시마치킨이다. 이 성은 원래 바시마크(단화, 구두)라는 말에서 파생했는데 언제 어느 시대에 어떻게 해서 바시마치킨이라는 성이 생겨났는지는 전혀 알 수 없었다. 아버지나 할아버지 등 집안의 모든 남자는 장화를 신고 다녔고, 신창은 기껏해야 1년에 두세 번 정도 바꿨다. 그의 이름은 아카키예비치였다. 독자들에게는 이 이름이 일부러 지어낸 것처럼 이상하게 생각될지도 모르겠다. 그러나 이 이름은 결코 일부러 찾아내 지은 것은 아니다. 다만 다른 이름을 붙일 수 없었던 특별한 사정이 있는데 그 사정은 다음과 같다.

기억이라는 것이 틀리지 않았다면, 아카키예비치는 3월 23일 밤에 태어났다. 지금은 고인이 된 그의 어머니는 관리의 아내로 더할 수 없이 마음씨가 고운 여자였다. 그의 어머니는 갓 태어난 아카키예비치에게 세례식을 해주기로 했다. 산모는 여전히 침대에 누워 있었고, 오른쪽에는 교부教父가 될 이반 이바노비치 에로시킨이라는 어르신이, 왼편에는 교모教母가 될 지구 경찰서장 부인이 아니라 세묘노브나 벨로브류시코바라는 정숙한 여인이 서 있었다. 그들은 산모에게 아이의 이름으로 모키나 소씨, 아니면 순교자 호즈다자트 세 가지 가운데 마음에 드는 걸 고르라고 제안했다.

'마땅치 않아!'

그의 어머니는 생각했다.

'무슨 이름이 모두 이 모양이람!'

그녀가 탐탁지 않게 생각하는 듯하자 두 사람은 달력의 다른 곳을 들추어 이름을 찾았다. 이번에도 세 가지 이름이 나왔다. 트리필리, 둘라 그리고 바라하시였다.

"하느님 세상에!"

중년 고개를 넘은 산모는 자기도 모르게 소리 내어 말했다.

"어쩌면 그런 괴상한 이름만 튀어나올까! 생전 들어 본 일도 없는 이름뿐이군요. 바르다나 바흐라면 몰라도 트리필리니 바라하시니 하는 이름을 어떻게…."

달력 한 장을 또 넘겼더니 팝시카히와 바흐티시가 나타났다.

"이젠 알겠어요."

그녀가 말했다.

"이것도 이 애의 팔자인가 보군요. 그런 이름보다는 차라리 이 애 아버지 이름을 그대로 따서 붙여 주는 편이 좋겠어요. 아버지 이름이 아카키니까 이 애도 아카키라 부르죠."

이렇게 해서 아카키예비치라는 이름이 생겨난 것이다. 아기는 세례를 받을 때 얼굴을 잔뜩 찡그리고 울어 댔다. 나중에 만년 9 급 관리가 되리라는 걸 예감이라도 한 듯싶었다.

이름의 유래는 이상과 같다. 내가 왜 이런 이야기를 길게 하는 가 하면, 앞에서 말한 바와 같은 부득이한 사정으로 해서 다른 이름을 붙인다는 것이 불가능했음을 여러분이 이해해 주기 바라 는 마음에서이다.

그가 언제 어느 때 그 관청에 들어가게 되었으며, 누가 그를 그 자리에 앉혔는지를 기억하는 사람은 아무도 없다. 다만 국장이나 과장은 수없이 바뀌었지만 그는 언제나 같은 자리, 같은 지위에 서 여전히 서기 일을 보고 있었다. 그래서 나중에는 모두 그가 태 어날 때부터 관리 제복을 입고 나왔을지도 모른다는 생각까지 하 게 되었다.

관청에서는 아무도 그에게 존경을 표시하지 않았다. 수위들까 지도 그를 본체만체했으며, 앞을 지나가도 목례조차 하지 않았다. 상관들은 그에게 냉담하고 고압적인 태도를 보였다. "이걸 좀 정 서해 주시겠소?", "이건 제법 흥미로운 일감인 것 같은데요."라는 일반적인 말들을 그는 한 번도 들어보지 못했다. 상사들은 그에게 말 한마디 없이 다짜고짜 코앞에 서류를 불쑥 내밀곤 했다. 그럼 그는 그 서류를 아무렇지도 않게 받아가지고 그 자리에서 정서했다.

젊은 관리들은 더 가관이었다. 근거 없는 이야기를 만들어 희롱하고 조롱하면서 그 앞에서 떠들어 대곤 했다. 그의 하숙집 여주인이 70세 된 노파인데 그 여주인한테 매일 얻어맞는다고 놀려대는가 하면, 결혼식은 언제 할 셈이냐고 짓궂게 물어보기도 했다. 눈이 내린다면서 잘게 찢은 종이 조각을 그의 머리에 뿌리기도 했다. 그러나 아카키예비치는 마치 아무 일도 없다는 듯 태연히 행동했다. 그저 묵묵히 일만 할 뿐이었다. 오히려 서류에 글자 하나 틀리게 쓰는 법 없이 정확하게 일을 해냈다. 다만 정도가 너무 지나쳐 팔꿈치를 쿡쿡 찌르며 일을 방해할 때만은 더 참지 못하고 중얼거리듯 이렇게 말했다.

"나를 좀 내버려 두시오. 왜 사람을 못살게 구는 거요!"

이렇게 말할 때 그의 음성과 어조에는 동정심을 일으키게 하는 그 무엇이 어려 있었다. 그래서 새로 임명된 청년 관리 중 한 명은 갑자기 양심에 찔리기라도 한 것처럼 그를 놀리는 일을 그만두었다. '나를 좀 내버려 둬 주시오. 왜 이렇게 못살게 구는 거요!' 하는 말은 '나도 당신과 같은 사람이 아니오?'라는 말로 들렸고, 그럴 때면 청년은 손으로 귀를 막아 버리곤 했다. 이후 청년은 인간의 내부에는 비인간적인 요소가 얼마나 많이 숨어 있는지를 교양

있고 세련된 상류사회의 인간들, 심지어는 세상에서 고결하고 성실한 사람이라는 평을 받는 인간들의 내부에까지도 잔인하기 짝이 없는 야수와 같은 성질이 얼마나 많이 숨겨져 있는지를 깨닫고 전율을 느꼈다.

그건 그렇고, 아카키예비치만큼 자기 업무에 충실히 해 온 사람이 과연 있을까! 직무에 전념했다는 것만으론 부족하다. 그는 자기 일에 무한한 애정이 있었다. 공문서를 정서하는 하찮은 일 속에서도 그는 큰 기쁨을 느꼈다. 그는 언제나 즐거운 표정을 짓고 있었다. 그는 글자 중에서도 몇몇 글자를 특히 좋아했는데 일하다가 그 글자가 나오면 금세 기쁜 표정을 지었다. 그래서 서류를 보지 않고도 그가 무슨 글자를 쓰는지 알 정도였다. 만일 일을 향한 그의 열정만큼 그에게 승진이 주어졌다면 그는 아마 5급 관리가 되고도 남았을 것이다. 그러나 그에게 남은 것은 짓궂은 동료들의 비웃음뿐이었다.

물론 그에게 관심을 표명한 사람이 한 명도 없었다고는 단언할수 없다. 마음씨가 착한 어느 국장은 장기간 근무한 그를 격려하고자 그에게 공문서 정서보다 더 중요한 일을 맡기려고 했다. 이미 작성되어 있는 서류를 기초로 해서 다른 관청에 제출할 보고서를 작성하는 일이었는데, 일이라고 해봐야 제목을 바꾸고 몇 군데 동사를 수정하기만 하면 되는 것이었다. 그러나 그에겐 여간 어려운 일이 아니었다. 그래서 그는 연신 땀을 뻘뻘 흘리며 일하다가 마침내 포기하고 말았다.

"도저히 안 되겠습니다. 저는 정서를 하는 것이 적성에 맞는 것 같습니다."

그때부터 그는 영원히 정서계로 남게 되었다.

그는 옷차림 같은 것에는 전혀 신경 쓰지 않았다. 녹색이어야 할 제복은 낡고 바래 누런빛으로 변해 있었다. 또 제복에는 언제나 마른 풀잎이라든가 실오라기 같은 게 붙어 있었다. 더욱이 그는 거리를 걸을 때, 창문에서 쓰레기를 버리는 바로 그 순간에 창문 밑을 통과하는 괴상한 능력이 있었기 때문에 언제나 모자 위에 수박이며 참외 껍질 따위를 얹고 다녔다.

그는 주변의 일들에 완전히 무관심했다. 눈치 빠른 젊은 관리라면 주변에 관심을 두고 변화가 일어나면 그것을 날째게 간파했겠지만 그는 오로지 자신의 필체에만 관심이 있었고, 그 외의 일에는 아무런 관심이 없었다.

퇴근해서 집에 돌아오면 곧 식탁에 앉아 굶주린 듯이 수프를 먹고, 맛이야 어떻든 고기와 양파를 먹어 치웠다. 음식에 무슨 벌레가 빠져 있든 신경 쓰지 않고 뭐든 목구멍에 쑤셔 넣었다. 그리고 배가 불러온다고 느끼면 식탁에서 일어나 잉크병을 꺼내놓고 집에 들고 온 서류를 정서했다. 일거리가 없을 때는 취미 삼아 자기가 보관해둘 문서의 사본을 만들었다. 사본으로 만드는 문서는 내용은 상관없이 어떤 새로운 인물이거나 고위층으로 가는 것이면 반드시 베껴두곤 했다.

페테르부르크의 잿빛 하늘이 완전히 어두워지면 관료 사회의 모든 공무원은 알맞은 저녁 식사를 배불리 먹은 후 다리를 쭉 뻗고 쉬면서 여가를 마음껏 즐기려 한다. 어떤 사람은 극장으로 달려가기도 하고, 어떤 사람은 바람을 쐬러 공원으로 나가기도 하고, 또 어떤 사람은 애인과 데이트를 즐긴다. 혹은 친구의 비좁은 방에 모여 트럼프를 하며 이야기꽃을 피운다. 한마디로 모든 사람이 일에서 벗어나 각자의 즐거움을 찾는다.

그런데 아카키예비치는 그런 시간에도 정서하고 자기 일에 만족한다. 내일도 하나님께서 무슨 일거리를 또 주시겠거니 하고 미리 내일 일을 생각하고 혼자 미소 지으며 잠자리에 든다. 연봉 4백 루블에 만족할 줄 아는 인간의 평화로운 생활은 그렇게 흘러갔다. 특별히 불행한 사건만 없었다면 이런 생활은 그의 만년까지 그대로 계속되었을 것이다.

페테르부르크에는 연봉 4백 루블 정도밖에 받지 못하는 모든 인간에게 하나의 강적이 있었다. 그 강적은 다름 아닌 북국 특유의 혹한이다. 하기야 혹한이 건강에 도움이 된다는 주장도 있기는 하다. 아침 8시가 지나서 관청에 출근하는 관리들이 거리를 메울 무렵이면, 혹독한 추위가 사람을 가리지 않고 어찌나 매섭게 찾아오는지 관리들은 코를 어떻게 해야 할지 몰라 쩔쩔맸다. 높은 지위에 있는 관리들조차 추위에 머리가 멍해지고 눈에 눈물이 고이는 것을 피할 수 없었다. 구제책이란 오직 한 가지 초라한 외투로 몸을 감싸고 대여섯 개 길목을 될 수 있는 대로 재빨리 통과해 사무실로 뛰어드는 것이었다.

아카키예비치도 짧은 거리를 가능한 한 빨리 뛰어가려고 노력
했으나, 언제부터인지 유난히 등이 시린 느낌이 들었다. 그래서 그
는 마침내 외투가 어디 잘못되지 않았나 하는 생각을 하게 되었
다. 집에 돌아와서 외투를 찬찬히 살펴본 결과, 어깨 부근 두서너
군데가 마치 모기장처럼 되어 있었다. 천이 닳을 대로 닳아 속이
환히 들여다보였고, 안감도 갈기갈기 해져 있었다. 여기서 아카키
예비치의 외투는 이미 동료들의 놀림감이 되어 왔음을 밝힐 필요
가 있다. 그것은 외투라는 명칭을 잃은 지 오래였다. 동료들은 그
것을 '거적때기'라고 했다. 사실 그의 옷은 이상야릇한 모양을 하
고 있었다. 외투의 깃이 해가 갈수록 작아졌는데 그것은 깃을 잘
라 다른 데를 기웠기 때문이다. 더구나 외투를 짓는 재봉사의 솜
씨가 신통치 못해서 외투는 흡사 보릿자루처럼 볼썽사나운 모양
을 하고 있었다.
　결국 아카키예비치는 외투를 페트로비치한테 가져가야겠다고
결심했다. 페트로비치는 뒷계단으로 통하는 4층 한구석에 사는
재봉사로, 애꾸눈에다 곰보였다. 그는 옷을 제법 솜씨 있게 수선
해 주었는데 이는 그가 술에 취하지 않았을 때만 그렇다. 또 다른
돈벌이에 정신이 팔리지 않았을 경우에만 솜씨를 발휘했다. 물론
이 이야기에서는 재봉사를 길게 설명할 필요가 없지만 소설에서
는 어떤 인물의 성격이건 완전히 묘사해야 하므로 하는 수 없이
페트로비치에 대해 설명하겠다.
　애초에 그는 어느 지주 귀족의 농노農奴였다. 그의 이름은 처음

부터 페트로비치가 아니었다. 그가 페트로비치라 불리게 된 것은 농노해방증解放證을 받고 자유의 몸이 된 뒤의 일이다. 자유의 몸이 된 그는 술통에 빠져 살았는데 그래도 처음에는 경사가 있을 때만 마시더니 얼마 후에는 달력에 십자가 표시가 있는 날이면 빼놓지 않고 술을 마셨다. 그의 아내에 대해서는 유감스럽게도 알려진 것이 거의 없었는데 그저 페트로비치에게는 아내가 있다는 것, 그 여자는 머릿수건 대신 모자를 쓰고 다닌다는 것 정도가 다였다.

페트로비치의 거처로 통하는 뒷계단은 온통 구정물로 넘쳐나고 지독한 알코올 냄새가 코를 찔렀다. 그 계단을 올라가며 아카키예비치는 페트로비치가 외투 고치는 삯을 얼마나 요구할지 생각했다. 아카키예비치는 2루블 이상은 절대 낼 수 없다고 작정했다.

문은 열려 있었다. 무슨 생선을 굽는지 부엌에는 연기가 가득 차 있었다. 아카키예비치는 주인 여자가 보지 못한 틈을 타 얼른 페트로비치의 작업실로 들어갔다. 마침 페트로비치는 나무로 만든 넓은 작업대 앞에 앉아 있었다. 일할 때 재봉사들이 그렇듯 그는 맨발이었다. 거기서 가장 먼저 아카키예비치의 눈에 띈 것은 비뚤어진 발톱이 거북등처럼 두껍고 단단하게 보이는 엄지발가락이었다. 페트로비치는 헌 옷을 무릎 위에 펴놓고 있었다. 벌써 3분가량이나 바늘에 실을 꿰려고 애쓰다가 방이 어둡고 실이 말을 듣지 않는다고 잔뜩 화가 나서 혼자 중얼거리는 참이었다.

"제기랄, 무던히도 애를 태우는군. 성미가 못된 계집년처럼!"

아카키예비치는 하필이면 페트로비치가 화가 났을 때 방문한 것이 마음에 걸렸다. 그는 페트로비치가 이미 거나하게 취했거나, 그 마누라 표현대로 '애꾸눈이 싸구려 보드카 술에 빠져 있을' 때 일감 맡기기를 좋아했다. 그런 상태에 있을 때면 페트로비치는 언제나 기꺼이 삯을 깎아 주었고, 고맙다는 인사까지 했다. 하기야 나중에 마누라가 찾아와서 자기 남편이 술에 취해 그렇게 헐값으로 일을 맡았다고 우는소리를 하기는 했지만 그래도 10코페이카 은전 한 닢만 더 주면 만사가 해결되었다.

그러나 오늘은 페트로비치가 맨정신인 것 같았기 때문에 흥정하기가 무척 까다로울 뿐만 아니라 얼마나 비싼 값을 부를지 알수 없었다. 그래서 아카키예비치는 그냥 돌아가려 했으나 때는 이미 늦었다. 페트로비치가 하나밖에 없는 눈을 가늘게 뜨며 이쪽을 응시하는 바람에 아카키예비치는 저도 모르게 입을 열어 버린 것이다.

"안녕하신가, 페트로비치!"

"어서 오십쇼, 나리!"

페트로비치는 이렇게 대꾸하고 상대방이 어떤 종류의 돈벌이감을 가져왔는지 살피려고 아카키예비치의 손을 곁눈질해 보았다.

"오늘 온 건 다름 아니라 페트로비치, 실은, 그 뭐랄까…."

참고가 될 것 같아 말해 두지만 아카키예비치는 무엇을 설명하려 할 때, 전치사 또는 부사나 아무런 뜻도 없는 조사 따위를 무질서하게 늘어놓는 버릇이 있었다. 용건이 까다로운 경우엔 말 끝을 완전히 맺지 못하기 일쑤여서 '그건 분명히, 전혀, 그 뭐랄까' 라는 말로 시작해 놓고, 그다음은 아무 말도 하지 않은 채 그냥 입을 다물어 버리는 일도 종종 있었다.

"무슨 일로 오셨죠?"

페트로비치는 이렇게 말하면서 한편으로는 하나밖에 없는 눈으로 그의 제복을 옷깃에서부터 소맷부리, 어깨, 옷자락, 단춧구멍에 이르기까지 쭉 훑어보았다. 페트로비치가 직접 만들었으므로 그에겐 너무나 눈에 익은 옷이었다.

"다름 아니라 페트로비치… 외투가 좀… 아니, 다른 데는 다 멀쩡한데… 낡아서 고물처럼 보이긴 하지만 아직 새 옷이나 다름없어. 그저 한군데가 좀… 아니, 등과 어깨가 엷어지고 이쪽 어깨가 좀… 알겠지? 요컨대 그것뿐이야. 손볼 데도 별로 없을 게…."

페트로비치는 거적때기라는 별명이 붙은 남자의 외투를 받아서 작업대 위에 펴놓고 한참 이리저리 살펴보았다. 그러더니 고개를 좌우로 설레설레 흔들고는 둥그런 담배통을 집어 들었다. 페트로비치는 코담배를 한번 들이마시고 나서 두 손으로 외투를 펼쳐들고 밝은 데다 찬찬히 비춰 보더니 또다시 고개를 저었다. 그러고는 또 한 번 담배를 콧구멍에 쑤셔 넣은 다음 뚜껑을 덮어 담배통을 치워놓더니 마침내 입을 열었다.

"안 되겠는걸요. 고칠 수 없습니다. 외투가 워낙 낡아서…."

이 말에 아카키예비치는 가슴이 덜컥 내려앉았다.

"왜 안 된다는 건가? 응, 페트로비치?"

마치 어린애가 무엇을 애원하는 듯한 목소리로 말했다.

"어깨가 좀 해진 것뿐인데 자네한테 적당한 헝겊이 있겠지?"

"헝겊이야 찾아보면 나오겠죠. 그렇지만 헝겊을 대고 기울 수가 있어야죠. 하도 천이 낡아서 바늘로 건드리기만 하면 다른 데까지 찢어지고 말겠어요."

"찢어진대도 할 수 없지. 다른 천을 이어서 붙이면 될 테니까."

"다른 천을 어떻게 붙입니까? 바닥이 형편없게 돼서 바늘을 꽂을 데가 없는걸요. 바람이 불기만 해도 갈기갈기 찢어져 날아가 버릴 겁니다."

"어쨌든 수선을 좀 해주게나. 이건 분명히… 그 뭐랄까…."

"안 되겠어요."

페트로비치는 딱 잘라 말했다.

"바닥 천이 워낙 낡아서 손을 댈 수가 있어야죠. 그보다는 이제부터 추운 겨울철이 될 테니까 이걸 잘라서 각반(방한과 보호를 위해 발목에서부터 무릎 아래까지 감거나 돌려 싸는 띠―옮긴이)이라도 만드시는 편이 좋을 겁니다. 양말만으론 아무래도 발이 시릴 테니까요. 하기야 각반이라는 것 역시 독일놈들이 돈을 좀 더 많이 긁어모으려고 생각해 낸 물건이지만요.(페트로비치는 기회 있을 때마다 독일 사람들을 비웃길 좋아했다.) 그 대신에 외투는 아무래도 새것을 장만하셔야겠습니다."

'새것'이라는 말을 듣자 아카키예비치는 눈앞이 캄캄해졌다.

"새것을 장만하라니, 어떻게 내가?"

여전히 꿈속을 헤매는 것 같은 심정으로 그는 말했다.

"그만한 돈이 내게 있어야지?"

"아무튼 새것을 장만하셔야 합니다."

페트로비치는 잔인할 만큼 태연한 어조로 말했다.

"하지만 가령 새로 맞춘다고 한다면, 대체 그 뭐랄까…."

"값 말씀인가요?"

"응."

"글쎄, 150루블에다 우수리를 좀 붙여 주셔야 할 겁니다."

페트로비치는 이렇게 말하고 의미심장하게 입술을 굳게 다물
었다.

"뭐, 외투 한 벌에 150루블이라고?"

가엾은 아카키예비치가 소리쳤다. 이렇게 크게 소리를 친 것은
아마 생전 처음일지도 모른다. 언제나 낮은 목소리로 말하는 게
그의 특징이었으니까.

"그렇습니다."

페트로비치가 말했다.

"더 비싼 외투도 얼마든지 있습니다. 깃에다 담비 가죽을 대고
머리 씌우개 안을 비단으로 대면 이백 루블은 할 겁니다."

"페트로비치, 제발 좀 봐주게."

아카키예비치는 애원하는 목소리로 말했다.

"어떻게 해서든 좀 수선을 해주게나. 얼마 동안만이라도 입고

다닐 수 있게 말이야…"

"아니, 소용없습니다. 공연히 헛수고하고 돈만 없앨 뿐이죠."

아카키예비치는 완전히 풀이 죽어 밖으로 나왔다. 그는 무슨 나쁜 꿈이라도 꾸는 것 같은 느낌이었다.

"큰일 났군."

그는 혼자 중얼거렸다.

"일이 이렇게 되리라곤 정말 생각지 못했어…"

그러고는 잠시 말을 끊었다가 다시 이렇게 덧붙였다.

"결국은 이렇게 되어 버리고 말았지만, 이건 전혀 예상치 못했던 일이야!"

다시 오랜 시간이 흐른 다음 그는 중얼거렸다.

"음, 그렇단 말이지! 하지만 이건 누가 생각인들 했겠어? 정말이야… 이런 일을 당할 줄이야!"

그는 이렇게 말한 뒤 집으로 가지 않고 거의 무의식중에 집과 반대되는 방향으로 걷기 시작했다. 도중에 지나가던 굴뚝 청소부가 더러운 옆구리로 그를 들이받아 그의 어깨는 온통 시꺼멓게 되어 버렸다. 또 공사 중인 건물 지붕에서 석회가루가 쏟아져 내려 그의 머리는 마치 흰 모자를 쓴 것처럼 되어 버렸다. 그러나 그는 아무것도 느끼지 못했다. 얼마를 더 가서 순경과 부딪쳤을 때야 어느 정도 제정신으로 돌아왔지만 그것도 실은 그 순경이 호통을 쳤기 때문이다.

"어쩌자고 남의 코앞에 불쑥 나타나는 거요! 사람이 눈에 보이지 않소?"

이 말에 아카키예비치는 주위를 둘러보고 나서 집으로 발길을 돌렸다. 그때야 비로소 그는 생각을 가다듬고 자기 처지를 똑바로 보게 되었다.

"아니야."

아카키예비치는 스스로에게 말했다.

"오늘은 페트로비치한테 부탁해 봐야 소용없어. 그 친구는 오늘, 그, 뭐랄까… 틀림없이 마누라한테 얻어맞은 모양이니까. 차라리 일요일 아침에 찾아가는 게 나을 거야. 토요일 저녁에 한잔하고 난 다음이니까. 눈이 거슴츠레해 가지고 해장술 생각이 간절할 테지만, 마누라가 술값을 줄 리는 만무하거든. 그런 때 10코페이카쯤 손에 쥐여주면 그 친구도 한결 고분고분해질 거고, 그렇게 되면 외투도…."

아카키예비치는 이렇게 스스로 용기를 북돋우며 일요일까지 기다렸다.

그는 다음 일요일에 페트로비치의 마누라가 집을 나와 어디로 가는 것을 먼 데서 확인하고 나서 곧 페트로비치를 찾아갔다.

페트로비치는 예상했던 대로 토요일 저녁에 한잔하고 난 다음이라 아직 잠이 덜 깬 것처럼 눈이 거슴츠레해서 방바닥에 목을 길게 늘어뜨리고 있었다. 그러나 용건을 꺼내자 마치 악마란 놈이 흔들어 일으키기라도 한 것처럼 금세 태도가 바뀌었다.

"안 된다니까요!"

페트로비치가 말했다.

"새로 한 벌 맞추도록 하십시오."

이 말을 듣고 아카키예비치는 10코페이카짜리 은전 한 닢을
슬쩍 쥐어주었다.

"감사합니다. 나리, 나리의 건강을 위해 한잔 마시기로 하겠습
니다."

페트로비치는 계속 말했다.

"그렇지만 외투에 대해선 너무 염려하지 마십시오. 그 외투란
이젠 아무짝에도 못 씁니다. 제가 새것으로 한 벌을 지어 드리죠.
그럼 외투 문젠 그렇게 결정된 걸로 하겠습니다."

아카키예비치는 여전히 외투 수리를 고집했으나 페트로비치는
끝까지 듣지 않고 이렇게 말했다.

"새것으로 틀림없이 마음에 드시게 지어 드릴 테니 그 점은 저
를 믿으십시오. 제가 최선을 다하겠습니다. 모양도 유행에 맞도록
하고 옷깃은 은으로 도금한 단추로 하겠습니다."

그때야 비로소 아카키예비치는 외투를 새로 맞출 수밖에 없게
되었다는 걸 깨닫고 기가 죽고 말았다. 무슨 돈으로 외투를 새로
맞춘단 말인가? 물론 어느 정도는 명절 때 나오게 되는 상여금을
기대할 수도 있다. 그러나 그 돈은 오래전부터 미리 쓸 데가 다 정
해져 있었다. 바지도 새로 사야 하고, 구둣방에 외상도 갚아야 하
고 그밖에도 쓸 일이 많았다. 한마디로 상여금은 받기가 무섭게
사라질 돈이었다.

설혹 국장이 자비심을 베풀어 40루블로 되어 있는 상여금을 45루블이나 50루블로 준다고 하더라도, 어차피 그 잔액은 보잘것없는 것이고, 외투값으로는 턱없이 모자라는 금액이었다. 물론 페트로비치가 부른 150루블이 다 필요하지는 않았다. 페트로비치에겐 갑자기 변덕을 일으켜 터무니없이 값을 비싸게 부르는 버릇이 있었다. 그래서 때로는 그 마누라까지도 참지 못하고 "여보. 당신 미치지 않았어. 바보 양반 같으니! 어떤 땐 공짜나 다름없는 값으로 일을 맡으면서 이번엔 또 무슨 생각이 들어 그렇게 비싸게 부르는 거유? 당신 몸뚱이를 내다 팔아도 아마 그 값은 못 받으리다."라고 고함을 칠 때가 있었다. 그래서 한 80루블 정도면 페트로비치가 일을 맡아줄지도 모를 일이었다. 하지만 대체 어디서 그 80루블을 만든단 말인가? 그 반 정도라면 가능할지 모른다. 하지만 나머지 반은 어디서 구한단 말인가?

독자 여러분은 여기서 최초의 반액이 어디서 생긴 돈인지를 먼저 알아둘 필요가 있다. 아카키예비치는 1루블을 쓸 때마다 2코페이카씩, 뚜껑에 구멍이 뚫린, 열쇠로 잠글 수 있게 된 조그만 상자에 저금하는 습관이 있었다. 반년마다 그동안 모은 동전을 바꾸어 놓곤 했는데, 꽤 오랫동안 계속해 왔기 때문에 몇 해 동안 이렇게 해서 모인 금액이 40루블 이상이나 되었다. 그러니까 반액은 이미 수중에 있는 셈이다. 그렇지만 나머지 반액, 즉 40루블은 어디서 구한단 말인가? 아카키예비치는 골을 싸매고 곰곰이 생각한 끝에 적어도 앞으로 1년간은 일상 경비를 바싹 줄여야겠다고 결심했다.

저녁마다 마시는 홍차도 집어치우고 밤에는 촛불도 켜지 않고 무엇이든 일해야 할 때는 하숙집 안주인네 방에 가서 거기 있는 촛불 밑에서 하기로 했다. 한길을 걸을 때 구두 바닥이 빨리 닳지 않도록 돌로 포장한 길에서는 되도록 조심스럽게 뒤꿈치를 들다시피 해서 살금살금 걷기로 했다. 그리고 속옷가지를 세탁소에 보내는 횟수도 될 수 있는 대로 줄이고 옷이 빨리 해어지지 않게 집에 돌아오면 죄다 벗어버리고 두꺼운 무명 잠옷 하나만 입기로 했다.

그래서 아카키예비치는 당장 그날부터 그 계획을 실천에 옮겼다. 처음엔 이런 궁핍한 생활에 익숙해지기가 약간 힘들었으나, 얼마 후엔 그럭저럭 습관이 되어 어렵지 않게 되었다. 저녁을 굶고 지낼 수도 있게 되었다. 그 대신 앞으로 외투가 생길 것이라는 희망이 마음의 양식이 되어 그를 행복하게 했다.

아카키예비치는 이때부터 자신의 존재감을 인식하기 시작했다. 그리고 마치 평생의 배필이라도 만난 것처럼 가슴 한쪽이 충만해 오고, 누군가와 인생 항로를 함께하는 것처럼 생각되었다. 그 누군가란 바로 두껍게 솜을 넣고 절대로 닳아 해지지 않을 새 외투였다.

그는 전보다 더 활발해졌고, 자기 목적을 확고하게 정한 사람처럼 성격마저 굳건하게 되었다. 회의와 우유부단, 흐리멍덩했던 망설임이 그의 얼굴이나 행동에서 자취를 감추어 버렸다. 때로는 사뭇 두 눈을 반짝이며 이왕이면 외투 깃에 담비 가죽을 달면 어떨까 하고 대담하기 짝이 없는 공상을 할 때도 있었다.

한번은 서류를 정서하는 도중에 하마터면 글씨를 틀리게 쓸 뻔해 "어허!" 하는 소리가 목에서 튀어나오려는 걸 간신히 참고 황급히 성호를 그은 일조차 있었다. 한 달에 한 번씩이긴 했지만 달이 바뀔 때마다 그는 페트로비치를 찾아가서 옷감은 어디서 살 것이며, 단추의 색은 어떤 것으로 할 것이며, 얼마 정도의 것을 사면 적당하냐는 등 외투에 관한 의논을 하고는 흡족한 마음으로 집에 돌아왔다.

일은 예상보다 빠르게 진전되어 갔다. 국장이 아카키예비치에게 상여금으로 무려 60루블을 준 것이다. 아카키예비치에게 외투가 필요하다는 걸 국장이 이미 알고 그랬는지, 아니면 일이 우연히 그렇게 들어맞았는지 아무튼 그의 수중에는 20루블이라는 목돈이 생겼다.

이렇게 해서 다시 2, 3개월 배를 곯고 나니 아카키예비치 수중에는 약 80루블이 모였다. 여느 때는 지극히 평온하기만 하던 그의 심장도 이때만큼은 세차게 고동쳤다. 그는 페트로비치와 함께 당장 옷감을 사러 나섰다. 그들이 산 것은 아주 좋은 모직이었다. 그도 그럴 것이, 벌써 반년 전부터 그것만 생각해 왔고, 가격을 알아보려고 거의 달마다 상점을 찾곤 했으니 말이다. 재봉사인 페트로비치까지도 이보다 더 좋은 모직은 없을 거라고 말했다. 안감으로는 포플린을 쓰기로 했다. 페트로비치 말로는 올이 가는 고

급 천으로 보기에도 좋고 반지르르하여 비단보다 오히려 낫다고
했다. 담비 털가죽은 너무 비싸서 사지 않기로 하고 그 대신 가게
에 갓 들어온 것으로 제일 좋은 고양이 털가죽을 골랐다. 멀리서
보면 영락없이 담비 털가죽으로 오해할 만한 물건이었다.

　페트로비치는 외투를 짓는 데 2주일이나 걸렸다. 솜 넣은 데를
그렇게 아주 꼼꼼히 누비지만 않았어도 일은 훨씬 빨리 끝났을

것이다. 바느질삯으로 페트로비치는 12루블을 받았는데 외투를 전부 명주실로 싸서 이중으로 겹겹이 꿰맸을뿐더러 꿰맨 자리마다 일일이 이 자국을 내 줄을 세우기까지 했으니 더 깎을 수는 없었다. 정확히 날짜는 말할 수 없으나 페트로비치가 완성된 외투를 갖고 온 날은 아카키예비치 생애에서 최고의 날이었다는 것만은 틀림없다. 페트로비치가 외투를 가져온 것은 이른 아침, 출근하기 전이었다. 어쩌면 그렇게도 제때 외투를 가져왔는지 모를 일이다.

페트로비치는 일류 재봉사 못지않은 태도로 외투를 들고 나타났다. 그는 아카키예비치가 여태까지 한 번도 본 일이 없는 거만한 표정이었다. 그것은 마치 자기가 완성한 것이 결코 시시한 옷이 아니라는, 또 기껏해야 낡은 옷이나 수리하는 재봉사와는 엄연히 수준이 다르다는 것을 말하고 있었다.

그는 외투를 꺼내놓고 자못 자랑스러운 얼굴로 한번 살펴보더니 두 손으로 받쳐 들고 익숙한 솜씨로 아카키예비치 어깨에 걸쳐 입혀 주고는 등에서부터 밑으로 가볍게 매만져 옷자락을 반듯하게 당겼다. 소매 역시 흠잡을 데가 없었다. 한마디로 외투는 맵시 있게 몸에 맞았다. 그러는 동안에도 페트로비치는 자기가 뒷골목에서 간판도 없이 일하고 있고 더욱이 아카키예비치와는 오래전부터 잘 아는 사이라서 그렇게 헐값으로 만들어 주었지만 이걸 만일 네프스키 거리에서 만들었다면 품삯만으로 75루블은 주어야 할 거라는 말을 빼놓지 않았다. 아카키예비치는 페트로비치가 불러대는 터무니없는 금액을 듣기만 해도 오금이 저렸다. 그는 빨리 삯을 치르고 고맙다는 인사를 한 후 새 외투를 입은 채 곧 직장으로 출발했다. 페트로비치는 뒤따라 밖으로 나와 길거리에 멈춰 서서 한참이나 외투를 바라보았다. 그러고는 일부러 골목길을 달려 다시 거리로 빠져나와 다시 한번 자기가 만든 외투를 다른 각도에서 바라보았다.

한편 아카키예비치는 더없이 즐거운 마음으로 거리를 걸었다. 그는 온몸에서 느껴지는 새 외투의 감촉에 행복해하며 혼자서 미소를 짓기까지 했다. 새 외투는 따뜻할 뿐만 아니라 멋스럽기까지 해서 그를 무척 행복하게 했다.

어느새 관청에 도착한 아카키예비치는 수위실에서 외투를 벗어 꼼꼼히 살핀 후 수위에게 잘 간수해 달라고 신신당부했다. 그리고 어떻게 알았는지 아카키예비치의 그 '거적때기'가 없어지고 새 외투가 생겼다는 소문이 금세 관청 안에 쫙 퍼졌다. 모두 아카키예비치의 새 외투를 구경하려고 수위실로 몰려들었다. 다들 앞을 다투어 축하와 칭찬의 말을 퍼붓는 바람에 아카키예비치도 처음엔 빙그레 미소를 지어 보일 뿐이었으나 나중에는 오히려 낯이 뜨거울 지경이었다. 모두 그를 에워싸고 새 외투를 축하하는 뜻에서 한잔 내야 할 필요가 있다느니, 적어도 파티를 열어야 한다느니 하면서 수선을 떨어 댔다. 아카키예비치는 얼떨떨해서 뭐라고 대답하면 좋을지 난처했다. 그리고 겨우 이 옷은 새 외투가 아니라 중고품이나 다름없는 물건이라고 둘러댔다.

그러자 거기에 있던 상사 한 사람이 나섰다.

"그럼 아카키예비치 대신에 내가 자리를 마련할 테니 오늘 저녁은 우리 집에 와서 차라도 한잔하는 게 어떻겠소? 마침 오늘이 내 세례명 축일이군요."

당연한 일이긴 하지만, 다들 즉석에서 상사에게 축하 인사를 하고 기꺼이 그의 초대를 받아들였다. 아카키예비치는 적당한 구실을 붙여 빠지려 했으나 모두 그건 실례라고 타이르는 바람에 도저히 초대를 거절할 수 없었다. 그러나 얼마 후에는 덕택에 밤에도 새 외투를 입고 외출할 기회가 생겼다는 데 생각이 미쳐 오히려 즐거워졌다.

이날 하루는 아카키예비치에게 더없이 경사스러운 명절이었다. 그는 지극히 행복한 기분으로 집에 돌아와서 외투를 벗어 조심스럽게 벽에 걸어 놓고는 다시 한번 매만져 본 다음 일부러 전에 입던 낡은 옷을 꺼내 새것과 비교해 보았다.

그는 절로 웃음이 터져 나왔다. '천양지차天壤之差'란 바로 이걸 두고 하는 말이다! 그는 입가에 연방 웃음을 짓고는 식사 후에도 서류 같은 건 베낄 생각도 않고 어두워질 때까지 그대로 침대에서 뒹굴며 시간을 보냈다. 날이 어두워지자 얼른 옷을 갈아입고 외투를 입은 다음 거리로 나섰다.

그 상사의 집은 시내에서도 손꼽히는 고급 지구에 있었다. 다시 말해 아카키예비치 집에서는 무척 먼 거리에 있었다. 처음에 아카키예비치는 어두컴컴하고 인적이 드문 길을 걸어야 했으나,

그 상사의 집이 가까워짐에 따라 거리가 점점 활기를 띠었다. 지나가는 사람들도 많아져서 아름답게 차려입은 귀부인들과 수달피 깃을 단 남자들도 눈에 띄었다. 도금한 못을 주위에 돌려박은 초라한 영업용 썰매들은 점점 자취를 감추고, 새빨간 벨벳 모자를 쓴 멋진 차림의 마부들이 모는 고급 마차가 눈에 들어왔다. 마부석을 화려하게 장식한 자가용 마차들이 눈 위에 요란스러운 바퀴 소리를 내며 거리를 달렸다.

아카키예비치는 신기한 듯 주변을 바라보았다. 벌써 몇 해 동안이나 그는 밤거리에 나와 본 적이 없었다. 조명이 휘황한 상점 진열장 앞에 멈춰 서서 호기심 어린 눈으로 포스터를 들여다보았다. 거기에는 구두를 벗으려고 날씬한 다리를 허벅지까지 드러내 보인 미녀와 그 등 뒤에서 입술 밑에 세모 모양 수염을 멋지게 기른 사내 하나가 목을 들이민 모습이 그려져 있었다.

마침내 그는 상사가 사는 아파트에 다다랐다. 상사는 호화롭게 살고 있었다. 계단에는 조명이 휘황했다. 숙소는 2층에 있었다. 현관에 들어선 아카키예비치는 마룻바닥에 줄지어 있는 고무 덧신 여러 켤레를 보았다. 벽에는 외투와 레인코트가 걸려 있는데, 그중에는 수달피와 벨벳 깃을 단 것도 섞여 있었다. 벽 하나를 사이에 둔 옆방에서는 떠들썩한 소리가 들려왔는데, 마침 문이 열리고 하인이 빈 컵이며 크림 접시며 비스킷 접시 등이 담긴 쟁반을 들고 나왔으므로, 갑자기 그 소리가 크고 분명해졌다.

동료 관리들은 꽤 오래전에 모여서 벌써 차 한잔씩 든 모양이었다. 아카키예비치는 자기 손으로 외투를 걸어놓고 방 안으로 들어갔다. 순간 여러 개 촛불과 관리들, 담배 파이프, 트럼프 놀이 탁자 등이 한꺼번에 눈에 들어왔고, 사방에서 왁자지껄하는 소리와 걸상 움직이는 소음 등이 귀를 때렸다.

그는 어찌할 바를 모르고 방 한가운데에 어색하기 짝이 없는 꼴로 서 있었다. 그러나 동료들이 곧 그를 발견하고 환성을 지르며 환영했다. 그들은 즉시 현관으로 몰려가 그의 외투를 또 한 번 구경했다. 아카키예비치는 약간 낯이 뜨겁긴 했지만 원래 순진한 인간이라 다들 자기 외투를 칭찬하는 것을 보고는 기뻐했다.

그러나 얼마 후에는 모두 다시 트럼프 놀이 탁자에 가서 앉았다. 방 안의 소음이며 이야기 소리, 북적거리는 사람들, 이런 모든 것이 아카키예비치에게는 놀랍고도 낯설게만 느껴졌다. 무엇을 하면 좋을지, 몸을 어떻게 하고 있으면 좋을지 도무지 알 수 없었다. 그는 생각 끝에 놀이하는 사람들 옆에 가서 구경하기도 하고 이 사람 저 사람 얼굴을 바라보기도 했으나, 얼마 안 가서 하품이 나오기 시작했다. 여느 때 같으면 잘 시간이었으니 그것도 당연한 일이었다. 주인한테 인사를 하고 돌아가려 했으나, 다른 사람들이 새 외투가 생긴 것을 축하하는 뜻에서 샴페인을 꼭 마시고 가야 한다고 그를 놓아주지 않았다.

한 시간가량 지나서 밤참이 나왔다. 채소샐러드와 고기만두, 파이 그리고 샴페인이 곁들여져 있었다. 아카키예비치도 권유에 못 이겨 유리잔으로 두 잔이나 마셨다. 술도 마시고 나니 방 안이 더욱 흥거워진 것같이 느껴지기는 했지만 벌써 12시가 넘은 늦은 시간이었다. 그는 집에 돌아갈 생각이었으나 주인이 또 만류할까봐 슬그머니 방을 빠져나와 현관에서 외투를 입으려고 찾았다. 그런데 외투가 바닥에 떨어져 있어 기분이 약간 언짢았으나 먼지를 잘 털어서 몸에 걸치고 거리로 나섰다.

거리는 여전히 밝았다. 아직 문을 연 가게들이 많았고, 바깥문을 닫은 상점들도 문틈으로 불빛이 새어 나오는 것으로 보아 아직도 단골손님들이 돌아가지 않은 모양이었다.

아카키예비치는 전에 없이 들떠서 거리를 걸었다. 무엇 때문이었는지 모르지만, 어느 귀부인의 뒤를 쫓아서 달려가려고까지 했다. 그 귀부인은 번개처럼 그의 옆을 스쳐 지나갔는데 그녀의 몸은 율동에 넘치는 것 같았다. 그러나 그는 곧 발을 멈추고 무엇 때문에 별안간 달음질을 치려 했는지 자기 자신을 이상하게 생각하며, 다시 천천히 걸었다.

얼마 후 인적이 드문 텅 빈 거리에 이르렀다. 이 근방은 낮에도 그렇지만 밤이면 더욱 음침한 느낌을 주는 거리였다. 불이 켜져 있는 가로등도 점점 뜸해졌다. 이제는 기름도 떨어져 가는 모양이었다. 목조건물과 울타리가 계속되며, 어디를 보아도 사람 그림자 하나 없었다. 이윽고 그는 드넓은 광장에 이르렀다. 어딘지 까마득히 먼 곳에서 경찰초소의 등불이 깜박였다. 이쯤 되니 아카키예비치의 흥거운 기분도 다소 가라앉았다. 무언가 불길한 예감이

들기라도 하는 것처럼 그는 본능적인 공포를 안고 광장으로 걸어 들어갔다. 그는 뒤를 돌아보았다. 좌우를 둘러보았다. 마치 바다 한가운데 있는 것 같았다.

'아니, 차라리 보지 않는 게 낫겠군.'

이렇게 생각하고 눈을 감고 걸었다. 이제는 광장 끝이려니 하고 눈을 뜬 순간, 그는 눈앞에 그것도 바로 코앞에, 수염을 기른 사내들이 버티고 서 있는 것을 발견했다. 도대체 어떤 사내들인지 분간할 수조차 없었다. 눈앞이 컴컴해지고 가슴이 세차게 방망이질을 하기 시작했다.

"아, 이건 네 외투가 아니야!"

그중 한 놈이 그의 먹살을 움켜쥐며 독 깨지는 것 같은 목소리로 말했다. 이에 아카키예비치가 소리치려 하자 다른 한 놈이 머리통만큼이나 큰 주먹을 그의 입에 들이대며 말했다.

"소리만 쳐 봐라!"

아카키예비치는 외투가 벗겨지고 무릎을 걷어차인 것까지는 기억했으나 눈 속에 내팽개쳐진 다음은 기억나지 않았다. 얼마가 흐르고 나서야 정신이 들어 일어서긴 했으나 사람 그림자라곤 하나도 보이지 않았다. 광장이 몹시 춥다는 것과 외투가 없어졌다는 것을 느끼고 그는 뒤늦게 고함을 치기 시작했다. 그러나 그 소리는 광장 끝까지 들릴 것 같지가 않았다. 그는 죽을힘을 다해 광장 끝에 보이는 경찰초소로 달려갔다.

초소 앞에는 경관 하나가 장총에 몸을 기대고 서서 호기심 어린 눈으로 바라보고 있었다. 아카키예비치는 경관 앞으로 달려가 숨을 헐떡이며 경관이 감시는 하지 않고 졸고만 있으니 강도가 횡행한다고 호통쳤다. 그러자 경관은 광장 한가운데서 두 사내가 그를 불러 세우는 건 보았지만 그의 친구들이겠거니 생각하고 더 눈여겨보지 않았노라고 말했다. 그러고 나서 자기한테 공연히 욕설을 퍼부을 게 아니라 내일 지서장을 찾아가서 말하면 지서장이 외투를 찾아줄 거라고 했다.

아카키예비치는 거의 정신을 잃은 채 집으로 돌아왔다. 하숙집 주인은 요란한 소리에 황급히 자리에서 일어나 슬리퍼를 한 짝만 걸치고 한 손으로 잠옷 앞섶을 여미며 달려 나왔다. 그녀는 문을 열고 아카키예비치의 꼬락서니를 보더니 질겁하고 뒤로 물러섰다.

그로부터 자초지종을 들은 그녀는 몹시 놀라면서 그렇다면 당장에 지서장을 찾아가야 한다고 했다. 그녀는 전에 자기 집 식모로 있던 핀란드 여자 안나가 현재 지서장 집 유모로 있어서 잘 안다며, 지서장은 일요일마다 어김없이 교회에 나오는데 거기서도 누구한테나 상냥하니까 틀림없이 좋은 사람일 거라며 아카키예비치를 위로했다.

아카키예비치는 슬픔에 싸여 자기 방으로 돌아왔다. 그가 그날 밤을 어떻게 보냈는지는 굳이 말로 설명하지 않아도 짐작할 수 있으리라.

이튿날 아침 일찍 그는 지서장을 찾아갔다. 아직 자리에서 일어나지 않았다고 해서 10시경에 다시 가 보았다. 그러자 "주무십니다."라는 대답이 돌아왔다. 그래서 11시에 또 갔더니, "지서장님은 나가시고 안 계십니다."라고 했다. 하는 수 없이 점심시간에 또한 번 찾아가니까 접수실에 있는 서기가 들여보내 주지 않고 이것저것 귀찮게 캐물었다. 아카키예비치는 더 참지 못하고, 평생 처음으로 만만치 않은 인간이라는 걸 보여줄 양으로 "나는 직접 서장을 만나야 할 필요가 있어서 왔다. 너희가 감히 나를 못 들어가게 할 수는 없다. 나는 관청에서 공무로 온 사람이니까 너희가 만일 나를 안 들여보낸다면 그때는 상부에 보고할 테니 그리 알아라." 하고 한바탕 을러댔다.

이렇게 나오자 서기들도 아무 소리 못 하고 지서장을 부르러 들어갔다. 지서장은 외투를 빼앗겼다는 이야기를 아주 이상한 방향으로 받아들였다. 사건의 요점엔 전혀 주의를 돌리려 하지 않고, 오히려 아카키예비치에게 무엇 때문에 그렇게 늦게 돌아다녔느냐, 어디 좋지 못한 곳에 빠져 있었던 것은 아니냐고 추궁했다. 아카키예비치는 그만 어리둥절해서 더 반문하지 못하고 그대로 물러나오고 말았다.

그는 온종일 관청에 나가지 않았다.(이런 일은 그의 일생에서 한 번밖에 없었다.) 이튿날 그는 전보다 더욱 을씨년스럽게 보이는 헌 '거적때기'를 걸치고 출근했다. 이런 상황에서도 아카키예비치를 놀리려 드는 사람이 있긴 했지만 외투를 도둑맞았다는 이야기는 많은 이에게 충격을 주었다. 즉석에서 그를 위해 기부금을 모으기로 했지만 정작 모인 금액은 얼마 되지 않았다. 동료 중 한 사람은 아카키예비치를 동정한 나머지 그에게 친절한 조언을 해주었다. 즉 지서장 따위한테 찾아가서 부탁하는 것보다는 고위 간부에게 말하는 것이 훨씬 일을 빨리 해결하는 방법이라고 했다.

달리 좋은 방법이 없었으므로 아카키예비치는 고위 간부를 찾아가기로 마음먹었다. 그 간부가 누구이며 어떤 지위에 있는지는 중요하지 않았다. 다만 그가 고위 간부가 된 것은 최근 일이며, 그전까지는 그야말로 보잘것없는 존재에 지나지 않은 인물이었다. 하기야 지금 그 지위도 다른 지위에 비하면 그리 대단하지는 못한 것이었다. 하지만 다른 사람 눈에는 대수롭지 않게 보이는 것도 본인에겐 아주 대단한 것으로 생각되는 그런 인간이 세상엔 언제나 있는 법이다. 더욱이 그 간부는 여러 가지 수단을 이용해 자신이 누릴 수 있는 모든 대우를 누리는 인물이었다. 이를테면 출근할 때는 부하직원들에게 현관까지 마중 나오게 한다든가 아무도 곧장 자기 방에 들어오지 못하게 한다든가 하면서 모든 일을 엄격한 규칙과 순서에 따라 하도록 했다.

"엄격히, 엄격히. 모든 것을 엄격히 원리원칙대로!"

이것이 그의 입버릇이었는데, 이렇게 주장하면서 거만한 표정으로 상대방 얼굴을 내려다보았다. 굳이 그렇게 하지 않아도 그의 부하직원들은 그가 나타나기만 해도 벌떡 일어나 부동자세를 취하고 그가 사라질 때까지 꼼짝도 못 했는데 그는 언제나 더 큰 위엄을 세우지 못해 안달이었다.

"자네가 감히 그렇게 말할 수 있는가? 자네가 지금 누구를 상대로 말하는지 잊었는가? 지금 자네 앞에 있는 사람이 누군지 아는 건가? 모르는 건가?"

그가 하는 말이라곤 이것뿐이었다. 그렇지만 그도 본성은 착해서 예전에는 친구들도 잘 사귀었고 남의 일도 잘 보살펴주었다. 다만 지위가 사람을 만든다고 간부 자리에 앉은 다음부터 이상해진 것이다. 그래도 자기와 지위가 비슷한 사람을 상대할 때는 지극히 인간적이었다. 하지만 누구든 자기보다 아랫사람을 상대할 때면 돌변했다. 속으로는 어울려 대화에 끼고 싶어도 괜히 위신이 깎이는 것은 아닌지 염려되어 늘 거드름을 피우고 인상을 썼다.

아카키예비치가 찾아간 인물은 바로 이런 사람이었다. 더욱이 그가 찾아간 것은 공교롭게도 가장 좋지 않은 상황이었다. 하지만 그것은 아카키예비치에게 좋지 않았다뿐이지 간부에게는 때맞추어 찾아와 주었다 해도 지나친 말이 아니었다. 간부는 마침 자기 서재에 앉아서 몇 해 만에 만난 죽마고우와 이야기에 꽃을 피우는 참이었다.

아카키예비치가 찾아왔다는 보고를 받은 간부가 말했다.

"대체 뭐 하는 사람이야?"

"9급 관리라고 합니다."

"그래! 그럼 지금은 바쁘니 기다리라고 해."

고관의 이 말은 거짓말이었다. 그와 그의 친구는 벌써 오래전에 할 이야기를 다해 버리고 이제는 오랜 침묵 속에서 이따금 서로 무릎이나 가볍게 두드릴 뿐이었다. 그럼에도 찾아온 관리를 기다리게 한 것은 이미 오래전에 퇴직하고 시골집에 틀어박혀 버린 친구에게 자신의 위엄을 보여주고 싶었기 때문이다. 마침내 화제도 다 떨어져 더욱 긴 침묵을 맛보며 등받이가 달린 푹신한 안락의자에 파묻혀 담배 한 대를 피운 다음 그는 문득 생각이 난 것처럼 보고용 서류를 들고 문 옆에 서 있는 비서에게 말했다.

"참, 저기 무슨 관리인가 하는 사람이 기다리지? 들어와도 좋다고 일러 주게."

아카키예비치의 온순한 모습과 낡아빠진 제복을 본 간부는 딱딱한 어조로 대뜸 이렇게 물었다.

"용건이 무엇이오?"

아카키예비치는 방에 들어오기 전부터 겁을 집어먹고 있었으므로 이 말에 약간 당황하긴 했으나, 그래도 돌아가지 않는 혀끝을 억지로 움직여 간신히 대답했다.

"실은 그…."

새로 맞춰 입은 외투를 야만적인 수법으로 강탈당했으니 자기를 위해 경찰국장이나 그 밖의 적당한 인사에게 몇 자 적어 보내서 외투를 찾도록 힘을 써 주십사 해서 왔노라고 말했다. 그러나 무엇 때문인지는 모르지만, 간부에게는 아카키예비치의 언행이 예의에서 벗어났다고 생각된 모양이었다.

"뭐라고?"

간부는 토막토막 끊어진 어조로 말했다.

"당신은 일에 순서가 있다는 걸 모르오? 함부로 어딜 찾아온 거요? 모든 사무가 어떠한 순서를 밟아서 진행되는지 알 게 아니오! 이러한 문제는 우선 창구에 탄원서를 제출해야 하는 법이오. 그렇게 하면 서류가 계장, 과장을 거쳐 비서관한테 넘겨지고, 그 다음에 비서관이 나한테 가져오게 되어 있단 말이오."

"그렇지만!"

아카키예비치는 온몸에서 진땀이 흘렀지만 마지막 남은 얼마 안 되는 기력을 쥐어짜다시피 하여 말했다.

"제가 외람되게도 이렇게 직접 부탁드리는 것도 실은 그… 비서관이란 대체로… 믿을 것이 못 되는 사람들이라….'

"뭐, 뭐, 뭐라고? 도대체 어디서 그따위 생각을 하는 것이오? 아무튼 요즘 젊은 사람들한테는 말도 안 되는 불손한 사상이 만연해서 큰일이라니까."

아마도 간부는 아카키예비치가 이미 오십 고개를 넘었으며, 젊은 사람이라 불릴 수 있다 하더라도 그것은 칠순 노인과 비교할 때나 가능하다는 것을 잊은 모양이었다.

"정말이지 어떻게 감히 그렇게 말할 수 있는가? 자네가 지금 누구를 상대로 말하는지 잊었는가? 지금 자네 앞에 있는 사람이 누군지 아는 건가? 모르는 건가?"

간부는 흥분해서 호통치며 말했다. 아카키예비치가 아니더라도 누구든 겁을 집어먹지 않고는 못 배길 만큼 간담이 서늘한 말투었다. 아카키예비치는 혼비백산하여 비틀비틀 두어 걸음 물러섰다. 온몸이 후들후들 떨려 더 서 있을 수조차 없었다. 수위가 재빨리 달려와 부축해 주지 않았다면 그는 그대로 마룻바닥에 쓰러지고 말았을 것이다.

그리하여 그는 거의 인사불성이 되다시피 하여 밖으로 끌려 나왔다. 간부는 아카키예비치의 반응에 만족했다. 자기 말 한마디에 어느 정도 힘이 실려 있는지를 친구에게 보여줬다는 뿌듯함에 입가에 미소가 번졌다.

어떻게 계단을 내려와 한길로 나왔는지 아카키예비치는 아무 것도 기억나지 않았다. 팔다리에 전혀 감각이 없었다. 여태까지 상관한테, 그것도 다른 부처 상관한테 그처럼 호되게 꾸중을 들은 적은 한 번도 없었다. 그는 입을 떡 벌린 채 자꾸만 인도에서 벗어나며 눈보라가 소용돌이치는 거리를 걸었다. 페테르부르크의 바람이 원래 그렇듯 바람은 몹시 강하게 휘몰아쳐 그를 비틀거리게 했다.

그가 집에 돌아왔을 때는 말 한마디 할 힘조차 없었다. 편도선은 잔뜩 부어올랐고, 열도 무서울 정도로 올랐다. 페테르부르크의 날씨가 협조하지 않은 탓에 그의 병세는 빠르게 나빠져 의사가 왔을 때는 손을 써 볼 방법조차 없었다. 맥을 짚어 본 의사는 어쩔 도리가 없으니 환자가 마음을 편히 하도록 도와주고 찜질이나 해주라고 했다. 그리고 의사는 앞으로 기껏해야 하루 정도밖에 살지 못할 것이라고 단정하고 나서 하숙집 주인에게 이렇게 말

했다.

"뭐 기다려 보고 말고 할 것도 없습니다. 지금 곧 소나무관을 하나 주문하십시오. 이런 사람한테 참나무관은 과분할 테니까요."

아카키예비치가 의사의 말을 듣고 자신의 비참한 인생을 슬퍼했는지 어땠는지는 전혀 알 수 없다. 그가 줄곧 혼수상태에 빠져

헛소리만 했기 때문이다. 그의 눈앞에는 쉴 새 없이 괴상한 환상이 나타났다. 재봉사 페트로비치가 나타난 것을 보고는 침대 밑에 도둑놈이 숨어 있는 것 같으니 그놈을 체포하게 올가미가 달린 외투를 하나 만들어 달라고 부탁하는가 하면, 이불 속에서 도둑놈을 끌어내 달라고 하숙집 주인을 부르기도 하고, 새 외투가 있는데 왜 낡아빠진 거적때기가 저기 걸려 있느냐고 묻기도 했다. 외투를 찾는 데 도움을 주십사 찾아갔던 고위 간부에게 연신 굽실거리는가 하면 입에 담지도 못할 욕설을 퍼부어 대서 하숙집 주인을 깜짝 놀라게 하기도 했다. 나중에는 전혀 알아들을 수 없는 무의미한 말을 중얼거렸다. 다만 그의 두서없는 말이며 생각의 중심에는 언제나 외투가 있었다.

이리하여 마침내 가련한 아카키예비치는 숨을 거두고 말았다. 그가 남긴 유품은 정말 보잘것없는 것뿐이었다. 거위 날갯죽지로 만든 펜 한 묶음, 관청에서 쓰는 백지 한 권, 양말 세 켤레, 바지에서 떨어진 단추 두세 개 그리고 독자 여러분도 이미 아는 '거적때기'라 불리는 헌 외투뿐이었다. 이런 유품들이 어떻게 처리되었는지, 누구 손에 들어갔는지는 알 수 없다. 솔직히 말해서 누구도 그런 것에는 흥미가 없으리라.

아카키예비치의 유해는 묘지로 실려 나가 매장되었다. 그리고 아카키예비치가 없어도 페테르부르크는 그 모습 그대로였다. 마치 그런 인간은 처음부터 존재하지 않았던 것처럼.

그가 죽은 지 3, 4일 후 관청 수위가 즉각 출근하라는 국장의 명령을 전하러 그의 하숙집을 찾았다. 그러나 수위는 그대로 돌아가서 그 사람이 다시는 출근할 수 없게 되었다고 보고하지 않을 수 없었다.

"어째서?"

국장의 질문에 수위는 대답했다.

"어째서고 뭐고가 없습니다. 죽어 버렸더군요. 사흘 전에 장사를 지냈답니다."

이리하여 관청에서도 아카키예비치의 죽음을 알게 되었다. 그이튿날에는 벌써 그의 후임으로 새 관리가 들어왔다. 키가 훨씬 크고 글씨를 비스듬히 옆으로 기울게 쓰는 사나이였다.

그런데 아카키예비치 이야기는 여기서 완전히 끝난 것이 아니었다. 누구에게도 주목받지 못한 그의 인생을 보상이라도 하듯 죽은 후 얼마 동안 사람들 입에 그의 이야기가 오르내릴지 누군들 상상이나 했겠는가. 그런데 정말로 그러한 사태가 일어남으로써 우리의 이 서글픈 이야기는 뜻밖에도 환상적인 결말을 맺게 된다.

페테르부르크 시내에는 갑자기 다음과 같은 소문이 퍼져 나갔다. 즉 칼린킨다리橋와 그보다 좀 더 떨어진 곳에 외투를 도둑맞았다는 관리 옷차림의 유령이 밤마다 나타나서 지나가는 사람들 외투를 자기 것이라며 모조리 강탈한다는 것이었다. 고양이 가죽이나 담비 가죽 깃이 달린 외투건, 솜을 누빈 외투건 무엇이든 상관하지 않고 모조리 벗겨 간다는 소문이었다.

어느 관리 하나는 자기 눈으로 직접 그 유령을 목격했는데, 첫눈에 그것이 아카키예비치라는 걸 알아보긴 했지만 소름이 끼칠 만큼 겁이 나서 죽을힘을 다해 도망쳤다고 했다. 다만 정확히 보지는 못했지만 멀리서 유령이 손가락을 치켜세우고 위협하는 것만은 분명히 보았다고 했다. 그리고 빈번히 발생하는 외투 강탈 사건 때문에 관리들은 너나 할 것 없이 추위에 얼어 죽을 지경이라는 호소가 사방에서 날아들었다. 경찰에서도 더 방관할 수 없게 되어 살아 있는 것이든 죽은 것이든 그놈을 꼭 체포하여 극형에 처하라는 명령을 내렸는데, 이것은 거의 성공할 뻔했다.

플루트를 연주하던 전직 악사의 외투를 강탈하려는 유령을 발견한 한 경관이 유령의 멱살을 움켜잡고 소리를 질러 동료 경관 두 명을 불렀다. 이에 황급히 달려온 두 경관은 유령의 목을 움켜잡고 경찰서로 연행할 준비를 했다. 처음 유령을 잡은 경관은 기쁨에 젖어 코담배를 꺼내 잠시나마 여유를 즐기려고 했다. 그런데 담배 냄새가 너무 했던지 경관이 오른쪽 콧구멍을 손가락으로 누르고 왼쪽 콧구멍으로 담배를 들이마시려는 순간 유령이 세차게 재채기를 했다. 그 바람에 담뱃가루가 경관들 눈에 들어가 세 사람은 눈을 비벼 댔고 그러는 사이에 유령이 온데간데없이 사라지고 말았다.

그리고 이때부터 경관들은 유령에 대해 극도의 공포를 느끼게 되었고, 마침내 살아 있는 사람조차 무서워 붙잡을 생각조차 하지 못하고 그저 멀리서 한마디 하는 데 그치고 말았다.

여기서 우리는 앞에서 얘기한 그 고위 간부를 까맣게 잊고 있었다. 솔직히 그 간부야말로 이 거짓 없는 실화가 환상적인 경향을 띠게 한 당사자라고 해도 지나친 말이 아니다. 무엇보다 먼저 공정을 기하는 뜻에서, 이 간부는 가엾은 아카키예비치가 자신한테 힐책을 당하고 물러간 다음 연민 비슷한 감정에 빠져 괴로워했음을 밝힐 필요가 있다. 원래부터 매정하고 냉정한 인물은 아니었기에 그는 친구가 물러간 다음 곧 불쌍한 아카키예비치에 대해 생각하기 시작했다. 그 후 거의 매일같이 그리 대단치 않은 꾸중조차 견디지 못한 아카키예비치의 창백한 얼굴이 눈앞에 떠올라 괴로웠다. 그 가련한 관리만 생각하면 괴롭고 불안해진 그는 얼마 후 부하를 보내 그 관리가 어떤 인간이며 그 후 어떻게 지내는지, 그리고 그를 도울 방법이 무엇인지 알아보도록 했다. 그러나 아카키예비치가 열병으로 갑자기 죽었다는 보고를 받은 그는 큰 충격을 받고 온종일 양심의 가책으로 몸부림쳤다.

그리고 얼마 후 울적한 마음을 달래 보려고 한 친구가 베푼 연회에 참석했다. 거기에는 점잖은 사람들이 모여 있었고, 특히 다행인 것은 거의 모두 자기와 지위가 같은 사람들뿐이어서 아무것도 마음에 거리낄 것이 없었다. 그래서 그는 아주 흥겨운 기분으로 연회를 즐길 수 있었다. 그는 샴페인을 두 잔이나 마셨다. 술이란 게 그렇듯 그는 샴페인을 마시고 나서 좀 과감하게 행동하고 싶었다. 다름 아니라 집으로 돌아가지 않고 전부터 호감이 있던 카롤리나 이바노브나라는 여인한테 들르기로 결심한 것이다. 미리 말해 두지만 이 간부는 이미 젊다고는 할 수 없는 나이로 가정이 있는 충실한 남편이자 아버지였다. 두 아들 중 하나는 벌써 관청에서 근무하고, 제법 예쁘장한 딸 역시 열다섯 살이었다. 하지만 간부는 그 또래 남자들이 으레 그렇듯 시내의 다른 지구에 여자친구를 두는 것을 당연한 일로 생각했다.

하여튼 고관은 친구 집 계단을 내려와 마차를 타고 그 여인에게 향했다. 달콤한 상상에 빠진 간부를 방해하는 것은 매서운 바람뿐이었다. 어느 쪽에서 부는지 분간할 수도 없는 바람이 세차게 불어와 눈을 흩뿌리며 그를 괴롭혔다. 그러다 간부는 문득 누군가가 무서운 힘으로 자기 외투 깃을 붙잡는 것을 느꼈다. 뒤를 돌아본 그는 다 해진 헌 외투를 입은 작달막한 사내를 발견하고 가슴이 덜컥 내려앉았다. 그 사내의 얼굴은 눈처럼 창백해서 겉보기에도 죽은 사람, 즉 유령이 확실했다.

그리고 유령이 입을 일그러뜨리고 죽음의 입김을 내뿜으며 이렇게 말했을 때 고관의 공포는 극도에 달했다.

"음, 이제야 네 놈을 만났구나! 이제야 네 놈의 목덜미를 잡았어! 내가 필요한 건 네 놈의 외투다! 나를 위해 힘을 써 주기는커녕 도리어 나를 힐책했겠다! 자, 이젠 네 놈의 외투를 내놓아라!"

가엾게도 고관은 거의 숨이 끊어질 지경이었다. 부하들 앞에서 호기롭게 나서던 당당한 표정은 사라지고 극도의 공포감만이 그의 얼굴을 뒤덮었다. 간부는 제 손으로 황급히 외투를 벗어 던지고 허둥지둥 마부에게 외쳤다.

"집으로 가자! 전속력으로!"

마부는 말을 쏜살같이 몰았다. 6분쯤 지났을까, 마차는 벌써 간부의 집 앞에 도착해 있었다.

간부는 말할 수 없는 불안 속에서 그날 밤을 보냈다. 이튿날 아침에 차를 마실 때 딸이 안색이 좋지 않다고 말을 건넸지만 간부는 아무 말도 하지 않았다. 그리고 전날 자신이 무엇을 보았는지, 무슨 일을 당했는지는 그 누구에게도 말하지 않았다.

이후 간부의 행동은 몰라보게 달라졌다. 부하들에게 늘 하던 꾸지람도 전보다 훨씬 덜 하게 되었고, 설사 그런 말을 하더라도 전후 사정을 다 들어보고 난 뒤에 했다.

그러나 그보다 더 중요한 것은 그날 밤 이후 관리 옷차림의 유령이 더는 나타나지 않았다는 점이다. 몇몇 소심한 사람이 아직도 변두리에서 유령이 출몰한다고 떠들어 대기도 했는데 사실 콜멘스의 경관 하나가 어느 집 모퉁이에서 유령을 직접 목격하기도 했다.

이 경관은 원래 형편없는 약골로 한번은 새끼돼지에게 다리를 들이받치고 뒤로 벌렁 나자빠져서 가까이 있던 마부들이 배를 움켜쥐고 웃어 댄 일도 있었다. 그만큼 약골인 이 사내는 유령을 보고도 용기가 없어 그대로 어둠 속에서 따라가기만 했다. 그런데 유령이 갑자기 뒤를 돌아보며 "뭐야?" 하면서 산 사람에게선 결코 볼 수 없을 만큼 커다란 주먹을 쑥 내미는 바람에 "아니, 아무것도 아닙니다."라고 대답하고는 얼른 뒤돌아섰다. 그러나 이 유령은 아카키예비치보다 훨씬 크고 콧수염까지 큼직하게 기르고 있었다. 이 유령은 오부호프다리 쪽을 향해 걸어가는 것 같았으나, 이윽고 밤의 어둠 속으로 완전히 사라져 버렸다.

The Garden Party

Katherine Mansfield

1888~1923

17

가든파티

·

캐서린 맨스필드

날씨가 더할 나위 없이 좋았다. 가든파티를 위해 주문해 온다고 해도 이보다 좋은 날씨를 만나기는 어려웠을 것이다. 바람은 자고 하늘에는 구름 한 점 없었다. 다만 엷은 황금빛 아지랑이가 푸른 하늘을 가렸는데, 이는 이른 여름이라면 가끔 있는 일이었다. 정원사가 새벽부터 와서 잔디를 다듬어 전에 들장미가 있던 장미 화단까지 환히 빛나 보였다. 장미야말로 가든파티를 가장 인상 깊게 하는 유일한 꽃이며, 누구나 확실히 알아두어야 할 유일한 꽃이었다. 수백 송이, 과장 없이 수백 송이가 하룻밤 사이에 피어났고, 초록색 줄기들은 천사가 행차하신 것처럼 고개를 숙이고 있었다.

　아침 식사도 채 끝나기 전에 천막을 칠 인부들이 왔다.

"천막을 어디다 치면 좋을까, 엄마?"

"얘야, 내게 물어봐도 소용없어. 올해에는 모든 것을 너희에게 맡기기로 했으니까. 내가 엄마라는 사실은 아예 잊어버려라. 나를 손님으로 깍듯하게 대접하란 말이야."

그러나 메그는 밖에 나가서 인부들을 감독할 처지가 아니었다. 아침 식사를 하기 전에 머리를 감아서 초록빛 수건을 머리에 쓰고 있었기 때문이다. 또 게으름뱅이 조스는 아직도 명주 속옷과 가운을 입은 채였다.

"로라, 네가 가 봐야겠다. 네가 제일 예술적이니까."

로라가 버터빵 조각을 손에 든 채 달려나갔다. 로라는 바깥에서 빵을 먹어도 되는 구실을 찾은 것도 기뻤지만 뒤치다꺼리하는 걸 좋아했고, 다른 누구보다 그런 일은 자기가 잘한다고 늘 생각했다.

인부 네 명이 소매를 걷어 올린 채 정원에 모여 있었다. 그들은 장대를 들고 등에는 커다란 연장주머니를 메고 있었는데, 그 모습이 꽤 인상적이었다. 로라는 그제야 빵조각을 들고 나온 걸 후회했지만 어디 둘 데도 없고 그렇다고 버릴 수도 없었다. 얼굴이 약간 붉어졌으나 정색을 하고, 그들이 있는 데로 가서 눈을 가늘게 떠 보이며 말했다.

"안녕하세요."

그녀는 어머니 목소리를 흉내 냈다. 그러나 그 소리가 지나치게 부자연스러웠기 때문에 부끄럼이 앞서 그만 어린아이처럼 말을 더듬었다.

"저… 그… 천막 일로 오셨나요?"

"그렇습니다. 아가씨."

그중에서 제일 키가 크고 후리후리하며 얼굴에 주근깨가 있는 남자가 대답했다. 그는 연장주머니를 다른 어깨로 바꿔 메면서 밀 짚모자를 뒤로 젖히고 빙긋 웃었다.

"그래서 왔습니다."

그 미소가 상냥하고 친근해서 로라는 다시 기운이 났다. 눈이 얼마나 시원한지, 작긴 하지만 짙고 푸른색의 보기 좋은 눈이었다. 다른 인부들도 웃음을 머금고 로라를 바로 보았다.

'기운 내요. 물어뜯진 않아요.'

그들 눈이 이렇게 말하는 듯했다.

일꾼들이란 참 좋은 사람들이로군! 거기다 얼마나 아름다운 아침인가! 아니, 아침 날씨를 감상하고 있을 때가 아니다. 어디까지나 사무적으로 보여야지. 천막이나 생각하자.

로라는 빵을 쥐지 않은 손으로 백합 꽃밭을 가리켰다. 그들은 몸을 돌려 그쪽을 바라보았다. 키가 작고 뚱뚱한 친구는 아랫입술을 삐죽 내밀었고, 키 큰 자는 미간을 찌푸렸다.

"좋지 않은걸요."

"눈에 안 띄어요. 대개 천막 같은 건 말이지요."

인부들은 붙임성 있게 로라에게 몸을 돌리면서 말했다.

"어디든 그저 첫눈에 딱 들어오는데 치고 싶으시죠? 무슨 뜻인지 알아들으시겠어요?"

로라는 일꾼 신분으로 저렇게 말하는 게 과연 공손한 것인지 잠시 생각했다. 그의 말이 무엇을 뜻하는지는 당연히 알고도 남았다.

"테니스코트 귀퉁이가 어때요?"

로라는 당당한 어조로 말했다.

"한쪽 구석엔 악대가 오기로 되어 있거든요."

"흠, 악대가 온다, 그런 말씀이죠?"

다른 인부가 말했다. 그의 안색은 매우 수척해 보였다. 무슨 생각을 하고 있을까?

"악대라야 아주 소규모예요."

로라는 부드럽게 말했다. 아주 작은 규모의 악대라면 크게 신경 쓸 일이 아니겠지.

그때 키 큰 사람이 불쑥 나섰다.

"이거 보세요, 아가씨. 저기가 꼭 알맞아요. 저 숲을 등지고 저기 말이에요. 저기가 안성맞춤이겠어요."

카라카나무들을 배경으로 하는 곳이었다. 그럼 카라카나무들이 가려질 텐데, 저렇게나 아름다운데 말이다. 넓고 번쩍이는 잎사귀, 조랑조랑 매달려 있는 노란 열매들. 저걸 천막으로 가려야 한단 말인가? 가려야지. 하는 수 없겠지. 벌써 인부들은 장대를 메고 그곳으로 걸어가고 있었다. 키 큰 남자만 그 자리에 남아 있었다. 그는 몸을 구부려 라벤더 가지를 뜯더니 코에다 대고 향기를 맡아보았다. 그의 이런 태도를 본 로라는 이 사람이 이런 것에 관심을 둔다는 것, 즉 라벤더 향기에 관심이 있는 것이 이상스러워 카라카나무는 말끔히 잊어버리고 말았다. 자기가 아는 남자들 중 과연 몇 사람이나 이런 행동을 할까? 정말, 일꾼이란 얼마나 좋은 사람들인가 하고 그녀는 생각했다. 같이 춤이나 추고 일요일 밤에 저녁이나 먹으러 오는 얼간이 같은 소년들보다 이런 일꾼들을 친구로 두면 얼마나 좋을까? 오히려 이런 사람들이라면 더 잘 어울릴 수 있을 텐데.

키 큰 남자가 봉투 뒤에다 어떤 쪽은 말아 올리고, 어떤 쪽은 드리워 놓고 하는 천막 설계도를 그리는 동안 이런 불평등한 계급차별은 잘못된 것이라고 로라는 생각했다.

나무망치 소리가 탁탁 들려왔다. 누군가 휘파람을 불고 누군가 "여보게, 친구! 바로 거기 있는가?" 하고 노래했다. 친구! 얼마나 정답고 친근한 표현인가. 로라는 자신은 계급의식에 얽매인 사람이 아니라는 것을 보여주려고 또 그런 것을 경멸하는 사람이라는 것을 나타내려고 빵을 한입 베어 물고 키 큰 남자가 설계도 그리는 것을 구경했다. 마치 자신도 노동계급의 여자가 된 듯한 기분이었다.

"로라, 로라, 어딨어? 전화야, 로라."

집 안에서 누가 큰 소리로 불렀다.

"가요!"

미끄러지듯 잔디밭을 넘어 현관으로 들어갔다. 현관에서는 아버지와 로리가 외출할 채비를 갖추고 모자를 손질하고 있었다.

"로라야."

로리가 빠르게 말했다.

"오후가 되기 전에 내 코트 좀 한번 봐다오. 다림질해야 하는지 말이야."

"그럴게요."

로라는 로리에게 뛰어가 그를 살짝 끌어안았다.

"난 가든파티가 좋아요. 오빠도?"

로라가 기분 좋다는 듯 말했다.

"물론."

로리가 정답고 청년다운 목소리로 대답했다.

"그런데 어서 뛰어가 전화 받아야지, 로라."

로라는 전화기 앞으로 뛰어갔다.

"네, 네, 키티니? 잘 있었니? 점심때 올래? 그래, 꼭 와. 물론 환영이지. 그냥 가볍게 차릴 거야. 샌드위치 몇 조각 하고 파이 부스러기. 그래, 아침 날씨는 그만이지? 흰 드레스 말이지? 그럼, 어울리지. 잠깐, 끊지 마. 엄마가 부르니까."

로라는 전화기를 귀에서 떼고 말했다.

"엄마 뭐요? 안 들려요."

셰리든 부인의 목소리가 멀리서 들려왔다.

"요전 일요일에 썼던 그 멋진 모자를 쓰고 오라고 그래."

"키티, 엄마가 지난 일요일에 쓰고 왔던 그 멋진 모자를 쓰고 오라서. 그럼, 한 시야. 안녕!"

로라는 수화기를 내려놓고 머리 위로 두 팔을 들어 크게 심호흡을 했다.

"하아."

그녀는 가만히 귀를 기울였다. 분주한 발소리와 오가는 말소리로 집 안이 어수선했다. 부엌으로 통하는 곳에 초록색 커튼을 친 문이 둔한 소리를 내며 열렸다 닫혔다 했다. 그리고 '찍찍' 하는 이상한 소리가 길게 들렸다. 육중한 피아노를 옮기는 데 바퀴가 잘 안 움직이는 것 같았다. 그러나 이 공기! 관심을 기울이지 않았을 때도 공기는 늘 이랬던가? 산들바람이 창문 꼭대기에서 그리고 문 밖에서 술래잡기를 하고 있었다. 또 조그만 햇빛 반점 두 개가 하나는 잉크병에서, 하나는 은제 사진액자에서 장난하고 있었다. 참 예쁘기도 해라. 특히 잉크병 마개에서 놀고 있는 그림자는 정말 따스하고 귀여워 보였다. 입맞춤이라도 해주고 싶었다.

앞문의 초인종이 울리자 세이디의 치마가 스치는 소리가 계단에서 들렸다. 그리고 웬 남자의 웅얼거리는 목소리가 들렸다.

"정말 모르겠어요. 잠깐만, 주인 아씨께 여쭤볼게요."

"무슨 일이야, 세이디?"

로라가 나타나 물었다.

"꽃장수예요, 아가씨."

문 앞에 널따랗고 굽 낮은 상자가 놓여 있고, 그 속에 핑크빛 백합이 가득했다. 백합 한 종류밖에 없었다. 활짝 피어 찬란하고

진홍색 줄기에 달려 놀라우리만큼 싱싱한 핑크빛 백합밖에 없
었다.

"어머나!"

로라는 마치 앓는 소리처럼 내뱉었다.

"무슨 착오가 있었나 봐."

그녀는 가냘프게 말했다.

"그렇게 많이 주문하지 않았을 텐데. 세이디, 가서 엄마한테 여 쭤봐."

그때 마침 셰리든 부인이 나타났다.

"잘못된 것 없다. 내가 주문한 게 맞아. 예쁘지 않니?"

그녀는 로라의 팔을 꼭 쥐었다.

"어제 꽃가게를 지나가는데 쇼윈도로 보이더라. 그때 갑자기 평 생에 한 번만이라도 백합을 실컷 가져보고 싶다는 생각이 들었 지, 가든파티도 있으니 정말 좋은 기회 아니니?"

"그렇지만 엄마가 이번 가든파티는 아무 간섭도 안 한다고 하 셨잖아요."

세이디는 이미 자리를 뜨고 없었고, 꽃장수는 아직도 바깥 마 차 옆에 서 있었다.

"원, 애도. 넌 융통성 없는 엄마가 좋겠니? 이러지 마라. 저기 사람이 온다."

꽃장수는 또 백합이 가득한 상자를 들고 왔다.

"바로 문 안으로 현관 양쪽에 쭉 늘어놓으세요."

셰리든 부인이 말했다.

"그러는 게 좋겠지, 로라야?"

"그럼요, 엄마."

응접실에서는 메그와 조스 그리고 하인 한스까지 힘을 합쳐서 드디어 피아노를 옮기는 데 성공했다.

"자아, 이제 이 긴 의자를 벽에다 붙여 놓고, 의자를 제외한 다른 건 다 내 가면 되겠지?"

"그래."

"한스, 이 탁자들은 흡연실로 옮기고, 융단의 얼룩을 지우고, 잠깐만 한스…"

조스는 하인들에게 명령하기를 좋아했고, 그들은 또 조스를 따르기를 좋아했다.

"엄마랑 로라 보고 이리 좀 오시라고 해."

"그러지요, 조스 아가씨."

조스는 메그에게로 몸을 돌렸다.

"피아노 소리가 어떤지 들어보고 싶은데. 오후에 노래라도 하려면 말이야. '인생은 괴로워라'를 한 번 해볼까?"

쾅! 땅땅땅 떵떵! 피아노 소리가 열정적으로 울려 퍼졌고, 조스의 얼굴은 진지한 표정으로 바뀌었다. 그녀는 두 손을 맞잡고 신비스러운 표정으로 어머니와 로라가 돌아오는 것을 바라보며 노래를 불렀다.

인생은 괴로워라

눈물과 한숨

못 믿을 사랑

인생은 괴로워라

눈물과 한숨

못 믿을 사랑

이제는 안녕!

"내 목소리 아름답죠, 엄마?"

인생은 괴로워라
희망은 사라져
꿈인지 현실인지

이때 세이디가 들어왔다.

"무슨 일이니, 세이디?"

"저, 아씨. 요리사가 샌드위치에 꽂을 작은 깃발을 만드셨냐는데요."

"샌드위치에 꽂을 깃발 말이니, 세이디?"

셰리든 부인은 마치 꿈결인 것처럼 물었다. 그리고 딸들은 어머니의 표정으로 그것이 아직 준비되지 않았음을 알아차렸다.

"어디 보자. 세이디, 십 분 뒤에 가져다준다고 전하렴."

세이디가 나가자 셰리든 부인이 다시 말했다.

"로라, 나하고 흡연실로 가자. 어디 봉투 뒤에다 종류를 적어 뒀는데, 그걸 좀 정서해 줘야겠다. 메그! 넌 당장 위층에 가서 머릿수건 벗어 놓고 와. 조스도 어서 옷을 갈아입어라. 얘들아, 내 말 듣고 있니? 이따 아버지 돌아오시거든 말씀드릴까? 그리고 조스야, 부엌에 가거든 요리사를 좀 다독거려 주렴. 기분이 안 좋아 보이던데, 오늘 아침은 아무래도 안심이 되질 않는구나."

깃발은 식당 시계 뒤에서 발견되었으나 셰리든 부인은 어떻게 거기에 있는지 도무지 알 수 없었다.

"너희 중 누가 내 핸드백에서 꺼냈을 거야. 내가 정확히 기억한 단다. 크림치즈하고 레몬커드, 다 받아 적었니?"

"네."

"달걀하고…."

셰리든 부인은 로라의 손에서 깃발을 뺏어 들고 유심히 살피며 말했다.

"이건 마치 생쥐라고 쓴 것 같구나. 생쥐는 아니겠지?"

"올리브예요, 엄마도 정말!"

로라가 엄마의 어깨너머로 들여다보며 말했다.

"물론 올리브지, 생쥐라고 생각만 해도 끔찍하구나. 달걀과 올리브야."

마침내 깃발 만들기가 끝나 로라가 그것을 부엌으로 가지고 갔다. 조스가 거기서 요리사를 다독이고 있었는데 요리사의 기분이 안 좋아 보이지는 않았다.

"난 이런 절묘한 샌드위치는 구경도 못 해 봤어."

조스는 좋아 죽겠다는 듯 말했다.

"몇 종류가 있다고 그랬지? 열다섯?"

"열다섯이에요, 조스 아가씨."

요리사는 기다란 샌드위치 칼로 부스러기를 긁어모으면서 빙

굿이 웃어 보였다.

"고드버 과자점에서 왔어요."

세이디가 말하면서 식료품 저장고에서 뛰어나왔다. 그 사람이 창밖을 지나가는 모습을 본 것이다. 고드버라면 그건 바로 슈크림이 왔다는 말과 같았다. 고드버는 슈크림으로 유명했다. 그걸 집에서 만들어 보겠다고 엄두를 내는 사람은 없었다.

"들고 들어와서 테이블 위에 올려놓아라, 얘야."

요리사가 지시했다.

세이디가 그걸 들여놓고 다시 문 쪽으로 돌아갔다. 물론 로라나 조스는 슈크림에 호기심을 보일 만큼 어린 나이는 아니었지만 슈크림이 아주 맛있어 보인다는 데는 의견을 같이했다.

요리사는 과자를 가지런히 하면서 설탕 범벅이 된 부분을 털어냈다.

"저것만 보면 그 전 파티가 모두 생각나지?"

로라가 말했다.

"그렇겠지."

현실적인 조스가 말했다. 조스는 옛 생각에 잠기는 걸 좋아하지는 않는 편이었다.

"정말 예쁘고 가벼워 보여."

"아가씨들, 하나씩 드셔 보세요."

요리사가 조그만 목소리로 말했다.

"어머님은 모르실 테니까요."

하지만 그것은 불가능한 일이었다. 아침 먹은 지 얼마나 됐다고 슈크림을 먹는단 말인가. 그런데 2분 후 조스와 로라는 손가락을 들고 있었는데 그것은 슈크림을 먹을 때만 나타나는 동작이었다.

"정원에 나가 보자."

로라가 제안했다.

"인부들이 천막을 어떻게 하는지 가봐야지. 무척 좋은 사람들이야."

그러나 뒷문은 요리사, 세이디, 고드버 과자점 배달꾼, 한스 등이 길을 막고 서 있었다. 무슨 일이 일어난 것이다.

"쯧쯧쯧!"

요리사가 성난 암탉처럼 혀를 찼다. 세이디는 이를 앓는 사람처럼 손바닥으로 볼을 두드렸다. 한스는 무슨 말인지 알아들으려고 애쓰는 것처럼 얼굴을 찌푸리고 있었다. 고드버 과자점 사람만이 혼자 즐기는 듯했다.

"무슨 일이 일어났어요?"

"끔찍스러운 사고가 있었답니다."

요리사가 말했다.

"사람이 죽었대요."

"뭐라고? 사람이 죽어?"

고드버 점원은 마치 이야기를 남에게 뺏기지 않으려는 것처럼 잽싸게 대답했다.

"바로 요 밑에 있는 오두막집들을 아시는지요, 아가씨?"

"아느냐고? 물론 알지."

"저어, 바로 거기 어떤 젊은 친구가 살고 있었는데요. 이름은 스콧이고 마차꾼이었지요. 그런데 오늘 아침에 호크가街 모퉁이에서 말이 기관차를 보고 놀라 달아나는 바람에 말에서 떨어져 사고를 당했답니다. 즉사예요."

"죽었어?"

로라는 고드버 점원을 뚫어지게 바라보았다.

"사람들이 가서 보니까 죽었더래요."

사나이는 의기양양하게 이야기했다.

"내가 여기로 올라올 때 시체를 집으로 옮기던걸요."

그리고 요리사를 향해서 말했다.

"아내하고 딸린 식구가 다섯이라는군요."

"조스, 이리 와봐."

로리는 조스의 소매를 잡고 주방을 지나 한쪽으로 끌고 갔다.

"조스."

겁에 질려서 그녀가 말했다.

"전부 그만두어야 하지 않겠어?"

"모두 그만두다니, 로라?"

조스는 깜짝 놀라서 말했다.

"무슨 소리야?"

"가든파티를 그만둔단 말이지, 물론."

조스는 왜 못 알아듣는 체할까?

"가든파티를 그만둬? 바보 같은 소리 좀 그만해. 절대로 그따위 짓은 할 수 없어. 우리가 중지할 거라고 생각하는 사람은 단한 사람도 없어. 일을 너무 확대해석하는 거 아냐?"

"그렇지만 바로 대문 앞에서 사람이 죽었는데 어떻게 가든파티를 할 수 있어?"

그건 정말 과장이었다. 그 오두막집들은 그녀들 집으로 올라오는 가파른 언덕길 바로 밑 좁다란 골목에 옹기종기 모여 있었다. 누가 봐도 그녀들 집과는 어울리지 않는 허름한 집이었다. 굴뚝에서 솟아오르는 연기 자체가 가난을 말하는 듯했다.

넝마를 피우듯 가냘프게 피어오르는 연기는 셰리든 가문의 굴뚝에서 꿈틀거리는 어마어마한 은빛 깃털 같은 연기와는 비교되지 않았다. 그곳에는 세탁부, 청소부, 구두수선공 등이 살고 있었고 아이들이 우글거렸다. 셰리든 집안 아이들은 이곳을 끔찍하게 생각했지만 로라는 철이 나고 나서 오빠 로리와 산책하는 길에 가끔 여기를 지나가곤 했다.

"불쌍한 사람들 귀에 음악이 어떻게 들릴지 생각해 봐."

로라가 말했다.

"누가 사고를 일으킬 때마다 연주를 중지한다면 인생을 즐기기는 글렀어. 나도 조금은 불쌍하게 생각해, 동정도 하고."

그녀는 눈에 반감을 드러냈다. 어려서 서로 싸움할 때 하던 그런 눈초리로 로라를 바라보았다.

"그렇게 감상적으로 되어도 술 취한 노동자를 살리지는 못해."

"술? 누가 술에 취했대?"

로라는 벌컥 화를 내며 조스에게로 몸을 돌렸다. 이럴 때면 으레 하던 버릇 그대로 그녀는 말했다.

"바로 엄마한테 가서 말해야지."

"그래!"

조스는 노래하듯 대답했다.

"엄마, 들어가도 괜찮아요?"

로라가 커다란 유리 손잡이를 돌렸다.

"그럼, 얘야, 웬일이니? 뭣 때문에 안색이 그래!"

셰리든 부인은 화장대에서 돌아앉았다. 새 모자를 써 보던 참이었다.

"엄마, 사람이 죽었대요."

로라는 이야기를 시작했다.

"우리 정원에서는 아니겠지?"

"물론, 아니에요."

"원, 애도 깜짝 놀라게 하는구나!"

셰리든 부인은 안도의 숨을 쉬고 커다란 모자를 벗어서 무릎 위에 놓았다.

"그렇지만 엄마, 내 말 좀 들어보세요."

로라는 숨 가쁘게 말했다.

"물론, 가든파티를 열 순 없지요? 그렇죠?"

그녀는 애원하듯 말했다.

"악대랑 모두 올 거 아니겠어요. 그런 소리를 다 들을 거예요, 엄마. 거의 이웃이나 다름없는데!"

로라가 놀란 것은 어머니도 조스와 같은 태도를 취했다는 것이다. 딸이 애달파하는 걸 재미있게 여기는 것 같아서 더욱 견디기 어려웠다. 셰리든 부인은 로라 말을 귀담아들으려고 하지 않았다.

"그렇지만 애야, 상식적으로 생각해 보렴. 그 이야기를 들은 건 다만 우연에 지나지 않아. 하기야 그런 누추한 오막살이에서 죽지 않고 무슨 수로 살겠니. 아무튼 우리는 예정대로 가든파티를 열어야 해. 그렇지?"

로라는 이 물음에 "네."라고 대답해야 했지만 어쩐지 모든 것이 잘못된 것만 같았다. 그녀는 의자에 앉아서 쿠션 주름을 쥐어뜯었다.

"엄마, 정말이지, 우리가 너무 무심한 게 아닐까요?"

"아가!"

셰리든 부인은 일어나서 모자를 들고 로라가 앉은 곳으로 다가왔다. 미처 로라가 거절할 사이도 없이 모자를 그녀 머리 위에 살짝 올려놓았다.

"애야! 이 모자 너 줄게. 꼭 맞는구나. 내가 쓰기엔 너무 젊은이 스타일이야. 네가 이렇게 그림 같아 보인 일은 없었다. 이리로 와서 거울 좀 봐라!"

그녀는 거울을 보았다.

"그렇지만 엄마."

이번에는 셰리든 부인이 조스처럼 화를 냈다.

"로라야, 너 정말 어리석구나! 모든 사람의 즐거움을 망치려는 너 또한 그다지 동정심이 있어 보이지는 않아."

"모르겠어요."

로라는 빠른 걸음으로 방을 나와 자기 침실로 갔다. 거기서 아주 우연히 그녀 눈에 처음 띈 것은 거울에 비친 아름다운 여자, 황금빛 실국화로 테를 두르고 기다랗고 까만 벨벳 리본이 달린 검은색 모자를 쓴 모습이었다. 자기가 이렇게 예뻐 보이리라고는 상상도 하지 못했다.

'어머니가 옳은 것일까?'

그녀는 생각했다. 그리고 이제는 어머니가 옳기를 희망했다. 내가 너무 깊이 생각하는 것일까? 과장인지도 모른다. 또 한 번 그 불쌍한 여인과 어린아이들과 집으로 운반하는 시체가 눈앞에 번개처럼 지나갔다. 그러나 그건 모두 희미해지고 진실성이 없어 마치 신문에 난 사진 같았다. 가든파티나 끝나거든 다시 생각해 보자고 그녀는 결정했다. 지금으로선 그게 가장 현명한 방법이라고 생각했다. 1시에 점심 식사를 하고, 2시 30분에는 모두 한바탕 놀 준비를 모두 마쳤다. 초록색 웃옷을 입은 악대가 도착해서 테니스코트 한구석에 자리 잡았다.

"저것 좀 봐!"

키티가 떨리는 목소리로 말했다.

"저 사람들 완전히 청개구리 같지 않니? 차라리 연못가에 늘어

세우고 지휘자를 한가운데 연꽃잎에다 올려놓을 걸 그랬어."

외출했던 로리가 돌아와 옷을 갈아입으러 가면서 그들에게 큰 소리로 인사했다. 그를 보자 로라는 다시 그 사고 생각이 났다. 로리의 의견도 다른 사람과 같다면 그게 옳은 것이 틀림없다. 그래서 그녀는 그의 뒤를 따라 홀로 들어갔다.

"로리."

"응?"

그는 층계를 반쯤이나 올라갔는데 로라를 보고는 눈을 휘둥그레 떴다.

"굉장하구나! 누구든 너를 보면 감탄하겠어."

로리가 말했다.

"정말이지 근사한 모자로구나!"

로라는 들릴 듯 말 듯 대답했다.

"그래?"

그녀는 로리를 쳐다보고 미소를 지었으나 결국 그 이야기는 꺼내지 못했다.

얼마 뒤 손님들이 몰려들기 시작했고 악대가 연주를 시작했다. 임시로 고용한 웨이터들이 집과 천막 사이를 바삐 오갔다. 어디를 보나 쌍쌍이 꽃을 구경하고 행복한 미소를 지으며 정원을 거닐었다. 마치 명랑한 새들이 날아다니다 오늘 하루만 이 정원에 날아들어 노니는 것 같았다. 오늘이 지나면 이 새들은 과연 어디로 날아갈까? 기쁨에 취한 사람들과 눈을 맞추며 이야기를 나누고 웃음꽃을 피우는 것은 얼마나 행복한 일이란 말인가!

"로라, 정말 근사해!"

"얘, 모자가 정말 잘 어울리는구나!"

"로라, 꼭 스페인 여인 같아. 이렇게 예뻐 보인 건 처음인데."

그러면 로라는 얼굴을 붉히면서 대답했다.

"차 드셨어요? 아이스크림 드릴까요? 패션프루트passion fruit(시계꽃과의 덩굴성 여러해살이풀-옮긴이)로 만든 아이스크림은 정말 특별하답니다."

로라는 아버지에게로 뛰어가서 말했다.

"아버지, 악사들에게도 마실 걸 좀 줘야겠죠?"

이렇게 해서 훌륭했던 오후가 서서히 무르익고 서서히 식고 서서히 꽃잎을 오므렸다.

"이렇게 유쾌한 가든파티는 처음입니다."

"대단히 성공적이에요."

"정말이지, 가장 훌륭했어요."

로라는 어머니를 도와 작별인사를 했다. 사람들이 모두 사라질 때까지 모녀는 현관에 나란히 서 있었다.

"끝났구나, 끝났어, 잘되었다."

셰리든 부인이 말했다.

"식구들을 불러 모으렴. 가서 새로 뽑은 커피나 한잔씩 마시자. 난 녹초가 됐어. 그래도 이만하면 대성공이야."

그들은 모두 텅 빈 천막에 앉았다.

"샌드위치 하나 드실래요, 아버지? 제가 이 깃발에 글씨를 썼다고요."

"고맙구나."

셰리든 씨는 샌드위치를 먹으며 말했다.

"아마 너희는 오늘 일어난 참혹한 사고 소식 못 들었겠지?"

"여보!"

셰리든 부인이 손사래를 치면서 말했다.

"들었어요. 하마터면 파티를 망칠 뻔했어요. 로라가 파티를 그만두자고 고집을 부렸거든요."

"참, 엄마도!"

로라는 그 일로 조롱받고 싶지는 않았다.

"하여간 무서운 사건이었지."

셰리든 씨가 말했다.

"처자식이 있는 사람이라지? 바로 저 아래 골목에 사는데 소문엔 아내하고 아이들이 대여섯 있다더군."

어색한 침묵이 흘렀다. 셰리든 부인은 고개를 숙이고 찻잔을 매만지고 있었다. 그러다 갑자기 얼굴을 들어 탁자를 바라보았다. 거기에는 샌드위치, 케이크, 슈크림 등이 입도 안 댄 채 그대로 남아 있었다.

"옳지!"

그녀는 말했다.

"우리 바구니를 하나 만들어 보자. 그 불쌍한 사람들한테 이 맛있는 음식을 보내잔 말이야. 하여간 그 아이들한테는 대단한 잔치가 될 거야. 그렇잖니? 그리고 이웃에서 문상도 오고 그럴 테니 음식이 얼마나 아쉽겠어. 로라!"

부인은 벌떡 일어났다.

"계단 벽장에서 커다란 바구니를 가져오렴."

"그렇지만 엄마, 그게 정말 좋은 생각일까요?"

로라가 말했다.

정말 이상도 하지. 이번에도 로라만 생각이 다른 것 같았다. 가든파티에서 쓰고 남은 찌꺼기 음식을 갖다 준다? 그들이 정말 고마워할까?

"물론이지! 넌 도대체 오늘은 어떻게 된 셈이니? 한 시간인가 두 시간 전만 해도 동정심을 보여야 한다고 고집을 부리더니만."

"그래요, 좋아요!"

로라는 뛰어가서 바구니를 가지고 왔다. 부인은 음식을 담아 수북이 쌓아 올렸다.

"얘, 네가 가지고 가렴."

부인이 말했다.

"지금 입은 그대로 가거라. 아니, 잠깐, 백합도 가지고 가렴, 그 꽃을 보면 틀림없이 감격할 거야."

"꽃대 때문에 레이스가 엉망이 되라고?"

현실적인 조스가 말했다.

"그럼 바구니만. 그런데 로라야!"

어머니는 천막 밖으로 따라 나오면서 말했다.

"무슨 일이 있더라도…."

"뭐요, 엄마?"

"아니다, 너처럼 어린 숙녀에게는 말하지 않는 편이 좋겠어. 아무것도 아냐! 어서 가렴."

로라가 집을 나섰을 때 날은 이미 저물고 있었다. 커다란 개 한마리가 그림자처럼 옆으로 달려갔다. 길만 허옇게 비치고 그 아래 깊숙한 곳에는 오막살이들이 짙은 그늘에 싸여 있었다. 부산한 오후를 겪은 뒤라 더욱 고요해 보였다.

지금 한 사나이가 죽어서 누워 있는 어떤 곳으로 가면서도 그녀는 그걸 실감하지 못했다. 왜 느끼지 못할까? 그녀는 잠시 걸음을 멈췄다. 그녀에게는 아직도 가든파티에서 사람들이 해준 가벼운 입맞춤, 유쾌한 대화 소리, 웃음소리, 풀 향기가 배어 있는 것만 같았다. 다른 무엇이 끼어들 여지는 없었다. 얼마나 이상한 일이란 말인가? 그녀는 희뿌연 하늘을 올려다보았다. 머릿속에는 '그래, 정말 더할 나위 없이 행복한 가든파티였어.' 하는 생각이 있을 뿐이었다.

넓은 길을 지나 오두막집이 시작되는 골목에 접어들었는데 연기가 무척 맵고 골목 안은 어두컴컴했다. 숄을 두르고 남자용 모자를 쓴 여인들이 바삐 지나갔다. 남자들은 여기저기 난간에 기대 서 있었고, 아이들이 문간에서 놀고 있었다. 너절한 오막살이에서는 두런두런하는 나직한 말소리가 들렸다. 로라는 머리를 숙인 채 걸음을 재촉했다. 그녀는 코트를 입지 않고 온 것을 후회했다.

'드레스가 너무 화려해. 벨벳 리본이 달린 커다란 모자는 어떻고… 모자만이라도 다른 걸 쓰고 올걸. 모두 나만 바라볼 테지? 괜히 온 것 같아. 지금이라도 돌아가야 하지 않을까?'

아니, 늦었다. 어느새 그 집에 도착했다. 그 집이 틀림없다. 사람들 몇 명이 시꺼멓게 집에 모여서 있었다. 문 옆에는 몹시 늙은 할머니가 목발을 쥐고 의자에 앉아 물끄러미 바라보았다. 두 발은 신문지 위에 올려놓고 있었다. 로라가 가까이 가자 이야기 소리가 그쳤다. 모여 있던 사람들이 길을 비켰다. 마치 기다린 것처럼.

로라는 몹시 신경이 날카로워졌다. 벨벳 리본을 어깨 위에 나풀거리며 옆에 서 있는 부인에게 말했다.

"여기가 스콧 부인 댁이에요?"

그러자 부인은 괴상하게 미소를 지으며 대답했다.

"그렇다우, 아가씨."

아아, 이곳에서 벗어나고 싶다! 로라는 집으로 들어서며 나지막이 중얼거렸다.

"하느님, 도와주소서."

저렇게 흘금흘금 바라보는 시선을 피하고 싶었다. 뭐든지, 하다 못해 저 여자들이 두른 숄로라도 가리고 싶었다. 바구니만 내려놓고 가 버리자. 이런저런 생각을 하는 사이에 검은 옷을 입은 왜소한 부인이 어둠 속에 보였다.

"스콧 부인이세요?"

겁에 질린 그녀의 질문에 부인이 대답했다.

"들어오세요, 아가씨."

"아니에요. 들어갈 건 없어요. 이 바구니만 드리고 가면 돼요. 어머니가 보내시면서…"

컴컴한 복도에 있는 그 부인은 그녀 말이 안 들리는 것 같았다.

"이리 오세요, 아가씨."

그녀의 부드러운 목소리에 이끌려 로라는 어쩔 수 없이 따라 들어갔다. 로라는 어느새 형편없이 좁고 낮은 부엌에 들어와 있었는데, 그 방에는 그을음이 나는 램프가 켜져 있었다. 불 앞에 어떤 부인이 앉아 있었다.

"엠!"

로라를 데리고 들어온 여자가 말했다.

"엠! 어떤 아가씨가 오셨어."

그녀는 로라에게 몸을 돌렸다. 그리고 넌지시 말했다.

"난 저 아이 언니랍니다. 아가씨, 양해해 주세요, 네?"

"아이, 그럼요!"

로라가 말했다.

"괜히 그러실 필요 없으세요. 전 정말이지 이것만 드리고…"

그러나 바로 그때 불 앞에 앉았던 부인이 얼굴을 돌렸다. 벌겋게 부어오른 볼, 눈도 입도 부어오른 그녀의 얼굴은 무서웠다. 그녀는 왜 로라가 거기 서 있는지 모르겠다는 표정이었다. 어떻게 된 일인가? 왜 이 낯선 사람이 바구니를 들고 주방에 서 있는가?
도무지 어떻게 된 것일까? 그러자 가엾은 얼굴은 다시 울상으로
변했다.

"그래, 진정해."

다른 부인이 말했다.

"고맙다는 인사는 내가 할게."

그러고는 다시 로라에게 말했다.

"정말 양해해 주세요, 아가씨."

그녀의 얼굴 역시 부어 있었는데 억지 미소를 띠려고 했다. 로
라는 그저 빨리 여기서 벗어나고 싶었다. 그러나 부인은 로라를
다른 곳으로 이끌었다. 복도로 나와 다른 방의 문을 열었는데 그
곳에는 죽은 남자가 누워 있었다.

"한번 보고 싶으시죠, 안 그러세요?"

부인은 로라를 스쳐 지나 침대 근처로 갔다.

"두려워 마세요, 아가씨."

이번에는 그 목소리가 아주 정답고 부드러웠다. 그녀는 가만히
홑이불을 내렸다.

"꼭 그림 같지요. 조금도 죽은 것 같지 않아요. 이리 가까이 오
세요."

로라는 다가섰다.

거기에는 한 젊은이가 깊이 잠들어 있었다. 너무도 곤히 잠들
어 있는 남자는 마치 꿈이라도 꾸는 듯했다. 그는 꿈꾸고 있다. 다

시는 깨우지 마라. 머리는 베개에 묻히고 눈은 감겨 있었다. 감긴 눈꺼풀 밑에서는 아무것도 보이지 않았다. 꿈에 취해 있는 것이다. 가든파티고 바구니고, 레이스 달린 드레스 등이 그에게 무슨 상관이랴? 그는 이런 것들과는 멀리 떨어져 있었다. 훌륭하고 아름다운 모습이었다. 이웃 정원에서 사람들이 웃을 때, 악대가 연주할 때, 그에게 기적이 찾아왔던 것이다. 아, 행복하다. 행복해….

곤히 잠든 남자의 얼굴이 말했다. 남자의 평화로운 모습에 안도했지만 로라의 눈에는 눈물이 고였다. 뭐라고 한마디 하지 않고는 방에서 나올 수 없을 것 같았다. 로라는 어린아이처럼 소리 내어 흐느껴 울며 말했다.

"이런 모자를 쓰고 온 저를 용서하세요."

로라는 부인의 안내 없이 혼자 밖으로 나와 골목길을 걸었다. 아까 지나쳤던 사람들을 다시 지나쳤다. 그리고 골목 모퉁이에서 로리를 만났다. 그는 어둠 속에서 불쑥 나왔다.

"로라?"

"응."

"어머니가 염려하셔. 괜찮니?"

"그럼, 그런데 로리 오빠!"

로라는 그의 팔을 잡고 몸을 바싹 붙였다.

"너 울고 있니?"

로리가 묻자 로라는 머리를 흔들었다. 로리는 팔을 둘러 그녀의 어깨를 감싸 안았다.

"울지 마."

로리가 정답고 부드러운 음성으로 말했다.

"끔찍하던?"

"아니."

로라는 흐느꼈다.

"그저 신비스럽기만 해. 그렇지만, 오빠…."

그녀는 지금 자기 마음을 제대로 설명할 수 없었다.

"인생이란… 인생이란 말이야…."

그러나 설명하지 않아도 좋았다. 로리는 충분히 이해했다.

"인생이란 그런 게 아니겠니? 그렇지?"

로리가 말했다.

Les Pauvre Gens

Victor-Marie Hugo

1802~1885

18

가난한 사람들

·

빅토르 위고

칠흑같이 어두운 밤, 밖에서는 사정없이 폭풍우가 몰아치고 있었다. 자니는 오막살이 안에서 다 꺼져 가는 난로 옆에 앉아 낡아 빠진 돛을 깁고 있었다. 억수같이 굵은 빗줄기는 잠시도 쉬지 않고 유리창에 와서 부딪치고, 성난 파도가 철썩이며 암벽에서 부서지는 소리가 요란스레 들려왔다. 자니는 성난 파도 소리가 무서웠다.

　그렇게 밖에서는 폭풍우가 세상을 집어삼킬 듯 요동을 쳤지만 가난한 어부의 오막살이 집 안은 포근하고 아늑했다. 비록 흙바닥일망정 바닥은 깨끗하게 정돈되어 있었고, 난로는 활활 타올라 실내를 따뜻하게 해주었다. 방 한쪽 구석의 찬장에는 깨끗한 접시와 그릇들이 가지런히 놓여 있었고 그 한편에는 낡긴 했지만 제법 튼튼한 침대가 놓여 있었다.

낡은 카펫이 깔린 방바닥에는 바깥의 요란한 폭풍우에 아랑곳하지 않고 어부의 다섯 아이가 새근거리며 자고 있었다.

여자의 남편은 지금 고기를 잡으러 바다에 나가 있었다. 폭풍우가 몰아치는 이런 날씨에 바다에 나가는 것은 위험한 일이었지만 먹고살기가 빠듯한 형편이라 날씨를 따질 상황이 아니었다. 자니는 열심히 바느질하면서도 마음은 줄곧 바다에 나가 있었다. 더욱이 오늘처럼 폭풍우가 거세게 몰아치는 날이면 한시도 마음을 놓을 수 없었다.

간간이 거센 폭풍우를 뚫고 갈매기 우는 소리가 들려왔다. 비가 억세게 퍼부을수록 자니의 마음에는 불안감이 증폭했다. 자꾸만 폭풍우에 배가 난파당하는 장면이 그림처럼 떠올랐던 것이다. 배가 암초에 걸려 부서지고 사람들이 살려 달라고 아우성치는 모습이 눈에 선했다.

'아, 제발 무사해야 할 텐데….'

자니는 두려움에 떨며 몸을 웅크렸다. 그때 낡은 괘종시계가 시간을 알려주며 실내의 정적을 깼다. 철부지 아이들은 아무것도 모른 채 깊은 잠에 빠져 있고, 자니는 곰곰이 생각에 잠겼다. 먹고 사는 일이 정말 쉽지 않구나. 남편은 몸을 돌보지 않고 추위와 폭풍우를 무릅쓰고 바다에 나가 일했다. 그녀 또한 이른 새벽부터 밤늦게까지 쉴 새 없이 부지런히 일해야 겨우 입에 풀칠하는 실정이다.

한편으로 생각해 보면 부지런히 노력하며 산다는 것은 정말로 값지고 보람 있는 일이다. 하지만 아이들은 신발도 없어 맨발로 뛰어다녔다. 아이들에게 검은 빵이라도 매일 배부르게 먹일 수 있다면 얼마나 좋을까! 그래도 바닷가에 사는 덕분에 생선만큼은 가끔 얻어 먹일 수 있다. 비록 제대로 입히고 먹이지는 못하지만 아이들이 건강하게 자라는 것만으로도 감사할 따름이다. 자니는 두 눈을 감고 이렇게 기도했다.

"하느님! 그이는 어디에 있나요? 부디 그 사람을 반드시 지켜주세요."

빗줄기가 더욱 거세졌다. 마음이 불안해 도무지 집에 있을 수 없었던 자니는 외투를 걸치고 작은 램프를 들고는 밖으로 나갔다. 혹시 남편이 돌아오는 중은 아닌지, 바다가 잠잠해졌는지, 등대불이 제대로 켜져 있는지를 확인하기 위해서였다. 하지만 밖은 여전히 추웠고 거센 폭풍우가 휘몰아쳤다.

어느덧 자니의 발길은 아랫마을 해변에 인접한 낡은 초가집 앞에 이르렀다. 허물어진 벽에 앙상하게 매달려 있는 낡은 문짝 하나가 보였는데, 문짝은 바람이 몰아칠 때마다 부서질 듯 흔들렸다. 폭풍우는 마치 그 낡은 초가집을 한입에 삼키기라도 하려는 듯 세차게 불었다. 그곳을 지나치려던 자니는 문득 한 가지 생각을 떠올렸다.

'가엾은 사람! 내가 깜박했구나. 저 집에 사는 불쌍한 사람을 좀 더 일찍 돌봐주었어야 하는데… 남편이 저 사람은 외롭고 아

주 딱한 처지라고 했는데 말이지.'

자니가 문을 두드렸지만 안에서는 아무런 대답이 없었다. 자니는 잠시 머뭇거리며 생각에 잠겼다.

'아픈 모양이로군. 정말 불쌍하기도 하지. 임신한 채 과부가 됐으니, 어린 것들이 저 여자 하나만 바라보고 살아야 하는데, 가엾어라!'

자니가 여러 번 문을 두드렸지만 안에서는 여전히 인기척이 없었다.

"안에 계세요!"

그래도 대답이 없었다.

"주무신다면 그냥 돌아갈게요."

온몸이 비에 젖어 덜덜 떨던 자니가 막 발길을 돌리려는 순간 거센 비바람이 자니의 외투를 날려 버리기라도 하려는 듯 사납게 몰아쳤고, 그 순간 초가집의 낡은 문이 저절로 열려 버렸다. 자니는 집 안을 살폈다. 그저 모양만 집이지 집 안은 바깥보다 더 썰렁한 기운이 감돌았다. 천장 구석구석 빗물이 흘러들었고 문을 등진 벽에는 지저분한 지푸라기 더미가 보였다. 그리고 그 위에 죽은 듯 누워 있는 과부가 보였다.

머리를 뒤로 젖히고 입을 벌린 채 싸늘하게 식어 버린 그 얼굴은 절망과 고뇌가 꽁꽁 얼어붙은 채 그대로 있었다. 더욱이 죽어 가면서까지 뭔가를 열심히 붙잡으려 했는지 쭉 뻗은 그녀의 푸르스름한 손은 지푸라기 침대 아래로 축 처져 있었다. 그리고 죽은 여인의 발치 아래에는 때에 전 이불이 있었는데 그 속에 아이들이 누워 있었다. 비록 얼굴이 창백하고 살집이 없어도 금발의 예쁘장한 두 아이가 서로 얼굴을 맞댄 채 잠들어 있었다. 사나운 폭풍우에도 아이들은 곤히 잠을 자고 있었다. 어머니는 마지막 순간까지도 아이들 몸을 헌 이불로 감싸 주고 자기 옷을 아이들에게 덮어 준 모양이다.

죽음보다 강한 어머니의 사랑이었다. 한 아이는 고사리 같은 손으로 뺨을 고이고 있었고, 다른 아이는 형 목에 귀여운 얼굴을 맞대고 있었다. 그들은 세상 그 무엇도 그들의 포근한 잠을 깨우지 못할 정도로 깊고 달콤한 잠에 빠져 있었다.

두려움에 휩싸인 자니는 서둘러 그 집에서 뭔가를 훔쳐 외투 자락 속에 감추고는 도망치듯 나왔다. 누군가가 자신을 뒤쫓아오는 것 같아 그녀의 심장은 요동쳤다. 집에 돌아오자마자 그녀는 외투 속에 싸 들고 온 것을 침대 위에 내려놓고 재빨리 이불로 덮었다. 그러고는 정신없이 의자를 끌어당겨 앉은 다음 침대 끝에 이마를 대고 엎드렸다. 그녀의 얼굴은 몹시 창백했고 마치 발작을 일으키듯 심장이 쿵쾅거렸다. 양심의 가책을 받은 듯 그녀는 간간이 이렇게 중얼거렸다.

"그이가 뭐라고 할까? 대체 내가 무슨 짓을 한 거지? 아, 이 일을 어쩐담. 나는 바보야, 바보. 혹시 그이가 오지는 않았을까? 아직 오지 않았군. 차라리 그이가 와서 실컷 야단을 치기라도 한다면 좋으련만…. 아, 나는 몹쓸 짓을 한 거야…."

그때 인기척이 들리는 것 같아 자니는 몸을 벌벌 떨며 의자에서 일어났다.

"내가 잘못 들었나? 하느님! 제가 왜 이런 짓을 했을까요? 이런 짓을 하다니. 이제 일에 지쳐 돌아올 남편의 얼굴을 어떻게 대해야 하나요?"

자니는 말없이 침대 옆에 앉아 있었다. 온갖 고뇌로 가슴이 조여드는 것 같았다.

이윽고 비가 그치고 먼동이 터왔지만 바람은 여전히 거셌고 파도 소리도 성난 외침처럼 들려왔다. 그때 갑자기 문소리가 들려오더니 축축하고 시원한 바람 한 줄기가 집 안으로 흘러들어 왔다. 동시에 키가 크고 햇볕에 그을린 건장한 어부가 갈기갈기 찢어진 그물을 질질 끌며 안으로 들어왔다.

"여보, 나 왔어요!"

"아, 당신이로군요!"

그렇게 대답했지만 자니는 일어서지도 못하고 앉아서 고개를 숙이고 있었다.

"정말 사나운 날씨로군. 엄청난 밤이었어요."

"그래요. 고기는 많이 잡았나요?"

"고기는 무슨, 그물만 잔뜩 찢기고 말았는걸. 내 평생 그렇게 무서운 폭풍우는 처음이오. 마치 미친 악마처럼 달려들더라고. 밧줄이 순식간에 끊어지고 선체가 흔들리는데, 이렇게 살아 돌아온 것만도 하늘이 도운 거라. 그런데 당신은 그렇게 앉아서 뭘 하는 거요?"

어부는 피곤한 기색으로 난로 옆에 앉았다.

"그게… 저…"

자니는 창백한 얼굴로 남편을 멍하니 바라보았다.

"뜨개질했어요. 간밤에 폭풍우가 얼마나 거세게 불던지 혼자 있기가 너무 무서웠어요. 내내 당신 걱정만 했죠."

"그래요, 정말로 지독한 날씨였소. 그래서 당신 밤을 꼬박 새운 거요?"

남편이 걱정하는 표정으로 물었다. 잠시 아무런 대답도 하지 않은 자니는 무슨 큰 죄라도 지은 것처럼 더듬거리며 말하기 시작했다.

"여보, 시몬 아주머니가 죽었어요. 언제 죽었는지 몰라요. 모르긴 몰라도 당신이 그 집에 다녀온 엊그제쯤 되는 것 같아요. 죽을 때 몹시 고통스러웠나 봐요. 어린 것들을 두고 떠나려니 찢어지도록 마음이 아팠겠죠. 더욱이 젖먹이 둘을 남겨놓았으니… 큰 아이는 기어 다니기라도 하지만 작은 아이는 아직 기지도 못하는데…"

갑자기 자니가 입을 다물었다. 진지한 표정으로 자니의 말을 듣던 순박한 남편의 표정이 엄숙하게 변했다.

"정말 안됐군요… 아이들 앞날이 걱정이야…"

그는 안쓰럽다는 듯 목덜미를 손으로 벅벅 긁으며 말했다.

"아이들이라도 데려오지 그랬어요. 아이들이 잠이 깨면 엄마를

찾을 텐데…. 당신이 가서 어린것들부터 데려오구려."

하지만 자니는 꼼짝도 하지 않고 앉아 있었다.

"아이들을 데려오는 것이 내키지 않아요? 평소 당신답지 않게
왜 그러오?"

그제야 자니는 무거운 짐을 진 사람처럼 천천히 일어서더니 말

없이 남편을 침대 곁으로 데려갔다. 그리고 조용히 덮어놓은 이불을 걷어 보였다. 이불 속에는 죽은 과부의 아이들이 얼굴을 맞댄 채 평화스러운 표정으로 깊은 잠에 빠져 있었다.

故 乡

鲁迅

1881~1936

19

고향

·

루쉰

나는 혹독한 추위를 무릅쓰고 2천여 리나 떨어진 먼 곳에서 고향으로 돌아왔다. 20여 년 동안이나 떠나 있었던 곳이다.

　때는 마침 한겨울이라 고향이 가까울수록 차가운 바람이 선창 안까지 윙윙 소리를 내며 불어닥쳤다. 밖을 내다보니 뿌옇게 흐린 하늘 아래 쓸쓸하고 황폐한 마을이 보였다. 아무런 생기도 느껴지지 않는 풍경이었다. 나는 허전하고 쓸쓸했다.

　아! 이곳이 내가 지난 20년 동안 늘 기억하고 그리워하던 고향이란 말인가? 내가 기억하는 고향은 이런 모습이 아니었는데…. 내 고향은 이보다 훨씬 더 정감 있고 따뜻한 모습이었다. 그러나 그 모습을 떠올려 구체적으로 말하려고 하면 그 모습은 순식간에 지워져 버렸다.

아마도 고향이란 것은 이런 것이 아닐까? 변한 것은 아무것도 없고, 원래 모습 그대로이지만 그것을 보는 이의 마음에 따라 달라 보이는 것. 단지 내 심정이 허전하고 쓸쓸하기에 고향도 그렇게 느껴지는 것일 뿐이다. 왜냐하면 나는 이번에 고향과 작별하려고 왔기 때문이다. 오랫동안 우리 가족이 함께 살던 정든 집은 이미 다른 사람에게 넘어갔다. 식구들이 집을 비우고 이사 가야만 했다.

다음 날 아침 일찍 나는 고향 집 대문 앞에 이르렀다. 기와지붕 용마루 위에서는 마른풀들이 바람에 나부꼈다. 그것은 이 오래된 집의 주인이 어쩔 수 없이 바뀌어야 하는 이유를 말해 주는 것 같았다.

별채에 살던 다른 친척들은 이미 거의 이사를 한 모양이어서 무척 조용했다. 어머니께서는 마중을 나와 계셨다. 그리고 그 뒤를 따라 여덟 살 난 조카 홍얼宏兒이 뛰어나왔다.

어머니께서는 나를 보고 무척 기뻐하셨지만 쓸쓸하고 허전한 마음을 감추고 계신 것 같았다. 반갑게 날 맞아서 차를 마시자고 하면서도 선뜻 이사 말씀을 꺼내지 못하셨다. 홍얼은 아직 나를 본 적이 없는지라 멀찍이 떨어져 내 얼굴을 바라보고만 있었다.

하지만 우리는 결국 이사 이야기를 시작해야 했다. 나는 이미 내가 현재 사는 동네에 셋집을 계약해 놓았고, 가구도 사두었다는 말씀을 어머니께 드렸다. 그리고 고향집에 있는 목기木器들을 팔아서 필요한 가구를 몇 가지 더 장만해야겠다고 말씀드렸다. 그러자 어머니께서도 좋다고 하셨다. 짐들도 대충 정리해서 한군데 챙겨 놓았고, 목기도 운반하기 불편한 것들은 절반쯤 팔았는데, 다만 아직 그 값을 받지 못했다고 하셨다.

"하루 이틀 쉬고 나서 떠나기 전에 친척 어른들을 한번 찾아뵙고 인사드려라. 그런 다음에는 바로 떠날 수 있다."

어머니는 이렇게 말씀하셨다.

"네."

"그리고 룬투閏土 얘긴데 말이다. 그 애가 우리 집에 올 때마다 네 소식을 묻곤 했단다. 너를 꼭 한번 만나고 싶다고 하더라. 내가 오늘 네가 온다고 했으니 아마 곧 찾아올 게다."

그때 내 머릿속에는 갑자기 기묘한 그림 한 폭이 번갯불처럼 스쳐 지나갔다. 진한 쪽빛 하늘에 황금빛 보름달, 그 아래는 끝없이 파란 수박밭이 펼쳐진다. 그 가운데 열두세 살쯤 되는 소년이 손에 작살을 들고 오소리를 내리찍고 있다. 그러나 이 오소리란 놈은 교묘히 작살을 피해 도망가 버린다.

그 소년이 바로 룬투였다. 내가 그를 알게 된 것은 기껏해야 열 몇 살밖에 안 되던 무렵이다. 그러니까 지금으로부터 거의 30여 년 전의 일이다. 그땐 아버님께서도 생존해 계셨고, 집안 형편도 좋아서 나는 유복한 집안의 도련님이었다.

그해는 우리 집에서 큰 제사를 치러야 할 순서였다. 그 제사는 삼십여 년 만에 한 번씩 차례가 돌아오는 것으로 집안에서 아주 큰 행사였다. 음식도 정성스레 준비하고 제기祭器도 가장 좋은 것을 특별히 골라서 써야 했다. 또 제사에 참석하는 친척들과 다른 사람들도 아주 많았다. 절하러 오는 사람도 한둘이 아니어서 비싼 제기를 도둑맞지 않으려면 정신을 똑바로 차려야 했다.

그때 우리 집엔 망월忙月이 한 사람 있었다. 우리 고향에서는 남의 집에서 일하는 사람을 세 가지로 나누었다. 1년 내내 일정한 집에 고용되어 일하는 사람을 장년長年, 날짜를 따져서 남의 집에 가서 일하는 사람을 단공短工, 자기 농사를 지으면서 섣달 대목이나 명절 등에만 일정한 집에 가서 일하는 사람을 망월이라고 했다. 그런데 그 제사 때는 어찌나 바빴던지 우리 집 망월은 아버님께 말씀드려 자기 아들 룬투에게 제기를 지키도록 했으면 좋겠다고 했다.

아버님은 그렇게 하라고 승낙하셨다. 나도 대단히 기뻤다. 난 진작 룬투라는 이름을 들은 일이 있고 또 그 애가 나와 또래이며 덫을 놓아서 새를 잘 잡는다는 것도 알고 있었다. 그래서 나는 하루빨리 제사 지내는 새해 첫날이 오기만 기다렸다. 새해가 되면 룬투도 올 테니까 말이다. 가까스로 섣달그믐께가 되었는데, 어느 날 어머니께서 룬투가 왔다고 일러주셨다. 나는 날아갈 듯 기뻐하며 밖으로 뛰어나갔다.

그 애는 마침 부엌에 있었다. 발그스름한 둥근 얼굴을 한 룬투는 털모자를 쓰고 있었는데 목에는 반짝반짝 빛나는 은목걸이를 걸고 있었다. 목걸이는 아들에 대한 사랑이 얼마나 깊은지를 보여주는 것이었는데, 그 애가 오래 살도록 부처님께 불공을 드리고 목걸이를 걸어 준 것이라고 했다. 룬투는 사람들 앞에서 무척 부끄럼을 탔지만 나에게는 그렇지 않았다. 사람들이 옆에 없을 때면 그 아이는 내게 말을 걸어왔다. 한나절도 못 되어 우리는 금방 친해졌다.

우리가 그때 무슨 이야기를 했는지는 잘 기억이 나지 않는다.

단지 룬투가 우리 집에 온 것을 무척 좋아했던 기억이 난다.

다음 날, 나는 룬투에게 새를 잡아달라고 졸랐다. 그러자 룬투는 말했다.

"그건 안 돼. 먼저 큰 눈이 와야 해. 모래밭에 눈이 오면 눈을 쓸어 빈터를 만들고, 거기에 짤막한 막대기로 대나무 소쿠리를 놓는 거야. 그다음에 나락을 거기 뿌려 놓았다가 새가 와서 쪼아먹으면 내가 멀찍이 떨어진 곳에서 줄을 잡아당겨 소쿠리로 잡는 거야. 그러면 새가 소쿠리 안에 갇혀 도망칠 수 없게 되지. 그렇게 무슨 새든 다 잡을 수 있어. 참새, 꿩, 산비둘기, 파랑새…."

그래서 나는 눈이 내리기를 간절하게 기다렸다. 룬투는 또 내게 말했다.

"지금은 너무 추워. 나중에 여름이 되거든 우리 집에 놀러 와. 우리는 낮엔 바다에 가서 조개껍데기를 주워. 귀신을 쫓는 조개도 있고 부처님 손 같은 조개도 있어. 그리고 밤엔 아버지하고 수박을 지키러 간단다. 너도 함께 가자."

"도둑도 지킨단 말이야?"

"아니야. 우리 동네에선 길 가던 사람이 목이 말라서 수박 한 개쯤 따먹는 건 아무 일도 아냐. 우리가 지키는 것은 두더지, 고슴도치 그리고 오소리야. 달밤에 어디선가 사각사각 소리가 나면 그건 오소리란 놈이 수박을 먹는 소리야. 그러면 쇠 작살을 들고 살금살금 다가가서…."

그때 나는 이 오소리란 놈이 어떤 짐승인지 전혀 몰랐다. 물론 지금도 자세히는 알지 못한다. 그저 어쩐지 조그만 개처럼 생긴, 영악스러운 동물일 것 같다는 느낌이 들었다.

"그놈이 물거나 그러지는 않아?"

"쇠 작살이 있잖아. 가까이 가서 오소리를 발견하면 당장 찔러 버려야 해. 얼마나 약아빠진 녀석인지 요리조리 잘도 빠져나가서는 가랑이 밑으로 달아나 버리거든. 털이 마치 기름칠한 것처럼 미끄러우니까…."

나는 그때까지 세상에 이렇게 신기한 일이 많은 줄은 꿈에도 몰랐다. 바닷가에 형형색색 갖가지 조개껍데기가 있고, 또 수박에 그렇게 위험한 일이 숨겨져 있다는 것을 몰랐던 것이다. 그때까지 나는 수박이란 그저 과일가게에서 파는 것으로만 알았을 뿐이다.

"우리 모래사장엔 말이야. 밀물이 들어오면 날치들이 팔딱팔딱 뛰어오른다. 그 녀석들은 모두 청개구리처럼 두 다리가 달려 있어서…."

아아! 룬투의 생활엔 내가 알지 못하는 신기한 일들이 무궁무진하게 벌어지고 있었다. 룬투가 바닷가에서 그렇게 신기한 것들을 만날 때 나는 아무것도 모른 채 높은 담으로 둘러싸인 집 안에서 하늘만 바라보고 있었다.

안타깝게도 정월은 금세 지나가 버리고 룬투는 집으로 돌아가야 했다. 나는 그만 어쩔 줄 모르고 큰 소리로 엉엉 울었다. 룬투도 부엌에 숨어 울면서 밖으로 나오려 하지 않았다. 하지만 결국 룬투는 아버지 손에 이끌려 가 버리고 말았다.

그 애는 나중에 자기 아버지에게 부탁해서 내게 조개껍데기 한 꾸러미와 아름다운 새의 깃털 몇 개를 보내주었다. 나도 한두 차례 뭔가 그 애에게 선물을 보내기도 했지만 그런 뒤로는 두 번 다시 만나지 못했다.

그런데 지금, 어머니께서 그 애 이야기를 꺼내신 것이다. 나는 대뜸 어머니께 물었다.

"그것 참 반갑군요! 그래, 룬투는 어떻게 지내요?"

"그 애 말이냐? 걔 살아가는 것도 무척 힘든 모양이더라."

어머니는 이렇게 말씀하시면서 밖을 내다보더니 다시 말씀하셨다.

"저 사람들이 또 왔구나. 말로는 목기를 사러 왔다고 그러면서 닥치는 대로 아무 물건이나 손에 쥐고 가 버리니 내가 잠깐 나가 봐야겠다."

어머니는 일어서서 밖으로 나가셨다. 문 밖에서 여자들 몇 사람이 주고받는 말소리가 들려왔다. 나는 조카를 불러다가 내 앞에 앉히고 글씨를 쓸 줄 아는지, 다른 고장에 가 보고 싶은지 등을 물었다.

"우리, 기차를 타고 가요?"

"그래, 우린 기차를 타고 갈 거다."

"배는요?"

"먼저 배를 타고, 그런 다음에…."

"어머나, 세상에! 이렇게 컸네!"

갑자기 째지는 듯 날카로운 아주 괴팍한 목소리가 들려왔다. 나는 깜짝 놀라서 얼른 고개를 들었다. 광대뼈가 튀어나오고 입술이 얇은 쉰 살가량 되어 보이는 여자가 내 앞에 서 있었다.

"날 모르겠어? 이전에 내가 안아 준 일도 있는데!"

나는 더욱 어리둥절할 뿐이었다. 마침 다행스럽게도 어머니가 들어오시더니 옆에서 말씀하셨다.

"저 애는 오랫동안 객지에 나가 있어서 아마도 까맣게 잊었을 거야."

어머니가 나를 보고 말씀하셨다.

"아마 너도 기억이 날 거야. 저 양반이 우리 집 길 건너편에 사시던 양씨네 둘째 아주머니시란다. 왜 그 두부가게를 하던…."

아, 그렇지. 그제야 생각이 났다. 내가 어렸을 때, 우리 집 건너편의 두부가게에서 하루 종일 앉아 있던 양씨네 둘째 아주머니였다. 사람들은 모두 이 여자를 '두부가게 서시西施'라고 불렀다. 하지만 그때는 하얗게 분칠을 했고, 지금처럼 광대뼈도 튀어나오지 않았던 것 같다. 입술도 이렇게 얇지는 않았다.

당시에 마을 사람들은 이 여자 덕분에 두부가게의 장사가 잘된다고 말하곤 했다. 하지만 그때만 해도 나는 나이가 어린 탓이었는지 그런 말에 아무 느낌을 받지 못했고, 그 존재조차 까마득히 잊었다.

그러나 이 여인은 지금 몹시 기분이 상한 모양이었다.

"잊었다고? 하긴 정말 귀한 양반들은 워낙 눈이 높으시니…."

"설마 그럴 리가… 전 그저…."

"그럼 내 도련님한테 할 얘기가 있소. 도련님네는 부자가 됐고, 또 이렇게 무거운 짐들을 일일이 운반하기도 거추장스러울 테니 내게 주지 그래요? 이런 낡고 보잘것없는 물건들을 어디다 쓰시겠어요? 우리 같은 가난뱅이에겐 그래도 이런 물건이 쓸모가 있을 테니까 말이오."

"난 부자가 아닙니다. 또 이걸 팔아야 그 돈으로…."

"아이고 참! 부자가 아니라고? 당신은 지금 소실이 셋이나 되고 문 밖에만 나서면 여덟 사람이 드는 큰 가마를 타면서도 부자가 아니란 말이오? 흥! 그런 말로 날 속일 수 있을 것 같아요?"

나는 이제 무슨 말을 해도 소용이 없다는 것을 깨달았다. 나는 그저 입을 다물고 묵묵히 서 있었다.

"원 세상에! 부자가 될수록 지갑 끈을 죄고, 지갑 끈을 죌수록 더욱 부자가 된다더니 정말일세."

여인은 화가 나서 돌아서더니 투덜대면서 밖으로 걸어 나갔다. 그러나 나가면서 슬쩍 어머니의 장갑 한 켤레를 허리춤에 쑤셔 넣고 사라져 버렸다.

그다음에는 근처의 친척들이 나를 찾아왔다. 나는 그들을 상대하면서 틈틈이 짐을 꾸려야 했다. 이렇게 사나흘이 지나갔다.

날씨가 몹시 춥던 어느 날 오후, 나는 점심을 먹고 차를 마시며 앉아 있었다. 그러다가 밖에서 사람이 들어오는 인기척에 머리를 돌려 바라보았다. 그를 보고 나는 그만 놀라서 부랴부랴 몸을 일으켰다.

이번에 들어온 사람은 바로 룬투였다. 나는 보자마자 그가 룬투라는 것을 알 수 있었다. 그러나 내가 기억하는 그 룬투는 아니었다.

키는 갑절이나 커졌고, 옛날 발그스름하던 둥근 얼굴은 누렇게 윤기가 없어졌다. 얼굴에 깊은 주름이 파여 있고, 눈도 그의 아버지와 마찬가지로 언저리가 온통 벌겋게 부어올라 있었다. 바닷가에서 농사를 짓는 사람은 하루 종일 불어닥치는 바닷바람 때문에 대개 이런 모습을 하고 있다는 것을 나는 잘 알았다.

그는 너덜너덜한 털모자를 쓰고 몸에는 얇은 솜옷을 걸치고 있었다. 그렇지 않아도 초라한 행색을 한 룬투는 추위 때문에 부들부들 떨었다. 손에는 종이봉지 하나와 기다란 담뱃대를 들고 있었다. 그 손 역시 내가 기억하던, 통통하고 혈색이 좋은 손은 아니었다. 거칠고 여기저기가 터져서 마치 소나무껍질 같았다. 나는 이때 너무 흥분해 뭐라고 말하면 좋을지 알 수 없었다.

"아, 룬투 형. 이제 오셨구려."

이렇게 말했을 뿐이다. 나는 하고 싶은 말이 너무 많았다. 꿩이며, 날치며, 조개껍질, 오소리… 그러나 무언가에 가로막힌 듯 그 말들은 머릿속에서만 빙빙 돌 뿐 입 밖으로 나오지 못했다.

그는 그 자리에 우뚝 서 있었다. 얼굴에는 기쁨과 처량함이 섞인 표정이 선명하게 떠올랐다. 그는 뭐라고 입술을 달싹이긴 했지만 잘 들리지 않았다. 그리고 마침내 그는 더욱 공손한 태도로 분

명히 이렇게 불렀다.

"나리!"

나는 오싹 소름이 끼치는 것 같았다. 우리 둘 사이에는 이미 두 꺼운 장벽이 가로막고 있었던 것이다. 그 슬퍼해야 할 장벽 말이 다. 나는 아무 말도 할 수 없었다.

그는 뒤를 돌아다보며 말했다.

"쉐이성水生아! 나리께 인사드려라."

그는 자기 옆에 있던 어린아이를 앞으로 끌어냈다. 그 아이야말로 20년 전의 룬투 그대로였다. 단지 안색이 나쁘고 비쩍 마른 데다 목에 은목걸이가 없을 뿐이었다.

"이놈이 다섯째 놈입니다. 아직 세상 구경을 못 해서 그런지 비실비실 낯만 가리고…."

어머니와 조카 훙얼이가 2층에서 아래로 내려왔다. 아마 룬투의 말소리를 들은 모양이었다. 룬투가 어머니께 말했다.

"마나님, 보내주신 편지는 벌써 받았습죠. 정말 어찌나 기뻤는지. 나리께서 돌아오신다는 것을 알고…."

"룬투 자네 왜 이렇게 서먹서먹하게 인사치레를 하나. 옛날에는 서로 형, 아우라고 하지 않았나? 옛날같이 그냥 쉰이라 부르게나."

어머니는 기뻐하시며 이렇게 말씀하셨다.

"참, 마나님도 무슨 말씀을… 그게 될 법이나 한 얘깁니까 그땐 철없는 어린아이여서 아무것도 모르고…."

룬투는 이렇게 얘기하면서 또 자기 아들에게 인사를 드리라고 했다. 하지만 아이는 여전히 부끄러워하면서 제 아버지 옆에 찰싹 달라붙어 있었다. 어머니가 말씀하셨다.

"그 애가 쉐이성인가? 다섯째랬지? 모두 낯선 사람뿐이니 겁을 내는 것도 당연하지. 애, 훙얼아, 쉐이성이랑 같이 나가 놀아라."

훙얼은 이 말을 듣고 쉐이성에게 손짓했다. 쉐이성은 그제야 한결 가벼운 걸음으로 훙얼과 함께 밖으로 나갔다.

어머니는 룬투에게 자리에 앉으라고 권하셨다. 그는 한참 망설이다가 겨우 자리에 앉았다. 그는 자리에 앉아 긴 담뱃대를 탁자 옆에 기대 놓더니 종이봉지를 앞으로 끌어당기면서 말했다.

"겨울이라서 변변한 게 아무것도 없습니다. 이건 푸른 콩을 말린 것인데, 정말 변변찮지만 그래도 저희 집에서 말린 것이라서 나리께서 맛이라도 보시라고…"

나는 그에게 사는 형편이 어떤지 물었다. 그는 그저 머리를 흔들 뿐이었다.

"말이 아닙니다. 여섯째 놈까지 나서서 집안일을 거드는데도 먹고살 수가 없어요. 세상은 온통 뒤숭숭하고. 무슨 이유도 없이 여기저기서 돈만 마구 거둬가고. 그러니 버는 게 형편이 없죠. 게다가 소출은 점점 나빠져요. 농사를 지어서 짊어지고 가서 팔려고 하면 세금만 몇 번씩 내야 합니다. 그러니 본전만 까먹고 말죠. 그렇다고 팔지 않고 두자니 그냥 썩혀 버릴 형편이고요."

그는 머리를 흔들어 댔다.

숱한 주름살이 새겨진 룬투의 얼굴은 마치 석상처럼 전혀 표정 변화가 없었다. 그가 느끼는 감정은 오직 괴로움뿐인 것 같았다. 그런데 그것을 표현하려 해도 표현할 방법이 없는 듯했다. 그는 잠시 입을 다물고 있더니, 이윽고 담뱃대를 들고 묵묵히 빨았다.

어머니가 물어보자 그는 집안일이 바빠서 내일 돌아가야 한다고 말했다. 그가 점심도 먹지 않은 것을 알고 어머니는 부엌에 가서 밥을 먹도록 일렀다.

그가 나간 뒤, 어머니와 나는 그가 사는 형편을 이야기하며 탄

식했다. 자식들은 많고, 농사는 해마다 흉작이고, 세금은 가혹하다. 군인, 강도, 벼슬아치, 지주들은 한꺼번에 달려들어 그를 괴롭혔다. 어머니는 우리가 가져가지 않아도 될 물건은 모두 그에게 주자고 말씀하셨다.

오후에 그는 필요한 몇 가지 물건을 골랐다. 기다란 탁자 두 개, 의자 네 개, 향로와 촛대 한 벌씩 그리고 짐을 짊어질 때 쓰는 가로대 하나였다. 그는 또 재-우리 고향에서는 밥을 지을 때 짚을 이용하는데 그 재는 밭에 비료로 쓴다-를 전부 달라고 했는데 우리가 떠날 때 배로 실어 가겠다고 했다.

밤에 룬투와 나는 이것저것 자질구레한 얘기를 나눴다. 그러나 별로 중요하지 않은 잡담일 뿐이었다. 다음 날 아침 일찍 그는 쉐이성을 데리고 돌아갔다.

그로부터 9일이 지났다. 바로 우리가 떠나야 할 날이었다. 룬투는 아침 일찍부터 우리 집에 와 있었다. 그러나 쉐이성은 데려오지 않고 그 대신 다섯 살짜리 딸아이를 데리고 와서 배를 지키도록 했다. 우리는 하루 종일 정신없이 바빴다. 그래서 룬투와 나는 다시 한가하게 이야기를 나눌 틈이 없었다. 저녁이 되어 우리는 배에 올랐다. 우리 배는 앞으로 나아갔다. 양쪽 기슭에 줄지어 서 있는 푸른 산들은 황혼에 검푸르게 물들고 있었다. 그 산들은 하나씩 배 뒤 쪽으로 사라져 갔다.

훙얼은 나와 함께 선창에 몸을 의지하고 바깥의 아스라한 풍경을 바라보았다. 그러다 그 아이는 갑자기 이렇게 물었다.

"큰아버지! 우리 이제 언제 돌아와요?"

"돌아와! 너는 왜 가기도 전에 돌아올 생각부터 하는 거냐?"

"하지만 쉐이성이 자기 집으로 놀러 오라고 해서 간다고 약속 했어요."

홍얼은 크고 새까만 눈을 똑바로 뜨고 생각에 잠겼다.

나와 어머니는 갑자기 멍해졌다. 그리고 다시 룬투 이야기를 꺼냈다. 어머니가 말씀하시기를 그 '두부집 서시'라는 아주머니 는 우리 집이 이삿짐을 챙기면서부터 매일같이 찾아왔다고 한다. 그러다 엊그제 잿더미 속에서 접시와 그릇을 찾아냈는데 룬투가 재를 가져갈 때 함께 가져가려고 숨겨둔 것이라고 떠들어 댔다고 한다.

그 아주머니는 이 발견으로 마치 큰 공이라도 세운 것처럼 자 랑하며 '구기살狗氣殺(닭을 기를 때 쓰는 도구−옮긴이)'을 집어 들고 쏜살같이 달아났는데 어머니는 전족한 여자가 그렇게 뒤축이 높 은 신발을 신고 어쩌면 그렇게 빨리 뛰어가는지 모르겠다고 말씀 하셨다.

옛 고향 집은 점점 멀어져 갔다. 그만큼 고향의 산천도 점점 멀 어지며 작아졌다. 하지만 나는 아무 미련도 느끼지 않았다. 나는 단지 보이지 않는 높은 담이 내 주위를 둘러싸 나를 외톨이로 만 들고 있다는 생각을 했을 뿐이다. 마음이 텅 빈 것 같은 느낌이었 다. 저 수박밭에서 은목걸이를 한 작은 영웅의 형상은 무척 뚜렷 했다. 그러나 이제는 그것조차 갑자기 흐릿해졌다. 이것 역시 나를 무척 슬프게 했다.

　어머니와 훙얼은 잠이 들었고 나도 자리에 누웠다. 그리고 배 밑바닥에 부딪는 잔잔한 물소리를 들으며, 내가 내 길을 가고 있다는 사실을 깨달았다. 생각해 보면 룬투와 나는 이미 딴 길로 가도록 정해져 있었다. 하지만 어린아이들의 마음은 아직 하나로 이어져 있다. 훙얼이 바로 쉐이성을 생각하지 않는가? 난 그 애들이 또다시 나와 같은 단절을 겪지 않기를 바란다. 그 아이들은 마땅히 새로운 생활을 해야 한다. 우리가 아직 경험해 본 일이 없는 그런 생활 말이다.

　나는 희망이라는 것을 생각하면서 갑자기 무서워졌다. 룬투가 향로와 촛대를 달라고 했을 때 속으로 그를 우습게 여겼다. 그가 아직도 우상을 숭배하고 그 버릇을 버리지 못하는 인간이라고 생각한 것이다. 그러나 내가 지금 말하는 희망 역시 내가 직접 만들어 낸 또 하나의 우상이 아닌가? 단지 그의 희망이 좀 더 현실에 가깝고 절박한 것인 반면, 내 희망은 더 막연하고 아득하게 멀다는 차이일 뿐이다.

　나는 거의 무의식중에 눈앞에 모래사장이 펼쳐지는 것을 보았다. 짙은 쪽빛 하늘엔 동그란 황금빛 보름달이 걸려 있었다.

　나는 생각했다. 희망은 있다고도 없다고도 할 수 없다. 그것은 마치 땅 위의 길이나 마찬가지다. 원래 땅 위에는 길이 없었다. 걸어가는 사람이 많아지면 그게 곧 길이 되는 것이다.

Die Verwandlung

Franz Kafka
1883~1924

20

변신

·

프란츠 카프카

1

어느 날 아침, 불길한 꿈에서 깨어난 그레고르 잠자는 침대 위의 자신이 거대하고 흉측한 벌레로 변해 있는 것을 발견했다. 갑각류처럼 딱딱한 등을 밑으로 하고 누워 있던 그가 머리를 들자, 갈색으로 둥글게 부풀어 오른 배가 보였다. 몇 가닥 주름진 배 위에 이불이 미끄러져 내리듯 아슬아슬하게 걸려 있었다. 몸에 비해 비참할 정도로 가는 다리 여러 개가 눈앞에서 꿈틀거렸다.

그는 '도대체 무슨 일이 일어난 것일까?' 하고 생각했다. 분명 꿈은 아니었다. 다소 작았지만 사람이 사는 방이고 무엇보다 낯익은 네 벽으로 이루어진 자기 방이었다. 책상 위에는 옷감 견본들이 흩어져-그의 직업은 외판원이었다-있었고 책상 위 벽에는 얼마 전 잡지에서 오려 내 예쁜 금박 액자에 끼워 넣은 그림이 걸려 있었다. 그림은 한 여자가 모피 모자와 목도리를 두르고 양팔을 감싸 안은 커다란 모피 토시를 앞으로 쳐들고 의자에 꼿꼿하게 앉아 있는 것이었다.

그다음 그레고르의 눈길은 창밖으로 향했다. 창가의 양철판 위로 떨어지는 빗방울 소리가 그를 더욱 우울하게 했다. '잠을 좀 더 자고 나면 이런 황당한 일은 잊게 될 거야.'라고 그는 생각했다. 그러나 그것은 매우 어려운 일이었다. 항상 오른쪽으로 누워 자는 데 익숙한 그레고르가 몸을 움직이려 했지만 현재 상태로는 아무것도 할 수 없었다. 수백 번 시도했지만 누운 자세 그대로였다. 그는 버둥거릴 때마다 흔들리는 다리들이 보기 싫어 눈을 감았다. 그러다 전에 없던 가벼운 통증을 옆구리에서 느끼고 그만두었다.

그레고르는 생각했다.

'제기랄! 나는 어째서 이렇게 고된 직업을 선택했을까! 날이면 날마다 출장 또 출장이다. 사무실에서의 근무도 여러 가지 귀찮기는 하지만, 외판에 따르는 고충은 훨씬 더 각별한 것이다. 기차 시간에 대한 걱정과 불규칙하고 무성의한 식사, 그리고 오래 지속되고 진정으로 가까워지는 사람은 하나도 없다. 이 얼마나 끔찍한 일인가!'

배 위쪽이 어쩐지 좀 가려웠다. 그는 머리를 좀 더 쳐들 수 있도록 드러누운 채 몸을 침대 끝의 기둥 쪽으로 밀고 올라가서 보니 조그마한 하얀 점들이 오글오글 붙어 있었다. 그러나 그 점들이 무엇인지는 알 수 없었다.

다리 하나를 이용해서 그 자리를 만져 보려고 했으나 금방 움츠러들고 말았다. 다리가 슬쩍 그곳에 닿는 순간, 온몸에 오싹 소름이 끼쳤기 때문이다.

그는 다시 몸을 이끌고 이전 위치로 되돌아 생각에 잠겼다. '사람이 너무 일찍 일어나면 이렇게 멍청해지는 법이야. 사람은 잘 만큼 자야 해. 그렇고말고. 충분한 수면은 꼭 필요한 법이야. 다른 외판원들은 마치 후궁後宮의 여인들처럼 지내지 않는가. 예를 들어 내가 밖에서 한 가지 일을 끝내고 오전 중에 숙소로 돌아와서 계약된 서류들을 정리하고 작성할 때에야 비로소 그들은 아침 식사를 시작하지 않던가. 만약 내가 사장 앞에서 그런 짓을 한다면 그는 나를 당장 해고할 거야. 그런 생활이 이로운지 어떤지 잘 모르지만 나도 그런 사람들처럼 여유롭게 살고 싶어. 부모님만 아니라면 이렇게 참고만 있지는 않았을 거야. 벌써 이 외판원 일을 그만두고 말았을걸. 사장 앞으로 걸어가서 내 생각을 아주 솔직하게 털어놓았겠지. 그러면 틀림없이 그는 놀라서 책상 아래로 굴러떨어졌을 거야. 지금 당장은 사장한테 아무런 말도 할 수 없지만⋯. 그렇다고 희망이 전혀 없는 것은 아니야. 부모님이 진 빚을 모두 청산할 수 있을 만큼 돈을 모은다면, 아마도 5, 6년은 걸리겠지만, 그렇게만 된다면 무조건 그렇게 하고 말 테야. 사장한테 가서 당당하게 내 의견을 말할 거야. 그러면 그것이 내 일생일대

의 전환기가 되겠지. 그것은 그렇다 치고 우선 지금은 일어나야만 해. 기차는 다섯 시에 출발하니까.'

그리고 그는 책장 위에서 째깍거리는 자명종 시계를 올려다보았다.

'아니, 이럴 수가!'

시계는 6시 30분이었다. 조용히 계속 움직이는 시계바늘은 이미 30분을 지나 거의 45분을 향해 가고 있었다. 자명종이 울리지 않은 것은 아닐까? 침대에서 보아도 자명종은 정각 4시에 울리도록 정확히 맞추어져 있었다. 자명종은 틀림없이 울렸을 것이다. 그렇다면 온 집 안을 요란하게 울려 대는 소리에도 깨지 않고 편안히 잠을 잘 수 있었단 말인가? 그렇다고 밤새 편안하게 잘 잔 것만은 아니다. 그렇기에 종이 울린 후에 더욱 정신없이 곯아떨어졌는지도 모른다.

'그러나저러나 이제 어떻게 한다? 다음 기차는 일곱 시에 있으니 그것을 타려면 정신없이 서둘러야만 할 텐데.'

아직 옷감 견본들을 챙겨 놓지도 못한 데다가 기분도 결코 개운하거나 유쾌한 느낌은 들지 않았다. 설사 기차를 탄다 해도 결코 사장의 불벼락을 피할 수는 없을 것이다. 왜냐하면 사환이 5시 기차를 기다리다 내가 그 기차를 타지 않았다는 것을 사장에게 보고했을 것이기 때문이다. 그 녀석은 아첨꾼으로, 줏대도 없고 분별력도 없는 사장의 앞잡이다. 그럼 몸이 아프다고 말하면 어떨까? 그러나 그것은 더없이 괴로운 일이다. 더욱이 수상쩍게 생각할 것이 틀림없다. 그레고르는 지난 5년 동안 외판원 생활을 하면서 한 번도 아픈 적이 없었기 때문이다. 아마 아프다고 말하면 사장은 조합 주치의를 데리고 올 것이다. 그리고 부모님에게 그레고르의 게으름을 비난할 것이다. 태만한 아들로 부모님까지 욕먹을지도 모른다. 그 의사에게 일단 진찰받게 되면 아무리 발뺌을 해도 통할 리가 없다. 그 조합 주치의는 그레고르가 건강하면서도 단지 일하기 싫어 잔꾀를 부리는 것으로만 볼 것이다. 사실 지금의 그레고르는 피곤함을 느끼기는 했지만 몸 상태가 좋은 편에 속했다. 심지어는 배까지 몹시 고프기도 했다.

이런 순간적인 생각에 빠져 있다가 그만 잠자리에서 일어나야겠다고 결심했을 때 자명종 시계가 6시 45분을 알렸다. 침대 머리맡 쪽에 있는 문에서 조심스럽게 두드리는 소리가 들렸다.

"그레고르야, 여섯 시 사십오 분이다. 일하러 안 나가니?"

어머니가 부르는 소리가 들렸다. 아, 저 부드러운 목소리! 그러나 어머니 물음에 대답하는 자신의 목소리를 듣고 그레고르는 깜짝 놀랐다. 물론 틀림없는 자기 목소리였지만, 어쩐지 밑에서부터 울려 나오는 듯한 억누를 수 없는 고통의 소리가 섞여 나오는 것이었다. 첫 순간의 말소리만 정확히 들렸을 뿐 여운 속에서 상대방이 이쪽 말을 제대로 알아들었는지 알 수 없을 정도로 엉망이었다. 그레고르는 상세하게 모든 것을 설명하려고 했다.

그러나 "예! 예! 고마워요, 어머니, 곧 일어나요."라고 대답할 수밖에 없었다. 나무문 때문에 어머니는 그레고르의 목소리가 달라

진 것을 아마 몰랐을 것이다. 그의 대답에 안심하고 신발을 끌며 가버렸기 때문이다. 그러나 이 몇 마디 대화로 다른 가족은 그레고르가 아직 출근하지 않았다는 것을 알고 말았다. 아니나 다를까, 아버지가 다른 쪽 문을 주먹으로 가볍게 두드렸다.

　"그레고르, 그레고르! 도대체 무슨 일이냐?"

아버지가 불렀다. 그리고 한층 낮은 목소리로 다시 한번 더 재촉했다.

"얘야, 그레고르야!"

또 다른 옆문 밖에서는 누이동생이 작은 소리로 걱정스럽게 호소했다.

"오빠, 몸이 안 좋아요? 뭐 필요한 게 있어요?"

"이제 준비 다 되었어요."

그레고르가 양쪽 문을 향해 대답했다. 한마디 한마디 말과 말 사이 간격을 길게 두어 세심하게 발음했다. 자기 목소리가 이상하다는 것이 드러나지 않도록 노력했다. 아버지는 아침 식사를 하려고 되돌아갔으나 누이동생은 아직 문 뒤에 서서 속삭였다.

"오빠, 제발 문 좀 열어 주세요, 네? 부탁이에요."

그러나 그레고르는 문을 열 수 없었다. 오히려 출장 중에 얻은 습관대로 밤이면 모든 문을 잠가버리는 자신의 신중함을 다행으로 여겼다. 우선 그는 다른 사람에게 방해받지 않고 조용히 일어나 옷부터 입고, 무엇보다 아침을 먹은 후 비로소 그다음 일을 생각하고 싶었다. 침대 속에서 아무리 고민을 한다 해도 이성적인 결론에 이르지 못하리라는 것을 그 자신이 더 잘 알았다. 가만 생각해 보니 예전에도 잘못된 자세 때문에 가벼운 통증을 느꼈지만 일어나 보면—아마 그것은 잠을 험하게 잤기 때문인지도 모르지만—고통이 전혀 없었던 것처럼 멀쩡했던 적이 자주 있었다. 그러므로 그레고르는 오늘의 헛된 공상이 점차 없어지리라는 기대에 부풀었다. 그는 목소리가 변한 것도 지독한 감기 때문일 거라고 생각했다. 자주 출장을 다니는 외판원의 직업병에 불과한 것이라고 마음속으로 생각했다.

이불을 걷어 내는 일은 매우 간단했다. 그저 숨을 약간 들이마셔 배에 힘을 주기만 하면, 이불은 자연히 밑으로 미끄러져 내렸다. 그러나 더 이상의 동작은 쉽지 않았다. 특히, 그의 몸이 옆으로 퍼져 있었다. 몸을 일으키려면 팔과 손의 도움이 필요했지만, 도리어 다리는 먼저 쭉 뻗어 버리는 형편이었다. 마침내 그가 다리를 사용해서 원하는 대로 움직일 수 있게 되는 동안 다른 모든 다리가 마치 해방이라도 맞은 것처럼 요란스럽게 꿈틀거렸다. 그레고르는 중얼거렸다.

"침대 속에서 더 꾸물거려야 아무 소용이 없겠는데…"

우선 그는 하반신을 이용해 침대 밖으로 빠져나오려고 했다. 그러나 아직 자신의 눈으로 보지도 못했으며, 또 어떻게 생겼는지 상상조차 할 수 없는 그 하반신을 움직이기가 매우 어렵다는 것을 알았다. 그래서 그는 미친 듯이 있는 힘을 다해 정신없이 앞으로 돌진해 밀고 나갔다. 그런데 방향을 잘못 잡아서 침대 난간 기둥에 다리를 심하게 부딪쳤다. 후끈거리는 심한 통증을 느끼고 나서야 비로소 자신의 몸에서 하체가 가장 감각이 예민한 부분이라는 사실을 깨닫게 되었다.

그래서 이번에는 상체를 먼저 침대 밖으로 끌어내려고 조심조심 머리를 침대 가장자리로 돌렸다. 그 일은 별로 힘들지 않게 할 수 있었다. 몸통은 그 폭이나 무게가 볼품없이 컸지만, 그래도 머리가 돌아가는 방향으로 같이 움직여 주었다. 그러나 머리가 막상 침대 밖으로 나가려니까 불안했다. 이런 식으로 침대 밖으로 나가다가는 결국 그대로 침대 밑으로 떨어질 테고, 그렇게 되면 기적이라도 일어나지 않는 한 머리 부분이 무사할 수 없을 것이다. 어떤 일이 있어도 분별력을 잃지 않는 게 중요했다. 그래서 그는 차라리 이대로 침대에 있는 편이 낫겠다고 생각했다.

결국 그레고르는 다시 똑같은 노력을 반복한 후에야 한숨을 몰아쉬면서 원래 자리에 다시 누울 수 있었다. 그는 눈앞에서 조금 전보다 더 약이 오른 듯이 서로 엉클어져 볼썽사납게 싸우는 자신의 가냘픈 다리들을 보면서 이 혼란 속에서 횡포를 잠재우고 질서를 잡을 가능성은 없다는 것을 느꼈다.

그레고르는 중얼거렸다.

"더는 그냥 침대에 누워 있을 수도 없고, 설령 침대 밖으로 나갈 희망이 거의 없다고 할지라도, 모든 희생을 감수하고라도 이 자리에서 일어나는 것이 현명할 거야."

동시에 그는 자포자기하는 것보다는 심사숙고하는 쪽이 훨씬 낫다는 생각도 해보았다. 그러면서 그는 순간순간 날카로운 시선을 창 쪽으로 집중했다. 그런데 아쉽게도 좁은 골목 건너편에 늘어선 집들마저도 아침 안개에 휩싸여 그를 더욱 몽롱하게 만들었다. 자명종 시계가 7시를 치는 소리가 들리자 그가 중얼거렸다.

"벌써 일곱 시인데 안개는 여전하군, 참!"

그리고 그는 이 완전한 정적에 혹시라도 평소 자신의 상태로 되돌아가지나 않을까 기대라도 하듯 잠시 숨을 내쉬며 조용히 누워 있었다. 그러나 그는 또다시 중얼거렸다.

"일곱 시 십오 분까지는 무슨 일이 있어도 침대에서 벗어나야 해. 어쨌든 누군가 내 상황을 알아보려고 사무실에서 올 거야. 사무실은 일곱 시에 문을 여니까."

마침내 그는 몸을 좌우로 움직여 침대에서 빠져나오려고 했다. 조금씩 움직여 등 쪽으로 떨어질 생각이었다. 머리를 위쪽으로 치켜들면 아마도 머리는 안전할 것이다. 등은 딱딱하니까 카펫 위에 떨어져도 아무렇지 않을 것이다. 무엇보다 걱정되는 것은 떨어질 때 나는 소리였다. 그 소리가 식구들을 크게 놀라게 하지는 않겠지만 걱정을 끼치게 할지도 몰랐다. 그러나 어쩔 수 없었다.

그레고르가 절반쯤 침대에서 빠져나왔을 때 이 새로운 동작은 힘든 일이라기보다는 오히려 놀이처럼 느껴졌다. 그는 가끔 몸을 흔들기만 하면 되었다. 누군가가 조금만 도와주면 이 일은 아주 간단하게 끝날 것이라는 생각이 들었다. 힘센 사람이 두 명만 와준다면—아버지와 하녀가 생각났다—충분할 것이다. 그들이 둥글게 솟아오른 등 밑에다 팔을 집어넣고 침대에서 몸을 굽혀 방바닥에 내려놓으면 된다. 그리고 내가 방바닥에서 몸을 뒤집을 때까지 조금만 기다려 주면 된다. 그렇게만 되면 이 조그만 다리들도 제구실을 할 것이다.

'문이 모두 잠겨 있지만 않다면 구원을 청할 수도 있을 텐데.'

그는 이런 곤경 속에서도 생각이 여기에 미치자 웃음을 참을 수 없었다.

그는 벌써 몸을 너무 세게 흔들어 균형을 잡을 수 없는 상태까지 되었다. 우물쭈물할 수는 없었다. 이제 최종적으로 결단을 내려야 했다. 앞으로 5분만 지나면 7시 15분이 되기 때문이다. 그때 현관문에서 벨이 울렸다.

'사무실에서 누가 왔구나.'

그는 온몸이 뻣뻣해지는 것 같았다. 그러는 동안에도 그의 다리들은 더욱 분주하게 꿈틀거렸다. 그 순간 온 집 안이 아주 조용했다.

"아무도 문을 열어 주지 않는구나."

그레고르는 중얼거리면서 어떤 부질없는 희망을 품어 보았다. 그러나 잠시 후 언제나처럼 하녀가 힘찬 발걸음으로 걸어 나가서 문을 열어 주었다. 그레고르는 방문객의 인사말만 듣고도 그것이 누구인지 알 수 있었다. 그는 바로 지배인이었다.

'어쩌다 이렇게 사소한 지각에도 금방 의심하고 방문할 정도의 회사에 근무하는 팔자가 되었을까? 대체 너나 할 것 없이 직원들은 모두 쓸모없는 건달들이란 말인가? 그들 중에는 아침에 두 시간 정도 일을 하지 못했다는 것으로 양심의 가책을 느끼고, 멍청해져서 침대에서 벗어날 엄두를 못 내는 충실하고도 희생적인 사람이 한 사람도 없다는 말인가? 형편을 알아보려는 것이라면 사환 정도로도 충분할 텐데ー알아보는 일이 필요하다면ー이렇게 꼭 지배인 자신이 와야 한단 말인가? 이처럼 의심스러운 사건의 조사를 지배인 이외의 사람에게는 맡길 수 없기에 아무 죄 없는 가족에게까지 보여주어야 했을까?'

그레고르는 온 힘을 다해 침대에서 뛰어내렸다. 올바른 결단에서가 아니라 이런저런 생각에 너무 흥분했기 때문이다. 바닥에 부딪히는 소리가 크게 났다. 그러나 그다지 요란한 것은 아니었다. 바닥에 깔린 카펫 덕분에 소리는 조금 완화되었다. 그래서 사람들이 놀랄 만큼 둔탁한 소리는 나지 않았다. 생각했던 것보다 등껍질도 탄력이 있었다. 다만 머리를 제대로 가누지 못해서 머리를 바닥에 약간 부딪쳤다. 그는 화가 치밀어 아픈 머리를 카펫에 비벼 댔다.

"저 안에서 무엇인가 떨어진 것 같은데요."

왼쪽에 있는 옆방에서 지배인이 말했다. 그레고르는 오늘 자신에게 일어난 일이 지배인에게도 일어날지 상상해 보았다. 그런 일이 생기지 않는다고는 아무도 보장할 수 없다. 그러나 그레고르의 그런 의문에 대답이라도 하는 듯 옆방에서 지배인이 에나멜 장화로 몇 발짝 거닐면서 삐걱거리는 구두 소리를 냈다. 그때 오른쪽 방에서 그레고르에게 지배인이 온 것을 알리는 누이동생의 속삭이는 목소리가 들려왔다.

"오빠, 지배인님이 오셨어요."

"알고 있어."

그레고르가 중얼거렸다. 그 중얼거림은 누이동생이 알아들을

수 없을 정도로 작았으나 목소리를 높일 엄두가 나지 않았다. 이
번에는 왼쪽 방에서 아버지의 목소리가 들렸다.

"그레고르야, 지배인이 오셔서 네가 왜 아침 기차를 타지 않았
는지 물어보시는구나. 이분에게 무슨 말을 해드려야 할지 모르겠
구나. 이분이 너와 직접 얘기를 하고 싶어 하신다. 그러니 문을 열

어라. 뭐, 다소 방 안이 어수선해도 그것은 이해하실 것이다."

"안녕하신가, 잠자 군."

지배인이 다정한 목소리로 말했다.

"그 애는 몸이 안 좋아요."

아버지가 아직 문 앞에서 그레고르에게 말을 거는 사이에 어머니가 지배인을 향해 말했다.

"몸이 좋지 않을 거예요. 믿어 주세요, 지배인님. 그렇지 않다면 그 애가 기차를 놓칠 리가 없거든요. 그 애 머릿속에는 온통 일밖에 없어요. 그 외의 것은 아무것도 몰라요. 때로는 기분 전환을 위해서 밤에 외출이라도 하라고 이쪽에서 먼저 잔소리할 정도니까요. 이번에도 일주일 동안 시내에서 지냈지만 저녁만 되면 집에 꼼짝하지 않고 있는 거예요. 차를 마시는 동안에도 테이블 앞에 앉아서 조용히 신문을 읽거나 기차 시간표를 점검하곤 합니다. 아니면 실톱으로 무언가를 만드는 일만 해도 벌써 기분 전환이 되나 봐요. 저번에도 이삼일 저녁 계속 조그마한 액자를 하나만들었답니다. 그게 얼마나 훌륭하고 예쁘게 생겼는지 몰라요. 그건 그 애 방에 걸려 있어요. 그레고르가 문을 열면 보실 수 있을 거예요. 하여튼 이렇게 직접 찾아주셔서 참으로 고맙습니다. 우리 가족 누구라도 문을 열라고 할 수 없었을 거예요. 대단한 고집쟁이거든요. 아침에 물어보았더니 아무렇지 않다고 말하기는 했지만 분명히 아픈 모양이에요."

"곧 가겠어요."

그레고르는 천천히 말했으나 밖의 대화를 한마디도 놓치지 않으려고 꼼짝하지 않고 조심스럽게 있었다.

"그렇겠죠, 부인. 아무래도 달리 생각할 수 없겠군요."

이번에는 지배인이 말했다.

"대단한 병이 아니길 바랍니다만 한 가지 말씀드리지 않을 수 없는 것은, 우리 직장인은 불행인지 다행인지 모르겠지만 사소한 감기쯤은 회사를 생각해서 그냥 이겨 내야 하는 경우가 흔합니다."

"그레고르, 이제 지배인께서 들어가셔도 되겠느냐?"

아버지가 더는 참지 못하겠다는 듯 다시 문을 두드렸다.

"안 돼요!"

그레고르의 대답에 왼쪽 방에서는 숨 막힐 듯한 침묵이 계속되었다.

오른쪽 방에서는 누이동생이 흐느껴 울기 시작했다.

'도대체 누이동생은 왜 다른 사람들과 함께 있지 않을까? 틀림없이 방금 일어나서 아직 옷도 제대로 갈아입지 않은 모양이다. 그런데 울기는 왜 울까? 내가 일어나지도 않은 데다가 지배인을 방에 들여놓지 않기 때문일까? 내가 실직당할 것 같아서? 만일 그렇게 되면 사장이 다시 옛날의 빚을 가지고 부모님을 괴롭힐까 봐 두려워서 우는 것일까?'

그러나 그것은 지금으로서는 쓸데없는 걱정이다. 나는 지금 이 자리에 이렇게 있으며, 가족을 저버릴 생각은 추호도 없다. 잠시 그는 카펫 위에 편안하게 누워 있었다. 지금 그의 상태를 아는 사람이라면 그 누구도 자신에게 지배인을 이 방으로 들여보내라고 강요하지 못할 것이다. 물론 이것은 무례한 일이 틀림없다. 그러나 그것은 나중에 적당히 변명할 수 있는 사소한 것이며, 그것이 당장 그를 해고할 만한 일이라고는 생각할 수 없다.

그러나 그레고르로서는 지배인에게 울고불고 사정하는 것보다는 조용히 내버려 두는 것이 더 현명하고 이성적인 것처럼 보였다. 그러나 부모들은 불안한 나머지 다른 사람들을 당황하게 만들고 변명하기에 여념이 없었다.

"잠자 군, 도대체 어떻게 된 일인가? 자네는 자기 방에 틀어박혀서 단지 '예, 아니요'라는 대답뿐이군. 부모님에게는 쓸데없는 걱정만 끼쳐 드리고. 게다가 이것은 부수적으로 언급하는 것이지만, 자네는 말도 안 되는 방법으로 업무를 태만히 하고 있네. 나는 지금 이 자리에서 진지하게 자네 부모님과 사장님을 대신해서 말하겠는데, 즉각 자네의 이러한 태도에 대해 명확한 설명을 요구하네. 정말 이럴 수 있나? 나는 그래도 자네를 이성적인 사람이라고 생각했는데, 지금 갑자기 자네는 이상야릇한 변덕을 부리려고 작정한 사람 같네. 사실 오늘 아침 일찍 사장님께서 자네가 왜 결근했는지 추측해서 말해 주었지만—즉 얼마 전 자네에게 맡겨 놓았던 수금 업무와 관련된 것이네—나는 그것은 사장님 추측에 불과하다고 분명하고 단호하게 이의를 제기했네. 그러나 자네의 이해할 수 없는 행동으로 나 역시 그런 의심을 할 수밖에 없군. 게다가 말해 둘 것은 자네 지위가 그다지 안전한 것이 아니라는 것일세. 물론 난 자네와 단둘이 이런 말을 하려고 생각했네. 그런데 자네가 이처럼 쓸데없이 시간만 낭비했기 때문에 자연히 자네 부모님 앞에서 말씀드리게 된 것이네. 또 자네의 최근 판매 실적이 매우 불만족스러웠네. 물론 실적을 올릴 만한 계절이 아니라는 것을 우리도 인정하네. 그렇지만 전혀 실적을 올리지 못하는 철이란 있을 수 없는 법이네. 있어서도 안 되고. 잠자군, 알아듣겠나?"

"그러나 지배인님!"

그레고르는 흥분한 나머지 모든 것을 잊고 정신없이 소리쳤다.

"곧 문을 열겠습니다. 정말 곧 열겠어요. 기분도 좋지 않은 데다가 현기증이 나서 일어날 수 없었습니다. 지금도 침대에 누워 있습니다. 하지만 이제 매우 좋아졌어요. 지금 침대에서 일어나는 중입니다. 제발 잠깐만 기다려 주세요. 아직도 상태가 완전하게 좋지는 못합니다만, 그래도 괜찮습니다. 이렇게 갑자기 병이 날 줄이야! 사실 어제저녁만 해도 건강했습니다. 부모님도 잘 알고 계십니다. 아니, 그렇게 말하고 보니 어제저녁 아무래도 좀 이상한 감이 들긴 했습니다. 제 안색을 보면 역시 좀 상태가 안 좋았다는 것을 아셨을 겁니다. 회사에 미리 알렸어야 했는데! 하지만 이 정도 병쯤은 회사에 알리지 않아도 충분히 괜찮아지리라고 생각했습니다. 부탁이니 부모님을 비난하지 말아 주십시오. 지금 이것저것 저를 책망하셨는데, 지배인님이 저에게 퍼붓는 비난은 당치도 않은 말씀이십니다. 저는 지금까지 한 번도 그런 비난은 들어보지 못했습니다. 아마도 최근에 제가 보낸 계약서를 아직 읽지 않으셨나 봅니다. 어쨌든 여덟 시 기차로 출발하겠습니다. 몇 시간 쉬었더니 좀 기운이 납니다. 제발 지배인님, 먼저 돌아가 주십시오. 저도 곧 일하러 회사로 가겠습니다. 그리고 사장님에게 제 사정을 잘 말씀드려서 선처해 달라고 해주십시오."

그레고르는 이 모든 말을 단숨에 이야기하면서도 자기 자신이 무슨 말을 했는지조차 알 수 없었다. 그레고르는 그동안 침대 위에서 버둥거리는 연습을 한 덕택에 쉽게 옷장 쪽으로 다가갔다. 그는 옷장에 기대어 일어서려고 안간힘을 썼다. 차라리 그는 문을 열고 지배인에게 자기 모습을 보여주고 터놓고 이야기하리라 생각했다. 지금 저토록 자신을 찾는 사람들이 이렇게 변해 버린 자기 모습을 본다면 뭐라고 할지 몹시 궁금했다. 그들이 소스라치게 놀란다 해도 그레고르 책임이 아니므로 그저 묵묵히 있으면 되는 것이다. 그러나 그들이 아무렇지 않게 받아들인다면 그도 흥분할 이유가 없으므로 8시 기차를 타러 서둘러 역으로 가면 그뿐이다. 마침내 그레고르는 간신히 몸을 흔들어 일으켜 그곳에 똑바로 서게 되었다. 하반신이 몹시 쑤시고 불에 덴 듯이 아팠지만 조금도 신경 쓰지 않았다. 그리고 가까이에 있던 의자 등받이에 몸을 던져 조그마한 다리들을 이용해 등받이 끝에 매달렸다. 이와 함께 몸을 제어할 수 있게 된 그는 입을 다물었다. 왜냐하면 지배인의 말이 들려왔기 때문이다.

"당신들은 한마디라도 알아들으셨습니까? 설마 우리를 놀리려

고 하는 것은 아니겠죠?"

지배인이 부모님에게 소리쳤다.

"오, 하느님 맙소사."

어머니는 벌써 울먹이며 외쳤다.

"틀림없이 중병에 걸린 거예요. 가엾게도 우리는 그 애를 괴롭히는 거예요. 그레테야, 그레테!"

어머니가 누이동생을 불렀다.

"네, 어머니?"

누이동생이 맞은편에서 대답했다. 그들은 그레고르 방을 가운데 두고 서로 이야기를 주고받았다.

"어서, 의사한테 갔다 오너라. 그레고르가 몹시 아프단다. 빨리 의사를 불러오너라. 너도 방금 그레고르가 말하는 소리를 들었지?"

"그것은 짐승 소리 같았어요."

지배인이 어머니의 큰 목소리에 비해 아주 낮은 목소리로 속삭이듯 말했다.

"안나, 안나! 얼른 열쇠 수리공을 불러."

아버지가 손뼉을 치며 문간방을 통해 주방에 대고 소리를 쳤다. 그러자 벌써 두 여자는 옷자락 펄럭이는 소리를 내며 문간방을 빠져나가―누이동생은 어쩌면 그렇게 빨리 옷을 갈아입을 수 있었을까?― 현관문을 열어젖혔다. 그러나 문이 닫히는 소리가 들리지 않는 것으로 보아 열어 둔 채 나가 버린 모양이었다. 무슨 불행이라도 닥친 집 같았다.

그러나 그레고르 마음은 훨씬 안정을 찾았다. 다른 사람들은 그가 한 말들을 알아듣지 못했다. 그 자신에게는 아주 분명하게, 조금 전보다 훨씬 명료하게 들렸는데도…. 이미 자신의 귀에 익숙해졌기 때문일 것이다. 하여튼 다른 사람들은 그가 좋은 상태가 아님을 알고 그를 도와주려 했다. 그런 최초의 조치가 취해진데 대한 기대와 믿음으로 그는 좀 전보다는 마음이 훨씬 편안해졌다.

그는 다시 인간의 세계와 연결된 듯한 기분이 들었다. 그리고 의사든, 수리공이든 두 사람 중 한 사람이 자신의 상태를 나아지게 할 것이라고 기대했다. 그레고르는 시시각각으로 다가오는 결정적인 논의를 하기에 앞서 가능한 한 정확한 소리를 내려고 헛기침을 해보았다. 물론 숨죽여 작은 소리를 냈다. 그것은 자신의 헛기침 소리가 인간의 기침 소리와는 다르게 들렸기 때문에 스스로도 분간할 엄두가 나지 않았다. 그러는 동안 옆방은 매우 조용해졌다. 아마도 부모님은 지배인과 거실 테이블에 이마를 맞대고 앉아 조용히 이야기를 나누거나 그렇지 않으면 모두 이쪽 방문에 기대서서 귀 기울이고 있을지도 몰랐다.

그레고르는 의자를 천천히 문 쪽으로 밀고 갔다. 거기에다 의자를 놓고 문에 몸을 기대고는 달라붙었다. 그의 다리 끝에는 끈끈이가 약간 붙어 있었다. 그리고 잠시 지친 몸을 쉬었다. 그런 다음 입으로 열쇠 구멍에 꽂힌 열쇠를 돌리기 시작했다. 애석하게도 그에게는 이가 없었다. 그러나 이가 없는 대신 힘센 턱이 있었다. 그는 턱의 힘으로 열쇠를 돌렸다. 그때 분명히 어딘가 상처가 난 듯했지만 관심을 두지 않았다. 누르스름한 액체가 입에서 나와 열쇠 위를 흘러 방바닥으로 흘러내렸다.

"저 소리 좀 들어봐요. 그가 열쇠를 돌리고 있어요."

옆방에 있는 지배인이 말했다. 지배인의 말이 그레고르에게 큰 용기를 주었다. 부모님과 바깥의 모두가 그에게 소리쳐 주었으면 했다.

"그레고르, 힘을 내라. 힘을 내라. 자물쇠를 꼭 잡아라."

이렇게 소리쳐 주기를 바랐다.

그레고르는 모두가 응원하면서 그의 노력을 지켜본다는 상상을 하며 사력을 다해 열쇠를 물고 돌렸다. 그는 열쇠가 돌아가는 정도에 따라 기쁨에 빠져 자물쇠 주위를 빙글빙글 돌았다. 지금 그는 오로지 입 하나만으로 버티는 것이다. 필요에 따라 열쇠에 매달리기도 하고, 전신의 무게를 실어 열쇠를 내리누르기도 했다. 마침내 '찰칵' 하는 자물쇠 열리는 소리가 들리자 그는 정신이 바짝 들었다. 그는 안도의 숨을 내쉬면서 중얼거렸다.

"이젠 열쇠 수리공이 필요 없게 되었어."

그리고 그는 문을 활짝 열려고 고개를 손잡이 위에 올려놓았다. 이렇게 해서 겨우 문은 열렸지만, 문이 안쪽으로 열렸기 때문에 그의 모습은 문 뒤에 가려져 밖에서는 보이지 않았다. 그는 열린 문짝을 따라 천천히 밖으로 돌아 나와야만 했다. 더욱이 문 앞에서 보기 흉하게 벌렁 자빠질 우려가 있기에 매우 신중하게 움직여야 했다. 그는 어렵고 힘든 움직임을 한 탓에 신경이 곤두섰기 때문에 그를 발견한 지배인이 큰 소리로 "앗!" 하고 신음을 냈을 때-마치 바람이 부는 소리처럼 들렸다-제정신이 들었다. 지배인은 문에 바짝 붙어서 있다가 그를 보자 멍청하게 벌린 입을 손으로 가리고 서서히 뒷걸음질을 쳤다. 눈에 보이지 않는 어떤 힘의 작용으로 떠밀려 가는 듯한 모습이었다.

지배인이 와 있는데도 엉클어진 머리를 한 채 서 있는 어머니가 양손을 깍지 끼고 아버지를 보는가 싶더니 이내 그레고르 쪽으로 두어 걸음 나서다가 맥없이 쓰러지고 말았다. 그 순간 주름치마가 활짝 펼쳐졌고 얼굴은 가슴속에 파묻혀 전혀 보이지 않았다. 아버지는 증오심에 불타는 표정으로 주먹을 불끈 쥐며 그레고르를 다시 방 안으로 밀어 넣으려 했으나, 불안한 시선으로 거실 안을 두리번거리다가 이윽고 양쪽 눈을 가리고 뚱뚱한 가슴을 들썩거리며 울기 시작했다.

그레고르가 방 안으로 들어설 생각은 않고 닫힌 문의 안쪽에 기대어 있었기에 문 밖에서는 그 몸체의 절반만 보일 뿐이었다. 그는 비스듬히 기울인 고개로 다른 사람들 쪽을 살펴보았다. 그러는 사이에 날은 더 밝았다. 도로를 사이에 두고 마주 보이는 기다란 짙은 회색빛 건물 일부가 뚜렷하게 보였다. 그것은 병원이었다. 그 건물 벽에는 일정한 간격의 횅한 창문들이 보였다. 여전히 비가 내렸다. 눈에 보일 만큼 굵직굵직한 빗방울이 땅 위로 떨어졌다. 식탁 위에는 아침 식사 그릇들이 너저분하게 널려 있었다. 아버지에게는 아침 식사가 하루 중 가장 중요한 것이었다. 그는 식사시간에 신문을 두세 개 읽으며 시간을 보냈다. 마침 맞은편 벽에는 그레고르의 군대 시절 사진이 걸려 있었다. 그것은 육군 소위 시절의 사진으로 늠름한 자세를 뽐냈다. 현관 쪽의 문간

방으로 통하는 문은 활짝 열려 있었고, 거실 문도 열려 있었으므로 건너편 현관과 2층으로 통하는 계단도 보였다.

이 상황에서도 냉정을 유지하는 것은 자기 혼자뿐이라는 것을 확신하며 그레고르는 입을 열었다.

"자, 그럼 곧 옷을 입고 견본을 챙겨 출발하겠습니다. 출발해도 되겠지요? 지배인님, 보시다시피 저는 고집쟁이가 아니며 일을 무척 열심히 하는 편이지요. 물론 출장판매는 몹시 힘들긴 하지만 그렇다고 출장 없이 어떻게 살아갈 수 있겠습니까? 지배인님, 이제 어디로 가시나요? 회사로 가실 거죠? 그렇죠? 그리고 모든 일을 사실대로 보고하시겠지요? 누구나 잠깐 불가피하게 일을 못 할 때가 있잖아요? 그런 경우에는 평소 실적을 참작하셔서 건강만 좋아지면 평소보다 한층 더 열심히 일하게 된다는 사실을 믿어 주세요. 지배인님도 잘 아시다시피 저는 사실 사장님께 그럴 의무가 있어요. 게다가 저는 부모님과 누이동생도 걱정되거든요. 지금은 곤란한 상황이기는 하지만 어떻게 해서든 이 곤경을 헤쳐 나갈 것입니다. 그러니 제발 저를 더는 힘들게 하지 말아 주세요. 사람들이 외판원을 그다지 좋아하지 않는 것은 알고 있어요. 그들은 외판원이 큰돈을 벌어서 사치스러운 생활을 한다고 생각하지요. 그렇다고 해서 그들의 이러한 편견을 고쳐 주겠다는 것은 아닙니다. 또 그런 계기가 있는 것도 아니고요. 하지만 지배인님께서는 다른 사람들보다 회사 실정을 잘 아실 거예요. 전적으로 믿고 말씀드립니다만, 사장님보다 지배인님께서는 훨씬 더 잘 아시잖아요. 사장님은 자신이 기업주라는 상황 때문에 자칫하면 고용인에게 불리한 판단을 내리기도 하니까요. 1년 내내 바깥에서 일하는 외판원은 우연한 사고를 당하거나 근거 없는 비난을 들어야 하는 희생물이 되기 쉬운 처지입니다. 그렇다고 해서 외판원은 어떻게 할 수도 없는 상황에 놓여 있습니다. 사실 말이지 외판원들은 사무실에서 일어나는 일들은 전혀 모르므로 그것을 막아낼 도리도 없어요. 지친 몸을 이끌고 부지런히 출장길에서 돌아왔을 때 비로소 무언지 알 수 없는 꺼림칙한 분위기를 느끼면서도 그저 가슴만 서늘해질 뿐입니다. 지배인님, 제발 돌아가시기 전에 제 말에도 다소 일리가 있다고 한마디만이라도 해주고 가세요."

그러나 지배인은 그레고르의 말을 서너 마디도 채 안 듣고 이미 돌아서서 입을 내민 채 벌벌 떨면서 뒤돌아볼 뿐이었다. 그리고 그레고르가 말하는 동안에도 시선을 그에게 고정한 채 현관문을 향해서 슬금슬금 물러섰다. 마치 이 방에서 벗어나면 안 된다는 금지령이라도 내려진 것처럼 뒷걸음질 쳤다. 그는 어느덧 현관 앞에 다다랐다. 현관에 이른 그는 마치 신의 구원의 손길이라도 잡으려는 듯 계단 쪽을 향해 오른손을 뻗을 수 있는 데까지 뻗었다.

그레고르는 회사에서 자신이 곤란한 상황이 되지 않으려면 이대로 지배인을 돌려보내면 안 된다는 생각이 들었다. 부모님은 이런 모든 실정까지는 잘 모른다. 부모님은 오래전부터 그레고르가 이 회사에서 근무하는 한 안정되고 편안한 생활은 문제없을 거라고 확신했다. 그레고르의 부모는 지금 눈앞에 벌어진 어처구니없는 상황에 빠져 장래를 생각할 겨를도 없었다. 그러나 그들과 달리 그레고르는 자신의 앞일이 걱정되었다. 우선 지배인을 붙잡고 어떻게 해서든 자기 상황을 설득해서 자신을 이해하게 만들어야 했다. 그레고르 가족의 미래가 달려 있기 때문이다. 이 자리에 누이동생이 있었으면 얼마나 좋을까! 누이동생은 현명하다. 그레고르가 누워 있을 때도 그를 위해 울어 주었다. 게다가 여자에게 약한 지배인은 분명히 누이동생의 말을 잘 들어 주었을 것이다. 누이동생은 거실문을 닫고 현관에서 지배인의 놀란 마음을 진정시킬 수도 있다.

그러나 애석하게도 지금 그 누이동생은 없다. 할 수 없이 그레고르 자신이 하지 않으면 안 된다. 그래서 그레고르는 현재 어떻게 해야 자기 몸을 움직일 수 있는지 그것도 고려해 보지 않고, 또 설사 무슨 이야기를 한다 해도 십중팔구 상대방이 알아듣지 못할 것은 생각지도 않고 문짝을 떠나 슬금슬금 문지방을 넘었다. 그리고 지배인 쪽으로 가려고 했다. 그때 이미 지배인은 두 손으로 현관의 난간을 잡고 우스꽝스러운 모습으로 매달려 있었다. 그사이 그레고르는 붙잡을 곳을 찾다가 비명을 지르며 넘어지고 말았다. 그 순간 그는 오늘 아침 처음으로 몸이 편안해지는 것을 느꼈다. 다리들은 이제야말로 딱딱한 마룻바닥을 딛고 있었으며, 자기 뜻대로 움직이는 것을 알고 그레고르는 기뻤다. 그뿐만 아니라 다리들은 그가 가고 싶어 하는 곳까지 그의 몸을 이동시켜 주려고 애썼다. 그는 모든 고통이 궁극적으로 호전될 때가 다가왔다고 믿었다.

흥분을 가라앉힌 그레고르는 어머니가 계신 곳에서 조금 떨어진 곳에서 몸을 일으켜 다리를 버둥거리며 "사람 살려요!"를 연발했다. 이에 어머니는 그레고르를 자세히 보기라도 하려는 듯이 고개를 갸우뚱거렸으나, 그레고르를 쳐다보기는커녕 정신없이 뒷걸음질 쳐 달아났다. 그녀는 뒤에 아침 식사가 준비되어 있는 식탁이 있다는 것도 잊어버리고, 그곳에 닿자 급히 식탁 위에 주저앉고 말았다. 그녀는 옆으로 넘어진 커피포트에서 커피가 카펫에 흘러내리는 것조차 알아차리지 못하는 것 같았다.

"어머니, 어머니."

그레고르가 나직하게 부르면서 어머니를 올려다보았다. 그러는 동안 지배인에 대한 생각이 잠시 사라졌다. 그는 흘러내린 커피를 보고 자신도 모르게 허공으로 팔을 휘저었다. 그것을 보자 어머니는 또다시 큰 소리를 지르곤 식탁에서 도망치더니 맞은편에서 달려오던 아버지의 품에 안겼다. 그러나 그레고르는 부모님에게 신경을 쓸 시간이 없었다. 지배인이 벌써 계단 위에 서 있었기 때문이었다. 그는 난간 위에 턱을 내밀고 마지막으로 뒤를 한 번 돌아보았다. 그레고르는 안간힘을 쓰며 지배인을 붙들려고 비틀거리며 달렸다. 이 모습에 지배인이 몹시 겁을 먹은 듯했다. 한꺼번에 두세 계단식 뛰어내려 자취를 감추어 버렸으니 말이다. 그리고 "휴!" 하고 한숨을 내쉬는 소리가 계단 밑에서 들려왔다.

그런데 지배인이 도망치자 그때까지 비교적 침착했던 아버지가 당황하는 빛을 띠기 시작했다. 그는 몸소 지배인을 쫓아간다든가 혹은 지배인을 뒤쫓아 가려는 그레고르를 막으려 하지 않았다. 그 대신에 지배인이 소파 위에 내팽개치고 간 모자와 외투 그리고 지팡이를 오른손에 집어 들고, 왼손으로는 식탁 위의 신문뭉치를 움켜쥐고는 발까지 구르며 지팡이와 신문을 휘둘러 그레고르를 방으로 몰아넣으려고 했다. 그레고르가 아무리 애원해도 소용없었고 사정하는 말도 이해하지 못했다. 그레고르가 단념하고 머리를 돌리려 했으나 오히려 아버지는 점점 더 무섭게 발을 구를 뿐이었다. 건너편에서는 어머니가 날씨가 추운데도 창문을 열어 놓고 몸을 창가에 기댄 채 고개를 밖으로 쑥 내밀고는 두 손으로 얼굴을 감싸고 있었다. 골목 안과 계단 사이로 세찬 바람이 불어와 커튼이 휘날리고, 책상 위에 있던 신문지도 바스락거리더니 마침내 몇 장인가 마룻바닥 위로 떨어졌다.

아버지는 원시인처럼 사납게 그레고르를 방으로 몰아넣으려고 했다. 그러나 그레고르는 아직 뒷걸음질 연습을 하지 못했기 때문에 걸음이 매우 느릴 수밖에 없었다. 방향 전환만 제대로 할 수 있다면 힘들이지 않고 자기 방으로 돌아갔을 것이다. 그러나 방향을 돌리는 데 시간이 지체되면 다시 아버지의 신경질을 돋울까 두려웠다. 게다가 언제든 아버지의 손에 들린 지팡이에 등이나 머리에 치명적인 가격을 당할 수 있었다.

그러나 결국 방향 전환을 하는 것밖에 별다른 도리가 없었다.

어차피 뒷걸음질 치다가 방향을 잘못 잡으면 더욱 큰일이었다. 그리하여 그는 계속 아버지 쪽을 힐끗힐끗 훔쳐보면서 될 수 있는 대로 빨리, 그러나 실제로는 매우 느린 동작으로 방향 전환을 하기 시작했다. 그제야 아버지도 그레고르의 의도를 알아차렸는지, 그가 하는 행동을 방해하지 않고 오히려 지팡이 끝으로 이리저리 방향을 지시해 주었다. 아버지의 저 듣기 싫은 '쉬쉬' 하는 소리만 없으면 얼마나 좋았을까. 그레고르는 그 소리만 들으면 침착성을 잃었다. 방향을 잘못 잡아 다시 제자리로 되돌아가기도 했다. 다행히 머리가 문지방을 향해 틀어져 있었으나 그대로 들어가기에는 그의 몸통이 너무 넓어서 문을 통과할 수 없다는 것을 깨달았다. 닫힌 다른 한쪽 문이라도 열어 준다면 그레고르는 무사히 통과할 수 있을 텐데. 물론 정신없는 아버지가 그것을 알 리 없었다. 아버지 상태로 보아 그레고르를 위한 배려는 기대할 수 없을 것만 같았다.

아버지는 그레고르에게 닥친 장애는 생각지도 않고 한층 더 큰 소리로 그레고르를 몰아댔다. 이미 등 뒤에서 들려오는 그 소리는 이 세상에서 단 한 사람뿐인 아버지의 목소리가 아니었다. 정녕 웃을 일이 아니었다. 그레고르는 될 대로 되라는 식으로 무작정 문을 향해 몸을 밀어 넣었다. 몸 한쪽이 위로 치켜 올라간 상태에서 몸 전체가 문간에 비스듬히 끼었다. 한쪽 옆구리가 심하게 벗겨지고 하얗게 칠한 문에는 보기 흉한 자국이 남았다. 그레고르는 자기 힘으로는 이제 어떻게 할 수 없을 정도로 꼼짝달싹도

할 수 없게 되었다. 한쪽 다리들은 파르르 떨며 허공에 매달려 있고, 다른 쪽 다리들은 고통스럽게 바닥에 짓눌려 있었다. 그때 아버지가 뒤에서 힘차게 그를 밀었다. 그 때문에 그레고르는 피투성이가 되어 자기 방 안으로 깊숙이 나가떨어졌다. 그리고 아버지는 지팡이로 문을 쾅 닫았다. 그러고 나서야 마침내 주위가 조용해졌다.

2

저녁 어스름이 깔렸을 때 그레고르는 겨우 혼수상태와 같은 잠에서 깨어났다. 그는 어떤 방해를 받지 않고도 곧 잠에서 깨어났을 것이다. 잠을 충분히 잤다는 느낌이 들었기 때문이다. 그러나 사실은 소란스럽게 걷는 발소리와 문간방 쪽으로 통하는 문을 조심스럽게 여닫는 소리에 잠이 깬 것 같았다. 천장과 가구 위에 가로등의 불빛이 새어 들어와 비쳤으나, 방바닥과 그레고르 주위는 어두웠다. 그는 지금에서야 가치가 있는 촉수를 이용해 서투르게 더듬으며 문 쪽으로 기어갔다. 무슨 일인가 알아보기 위해서였다. 왼쪽 허리 언저리에 불쾌하게 당기는 듯한 커다란 상처가 생겨서 그는 두 줄로 된 양쪽 다리를 절름거리지 않을 수 없었다. 게다가 아침의 소란으로 한쪽 다리에 심하게 부상을 입었다. 부상당한 다리가 다행스럽게 하나뿐인 것은 정말 기적이라고 해도 좋다. 그는 힘없이 질질 다리를 이끌고 기어갔다.

그는 문 앞까지 와서야 무엇이 자신을 유혹했는지 알아차렸다. 그것은 바로 음식 냄새였다. 그곳에는 흰 우유에 달콤해 보이는 빵조각이 둥둥 떠다니는 그릇이 놓여 있었다. 그레고르는 기쁜 나머지 탄성을 지를 뻔했다. 배가 너무 고팠기 때문이다. 그는 곧 우유 속에 눈까지 잠길 정도로 머리를 집어넣었다. 그러나 이내 실망하고 목을 움츠렸다. 몸통의 왼쪽 허리 언저리가 아파서 먹기가 힘들었을 뿐 아니라-힘들게 애써서 먹어야 했다-평소에는 아주 즐겨 먹던 것이었고, 그렇기에 누이동생이 생각해서 방 안에 넣어주었는데 지금은 전혀 맛이 나지 않았다. 그는 온몸에 소름이 끼치는 것 같아서 음식을 밀치고 방 한가운데로 기어서 왔다. 문틈으로 내다보니 거실의 가스등이 훤히 밝혀져 있었다. 여느 때 같았으면 이 시각에는 아버지가 석간신문을 어머니나 누이동생에게 큰 소리로 읽어 주었을 텐데, 지금은 아무 소리도 들리지 않았다. 그러고 보니 누이동생이 출장 때 아버지의 신문 낭독 행사가 중단되었다고 알려 주었던 것 같기도 하다. 그렇다 해도 집이 비어 있지는 않을 텐데 너무나 조용했다.

"어쩌면 이렇게들 조용할 수 있을까!"

그레고르는 혼자 중얼거렸다. 그리고 밀려오는 어둠을 지켜보면서 부모님과 누이동생에게 이런 좋은 환경을 제공한 자신에게 자부심을 느꼈다. 그러나 지금의 안락, 행복, 만족 일체가 무서운 종말로 다가온다면 어떻게 될 것인가? 이런 환상을 떨쳐 버리기 위해서 차라리 몸이라도 움직여 보는 것이 낫겠다고 생각한 그레고르는 이리저리 방 안을 기어 다녔다.

긴 저녁 시간에 옆쪽 문이 한 번, 그리고 맞은편 문이 한 번 살짝 열렸다가 이내 닫혀 버렸다. 누군가가 뭔가를 하려고 방을 기웃거리는 모양이지만 불안해서인지 망설이는 눈치였다. 그레고르는 문 옆에서 망설이는 방문자를 들어오게 하거나, 그것이 불가능하다면 최소한 상대가 누구인지 알아내려고 했다. 그러나 문은 한참을 기다려도 열리지 않았다. 문이란 문은 모조리 잠겨 있었던 오늘 아침에는 저마다 서로 그레고르 방으로 들어오려고 안달이었는데, 지금은 아무도 들어오려고 하지 않았다. 오히려 그레고르는 문을 열어 놓았는데 밖에서 자물쇠로 잠가 놓은 상황이었다.

늦은 밤이 돼서야 거실의 불이 꺼졌다. 부모님과 누이동생이 그때까지 자지 않고 있었음을 짐작할 수 있었다. 그때 발끝으로 걸어서 가만가만히 멀어져 가는 세 사람 발소리를 똑똑히 들었기 때문이다. 그렇다면 다음 날 아침까지는 아무도 그레고르 방에 들어오지 않을 것이다. 따라서 그레고르는 자신의 삶을 어떻게 새로 정리해야 할지 방해받지 않고 곰곰이 생각해 볼 시간을 갖게 되었다. 그런데 지금 방바닥 위에 납작 엎드려 있는 상황에서 넓고 큰 방과 높은 천장은 괜히 그를 불안하게 했다. 도대체 원인을 알 수 없었다. 5년 동안이나 지내온 자신의 방이 아닌가? 그레고르는 거의 무의식적으로 몸을 굽혀 부끄러운 생각을 하면서 소파 밑으로 기어 들어갔다. 등허리가 약간 눌리고 고개를 쳐들 수는 없었지만, 소파 밑은 매우 편안하고 아늑했다. 단지 몸집이 너무 커서 소파 밑으로 완전히 들어갈 수 없음이 안타까웠다.

밤새도록 소파 밑에 엎드린 채 가끔 꾸벅꾸벅 졸기도 하고, 이따금 배가 고파 잠에서 깨어나기도 하고, 또 걱정과 막연한 희망에 사로잡히기도 하면서 하룻밤을 새웠다. 그러나 아무리 생각해도 결론은 한 가지였다. 즉 당장은 침착하게 가족이 안정할 수 있도록 최대한 조심하며, 불쾌감을 느끼지 않도록 될 수 있는 대로 눈에 띄지 않아야 한다는 것이었다. 자신의 이런 모습은 아무래도 집안사람들에게 혐오감을 줄 수밖에 없기 때문이다.

이른 아침, 그레고르는 자기가 다진 결심을 시험해 볼 기회가 생겼다. 문간방에서 어느새 옷을 갈아입은 누이동생이 긴장된 얼굴로 문을 열고 방 안을 들여다보았기 때문이다. 그녀는 그를 금방 찾지 못했다. 그녀는 한참 뒤 그가 소파 밑에 있다는 것을 발견하고 몹시 놀라며─그렇게 놀랄 것은 없는데 방 안 어디에든 있는 것은 뻔한 일 아닌가! 어디로 날아서 도망칠 수도 없는 노릇이고─어찌할 바를 모르다가 밖에서 문을 닫아 버렸다. 하지만 이내 자신의 태도를 후회라도 하듯 다시 문을 열고는 방 안으로 들어왔다. 마치 중병 환자나 낯선 사람의 방에 들어오는 듯 조심스러운 태도였다.

그레고르는 소파 가장자리까지 목을 쭉 빼고 누이동생을 관찰했다.

'우유를 마시지 않은 이유를 누이동생이 알아줄까? 배가 고프지 않아서 먹지 않은 게 아닌데. 좀 더 구미에 맞는 맛있는 것을 가져다줄 수는 없을까? 누이동생이 시키지 않아도 스스로 가져다준다면 얼마나 좋을까.'

그레고르는 소파 밑에서 다시 뛰어나와 누이동생 발밑에 몸을 던지며 무엇이든 맛있는 것을 가져다 달라고 청하고 싶었다.

누이동생은 놀란 표정으로 조금도 줄지 않은 우유 그릇을 곧 발견했다. 그릇 주위엔 약간의 우유가 흘러 있을 뿐 우유는 그대로 남아 있었다. 그녀는 곧 그릇을 집어 들었다. 맨손이 아니라 걸레 조각으로 말이다. 그러고는 마시지 않은 우유를 들고 밖으로 나갔다. 그레고르는 이번에 그녀가 무엇을 가져올지 무척 궁금했다. 그는 이것에 관해 이런저런 생각을 해보았다. 그러나 누이동생이 정성껏 들고 온 것을 보고는 말문이 막혀 버렸다. 누이동생은 오빠의 식성을 시험해 보기 위해 여러 가지 음식물을 한꺼번에 가지고 와서 그것들을 헌 신문지 위에다 펼쳐 놓았다. 그것들은 반쯤 썩은 채소와 가장자리에 흰 소스가 말라붙어 있는 저녁 식사 때 먹다 남은 뼈다귀, 건포도 몇 알, 그레고르가 이틀 전에 이런 것도 먹을 수 있느냐고 핀잔을 준 치즈, 아무것도 바르지 않은 마른 빵과 버터를 바른 빵, 똑같이 버터를 발라 소금을 뿌린 빵, 그리고 물을 담은 그릇이었다. 아무래도 이것은 그레고르를 위해 정해 놓은 음식인 모양이었다. 그리고 누이동생은 서둘러 방 밖으로 나가더니 이내 밖에서 방문을 잠가 버렸다. 그레고르가 자기 앞에서는 아무것도 먹지 않을 거라고 생각했기 때문이다. 그리고 문을 잠근 것은 다른 사람이 보지 않으니 마음 놓고 식사하라는 그녀의 신호였다.

그는 밥을 먹기 위해 다리를 꿈틀거리기 시작했다. 상처는 어느새 다 나아 버린 듯했다. 이제는 아무 데도 아프지 않았다. 이 점에 대해 그레고르는 몹시 놀랐다.

'한 달 전에 칼로 벤 손가락이 어제까지 욱신욱신 쑤셔 대지 않았던가. 그렇다면 나의 감각이 갑자기 둔해진 것이 아닌가?'

그는 허겁지겁 치즈를 먹기 시작했다. 여러 가지 음식 중 그레고르의 구미를 당긴 것은 다름 아닌 치즈였다. 치즈, 채소, 소스 순서로 순식간에 먹어 치우며 만족스러운 나머지 눈물까지 흘렸다. 그런데 신선한 식품 쪽은 오히려 맛이 없었다. 무엇보다 냄새부터 견딜 수 없었다. 심지어 먹고 싶은 것만 골라 한쪽 옆으로 끌어가 먹었다.

그가 음식을 먹어 치운 후 나른하게 누워 있을 때 누이동생이 천천히 열쇠를 돌리는 소리가 들려왔다. 그것은 소파 밑으로 들어가라는 신호였다. 이미 막 잠이 들려는 상태였음에도 그는 그 소리에 놀라 급히 소파 밑으로 기어 들어갔다. 그런데 누이동생이 방 안에 있는 동안 그 짧은 시간조차 소파 밑에 들어가 있는 일이 그레고르로서는 고역이었다. 왜냐하면 음식을 잔뜩 먹었기 때문에 배가 불러 낮은 소파 밑이 갑갑해서 숨도 제대로 쉴 수 없을 지경이었기 때문이다.

이런 사실을 전혀 눈치채지 못한 누이동생은 먹다 남은 찌꺼기뿐만 아니라 전혀 입도 대지 않은 것까지도 빗자루로 쓸어서 모았다. 일단 이곳에 가지고 온 음식은 입을 대지 않은 것이라도 쓸모가 없다는 식이었다. 그러고는 재빨리 모든 음식을 쓸어 통에 넣고는 뚜껑을 닫은 후 방을 나갔다. 그레고르는 숨이 막혀 질식할 듯한 상태에서 약간 튀어나온 눈으로 누이동생을 바라보았다.

누이동생이 등을 보이며 돌아서자마자 그레고르는 소파 밑에서 기어 나와 기지개를 켰다.

이런 식으로 그레고르는 매일 음식을 받아먹었다. 아침 식사는 부모님과 하녀가 일어나기 전에, 점심 식사는 식구들 식사가 모두 끝난 후에 주어졌다. 왜냐하면 점심 후에는 늘 부모님이 잠시 낮잠을 잤고, 하녀는 누이동생 심부름으로 시장을 보러 외출했기 때문이었다. 물론 아무도 그레고르를 굶겨 죽이려 생각하지는 않았지만, 그런 시간에 음식을 주는 이유는 결국 집안사람들이 그레고르를 피하고 싶었기 때문이며, 그레고르 이야기는 누이동생 입으로 듣는 것만으로도 만족했기 때문이다. 또 누이동생으로서는 가족에게 이 일로 더 걱정을 끼쳐 슬픔을 더 크게 확대하고 싶지 않았던 것이다.

그레고르는 첫날 의사와 열쇠 수리공을 어떻게 다시 돌려보냈는지 전혀 알 수 없었다. 다른 사람들이 그의 말을 알아들을 수 없었기 때문에 그 누구도 그레고르가 다른 사람 말을 알아들을 거라고 생각하지 못했던 것이다. 그런 상황이었기 때문에 누이동생도 그레고르 방에 들어와서는 가끔 한숨을 쉬거나, 성자 이름을 외우며 기도하는 것 외에는 아무 말도 하지 않았다. 따라서 그레고르도 그것을 듣는 것으로 만족할 수밖에 없었다. 후에 누이동생이 모든 일에 다소 익숙해졌을 때-완전히 익숙해진다는 것은 도저히 있을 수 없는 일이었지만-그레고르에게 종종 인사말을 하기도 했다.

그레고르가 식사를 남김없이 다 먹었을 때 누이동생이 말했다.

"어머, 오늘은 맛이 괜찮았나 봐요."

반면에 대부분 "또 남겼네요." 하고 슬픈 듯이 말했다. 그리고 시간이 지날수록 후자의 경우가 차츰 빈번하게 반복되었다.

그레고르는 직접적으로는 새로운 소식을 듣지 못했지만 항상 옆방의 소리를 들으려고 귀를 기울였다. 조금이라도 사람 목소리가 들리면 곧 문 옆으로 기어가서는 몸을 문에다 바짝 붙였다. 특히 처음 며칠 동안에는 속삭이는 소리이기는 했지만 그에 대한 이야기가 나오지 않은 적이 한 번도 없었다. 이틀간 계속 식사 때마다 어떻게 할지를 상의하는 말소리를 들었다. 그리고 그 이외의 시간에도 집 안의 누군가가 자기 이야기를 하는 소리가 들렸다.

식구들은 어떤 경우에도 집을 비우지 않았는데 만일의 경우에 대비해 언제나 최소한 두 사람은 집 안에 남아 있었다. 하녀가 이번 일에 대해 무엇을 어느 정도 알고 있는지는 충분히 알 수 없었다. 그러나 이미 첫날에 그녀는 어머니 앞에 무릎을 꿇고 당장 그만두고 싶다는 말을 했다. 그리고 15분쯤 지나 마침내 집을 나갈 때는 마치 큰 은혜나 입은 것처럼 눈물을 흘리면서 해고해 준 데 대해 감사를 표시하고, 이쪽에서 부탁하지도 않았는데 이번 일은 털끝만큼도 다른 사람들에게 말하지 않겠노라고 굳게 맹세했다.

그 뒤부터는 누이동생이 어머니와 함께 식사를 담당해야 했다. 그러나 그 일이란 것이 크게 힘든 것은 아니었다. 왜냐하면 식구들은 모두 거의 아무것도 먹지 않았기 때문이다. 서로에게 먹을 것을 권했지만 아무도 먹지 않았다. 그저 "고마워요. 많이 먹었어요." 하는 정도의 말만 했다. 그레고르는 그런 식으로 서로 대화하는 것을 자주 들었다. 술도 전혀 하지 않는 듯했다. 누이동생이 곧잘 아버지에게 맥주를 드시겠느냐고 물어보았다. 그러나 아버지가 아무 대답이 없자 누이동생은 아마도 그레고르에 대한 소문 때문에 그러는 것이라 생각하고 관리인 부인에게 가져오게 하면 된다고 말했다. 그러나 결국 아버지가 "싫다."라고 소리 지른 후에는 술에 관해 더는 말하지 않았다.

이미 첫날, 아버지는 어머니와 누이동생에게 모든 재정 상태며 장래의 전망을 설명해 주었다. 아버지는 이따금 작은 금고에서 문서나 장부 같은 것을 들고 왔는데, 그 금고는 5년 전 아버지 사업이 파산했을 때 겨우 건져낸 것이었다. 복잡한 자물쇠를 열고 필요한 것을 찾은 후 다시 잠그는 소리가 들려왔다. 아버지가 설명한 내용은 그레고르가 감금 생활을 한 이래 처음 듣는 기쁜 소식이었다. 지금까지 그는 아버지가 사업 부도로 남은 재산이 없다고 생각해 왔다. 아버지는 최소한 그레고르에게 그 반대의 말은 하지 않았던 것이다. 또 그레고르 쪽에서도 거기에 대해 아버지에게 물어본 적이 없었다.

당시 그레고르는 가족을 절망하게 만들었던 사업상의 불행을 더는 생각하지 않게 하려고 노력했었다. 그래서 그레고르는 남보다 열심히 일했으며, 하룻밤 사이에 말단점원에서 외판원으로 뛰어오를 수 있었다. 물론 외판원이 되고부터는 돈을 버는 여러 가지 방법을 알게 되었으며, 일의 결과는 당장 수수료나 현금 형태로 바뀌었다. 그 돈을 식탁 위에 올려놓으면 가족은 놀라면서 행복해했다. 그 무렵은 정말 신났다. 후에 그레고르는 충분히 한 가정을 지탱할 정도의 그리고 현재 집안 재정을 꾸려 나가는 데 넉넉한 돈을 벌기는 했지만, 그때만큼 화려한 시절은 다시 찾아오지 않았다. 가족도 그레고르도 그것이 모두 습관이 되어 돈을 받는 쪽의 감정과 내놓은 쪽의 호기에는 변함이 없었지만, 거기에는 이미 훈훈한 정이 담긴 특별한 감정이 없었다. 오직 누이동생만이 변함없이 오빠에게 각별한 애정을 나타내고 있었다.

그레고르와 달리 그녀는 음악에 재능이 있었다. 그는 바이올린 솜씨가 훌륭한 누이동생을 비용이 많이 들더라도 내년에 음악학교에 보내려는 계획을 세웠다. 그 정도 돈은 또 다른 방법으로 어떻게 해서든 변통할 수 있을 거라고 생각했다. 그레고르가 이따금 잠시 집에 돌아와 있는 동안에도 음악학교에 대해 누이동생과 이야기를 나눴지만 그것은 실현할 수 없는 아름다운 꿈에 불과했다. 부모님은 그런 순진한 대화를 듣기만 해도 인상을 찌푸리곤 했다. 그러나 그레고르는 이 계획을 빈틈없이 세워 놓고 크리스마스이브에는 엄숙하게 발표하려고 마음먹고 있었다. 문에 달라붙어 귀를 기울이는 동안에도 현재 상황에서는 아무 소용도 없는 이런 생각이 떠올랐다.

때로는 엿듣기 위해 귀를 기울이는 동안 온몸에 허기가 져서 무의식중에 머리를 문에 부딪치는 일도 있었다. 그럴 때면 급히

문을 꼭 붙들었다. 왜냐하면 그러한 아주 작은 소리까지도 옆방 사람들은 주의해 들었고, 그 경우 모두가 말을 멈춰 버렸기 때문이다. 그리고 잠시 사이를 두었다가 아버지가 문 쪽을 향해서 "또 무슨 짓을 하는군." 하고 말하고는 잠시 중지했던 대화를 다시 시작했다.

그레고르는 그들의 대화를 거의 모두 엿들었다. 아버지는 자기 말을 누누이 반복하는 버릇이 있었다. 그것은 아버지로서도 이미 오랜 세월 그런 이야기를 꺼내지 않은 데다가 또 이야기를 듣는 어머니도 단번에 상대방 말을 이해하지 못했기 때문이다. 아버지 얘기를 엿듣고 그레고르가 분명하게 안 사실은, 아버지 사업이 부도를 맞았음에도 과거 재산이 아직 조금 남아 있으며, 그동안 그 돈을 남에게 빌려주어 이자가 적잖게 생겼다는 것이다. 게다가 그레고르가 매달 집에다 갖다 준 돈도-그레고르는 용돈으로 고작 몇 굴덴밖에 쓰지 않았다-다 써버린 것이 아니라 열심히 저축해서 돈이 약간 모였다는 것이었다. 그레고르는 문 뒤에서 열심히 고개를 끄덕이며, 이 뜻하지 않은 조심성과 절약정신에 기뻐했다. 어쩌면 이 여윳돈으로 벌써 아버지 빚을 모두 갚을 수도 있었을 것이다. 그러면 홀가분하게 외판원 일을 조금 더 빨리 그만둘 수 있었을지도 모른다. 하지만 아버지의 이러한 조심성이 지금 상황에서는 오히려 더 낫다는 것을 의심할 여지가 없었다.

하지만 이 정도 적은 돈으로 한 집안의 생활을 꾸려나가는 것은 힘든 일일 것이다. 근검절약해서 1년이나 2년 정도 버틸 수는 있겠지만 그 이상은 어려울 것이다. 결국 그것은 손을 대서는 안 될 돈이었고, 만일의 경우를 대비해 남겨 두어야 할 정도의 금액에 지나지 않았다. 먹고살 돈은 다르게 벌어야 했다. 그런데 아버지는 건강하기는 했지만 이미 나이가 많은 데다가 5년 동안이나 아무런 일도 하지 않았기에 일할 자신감을 잃은 상태였다. 더구나 성공과는 거리가 먼 힘겨운 세상살이에서 평생 처음으로 얻은 5년간의 휴식에 아버지는 살이 많이 쪄서 몸조차 자유로이 움직일 수 없었다. 그렇다면 어머니가 일해야 하는데, 어머니는 심한 천식을 앓아서 항상 창문을 열어 놓고 소파 위에서 지내야 하는 형편이었다. 그러면 남는 것은 누이동생인데, 그녀는 이제 겨우 열일곱 살에 지나지 않았다. 더구나 지금까지 생활이라야 몸치장이나 하고, 잠만 자고, 고작해야 집안일이나 도와주고, 돈이 들지 않는 구경이나 다니고, 무엇보다 바이올린을 켜는 일이나 하면서 지내온 어린아이가 아닌가. 이 어린 누이동생이 어찌 한 집안을 떠맡을 수 있겠는가? 옆방에서 돈벌이 얘기가 나오면 언제나 그레고르는 문에서 떠나 바로 옆에 있는 싸늘한 가죽소파 위에 몸을 내던졌다. 부끄러움과 슬픔으로 몸이 달아올랐기 때문이다.

그레고르는 가죽 소파 위에서 잠도 자지 않은 채 꼼짝도 하지 않고 몸을 비비적거릴 뿐이었다. 그런가 하면 때로는 힘든 줄도 모르고 의자를 창가로 밀고 가서 창턱에 기어오르기도 했으며, 어떤 때는 그냥 의자에 의지한 채 창에 기대어 예전에 창밖을 바라보면서 느꼈던 일종의 해방감을 막연하게 회상하기도 했다. 매일 그렇게 바라보노라니 이제는 가까운 곳에 있는 것도 날이 갈수록 그 윤곽이 차츰 희미해져 갔다. 예전에 그렇게 보기 싫었던 맞은편 병원 건물도 더는 시야에 들어오지 않았다. 자신이, 한적하기는 하지만 그래도 도시 한복판인 이 샬로테 거리에 살고 있다는 사실을 확실히 기억하지 못했다면, 그는 창밖의 전망이 잿빛 하늘과 땅이 분간되지 않은 채 뒤섞인 황야라고 해도 별로 의심치 않았을 것이다. 주의력이 깊은 누이동생은 두 번 창가에 놓인 의자를 발견한 후 방 청소를 끝내면 항상 창가 그 자리에 의자를 갖다 놓았다. 그뿐만 아니라 그 이후로는 안쪽 창문까지 열어 놓았다.

만일 그레고르가 누이동생과 이야기가 통해서 그런 모든 것에 감사를 표할 수 있었다면, 누이동생의 보살핌을 좀 더 편안한 기분으로 받아들일 수 있었을 것이다. 그러나 그것이 불가능했기 때문에 그의 마음은 더욱 괴로웠다. 물론 누이동생은 여러 가지 사건에 따른 괴로움을 될 수 있는 대로 잊으려고 노력했다. 시간이 흐를수록 누이동생은 자기 일을 점점 잘해 나갔다. 하지만 오히려 시간이 지남에 따라 그레고르는 모든 것을 처음보다 훨씬 정확히 관찰하게 되었다. 이제는 누이동생이 방 안에 들어오는 것만으로도 끔찍했다. 누이동생은 전에는 그 누구에게도 그레고르의 방을 보이지 않으려 애썼다. 그러나 이제는 그레고르의 방에 들어서기가 무섭게 급히 창가로 달려가서는 마치 질식이라도 할 것처럼 얼른 창문을 활짝 열어 놓고는 추운 날씨라 할지라도 잠시 창가에 서서 심호흡을 했다. 그녀는 이러한 달음박질과 창문의 덜거덕거리는 소음으로 매일 두 번씩 그레고르를 겁먹게 만들었다. 그래서 그레고르는 누이동생이 방 안에 있는 동안에는 항상 소파 밑에 움츠려 있어야 했다. 물론 누이동생을 충분히 이해할 수 있었다. 그러나 만일 누이동생이 그레고르 방에서 창문을 닫은 채 일했다면, 그는 이런 고통을 느끼지 않았을 것이다.

그레고르가 변신한 지 한 달이 지나자 이제 누이동생은 그레고르 모습을 보고도 새삼스럽게 놀라거나 하지 않았다. 그 무렵 한번은 누이동생이 평소보다 약간 일찍 오는 바람에 그레고르와 마주쳤다. 그레고르가 꼿꼿이 선 채 꼼짝도 하지 않고 조용히 창밖을 내다볼 때 그녀가 들어온 것이다. 누이동생은 그러한 그레고르를 보더니 기겁했다. 그레고르가 그렇게 창가에 서 있으면 바로 창문을 열 수 없기 때문에 누이동생이 방 안으로 들어오지 않은 것은 전혀 이상하지 않았다. 그러나 누이동생은 방 안으로 들어오지 않았을 뿐만 아니라, 뒷걸음질을 치다가 문을 닫아버렸다. 모르는 사람이 보았다면, 그레고르가 누이동생이 들어오기를 기다렸다가 그녀에게 덤벼들었다고 생각할 것이다. 물론 그레고르는 곧바로 소파 밑으로 몸을 숨겼는데, 다시 누이동생이 찾아온 것은 정오 무렵이었다. 그뿐만 아니라, 그녀는 평소보다 더 안절부절못하고 불안해 보였다. 그러고 보면 그레고르 모습을 보는 것이 누이동생으로서는 여전히 견딜 수 없는 노릇인 것이다. 앞으로도 이런 상황이 계속될 것이라는 사실을 그레고르는 그 일로 미루어 짐작했다. 아무리 소파 밑에 숨어 있어도 튀어나온 몸 일부분을 보고 도망가지 않으려면 누이동생 스스로 극복해야만 했다.

어느 날 그레고르는 몸을 조금이라도 누이동생에게 보여주지 않으려고 이불을 등에 올려 소파 위로 날랐다. 이 작업은 꼬박 네 시간이 걸렸다. 그리고 자신의 몸이 조금이라도 보이지 않게 또 설사 누이동생이 몸을 구부린다 해도 보이지 않도록 이불을 잘 덮었다. 누이동생이 소파에 놓인 이불이 불필요하다고 생각한다면 치워 버릴 수도 있다. 그러나 누이동생은 이불을 그대로 두었다. 그레고르가 재미 삼아 이런 식으로 몸을 드러내지 않는 것이 아니라는 것쯤은 누이동생도 짐작하는 듯했다. 그가 이불을 약간 치켜들고 누이동생이 이런 행동을 어떻게 생각하는지 엿보았을 때, 누이동생 눈에는 마치 감사하는 듯한 미소가 감돌았다.

처음 이 주일이 지나는 동안 부모님은 그의 방에 들어가기를 꺼렸다. 예전에 부모님은 누이동생에게 자주 화를 냈는데, 그것은 누이동생을 탐탁지 않은 딸자식 정도로만 여겨 왔기 때문이다. 그러나 이제는 누이동생에게 고마워한다는 것을 그들의 대화로 짐작할 수 있었다. 이제는 누이동생이 그레고르 방을 청소하고 밖으로 나오면 부모님은 곧 방 안 상태며, 그레고르가 먹은 것이며 행동, 또는 조금 나아지는 징조가 보이는지 물었고, 누이동생은 자세히 부모님에게 설명해 주어야 했다. 그리고 어머니는 그레고르를 만나고 싶어 했다. 하지만 아버지와 누이동생은 여러 가지 이유를 들어 반대했다. 그레고르는 그 이유를 귀 기울여 듣고는 그것에 동의했다. 그러나 어머니는 처음에 이유를 듣고 이해하는 듯했으나 결국 아버지와 누이동생이 억지로 막아야 했다.

어머니는 있는 힘을 다해 외쳤다.

"들어가게 해주세요. 그레고르를 만나야겠어요. 뭐니 뭐니 해도 그 애는 내 자식이니까요. 가엾은 아이라는 걸 당신도 잘 알잖아요."

'매일은 안 되더라도 최소한 일주일에 한 번쯤 어머니가 자식의 방을 방문해 주는 것도 좋지 않겠는가. 누구보다도 어머니가 모든 일을 더 잘 돌봐 줄 것이다. 누이동생의 마음을 고맙게는 생각하지만 단지 어린 소녀다운 가벼운 기분에서 그런 어렵고 귀찮은 일을 담당하는 것이니까.'

어머니를 만나려던 그레고르의 소원은 얼마 되지 않아 이루어졌다. 그레고르는 부모님의 상심을 염려해서 한낮에는 되도록 창가에 가지 않기로 했다. 그러나 넓지 않은 방을 돌아다녀 보았자 겨우 3제곱미터 넓이밖에 되지 않아 별 흥미가 없었다. 쥐 죽은 듯이 지내는 것은 밤만으로도 충분했으며, 음식을 먹는 일도 요즘에 와서는 그다지 즐겁지 않았다. 그래서 그레고르는 방을 헤집고 다니는 습관이 생겼다. 그중에서도 천장에 달라붙어 있는 일이 그를 가장 흥미롭게 했다. 방바닥에 엎드려 있는 것과는 또 다른 기분이었다. 마음이 편안해지고 가벼운 진동이 온몸으로 전해졌다. 그는 천장에 달라붙어 행복에 젖은 채 아무것도 느낄 수 없는 상태에 빠져들었다가 무의식중에 다리가 방바닥 위로 떨어져 스스로 깜짝 놀라는 일도 종종 있었다.

그러나 변화된 자신의 몸을 지금은 자유로이 움직일 수 있으므로 그렇게 추락해도 대단한 일은 아니었다. 누이동생은 그레고르가 생각해 낸 이 새로운 놀이를—그레고르는 벽이나 천장을 기어 다니면서 여기저기에 찐득찐득한 점액 자국을 남겼다— 금방 알아챘다. 누이동생은 오빠가 움직이는 데 방해가 되는 가구나 특히 옷장과 책장을 치워 주려고 마음을 썼다. 그런데 그 일은 혼자서 할 수 있는 일이 못 되었다. 그렇다고 해서 아버지에게 도움을 요청할 수는 더더군다나 없었다. 하녀도 도움이 안 될 것이 뻔했다. 열여섯 살인 하녀는 지난번 그만둔 하녀 이후로 줄곧 이 집에서 버텨 주었지만 언제나 부엌문을 잠가 놓고는 여간해서 문을 여는 일이 없었다. 아무리 생각해도 아버지가 없는 기회를 타서 어머니에게 청하는 도리밖에 달리 방법이 없었다.

어머니는 기쁜 나머지 탄성을 지르며 도와주려 했으나, 막상 그레고르 방문 앞에 이르자 입을 다물었다. 물론 누이동생은 어머니를 부르기 전에 그레고르의 방 안을 사전 점검했다. 그리고 확인이 끝난 후에야 비로소 어머니를 방 안으로 안내했다. 그레고르는 당황해서 이불을 보통 때보다 깊이, 그리고 일부러 주름을 많이 잡히게 해서 덮었다. 그래서 제대로 보지 않으면 그냥 널려 있는 이불처럼 보였다. 그레고르는 이번에도 습관적으로 이불 밑에서 조심스럽게 상황을 엿보았다. 그러나 어머니 모습을 보는 것은 단념하고 어머니가 자기에게 와주었다는 사실에 기뻐했다.

"이리로 오세요. 오빠는 보이지 않아요."

누이동생이 말했다.

들어가기를 망설이는 어머니 손을 누이동생이 끌어당기는 것 같았다. 얼마 후, 그레고르는 힘이 약한 두 여인이 꽤 낡고 무거운 옷장을 힘겹게 옮기는 소리를 들었다. 일 대부분을 누이동생이 도맡아 하는지, 어머니가 걱정스러운 목소리로 너무 무리하지 말라고 말렸다. 그러나 누이동생이 계속 부지런히 움직이는 소리가 들렸다.

15분 정도 흘렀을 때 어머니의 힘없는 목소리가 들렸다.

"아무래도 이것은 그대로 이 방에 두는 것이 낫지 않겠니? 너무 크고 무거워서 아버지가 돌아오시기 전에 옮길 수 없을 것 같구나. 그렇다고 이 큰 것을 그냥 방 한가운데 방치해 두면 그레고르가 다니는 데 방해가 될 테고. 더구나 가구를 치워 버리는 것을 그레고르가 좋아할지 우리로서는 알 수 없지 않니. 차라리 전처럼 두는 편이 그레고르를 위하는 것이 아닐까 싶다. 가구가 없으니 방 안이 온통 텅 비어서 허전한 기분이 드는구나. 그레고르가 오랫동안 이 방에서 지내왔으니, 갑자기 모든 것을 바꿔 버리면 그레고르는 아무래도 버림을 받은 기분이 들지 않을까? 게다가 이런 짓을 한다는 것은…."

어머니는 여린 목소리로 말했다. 어머니는 처음부터 나직한 음성으로 누이동생에게 바짝 다가가 속삭였다. 그것은 그레고르가 어디에 있는지 정확하게 알 수 없었지만, 자기 말이 그레고르에게 들리지 않기를 바라는 모습이었다. 그렇다고 그레고르가 자기 말을 알아들을 수 있다고 생각하지는 않았다.

"가구를 없애 버린다면, 마치 우리가 그 아이의 회복을 아주 단념해 버리고, 더는 그 아이에게 신경을 쓰지 않는 것처럼 보이지 않겠니? 나는 그런 생각이 든다. 방 모양을 옛날과 똑같이 해

놓아야 그 애가 회복되었을 때, 자기 방이 하나도 변하지 않은 것을 보고 그만큼 쉽게 그동안의 일을 잊을 수 있을 것 같구나."

그레고르는 어머니 말을 들으면서 자신이 지난 두 달 동안 집 안에서 단조로운 생활을 하며 가족과 대화를 못 했던 탓에 판단이 흐려졌다는 것을 깨달았다. 자신이 먼저 나서서 방을 비워 달라고 진지하게 요구할 수도 있었다는 사실을 달리 설명할 길이 없었다. 제정신이라면 선조로부터 물려받은 가구가 놓인 정든 방을 텅 빈 동굴로 만들어 버리려는 생각을 감히 할 수 있겠는가 말이다. 가구가 없으면 물론 구석구석을 마음대로 기어 다닐 수는 있겠지만, 그가 인간으로서 살았던 삶을 순식간에 잊어버리게 되는 것이다. 게다가 벌써 과거를 잊어버리고 있지 않은가? 지금은 어머니 목소리를 오래간만에 들었기 때문에 잠시나마 자신의 본모습으로 되돌아온 것이 아닐까. 어머니 말씀처럼 이 방에서 아무것도 치워져서는 안 된다. 모든 것을 그대로 두어야만 한다. 가구가 자신이 기어 다니는 데 불편을 준다 할지라도, 그것은 해롭다기보다는 커다란 장점이다.

그러나 불행히도 누이동생의 생각은 달랐다. 누이동생은 그레고르의 사정을 부모님보다 훨씬 잘 알았고, 또 그의 문제와 관련해서는 전문가였다. 그래서 애당초 누이동생은 옷장과 책상만 치울 생각이었지만, 막상 어머니 충고를 듣자 생각이 달라져 반드시 있어야 할 소파를 제외하곤 모든 가구를 치워 버리자고 주장했다. 누이동생이 이와 같은 고집을 부리게 된 것은 물론 어린 소녀다운 반항심이나 최근에 겪게 된 불의의 쓰라린 괴로움 때문만은 아니었다. 실제로 그녀는 오빠에게 넓은 공간이 필요하며, 그렇기에 방 안의 가구들은 없는 편이 낫다고 생각했다.

그러나 여기에는 다분히 그 또래들만의 자아도취적인 성향이 작용했는지도 모를 일이다. 그러한 정열은 언제나 자신을 충족할 기회를 찾게 되는데, 그 심리가 지금 그레테를 유혹해서 그레고르의 처지를 더욱 비참하게 만들었다. 지금 그레테는 그레고르를 더 끔찍하게 하고 있음에도 그를 위해 지금까지보다 더 봉사할 수 있다는 도취에 빠져 유혹당하는 것이다.

주위에 아무것도 없는 텅 빈 방에 그레고르가 혼자 남으면, 그레테 이외에는 누구도 들어오지 않으려고 할 것이다. 그러나 누이동생은 결코 자기가 결심한 바를 되돌리지 않았다. 어머니는 지금 그레고르의 방에 있는 것만으로도 무척이나 겁먹은 듯이 불안해 보였다. 그래서 아무 말 없이 옷장을 끌어내는 일을 힘껏 도왔다. 그런데 이 옷장은 없더라도 별문제가 안 되었지만, 책상은 달랐다. 두 여자가 힘들게 옷장을 밀고 나가자마자 그레고르는 조심스럽게 고개를 내밀고, 어떻게 하면 신중하고도 조심스럽게 그들이 하는 일을 간섭할 수 있을지 생각했다. 그런데 불행히도 먼저 돌아온 것은 어머니였다. 그레테는 아직도 옆방에서 이리저리 움직이고 있었다. 물론 옷장의 위치는 조금도 달라지지 않았다. 그런데 여태까지 그레고르 모습을 자세히 본 적 없는 어머니가 그를 보면 자지러질지도 모를 일이었다. 그래서 그는 깜짝 놀라 서

둘러 소파의 다른 쪽으로 움직였다. 그러나 이때 이불이 약간 움직여지는 것은 어쩔 수 없었다. 그것만으로도 어머니는 반응을 보였다. 어머니는 멈칫거리며 잠시 서 있다가 옆방의 그레테에게 달려가 버렸다.

뭐 큰일이 일어난 것도 아니고, 단지 가구 두세 개를 옮긴 것뿐이다. 그레고르가 그런 식으로 몇 차례 자신에게 타일렀음에도 그들이 드나드는 소리와 나직하게 서로 부르는 소리, 방바닥 위에서 가구가 부딪치는 소리가 사방을 요란스럽게 만들었다. 그는 방바닥에서 조금도 몸을 움직이지 않았지만, 곧 인내력도 한계에 달하지 않을 수 없었다. 그들은 방 안을 청소하면서 그가 좋아하는 물건들을 모조리 없애려 했다. 실톱이며 기타 기구들이 들어 있는 상자는 이미 옮겨가 버렸다. 그리고 지금은 방바닥에 꼭 붙여 놓을 만큼 자신에게 꼭 필요한 책상에 손을 대었다. 그것은 어린 시절부터 그레고르가 계속 공부하면서 사용해 온 소중한 책상이었다.

일이 이렇게 되고 보니 그녀들이 하는 선의의 일을 간섭할 수밖에 없게 되었다. 그는 두 사람의 존재를 거의 잊어버렸다. 왜냐하면 두 사람은 이미 지쳐 있었기 때문에 아무 말도 없이 일만 하고 있었으므로, 그에게 들리는 것은 오직 그들의 조심스러운 발소리뿐이었다. 그레고르는 더 보고만 있을 수 없었다. 그는 소파 밑에서—두 사람은 마침 옆방에서 옮겨 놓은 책상에 기대어 잠시 숨을 돌리는 중이었다—기어 나왔다. 그는 어떤 가구를 남겨놓아야 할지 결정하지 못하고 기어가는 방향을 네 번이나 바꾸었다. 이제 방은 텅 비었고, 벽에는 모피로 감싼 여인의 초상화만 걸려 있었다. 그래서 그는 급히 기어 올라가 유리 위에 몸을 바짝 붙였다. 유리는 열기로 뜨거워진 그의 몸을 시원하게 했다. 이 그림만은 아무도 가져가지 못하게 감추리라고 그는 생각했다. 이쪽으로 다시 오는 두 여자의 모습을 살펴보기 위해 고개를 들어 거실과 통하는 문 쪽을 바라보았다. 두 사람은 잠시 쉬다가 곧 돌아왔다. 그레테는 힘이 빠진 어머니를 껴안다시피 부축했다.

"자아, 이제는 어떤 것을 치울까요?"

그레테가 말하며 주위를 둘러보았다. 그때 그레테와 벽에 달라붙어 있는 그레고르의 시선이 마주쳤다. 어머니가 있었기 때문에 누이동생은 침착하게 행동하려고 애쓰면서 얼굴을 어머니 쪽으로 돌리며 말했다.

"어머니, 잠시 거실로 돌아가서 쉬시는 게 좋겠어요!"

그녀의 목소리는 벌써 침착성을 잃었다. 그것은 앞뒤 분별도 없이 한 말이었다. 그레고르가 보기에 그레테의 의도는 확실했다.

'어머니가 나를 볼 수 없게 안전한 곳으로 데리고 간 후에 제자리로 쫓아 보내려는 것이겠지. 좋아. 쫓을 수 있으면 쫓아 보라지.'

그레고르는 그림을 둘러싸고 결코 그것을 내주지 않겠다고 결심했다. 그림을 내주느니 차라리 싸우겠다는 태세였다.

그러나 그레테가 그런 말을 한 것이 오히려 역효과를 가져왔다. 어머니는 그레테의 말에 처음부터 불안함을 느꼈다. 어머니는 한

걸음 옆으로 물러서며 꽃무늬 벽지 위에 있는 큼직한 갈색 반점을 보고 그것이 그레고르라는 것을 깨닫기도 전에 소리를 질렀다.

"어머나, 저게 뭐니? 사람 살려!"

그리고 어머니는 양팔을 벌리고 마치 모든 것을 포기라도 하는 듯이 소파 위에 쓰러지더니 꼼짝도 하지 않았다.

"그레고르!"

누이동생은 주먹을 쳐들고 날카로운 시선으로 그레고르를 쏘아보았다. 이것은 그레고르가 변신한 후 누이동생이 그에게 처음으로 건넨 말이었다. 누이동생은 어머니의 의식을 회복할 만한 약을 찾으려고 옆방으로 뛰어갔다. 그레고르도 누이동생을 돕고 싶었다. 아직 그림을 지킬 시간은 있었다. 그러나 몸이 유리에 착 붙어 있었으므로 힘을 들여 몸을 떼야만 했다. 그는 옛날처럼 누이동생에게 어떤 충고라도 해주고 싶었지만 속수무책으로 누이동생 뒤에서 그저 우두커니 서 있을 수밖에 별다른 도리가 없었다. 여러 가지 잡다한 병을 뒤적이던 누이동생은 뒤를 돌아보더니 다시 한번 깜짝 놀랐다. 그때 병 하나가 밑으로 굴러떨어져 박살 났다. 유리조각 하나가 그레고르 얼굴에 튀어 상처를 입히고 이상한 부식제 같은 약물이 그의 몸에 흘러내렸다. 그런데도 그레테는 잠시도 지체하지 않고 손에 잔뜩 병을 들고는 어머니에게로 달려가면서 발로 문을 차 쾅 하고 닫아 버렸다. 이렇게 해서 그레고르는 어머니로부터 완전히 차단되었다. 어머니는 그 때문에 거의 초죽음이 되었다. 이 문을 열어서는 안 된다. 어머니 곁에 있어야 할 누이동생을 자신이 쫓아내서는 안 되었다. 그는 이제 차분히 기다릴 수밖에 없었다. 그레고르는 자책과 불안에 쫓겨 기어 다니기 시작했다. 벽과 가구와 천장을 이리저리 기어 다녔다. 방 전체가 빙빙 돌기 시작하는가 했을 때, 그레고르는 절망 상태에서 천장에서 아래 책상 위의 한복판에 떨어지고 말았다.

한참 시간이 흘렀다. 그레고르는 맥없이 늘어진 채 누워 있었다. 주위는 조용했다. 이것은 틀림없이 좋은 징조일 것이다. 그때 초인종이 울렸다. 하녀는 주방에 틀어박혀 있었기 때문에 그레테가 나가야만 했다. 아버지가 돌아온 것이다.

"무슨 일이 있었니?"

아버지의 첫마디였다. 그레테 표정을 보고 모든 것을 짐작했음이 틀림없다.

"어머니가 기절하셨어요. 그레고르가 기어 나왔거든요. 하지만 지금은 괜찮아지셨어요."

그레테의 목소리가 잘 들리지 않는 것은 분명히 아버지 가슴에 얼굴을 파묻었기 때문일 것이다.

"내 그럴 줄 알았다. 내가 항상 주의를 주었는데도…. 여자들이란 도대체 사람 말을 안 들어 먹는단 말이야. 그러니까 이 모양이지."

아버지는 그레테의 짤막한 말을 듣고 잘못 해석해 그레고르가 무슨 난폭한 짓이라도 저지른 것으로 생각하는 모양이었다. 그래서 그레고르는 아버지 마음을 진정할 방법을 찾아야만 했다.

그는 자신의 방문 앞으로 달려가 몸을 문에 바짝 붙였다. 그렇게 하면 현관에서 들어오는 아버지가 '문만 열어 주면 곧 내 방으로 들어가겠다.'는 자기 뜻을 알아주리라 생각했다.

그러나 아버지는 그레고르의 그러한 섬세한 마음씨를 헤아릴 수 없었다. 그는 방 안으로 들어서자마자 "그레고르!" 하고 소리쳤다. 분노와 희열이 뒤섞인 듯한 묘한 목소리였다. 그레고르는 고개를 돌려 아버지 쪽을 쳐다보았다. 그의 눈앞에 있는 아버지는 정말 상상도 못 했던 모습을 하고 있었다. 물론 최근에는 기어 다니는 일에 정신이 팔려서 집안이 어떻게 돌아가는지 통 모르고 지내는 형편이었다.

'과연 이 사람이 정말 내 아버지란 말인가? 옛날의 아버지는 내가 일찍 출장을 떠날 때면 침대에 축 늘어져 자고 있었고, 저녁에 출장에서 돌아오면 잠옷 차림으로 안락의자에 앉아 맞이했다. 잘 일어서지도 못하고, 반가움의 표시로 오직 두 팔만 올려 보이던 사람이 아니던가. 1년에 몇 번 있는 축제일 같은 날에도 가족과 함께 산책을 나가면 원래 걸음이 느린 나와 어머니 사이에 끼어 더욱 느리게 지팡이를 내디디며 걷던 사람이 아니던가? 무슨 말을 하고 싶을 때는 거의 걸음을 멈추고 같이 온 두 사람을 의지하며 걷던 사람이 아니던가? 그런 아버지와 지금 내가 마주하는 사람이 같은 사람이란 말인가?'

항상 그랬던 아버지가 지금은 단정한 차림으로 서 있었다. 은행 수위 같은 금단추가 달린 감색 제복을 입었으며, 저고리 칼라 부분 위로 나온 턱은 두 겹으로 겹쳐 있었다. 새까만 눈썹 밑에서는 생기 있고 초롱초롱한 눈이 번쩍였다. 예전에는 다듬지 않던 백발 머리도 단정하게 빗질을 해서 머리가 착 달라붙어 빛났다. 그는 은행 이름인 것 같은 머리글자를 금실로 수놓은 모자를 돌리듯 방 안의 침대 위로 던졌다. 그리고 제복의 긴 옷자락 끝을 쓰다듬으며 두 손을 바지 주머니 속에 푹 넣고, 매우 못마땅한 표정으로 그레고르 쪽으로 걸어왔다. 아버지는 아마도 자신이 지금 무엇을 해야 할지 잘 모르는 것 같았다. 어쨌든 그는 힘차게 걸었다. 그레고르는 아버지의 구두 바닥이 별스럽게 큰 것을 보고 놀랐다. 그레고르는 어찌해야 할지 몰랐다. 새로운 생활이 시작된 이래 아버지는 그를 최대한으로 엄하게 다룰 결심인 듯했다. 그러나 그레고르는 당연한 일이라고 생각했다. 그래서 아버지가 다가오면 도망치듯 물러서고, 아버지가 멈추면 그도 따라 움직이지 않았다. 아버지가 조금만 몸을 움직여도 그는 이내 재빨리 도망쳤다. 이런 식으로 그레고르와 아버지는 몇 번이나 되풀이했다. 느린 속도 때문에 아버지가 그레고르를 해치려고 하는지는 알수 없었다. 그래서 그레고르는 일단 방 안을 벗어나지는 않았다. 벽이나 천장으로 도망친다면 아버지가 몹시 언짢아하실 것 같았기 때문이다. 아무튼 그레고르는 마룻바닥 위를 기어 다니는 일도 그리 오래 할 수는 없었다. 왜냐하면 아버지가 걸음을 옮길 때마다 그레고르는 수많은 동작을 해서 따라 움직여야 했기 때문이다. 변신하기 전에도 그의 폐는 튼튼하지 못했다는 생각이 들었다. 그는 숨이 차오르고 가슴이 답답했다.

이렇게 힘을 다해 비틀거리며 옮겨 다니다 보니 피곤해서 눈을 거의 뜰 수 없을 지경이었다. 아무리 생각해 봐도 마룻바닥 위를 기어서 도망치는 일 외에는 다른 방법이 떠오르지 않았다. 자유롭게 벽을 기어오를 수 있었지만 그는 그런 사실마저 생각해 낼 수 없었다. 게다가 벽면에는 정성을 들여 조각한 가구류 때문에 군데군데 뾰족하게 튀어나온 곳이 많았다. 그때 슬쩍 던져진 어떤 것이 그레고르 옆에 떨어지더니 몸 앞으로 굴러 왔다. 그것은 사과였다. 연이어 두 번째 사과가 날아왔다. 그레고르는 놀란 나머지 그 자리에 멈춰 섰다. 더 달아나는 것은 소용없는 일이었다. 아버지가 그레고르에게 폭격을 가할 작정으로 보였던 것이다.

아버지는 탁자 위의 과일 그릇에서 사과를 집어 호주머니에 가득 채우고는 제대로 겨냥도 하지 않은 채 마구 던졌다. 붉고 작은 사과들은 마치 전기 장치가 된 것처럼 바닥을 이리저리 굴러다니다가 서로 부딪치기도 했다. 슬쩍 던진 사과 한 개가 그의 등을 스쳤으나 아무 해도 입히지 않고 굴러떨어졌다. 그런데 이어서 날아온 사과 한 개가 등 위에 정통으로 박혔다. 갑작스럽게 닥친 아픔을 잠시 잊어버리기라도 하려는 듯 그레고르는 다시 기어 도망치려고 했다. 하지만 그는 못이 박힌 듯한 느낌이 들었고 이내 그 자리에 힘없이 쓰러졌다. 마지막에 힘없이 감기는 눈으로 그는 자신의 방문이 열리는 것을 겨우 볼 수 있었다. 누이동생 뒤에서 어머니가 무슨 말인지를 외치며 달려 나왔다. 어머니는 겉옷이 풀려 속옷이 드러난 상태였다. 조금 전에 기절했을 때 응급조치로 누이동생이 겉옷을 풀어 놓았던 것이다. 어머니는 그 차림새로 아버지께 달려갔다. 그러는 와중에 풀린 겉옷이 마룻바닥으로 흘러내렸고, 치마도 덩달아 흘러내렸다. 어머니는 치마에 발이 걸려 휘청대면서도 아버지 곁으로 달려가 부둥켜안고는―이미 그때는 그레고르의 눈이 가물가물한 상태였다-그레고르를 살려 달라고 애원했다.

3

그레고르를 괴롭힌 부상은 한 달 이상 계속되었다. 아무도 그 사과를 빼내 줄 엄두를 내지 못했기 때문에 그 사과는 이 사건을 나타내는 기념품으로 살 속에 박힌 채로 있었다. 아버지에게 지금의 그레고르가 아무리 참담하고 역겨운 모습이라도, 가족의 일원인 그를 원수처럼 취급해서는 안 된다는 것을 깨닫게 하려는 듯 보였다. 아버지는 혐오스러운 감정을 가슴속에 접어 두고 오직 꾹 참는 것만이 가족의 의무라고까지 생각하게 되었다.

그레고르는 그 상처로 몸을 자유롭게 움직이는 일이 영원히 불가능해진 것 같았다. 지금으로써는 방을 건너가는 것만도 마치 병든 노인처럼 매우 오랜 시간이 걸렸다. 더구나 높은 곳에서 기어다니는 일은 꿈도 꾸지 못할 일이었다. 하지만 다른 것으로 충분히 보상받았다는 느낌이 들었다. 그것은 거실과 그레고르의 방을 가로막고 있던 문이 열린 것이다. 습관처럼 한두 시간씩 뚫어져라 바라만 보던 그 거실 문이 열린 것이다.

어두운 방 안에 갇혀 있는 그의 모습은 거실에 있는 사람들 눈에는 띄지 않았지만 그레고르는 가스등이 환히 켜진 테이블 주위에 모여 있는 가족 모습을 볼 수 있었다. 이전과 다르게 어느 정도 모두의 허락을 받고 그들 대화를 자세하게 들을 수 있었다. 물론 그레고르가 출장 중 어느 싸구려 호텔에서 칙칙한 침대 속에 지친 몸을 던져야 했던 때에 늘 그리워했던 화기애애한 대화는 아니었다. 그레고르는 항상 부러운 눈으로 자기 집 거실에 모여 앉아 떠들썩하게 이야기하는 식구들 모습을 그리워했는데, 지금 눈앞에 있는 그들은 옛날의 그 생기 있는 모습이 아니었다.

지금은 그저 조용히 있을 뿐이었다. 아버지는 저녁 식사 후 평소와 같이 안락의자에 앉은 채 잠이 들었고, 어머니는 등불 아래에 몸을 내밀고 얼마 전 가게에서 맡아 온 고급 속옷을 바느질했으며, 판매원으로 취직한 누이동생은 좀 더 나은 일자리를 구하려고 저녁엔 속기술과 프랑스어를 공부했다. 이따금 아버지가 눈을 떴는데 잠꼬대인지 어머니를 향해 "오늘도 너무 늦게까지 일을 하는군!" 하고는 곧 다시 잠들어 버렸다. 그러면 어머니와 누이동생은 서로 힘없이 미소를 주고받고는 조용히 그 자리를 지켰다.

아버지는 집에 돌아와서도 하나의 고집처럼 수위복을 벗지 않았다. 실내복은 필요가 없었다. 아버지는 직장에서 상관의 명령을 기다리는 것처럼 제복을 단정하게 입은 채 잠들었다. 어머니와 누이동생은 아버지가 소중히 여기는 제복을 더럽히지 않으려고 신경 썼지만, 처음부터 새것이 아니었던 제복은 어머니와 누이동생의 세심한 손질에도 불구하고 점점 낡고 후줄근해졌다. 그레고르는 저녁 내내 군데군데 얼룩이 묻었으나 항상 잘 닦여 번쩍번쩍 빛나는 금단추가 달린 제복을 바라보았다. 제복을 입은 아버지는 매우 불편해하면서도 조용히 잠을 잤다.

　시계가 10시를 알리는 종을 치면 항상 어머니는 나직한 목소리로 아버지를 흔들었다. 그리고 침대로 가서 편히 자도록 하려고 무진 애를 썼다. 사실 의자에서 잠을 자면 편하지 못할 뿐만 아니라 충분히 잘 수 없었다. 그러나 수위가 된 이후 고집만 세진 아버지는 오래 거실에 있기를 원했고, 그러다가 이내 다시 잠들어 버렸다. 그런 아버지를 안락의자에서 침대로 옮기는 것은 무척 힘든 일이었다. 어머니와 누이동생이 잠을 깨우려고 아무리 흔들어도 아버지는 요지부동이었다. 어머니는 아버지 옷깃을 잡아당기면서 귓전에 대고 뭐라고 속삭였고, 누이동생은 하던 공부를 중단하고 어머니를 도왔다. 그래도 아버지는 전혀 움직이지 않았고, 점점 깊숙이 안락의자 속으로 파묻혔다. 그러다 어머니가 아버지의 겨드랑이 밑으로 손을 넣으면 그제야 겨우 눈을 뜨고 어머니와 누이동생을 번갈아 보면서 입버릇처럼 늘 하던 말을 중얼거렸다.

　"이것이 인생이다. 이것이 내 말년의 휴식이다."

　그러고는 두 여자의 부축을 받으며 무겁게 몸을 일으켰다. 아버지는 자신의 몸이 마치 무거운 짐이라도 되는 듯 어기적거리며 몸을 일으켰다. 어머니와 누이동생이 문까지 데려가면 거기에서 두 사람에게 손짓하고 혼자 걸어갔다. 그러나 어머니는 재빨리 바느질 도구를 챙기고 누이동생은 펜을 정리하고는 아버지 뒤를 쫓아서 잠자리를 돌봐 주었다.

　힘든 일에 지친 가족은 그레고르를 보살펴 줄 여유가 없었다.

집안 살림은 점점 궁핍해져 갔다. 결국 하녀도 내보내게 되었다. 그 대신 나이 먹고 백발이 흩날리는 몸집 큰 파출부가 아침저녁으로 드나들며 힘든 일만 해주고 갔다. 그 외의 모든 일은 어머니가 바느질하는 틈틈이 해냈다. 심지어 이전에 어머니와 누이동생이 친목회나 축하모임이 있을 때면 화려하게 몸에 치장하던 여러 가지 잡다한 장식품 같은 것들도 내다 팔았다. 이 사실은 저녁에 가족이 모두 모여서 "그것을 얼마나 받고 팔면 될까?" 하고 서로 의논하는 것을 엿듣고서야 알게 된 일이다.

가장 큰 걱정거리는 집이었다. 현재 형편으론 집이 너무 컸던 것이다. 그러나 이사를 할 엄두가 나지 않았다. 그레고르를 어떻게 옮겨야 할지 난감했기 때문이다. 그레고르는 이사를 방해하는 것이 단지 자신에 대한 배려 때문만은 아니라는 사실을 잘 알았다. 적당한 상자에다 숨만 쉴 수 있게 해놓으면 그레고르쯤은 문제없이 운반할 수 있다. 가족의 이사를 방해하는 진짜 이유는 완전한 절망감에 빠지고 싶지 않다는 생각 때문이었다. 세상이 가난한 사람들에게 어떤 시선을 보내는지 식구들은 이미 알고 있었다.

아버지는 은행의 말단 직원들을 위해 아침 식사를 날라다 주는 일까지 주저하지 않았다. 어머니는 어머니대로 남의 빨랫감을 얻어서 하느라 자신을 희생했고, 누이동생은 손님 기호에 따라 판매대 뒤에서 바쁘게 뛰었다. 그러나 이미 가족은 지쳐 있었다.

어머니와 누이동생은 아버지의 잠자리를 돌봐 주고 다시 거실로 돌아왔다. 그리고 일감은 쳐다보지도 않고 볼과 볼이 맞닿을 정도로 바짝 다가앉아 얘기를 나누었다. 어머니가 그레고르 방을 가리키며 "그레테야, 이제 저 문을 닫아야겠구나." 했다. 그레고르는 또다시 어둠 속에 혼자 남게 되었다. 거실에선 두 여인이 소리 없이 눈물을 훔치며 테이블만 뚫어지게 응시하면서 앉아 있었다. 그럴 때면 그레고르 등의 상처는 방금 입은 상처인 양 다시 아프기 시작했다.

그레고르는 밤이나 낮이나 온종일 잠을 이룰 수 없었다. 그는 종종 이번에 방문이 열리면 옛날처럼 집안 살림을 자신이 도맡아 하리라고 생각해 보았다. 그의 뇌리에는 오랫동안 보지 못한 회사 사장이나 지배인, 사원과 견습사원들 또는 몹시 머리가 둔한 급사, 다른 장사를 하는 친구 두세 명이 가끔 떠올랐고, 어느 시골 호텔의 여자 종업원과 즐거운 기억, 진심이었지만 너무 느슨한 구애 대상이었던 어느 모자 가게 경리 모습도 나타났다. 그들은 낯선 사람들이나 이미 잊어버린 사람들과 뒤섞여 나타났다. 그러나 그들을 만나 볼 수 없었다. 그래서 그는 그들의 모습을 지우려고 무던히 애를 썼다.

그런가 하면 가족에 대한 걱정 같은 것은 전혀 하고 싶지 않을 때도 있었다. 그럴 때는 자신을 등한시하는 것에 대한 분노가 일었다. 그는 자신이 무엇을 먹으면 입맛이 당길지 알 수 없었지만 그래도 음식 저장실로 기어가서 자기 입맛에 맞는 몇 가지를 가져올 계획을 세워 보기도 했다. 배가 고프지는 않았지만 자기 입맛에 맞는 게 무엇인지 알아보고 싶었다. 누이동생도 요즘은 그레고르가 무엇을 원하는지 생각해 보지도 않고, 아침이나 점심때 가게에 나가기 전에 아무 음식물이나 바삐 챙겨서 발끝으로 그의 방에 밀어 넣었다. 그리고 저녁때는 그가 음식에 손을 댔는지 안 댔는지—이런 일이 가장 흔하게 일어났지만—눈여겨보지도 않고 빗자루로 쓸어 담아 버렸다. 늘 하던 방 청소도 대충 해버리는 형편이었다. 사방 벽을 따라 더러운 자국이 줄줄이 남아 있었으며, 여기저기에 갖가지 먼지와 오물 덩어리가 흩어져 있었다. 그는 처음에는 누이동생이 방에 들어올 때, 일부러 더러운 구석에 가 있는 것으로 어느 정도 눈치를 주려 했다. 그러나 아무리 그가 그곳에 오래 머물러도 누이동생은 관심이 없었다. 누이동생도 그레고르와 마찬가지로 더러운 모습을 보았을 텐데 그냥 놔두기로 결심한 듯 보였다.

오히려 누가 그레고르의 방 청소에 대한 자신의 특권을 침해하기라도 할까 봐 신경을 곤두세웠다.

한번은 어머니가 물 서너 통으로 그레고르의 방을 대청소한 일이 있었다. 그러나 그때 그 축축함은 그레고르 마음을 언짢게 할 뿐이었다. 그레고르는 기분이 나빠져 소파 위에 누워서 꼼짝도 하지 않았다. 그리고 어머니는 결국 벌을 받았다. 왜냐하면 저녁에 돌아온 누이동생이 그레고르의 방이 변한 것을 알아채고는 순간 몹시 화가 나서 어머니에게 달려가 눈을 흘겼고, 어머니가 다시는 안 그러겠다고 말했는데도 동생이 울음을 터뜨린 것이다. 이 울음

소리에 놀란 아버지가 안락의자에서 벌떡 일어났다. 누이동생의 태도에 아버지, 어머니는 너무 놀라서 아무 말도 하지 못했다.

그러나 뒤늦게 전후 사정을 알게 된 아버지는 어머니에게 그레고르 방 청소를 딸아이에게 맡겨 두지 않았느냐고 어머니를 책망했다. 그리고 그레테에게는 앞으로 다시는 어머니가 청소 같은 것을 하지 못하도록 다짐을 받겠다고 했다. 어머니는 흥분해 자제력을 잃은 아버지를 침실로 데려가려고 애썼으며, 한쪽에서는 그레테가 경련을 일으키며 몹시 흐느껴 울며 작은 주먹으로 테이블을 두드렸다. 방문이 닫혀 있었더라면 이런 장면을 보지 않아도 되고, 이런 소란을 듣지 않아도 되었을 텐데, 아무도 문에 신경 쓰지 않았다. 그레고르는 너무 흥분한 나머지 큰 소리로 '쉿' 하는 소리를 냈다.

그러나 아무리 누이동생이 가게 일에 지쳐 그레고르를 돌보는 일에 싫증을 낸다고 할지라도 어머니가 딸 대신에 애를 쓸 필요는 조금도 없었다. 왜냐하면 고용된 늙은 할멈이 있었기 때문이다. 오랜 삶 동안 온갖 쓰라린 일을 겪어 온 이 할멈은 처음부터 그레고르를 조금도 혐오스러워하지 않았다. 그녀는 언젠가 그레고르의 방문을 아무렇지 않은 듯 연 적이 있다. 그것은 단순한 호기심 때문이 아니었다. 깜짝 놀란 그레고르는 누가 쫓아오는 것도 아닌데 놀라서 이리저리 돌아다녔다. 그러자 그 할멈은 양손을 아랫배 위에 대고 깍지 낀 채 그레고르를 바라보았다. 그 후론 시간만 나면 아침저녁으로 슬그머니 문을 열고 몰래 그레고르를 들여다보는 일을 계속했다.

처음에 할멈은 "이리 와라, 말똥구리야."라든가 "저, 늙은 말똥구리 좀 봐라."라는, 자기 나름대로 친근하다는 말투로 그레고르를 불러보기도 했다. 그러나 그레고르는 아무런 행동도 하지 않은 채 마치 문이 열린 것을 모르는 것처럼 있던 자리에서 꼼짝도 하지 않았다.

어느 날 아침-세찬 빗방울이 유리창에 부딪혔는데, 이것도 아마 봄이 오고 있다는 증거일 것이다-할멈이 또다시 그레고르를 놀리는 짓거리를 시작하자 그레고르는 몹시 화를 내며, 힘은 없었지만 달려들 듯한 자세를 하고 그 할멈 쪽으로 천천히 몸을 돌렸다. 그러나 할멈은 놀라기는커녕 문 옆에 있던 의자 하나를 꼿꼿이 쳐들었다. 입을 크게 벌리고 선 그 모습에서 당장이라도 그레고르의 등에 의자를 내던지겠다는 의사가 확실히 보였다.

"겨우 그거야. 더는 힘든가 보군!"

할멈은 그레고르가 다시 제자리로 돌아가는 것을 보며 그렇게 말하고는 자기도 의자를 조용히 구석에다 다시 내려놓았다.

그레고르는 이제 거의 아무것도 먹지 않았다. 이따금 넣어 준 음식물 옆을 스칠 때만 장난삼아 한 입 먹어 보거나, 삼키지 않고 몇 시간 동안 입에 머금고 있다가 대개는 나중에 뱉어 버렸다. 처음에 그는 이처럼 아무것도 먹을 수 없는 이유가 이 방의 상태가 너무 비참하기 때문이라고 생각했으나, 그동안 몇 번이나 변한 방의 상태를 받아들이기로 했다. 또 가족에게는 이상한 버릇이 생졌다. 그것은 달리 둘 곳이 마땅치 않은 갖가지 물건을 그레고르의 방에다 넣어 두는 것이었다. 그러한 물건들은 꽤 많았다. 왜냐하면 방 하나를 하숙인 세 사람에게 세를 놓았기 때문이다. 성격이 까다로워 보이는 세 남자 하숙인은—어느 땐가 그레고르가 문틈으로 확인한 바로는 세 사람이 모두 얼굴에 수염을 기르고 있었다—지나칠 정도로 질서와 청결을 중요시하는 사람들이었다. 자신들이 세를 들었다는 이유로 자신들의 방뿐만 아니라 집 안의 여기저기를 살피며 불편스러울 정도로 정리정돈에 신경 썼다. 그들은 쓸모없는 물건이나 아주 더러워진 잡동사니들을 참아내지 못했다. 재를 치우는 상자며, 부엌에서 쓰던 쓰레기통까지도 그레고르의 방으로 옮겨졌다.

할멈은 당장 필요치 않은 물건들은 눈에 띄기 무섭게 모조리 그레고르의 방에 쑤셔 넣었다. 다행스럽게도 그레고르의 눈에는 옮겨지는 물건과 그 물건을 들고 있는 손 이외에는 아무것도 보이지 않았다. 할멈은 언제든 기회를 보아서 그런 물건들을 다시 찾으러 오거나 혹은 전부 모아 두었다가 한꺼번에 내다 버릴 속셈이었으나 실제로는 물건들 모두 처음 던져두었던 그 자리에서 뒹굴었다. 그레고르가 잡동사니 사이를 비집고 다니다가 위치가 옮겨지기도 했다. 그레고르는 그 잡동사니들 때문에 돌아다닐 수 없었다. 자유롭게 기어 다닐 통로가 없었기 때문에 그는 할 수 없이 그것들을 치워 버렸다. 그러나 물건을 옮기고 난 후에는 초죽음이 되어 공연히 우울해져 몇 시간 동안 움직이지 않았다. 그러나 묘하게도 잡동사니를 옮기는 일에 점점 재미를 느끼게 되었다.

　하숙을 하는 세 남자는 가끔 한자리에 모여 저녁 식사를 하기
도 했다. 그럴 때는 항상 문을 닫아 놓았는데 그레고르는 이것에
그다지 신경 쓰지 않았다. 그는 문이 열려 있을 때도 집안사람들
의 눈에 띨까 봐 방의 제일 어두운 구석에 엎드려 지냈던 것이다.
그러던 어느 날인가, 할멈이 거실 문을 약간 열어놓은 채 내버려
둔 일이 있었다. 저녁에 세 하숙인이 거실로 들어와서 불을 켰을
때도 문은 그대로 열려 있었다. 세 사람은 테이블 윗자리에 앉았
다. 그들은 예전에 아버지, 어머니, 그레고르가 앉았던 자리에 앉
았다. 세 사람은 냅킨을 펼치고 나이프와 포크를 손에 들었다. 그
러자 어머니가 고기를 담은 큰 접시를 들고 문 앞에 나타났다. 곧
이어 누이동생이 감자가 수북이 담긴 그릇을 들고 따라 나왔다.
음식에선 김이 무럭무럭 피어오르고 진한 냄새를 풍겼다. 하숙생
들은 식사 전에 음식을 검사라도 하듯이 앞에 놓인 그릇 위로 몸
을 구부렸다. 실제로 세 사람 중 우두머리 격으로 보이는 가운데
앉은 남자가 큰 접시에 담긴 고기를 한 조각 썰어 냈다. 충분히 연
한지 어떤지, 그러니까 주방으로 다시 보내지 않아도 좋은지 어떤
지를 알아보려는 것이 분명했다. 그는 만족해했다. 그때야 긴장된
표정으로 그들의 모습을 지켜보던 어머니와 누이동생이 안도의
숨을 내쉬면서 서로를 쳐다보며 미소를 지었다.

　식구들은 부엌에서 식사했다. 그래도 아버지만은 부엌으로 가
기 전 거실에 들러 모자를 손에 들고 머리를 한 번 꾸벅 숙여 보

이고는 테이블 주위를 한 바퀴 돌았다. 하숙인 세 사람 모두 일어서서 무슨 말인지 중얼거렸다. 그러나 자기들만 남게 되자 아무 말 없이 식사를 계속했다. 그레고르는 식사를 하면서 내는 다양한 소리 중 이상한 소리를 들었는데, 그것은 이로 아삭아삭 음식을 씹는 소리였다. 그 소리는 마치 그레고르에게, 음식을 먹는 데는 이라는 것이 필요하며 아무리 아름답다 할지라도 이가 없으면 아무것도 할 수 없다는 것을 보여 주려는 것 같았다.

그레고르는 슬픈 듯 중얼거렸다.

"식욕이 나기는 하지만 저런 음식은 아니야. 저들처럼 먹어 치우다가는 죽어 버리고 말겠어."

바로 그날 저녁의 일이었다. 주방 쪽에서 바이올린 소리가–그레고르는 변신한 이후 바이올린 소리를 한 번도 들은 기억이 없었다–들려 왔다. 세 하숙인은 이미 식사를 마친 상태였다. 가운데 있는 사람이 신문을 꺼내 다른 두 사람에게 한 장씩 넘겨주고 있었다. 그들은 각자 소파에 기대어 조용히 신문을 읽으며 담배를 피웠다. 그때 바이올린 소리가 들리자 세 사람은 놀란 표정을 하고 의자에서 일어나 살금살금 현관 쪽으로 걸어가서는 부엌문 앞에 모여 섰다. 부엌에서 그 발소리를 들었는지 아버지가 입을 열었다.

"이 연주가 시끄럽다면 당장 그만두겠습니다."

"천만에요."

우두머리 격인 남자가 대답했다.

"괜찮으시다면 따님께서 거실로 나와서 연주하시면 어떻겠습니까? 거실이 훨씬 편안하고 아늑할 텐데요."

"그렇게 합시다."

아버지는 마치 자신이 바이올린을 연주한 당사자인 것처럼 말했다.

하숙인들은 거실로 돌아와 그들을 기다렸다. 이윽고 세 사람이 함께 거실에 나타났다. 누이동생은 침착한 태도로 연주 준비를 끝마쳤다. 이제까지 방을 세놓은 적이 없었기 때문에 부모님은 지나칠 정도로 하숙인들에게 예의를 갖추었다. 따라서 자신들은 의자에 앉으려고 하지도 않았다. 아버지는 팔짱을 끼고 문에 몸을 기댄 채 서 있었다. 그러나 어머니는 하숙인 한 사람이 의자를 권해서 자리에 앉을 수 있었다. 그 사람이 의자를 놓아준 곳은 방안의 한구석이었지만 어머니는 그대로 앉아 있었다.

누이동생은 이윽고 바이올린을 연주하기 시작했다. 아버지와 어머니는 각자의 자리에서 딸의 손놀림을 주의 깊게 지켜보았다. 그레고르는 연주 소리에 끌려 자신도 모르는 사이에 이미 고개를 거실 안으로 내밀고 있었다. 그는 최근에 다른 사람들에게는 거의 무관심한 상태로 지냈다. 그리고 그런 사실을 의아하게 생각하지도 않았다. 지금 그의 방 안은 사방이 먼지투성이였기 때문에 조금만 움직여도 먼지가 풀썩풀썩 일었다. 그래서 그의 몸은 온통 먼지를 뒤집어쓰고 있었다. 그는 실밥이며 머리카락, 음식 찌꺼기 같은 쓰레기들을 등과 옆구리에 잔뜩 붙인 채 기어 다녔다. 예전 같으면 몇 차례씩 등을 아래로 하고 누워서 바닥의 카펫에다 이리저리 비벼 댔을 텐데도 모든 것에 무관심해진 이후에는 그럴 의욕마저 잃었다. 그런 상태로 휴지 하나 떨어져 있지 않은 거실로 기어 나오면서도 그레고르는 아무런 거리낌이 없었다.

물론 그레고르에게 관심을 두는 사람은 아무도 없었다. 가족은 바이올린 연주에 완전히 정신을 빼앗기고 있었고, 하숙인들은 소파에 느긋하게 다리를 쭉 뻗고 앉아 있었다. 그러나 그들은 곧 고개를 숙이고 나지막한 소리로 속삭이더니 창가로 물러갔다. 아버지는 불안한 시선으로 그들을 바라보며 그 자리에 서 있었다. 그들은 훌륭하고 감미로운 바이올린 연주를 들을 수 있으리라고 기대했다가 그만 싫증이 난 모양이었다. 단지 예의상 마지못해 듣는 것이 분명했다. 담배 연기를 천연덕스럽게 코와 입으로 내뿜는 모습으로 충분히 짐작할 수 있었다.

누이동생은 여전히 아름다운 연주에 몰두했다. 고개는 한쪽으로 기우뚱하고, 눈은 마치 무엇을 음미하듯 슬픈 표정으로 악보를 훑어 내렸다. 그레고르는 조금 더 앞으로 기어갔다. 가능하다면 누이동생의 시선과 마주치려고 머리를 마룻바닥에 낮게 수그렸다.

'이토록 음악 소리에 감동을 느끼는 데도 내가 아직 동물이란 말인가?'

그레고르는 자신이 동경하는 마음의 양식을 얻는 길이 열리는 듯한 기분이었다. 그는 누이동생 곁에 가서 치맛자락을 끌어당겨 누이동생에게 자기 방으로 와서 바이올린을 연주해 주기를 바란다는 희망사항을 알릴 생각이었다. 실제로 이들 중 누이동생의 연주를 그레고르만큼 칭찬해 줄 사람은 아무도 없는 것 같았다.

'그래, 누이동생이 내 청을 들어주기만 한다면… 실제 그렇게만 된다면 최소한 내가 살아 있는 동안에는 누이동생을 방 밖으로 다시는 내보내지 않으리라. 흉측한 내 몰골은 그때 비로소 도움이 될 것이다. 모든 출입구를 지켜 서서 침입자에게는 으르렁거리면서 덤벼들 것이다. 그러나 누이동생이 강요에 따라서가 아니라 자발적으로 내 곁에 있어야 한다. 누이동생과 나란히 소파 위에 앉아 그녀의 머리를 내 쪽으로 기울이게 할 것이다. 그리고 그녀를 음악 학교에 보낼 굳은 결심을 했노라고 누이동생에게 말해 주자. 만일 이런 불행한 일만 생기지 않았더라면 크리스마스 때- 크리스마스는 이미 지나비렸지만-어떤 반대를 무릅쓰고라도 온 가족 앞에서 이 계획을 발표할 작정이었다고 말할 것이다. 이런 이야기를 하고 나면 분명히 누이동생은 감격한 나머지 눈물을 흘릴 것이다. 그러면 누이동생의 어깨까지 기어 올라가서 그녀 목에 입을 맞추어 주리라.'

누이동생은 가게에 나가고부터는 리본도 칼라도 달지 않고 목을 드러내놓고 다녔다.

"잠자 씨!"

돌연 우두머리 격인 남자가 아버지를 향해 소리치더니 더는 아무 말도 하지 못하고 천천히 앞으로 기어 나오는 그레고르를 손가락으로 가리켰다. 그때 바이올린 소리가 멈췄다. 그 남자는 고개를 가로저으며 다른 친구들에게 살짝 미소를 던지더니 다시 그레고르를 쳐다보았다. 아버지는 그레고르를 쫓아 버리는 것보다는 하숙인들의 마음을 진정시키는 것이 더 시급하다고 생각하는 것 같았다. 그러나 하숙인들은 흥분하기는커녕 오히려 바이올린 연주보다 그레고르에게 더 흥미를 느끼는 듯했다.

아버지는 급히 그들 쪽으로 다가가서 양팔을 크게 벌리고, 하숙인들을 그들 방으로 들여보내려고 애쓰는 동시에 몸으로는 그레고르가 보이지 않도록 가로막았다. 그러자 그들은 약간 화를 내는 눈치였다. 아버지의 태도에 화를 내는 건지 아니면 그레고르와 같은 존재가 바로 옆방에 살고 있었다는 것에 분노를 느껴 화를 내는 것인지는 알 수 없었다. 그들은 아버지에게 해명을 요구하고, 자신들도 팔을 쳐들어 불안한 듯 수염을 잡아당기더니 천천히 자기들 방으로 향했다. 그사이 누이동생은 연주를 중단하고 잠시 넋 나간 표정으로 서 있었다. 누이동생은 한동안 축 늘어진 손에 바이올린과 활을 들고 서 있다가 갑자기 몸을 돌렸다. 그녀는 호흡이 곤란해 심장이 불규칙하게 뛰는 상태로 앉아 있던 어머니의 무릎 위에다 악기를 내려놓고는 앞질러 하숙인들의 방으로 달려갔다. 하숙인들은 아버지에게 쫓겨서 점점 더 빠르게 자기들 방으로 들어가고 있었다. 누이동생은 익숙한 솜씨로 침대에 있던 베개와 이불을 펼치더니 순식간에 잠자리를 깨끗이 정리했다. 그녀는 하숙인들이 방 안으로 들어오기 전에 이미 침대 정돈을 끝내고 그 방을 빠져나왔다. 아버지는 또다시 자기 고집에 사로잡힌 것처럼, 평소 하숙인들에게 베풀었던 친절조차 완전히 잊어버린 듯 오로지 세 사람을 밀어붙이기에만 여념이 없었다. 마침내 방문에 다다랐을 때 우두머리 격인 남자가 쾅 하고 발을 굴렀기 때문에 아버지는 그만 멈추어 섰다.

"지금 이 자리에서 밝혀 두지만…."

그는 한쪽 손을 쳐들고 어머니와 누이동생을 힐끗 보며 이렇게 말했다.

"나는 이 집과 당신 가족 사이에 존재하는 저 불쾌한 상태를 고려해…."

그는 단호한 태도로 바닥에 침을 뱉었다.

"이 집과 계약을 해약할 것이오. 그리고 다른 곳에 내 방을 즉시 계약하겠소. 물론 지금까지의 하숙비는 한 푼도 낼 수 없소. 그 대신 나는 앞으로, 극히 타당한 이유의 손해배상 청구를 당신들에게 제기할지 어쩔지를 고려해 볼 작정이오. 거짓말이 아니오."

그는 말을 멈추고 무엇인가를 기대하는 것처럼 앞쪽을 똑바로 쳐다보았다. 그의 두 친구도 곧 입을 열었다.

"우리도 이 자리에서 당장 해약하겠소."

그런 다음 우두머리 격인 남자가 냉정하게 문을 닫았다. 아버지는 몸을 비틀거리며 의자로 돌아와서는 털썩 주저앉았다. 언뜻 보기에는 평소처럼 저녁잠을 자는 것 같았지만 불안정하게 머리를 끄덕이는 것으로 보아 결코 자는 것이 아님을 알 수 있었다. 그 사이 그레고르는 하숙인들이 처음 자기를 발견한 바로 그 자리에 조용히 웅크리고 있었다. 그는 자신의 계획이 성공하지 못했다는 사실에 대한 실망과 오랫동안의 굶주림으로 허약해진 몸 때문에 움직일 수 없었다. 그는 당장에라도 그의 몸에 닥칠 무자비하고 몰인정한 상황에 확실한 두려움을 느끼면서도 그 순간을 기다렸다. 그때 어머니의 손이 떨리더니 무릎에서 바이올린이 미끄러져 아래로 떨어지면서 큰 소리를 냈지만 그레고르를 놀라게 하지는 않았다.

"어머니, 아버지 저 좀 보세요."

누이동생이 말을 꺼내면서 손으로 식탁을 두드렸다.

"더는 이런 식으로 살 수 없어요. 두 분께서는 깨닫지 못하실지 모르지만 저는 잘 알아요. 저는 이 흉측한 괴물을 오빠라는 이름으로 입에 담고 싶지도 않아요. 간단히 말할게요. 우리는 저것을 없애 버리지 않으면 안 돼요. 우리가 인간으로서 저것을 먹여 살리고 참고 견디는 데는 할 만큼 다했잖아요. 그 누구도 우리를 비난하지는 못할 거예요."

"그래, 네 말이 옳다."

아버지는 혼잣말처럼 중얼거렸다. 아직도 완전히 숨이 가라앉지 않은 어머니는 마치 넋 나간 듯한 눈길로 숨이 가쁜지 입에 손을 대고 심하게 기침을 하기 시작했다.

누이동생은 어머니에게로 급히 달려가 이마를 짚어 주었다. 아버지는 누이동생의 이야기를 듣고 무엇인가 결심이라도 한 듯 보였다. 그는 똑바로 의자에 앉아서 꼼짝도 하지 않고 누워 있는 그레고르를 쳐다보았다.

"우리는 저것을 없애 버려야만 해요."

누이동생은 아버지에게 단호하게 말했다. 어머니는 기침 때문에 아무 말도 알아듣지 못했다.

"저것이 아버지, 어머니를 죽게 만들 거예요. 어쩐지 자꾸 그런 생각이 들어요. 모두 이렇게 고생하면서 일해야 하는 우리 처지에 도대체 어떻게 저런 애물단지를 감당할 수 있겠어요. 저는 이제 더는 참을 수 없어요."

누이동생은 이렇게 말하고 울음을 터뜨렸다. 그러자 어머니의 얼굴에서도 눈물이 흘렀다. 그것을 본 누이동생은 거의 기계적으로 손을 움직여 어머니 얼굴에서 눈물을 닦아 주었다.

"얘야."

아버지가 정답고 이해심 어린 표정을 지으면서 말했다.

"우리가 어떻게 했으면 좋겠니?"

누이동생은 확신에 차서 말했던 것과 다르게 무슨 구체적인 계획이 있었던 것은 아니라는 듯이 그저 어깨를 들썩일 뿐이었다. 우는 사이에 그처럼 단호했던 마음도 누그러져 도리어 어떻게 해야 좋을지 망설이는 태도였다.

"저 아이가 우리 말을 조금이라도 알아듣기만 한다면…"

아버지가 반쯤 묻는 듯한 투로 말했다. 누이동생은 울면서 그런 일은 생각할 수도 없다는 듯이 손을 세차게 흔들었다.

"저 아이가 우리 말을 조금이라도 알아듣기만 한다면…"

아버지는 같은 말을 되풀이하고는 그런 일은 있을 수도 없다는 누이동생의 확신이 사실이라도 되는 듯 두 눈을 감아 버렸다.

"그렇게만 된다면 저 녀석과 타협하는 것도 무리가 아닐 텐데…. 그런데 이 꼴이라니."

"내쫓아 버리는 거예요."

누이동생이 말했다.

"그 방법밖에는 없어요. 저것이 그레고르 오빠라는 생각은 버려야 해요. 우리가 지금까지 그렇게 믿어 온 것이 불행이었을 뿐이에요. 어떻게 저것이 그레고르 오빠란 말인가요? 만일 저것이 정말 그레고르였다면, 인간이 자기와 같은 벌레와 함께 살 수 없다는 것쯤은 벌써 알아차리고 틀림없이 스스로 나가 버렸을 거예요. 그렇게만 되었다면 오빠를 존경하며, 오빠에 대한 추억을 소중히 간직하며 지낼 수 있었을 거예요. 그런데 저 벌레는 우리를 쫓아다니는가 하면 하숙인들을 내쫓고 있어요. 급기야는 이 집 전체를 점령하고 우리를 길거리로 몰아낼 거예요. 네, 저것 좀 보세요, 아버지!"

누이동생이 갑자기 소리를 질렀다.

"벌써 또 시작하는군요!"

언제나 그랬다는 듯이 말을 던진 누이동생은 그레고르에 대한 알 수 없는 공포에 사로잡혀 어머니가 앉아 있는 의자에서 멀찍이 떨어져 물러났다. 누이동생은 그레고르 옆에서 자신이 희생되는 것보다는 어머니를 희생시키는 편이 낫다는 듯이 어머니의 의자 뒤에서 어느덧 아버지의 등 뒤로 도망쳤다. 누이동생의 흥분에 자극을 받은 듯한 아버지는 자리에서 일어나 그녀를 보호하려는 듯이 앞에서 두 팔을 반쯤 쳐들었다.

그러나 그레고르는 누이동생은 물론 그 누구도 불안하게 만들 생각이 전혀 없었다. 그는 단지 자기 방으로 돌아가려고 몸을 돌렸을 뿐이다. 참혹한 현재 상태에서는 몸을 조금만 돌리려고 해도 머리의 힘이 필요했다. 그래서 여러 번 고개를 쳐들었다가는 마룻바닥에 내리쳤다. 그 이상한 동작은 그들을 의아스럽고 놀라게 했다. 그는 동작을 중지하고 주위를 둘러보았다. 가족은 그의 행동이 악의가 없다는 것을 알아차린 것 같았다. 그들의 놀라움은 모두 순간적인 것이었으며, 이제 가족은 모두 입을 다물고 슬픈 표정으로 그레고르를 바라보았다. 어머니는 의자에 앉아서 두 다리를 모아 앞으로 쭉 뻗었다. 누이동생은 한쪽 팔로 아버지 목을 껴안았다.

'자, 이젠 다시 몸을 돌려도 되겠지.'

그레고르는 생각하며 다시 방향을 돌리기 시작했다. 그는 지쳐서 애써 숨을 돌리며 간혹 쉬기도 했다. 그렇다고 해서 누군가 그를 재촉하는 것은 아니었다. 모든 것을 그가 하는 대로 내버려두었다. 그는 방향을 돌려 곧장 자기 방으로 기어가기 시작했다. 그레고르는 자기 방에서 멀리까지 나온 것에 새삼 놀랐다. 도대체 어떻게 이 쇠약한 몸을 이끌고 이처럼 먼 거리를 간단히 기어 나올 수 있었는지 신기할 따름이었다.

그는 거의 문 앞까지 왔을 때야 비로소 뒤를 돌아보았으나 목을 완전히 돌릴 수 없었다. 목이 뻣뻣하게 굳어 가는 것을 느꼈기 때문이다. 다만 누이동생이 서 있는 것이 보였을 뿐이다. 그때 그레고르의 마지막 시선이 어머니를 스쳤다. 어머니는 이미 잠들어 있었다.

그가 방 안으로 들어서자마자 문이 급하게 닫히더니 빗장이 질러져 잠겼다. 갑자기 일어난 이 소란 때문에 그레고르는 몹시 놀라서 다리가 휘청거리며 꺾일 정도였다. 이렇게 서둘러 문을 잠근 사람은 누이동생이었다. 그녀는 미리 일어나서 기다리다가 그레고르가 방 안으로 들어가자마자 재빠르게 달려와 문을 잠갔던 것이다. 그레고르의 귀에는 누이동생의 발소리가 전혀 느껴지지 않았다. 누이동생은 자물통 열쇠를 손으로 흔들면서 아버지, 어머니를 향해 소리쳤다.

"이젠 다 되었어요."

그레고르는 자신에게 물으며 어둠 속에서 주위를 둘러보았다.

'자, 이제 어떻게 하지?'

그는 자신이 더는 움직일 수 없게 되었음을 알았다. 그러나 그는 그것을 별로 이상하게 생각하지도 않았다. 오히려 지금까지 이 가느다란 다리로 기어 다닐 수 있었다는 것이 불가사의처럼 느껴졌다. 다른 한편으로는 약간 쾌감까지 느껴졌다. 물론 온몸이 다 아프기는 했지만 그것도 이내 가라앉았고, 마침내 완전히 통증이 사라진 것을 느꼈다. 등에 박힌 썩은 사과며, 부드러운 먼지에 싸여 있는 그 주위의 염증조차도 이미 느껴지지 않았다.

그는 가족에 대해 연민과 애정을 가지고 회상에 잠겼다. 자신이 없어져야 한다는 생각은 어쩌면 누이동생보다도 그 자신이 훨씬 더 절실한 것이었다. 그레고르는 교회의 종소리가 새벽 3시를 칠 때까지 공허하고 편안한 명상에 잠겨 있었다. 창밖이 훤하게 밝아오는 것이 어렴풋이 느껴졌다. 문득 그의 머리가 그도 모르게 밑으로 푹 수그러졌다. 그리고 그의 콧구멍에서는 마지막 숨이 나지막하게 흘러나왔다.

이른 아침, 일하는 할멈이 와서-제발 조심해 달라고 몇 번이나 말했건만 문이란 문은 급하게 힘껏 닫는 버릇이 있었기 때문에, 이 할멈이 오면 집안 식구들이 조용히 자기가 어려웠다-여느 때처럼 잠깐 그레고르의 방을 들여다보았으나 처음에는 별다른 이상을 발견하지 못했다. 할멈은 그레고르가 기분이 좋지 않아 일부러 꼼짝도 하지 않고 누워 있다고 생각했다. 할멈은 그레고르가 전부터 모든 것을 분별할 줄 안다고 생각했다. 그녀는 마침 긴 빗자루를 가지고 있는 참에 그레고르의 등을 빗자루로 간지러움을 태웠다. 그래도 그레고르가 아무런 반응이 없자, 할멈은 약간 짜증이 나서 그레고르의 몸을 밀어낸 다음 그레고르의 반응을 살피고 나서야 정신이 번쩍 들었다.

사건의 진상을 파악한 할멈은 눈을 휘둥그레 뜨고 자신도 모르게 휘파람을 불었다. 할멈은 머뭇거리지 않고 즉시 아직 자는 잠자 부부의 침실 문을 활짝 열어젖히고는 어둠 속을 향해 큰 소리로 외쳤다.

"저기 좀 가보세요. 그게 뻗어 있어요. 죽은 것 같아요. 완전히 죽었다고요!"

잠자 부부는 침대에 똑바로 앉아 할멈이 전하는 말을 파악하기 전에 할멈의 소리에 놀란 가슴을 진정시켜야 했다. 그들은 할멈이 하는 말의 뜻을 이해하려 들기는커녕 잠자고 있는 침실에 무턱대고 침입한 무례함에 불쾌함을 느꼈다. 그러나 곧 상황을 알아차리자 기겁하며 침대에서 뛰어내렸다.

잠자 씨는 어깨에 담요를 두르고, 부인은 잠옷 차림으로 그레고르의 방으로 들어갔다. 그러는 동안에 거실의 문도 열렸다. 하숙인을 둔 이후 그레테는 거실에서 잠을 잤다. 그레테는 전혀 잠을 자지 않은 것처럼 완전한 옷차림을 하고 있었다.

그녀의 창백한 얼굴이 사실을 말해 주는 것 같았다.

"죽었나요, 정말?"

의심스러운 듯 말을 건넨 잠자 부인은 믿을 수 없다는 듯이 할멈을 쳐다보았다. 물론 스스로 확인해 볼 수도 있었고, 확인해 보지 않더라도 그냥 보면 알 수 있는 일이었다.

"그런 것 같습니다."

단호히 말한 할멈은 증명이라도 해 보이려는 듯이 멀찍이 서서 빗자루로 그레고르의 시체를 쑥 밀어 보였다. 잠자 부인은 그 할멈의 행동을 제지하려는 태도를 보였으나 실제로 그렇게 하지는 않았다.

"자, 이제 우리는 하느님께 감사를 드려야겠군."

잠자 씨가 말하며 성호를 그었다. 나머지 세 여자도 그가 하는 대로 따라 했다. 그때까지 시체에서 눈도 떼지 않고 바라보던 그레테가 입을 열었다.

"저것 좀 보세요. 어쩌면 저렇게 야위었을까요. 하기는 벌써 오래전부터 아무것도 먹지 않았어요. 먹을 것을 넣어주어도 건드리지도 않은 채 그대로 남기곤 했어요."

사실 그레고르의 몸은 납작하게 말라붙어 있었다. 이미 다리는 몸통을 지탱하지 못했다. 제 기능을 상실한 지 오래되었던 것이다. 지금에서야 그 사실을 알게 된 것은 아무도 눈여겨보지 않았기 때문이다.

"그레테야, 잠깐 우리랑 얘기 좀 하자꾸나."

잠자 부인은 쓸쓸한 눈빛으로 그레테에게 말했다. 그레테는 시체 쪽을 자꾸 뒤돌아보면서 부모님 뒤를 따라 침실로 들어갔다. 할멈은 방문을 닫고 창문을 활짝 열었다. 아직 이른 새벽인데도 신선한 공기에서는 온기가 감돌았다. 어느덧 3월 말이었던 것이다.

세 하숙인이 자기 방에서 나와 아침 식사를 찾으며 어리둥절해했다. 그러나 모두가 그들은 안중에도 없었다.

"아침 식사는 어디 있지요?"

우두머리 격인 남자가 할멈에게 불쾌한 듯이 물었다. 그러나 할멈은 아무 말 없이 손가락을 입에 대고, 빨리 그레고르의 방으로 와보라는 시늉을 했다. 세 사람은 할멈이 시키는 대로 그레고르의 방으로 가서 다소 낡아 보이는 웃옷 주머니에 두 손을 찌르고는 완전히 밝아진 방 안에서 그레고르의 시체를 둘러싸고 섰다.

이때 침실 문이 열렸다. 경비원 차림의 잠자 씨가 한쪽 팔은 부인에게 또 한쪽 팔은 딸에게 부축받으며 나타났다. 세 사람은 모두 눈물에 젖어 있었다. 그레테는 가끔 아버지 팔에 얼굴을 묻었다.

"당장 우리 집에서 나가시오!"

잠자 씨는 이렇게 말하고 두 여인에게 부축받던 팔로 현관을 가리켰다.

"무슨 말씀이신가요?"

우두머리 격인 남자가 다소 당황스러운 듯이 말하며 가식적인 미소를 지었다. 다른 두 사람은 뒷짐을 진 채 계속 손을 비벼 댔다. 마치 자신들에게 유리한 언쟁이 한바탕 벌어지기를 즐겁게 기다리기라도 한다는 태도였다.

"내가 방금 말했던 그대로요."

잠자 씨는 이렇게 말하고 두 여인과 함께 나란히 하숙인들 앞으로 걸어갔다. 우두머리 격인 남자는 꼼짝도 하지 않고 그 자리에 선 채 이 복잡한 일들을 새롭게 정리하려는 듯이 바닥을 내려다보고 서 있었다.

"그러시다면 나가겠습니다."

하숙인은 말을 마친 후 잠자 씨를 쳐다보았다. 갑자기 겸손한 태도로, 마치 이 새로운 결정에 대해서도 상대방 승낙을 얻으려는 듯 잠자 씨를 쳐다보았다. 그러나 잠자 씨는 몇 번인가 눈을 크게 뜬 채 그저 고개를 끄덕여 보일 뿐이었다. 그러자 하숙인은 곧

장 자신들의 방 쪽으로 걸어갔다. 다른 두 사람은 꼼짝도 하지 않고 서서 이들의 대화를 주시하더니, 곧 그의 뒤를 따라갔다. 마치 잠자 씨가 먼저 자신들 방으로 들어가서 자신들과 우두머리 남자 사이를 가로막지나 않을까 걱정스럽다는 표정이었다.

방 안에 들어선 세 사람은 약속이나 한 듯 옷장에서 모자를 꺼내고 지팡이 보관함에서 지팡이를 뽑아 들고 무뚝뚝하게 인사하고는 아무 말 없이 집을 나섰다. 잠자 씨는 두 여인과 함께 현관의 계단 앞 난간에 기대어 서서 세 남자가 천천히 차분한 발걸음으로 긴 계단을 내려가는 것을 지켜보았다. 세 남자의 모습이 멀어질수록 그들에 대한 잠자 씨 가족의 관심도 점점 사라져 갔다. 그리고 밑에서 정육점의 심부름꾼 한 사람이 세 남자를 지나쳐 위로 올라올 때 잠자 씨는 마침내 안심한 듯 아내, 딸과 함께 집안으로 들어왔다.

그들은 오늘만은 충분한 휴식과 산책으로 보내기로 했다. 그들은 쉬어야 할 이유가 충분했을 뿐 아니라 무조건 휴식이 필요했다. 그러므로 세 사람은 테이블 앞에 앉아 결근계를 석 장 썼다. 잠자 씨는 지배인 앞으로, 잠자 부인과 그레테는 상점주인 앞으로 썼다. 결근계를 쓰는 동안 할멈이 와서 아침 일이 끝났으니 그만 돌아가야겠다고 말했다. 세 사람은 결근계를 쓰던 채로 얼굴도 들지 않고 고개만 끄덕거렸다. 그러나 좀처럼 할멈이 떠날 기색을 보이지 않자 그제야 그들은 불쾌하다는 표정으로 쳐다보았다.

"우리에게 무슨 할 말이라도 남았나요?"

잠자 씨가 물었다.

할멈은 엷은 미소를 지으며 문 앞에 서 있었다. 마치 가족에게 무척 반가운 소식을 알려주고 싶지만 가족이 묻지 않는다면 어림도 없다는 태도를 보였다. 할멈의 모자 위에는 작은 타조 깃털 하나가 거의 수직으로 세워져─예전부터 잠자 씨는 그 깃털이 마음에 들지 않았다─가볍게 이리저리 흔들렸다.

"우리에게 뭔가 바라는 게 있나요?"

잠자 부인이 물었다. 할멈은 가족 가운데 잠자 부인을 가장 존경했다.

"네."

그녀는 대답했으나 곧바로 말을 잇지 못할 만큼 기쁜 미소를 짓고 있었다.

"이제 옆방에 물건을 치우실 걱정은 하지 않아도 됩니다. 제가 벌써 다 치워 놓았어요."

잠자 부인과 그레테는 쓰다만 결근계를 계속 쓰려는 듯이 다시 고개를 숙였다. 잠자 씨는 할멈이 모든 상황을 자세하게 설명하려는 것을 눈치채고 손사래를 치며 할멈의 말을 막았다. 할멈은 상대방에게 거절을 당하자 모욕당한 기분이 들었다. 할멈은 기분이 언짢다는 듯한 목소리로 말했다.

"그럼 전 이만 돌아가지요. 모두 안녕히 계세요."

할멈은 획 돌아서서 요란스럽게 문을 닫고 나갔다.

"저녁에 할멈이 오면 해고해야겠어."

잠자 씨가 말했지만 부인과 딸에게서 아무런 대꾸도 듣지 못했다. 그들은 겨우 얻게 된 휴식이 할멈 때문에 다시 깨질까 두려웠던 것이다. 두 여인은 일어나 창가로 가서 서로 부둥켜안고 서 있었다. 잠자 씨는 의자에 앉아 몸을 돌려 잠시 두 사람을 조용히 바라보다가 문득 이렇게 말했다.

"자. 그만 이리로 와요. 자꾸 지난 일을 생각하면 무엇 하겠소. 이제는 내 생각도 좀 해줘야지."

그녀들은 그의 곁으로 다가가서 잠자 씨를 위로하고는 서둘러 결근계를 썼다.

그런 다음 그들은 하나가 되어 집을 나섰다. 몇 달 만에 처음 있는 일이었다. 그들은 전차를 타고 야외로 나갔다. 전차 안에는 그들뿐이었으며, 따스한 햇볕이 전차 안으로 비쳐들었다. 그들은 의자에 등을 기대고 편안히 앉아서 각자의 장래를 이야기했다. 그 전망은 자세히 살펴보면 그렇게 어두운 것만은 아니었다. 왜냐하면 이제까지 서로 자세히 언급한 일은 없었지만, 세 사람의 직업은 모두 괜찮은 편이었고, 앞으로도 유망한 직종에 속해 있었기 때문이다.

현재 시급하게 변화해야 할 것은 환경이었지만 그것은 집을 옮기면 쉽사리 해결될 일이었다. 지금까지 그들은 그레고르가 마련한 집에서 계속 살아왔다. 그러나 세 사람은 현재의 그 집보다 작고, 집세도 싸고, 무엇보다 위치가 좋고, 전체적으로 실용적인 집이 필요했다. 이런저런 이야기를 하는 사이에 잠자 부부는 차츰 활기를 되찾는 딸을 바라보며, 딸이 최근 안색이 창백해질 정도로 온갖 근심과 고통에 힘들었을 텐데도 아름답고 매력적인 아가씨로 성장해 있음을 느꼈다. 잠자 부부는 말없이 시선을 주고받으며, 앞으로 딸을 위해 좋은 신랑감을 찾아주어야 할 때가 곧 올 거라고 생각했다. 이윽고 전차가 목적지에 도착하자 딸이 제일 먼저 일어나 젊고 탱탱한 육체로 기지개를 켰다. 이 모습을 바라보는 잠자 부부의 눈에는 그 모습이 마치 새로운 꿈과 찬란한 미래를 증명해 주는 것처럼 느껴졌다.

세계명작 단편소설 모음집

지은이 알퐁스 도데 외
옮긴이 김이랑
펴낸곳 시간과공간사
펴낸이 최훈일

등록번호 제2015-000085호
등록연월일 2009년 11월 27일

초판 1쇄 발행 2024년 02월 23일
초판 3쇄 발행 2024년 08월 22일

주소 (10594) 경기도 고양시 덕양구 통일로 140 삼송테크노밸리 A동 351호
전화번호 (02) 325-8144(代)
팩스번호 (02) 325-8143
이메일 pyongdan@daum.net

ISBN 979-11-90818-24-7 (03800)